青春艳阳天

QINGCHUN YANYANGTIAN

方新苗 —— 著

时代出版传媒股份有限公司
安徽文艺出版社

图书在版编目（ＣＩＰ）数据

青春艳阳天/方新苗著.--合肥：安徽文艺出版社,2021.11
ISBN 978-7-5396-7162-8

Ⅰ．①青… Ⅱ．①方… Ⅲ．①长篇小说－中国－当代
Ⅳ．①I247.5

中国版本图书馆 CIP 数据核字(2021)第 027817 号

出 版 人：姚 巍
责任编辑：张星航　　　　　　装帧设计：徐　睿

出版发行：时代出版传媒股份有限公司　www.press-mart.com
　　　　　安徽文艺出版社　　www.awpub.com
地　　址：合肥市翡翠路 1118 号　邮政编码：230071
营 销 部：(0551)63533889
印　　制：安徽联众印刷有限公司　(0551)65661327

开本：700×1000　1/16　印张：23.5　字数：400 千字
版次：2021 年 11 月第 1 版
印次：2021 年 11 月第 1 次印刷
定价：58.00 元

（如发现印装质量问题，影响阅读，请与出版社联系调换）
版权所有，侵权必究

目录

序　　001

引子　　001
第 一 章　梦想　　003
第 二 章　初识　　015
第 三 章　失恋　　028
第 四 章　负心　　044
第 五 章　遭袭　　057
第 六 章　逃离　　068
第 七 章　初恋　　080
第 八 章　悔悟　　091
第 九 章　无赖　　103
第 十 章　饭馆　　114
第十一章　台风　　124
第十二章　住院　　136
第十三章　受奖　　149
第十四章　离别　　163
第十五章　伏法　　176
第十六章　婚礼　　188
第十七章　选举　　199

第十八章　难产	210
第十九章　自杀	223
第二十章　离婚	236
第二十一章　故交	249
第二十二章　故地	263
第二十三章　旧情	275
第二十四章　病重	288
第二十五章　生日	300
第二十六章　陷阱	315
第二十七章　伤痕	327
第二十八章　死别	338
第二十九章　开业	350
尾声	363

跋　　　　　　　　　　　　　368

序

我是一个农民的儿子,20 世纪 70 年代初出生于一个贫困的农民家庭。那时候,我们国家物质匮乏,我们幼小的心灵里充满了酸楚的记忆。因此,今天看起来很普通的东西,在那时候都是一种奢望。

记得我在踏进学校的大门,开启了求学之路以后,开始对学习用的课本有一份神秘感。也许因为无知,也许因为懵懂,我认为教学用的书本是"上天"赐予的,和爸爸妈妈讲述的神话故事一样,来自一个神秘的地方。虽然书本上有出版社方面的信息,但那时的我不理解它的含义。

到了三四年级,老师让我们练习写作文,于是有同学拿了《小学生作文》一类的报刊到学校里来,我借过来一看却发现那些作文题目下面写着某某学校及作者的名字,而且这些作者和我一般大,都是小学生。这时我才恍然大悟,原来这书也是别人写的。于是我对"写书"的人很是好奇,并在心底产生了一个疑问:"既然别人能写,为什么我不能写?"在写作上,也许我的天赋稍微突出一些,加上后来老师的"无心"之举,给我们进行了一段时间的"魔鬼"的训练,使得我对文学产生了浓厚的兴趣。从此,文学便在我幼小的心里种下了种子,伴随我到现在。

从初中毕业以后,写作便成了我的爱好,我曾立下"挥笔三千句,疾书十万言"的豪言壮语。但这条路布满了太多的荆棘,理由很简单,我的学历太低,也没有可以借阅的书籍,更不用说有老师的指导了。于是乎,在这条寂寞的道路上,我艰难地求索,不曾放弃。十年,在浩瀚星海中只是弹指一挥间,给我的却是痛苦的烙印。个中滋味,难以叙述。对我制约最大的是家庭因素,加上自己才学贫乏。所谓的写作,都是凭着自己的一腔热血在家里

"闭门造车",其中的艰辛可想而知,因此也走过许多弯路。环境可以造就人才,也可以扼杀人才,我不敢自诩人才,但对文学孜孜以求从未改变,奉献精品文学成为我人生的目标。

文学作品,尤其是大部头的文学作品是对作者学识的大检阅,是信心与毅力的考验。我通过小说《青春艳阳天》的创作,终于体会到文学殿堂的高大与神圣、创作的艰辛。可谓十年磨一剑,何止十年。

那年,经过一番考量以后,我决定写篇有关打工者的小说,因为我有较为丰富的打工生活经历。同时,也是对我的文学创作做新的探索。最初预计为五万字左右,结果字数一再增加,十万、二十万。写作近一半的时候,全书脉络才得以成型。一种从未有过的创作激情如同甘泉喷涌而出,可谓酣畅淋漓。这便是我的第一部长篇作品《青春艳阳天》诞生的历程,前后用了近十年的时间。这部小说倾注了我的全部心血与情感,主人公欢笑的时候,我发自内心地微笑,主人公痛苦的时候,我记不清多少次陪着流泪。

的确,小说中有自己的影子,也有我在温州打工生活的记录。爱情虽然是作品中的主题,而我的爱情如我在诗中写道:"得到的是伤痕,失去的是希望。"张子坚创办实业是我少年时代的梦想,今生也许难以实现了,让我笔下的人物去实现吧。我认为最重要的一点是对农业结构的调整,对山区经济发展的探讨,是一部不可多得的现实主义题材力作。旨在经济生活占主导地位的社会生活中,呼唤亲情、友情以及团结协作的精神。通过对人物形象的塑造,表现当代青年不屈的创业精神和积极进取的求索精神。是新时代青年前进的号角,也是对自己的鞭策。

引　子

　　位于皖西的岳泉县地处大别山腹地,关山重重,层峦叠障,经济相对落后,村民生活条件较差,民谚"七山一水二分田,半分道路半分园"便是这里的真实写照。进入20世纪90年代,山外的城市开始进行着大刀阔斧的改革,经济一日千里,发生着翻天覆地的变化。可大山的皱褶里依然故我,如同一个被人遗忘的角落。

　　这里是一片红色的土地。在解放战争那个火红的年代,在这崇山峻岭之间有无数先烈舍家为国,抛头颅洒热血,献出了年轻的生命,也孕育了百折不回的大别山精神。今天,大山能沉默吗?不,不能。随着社会的发展,人民的生活水平有了改善,比过去充实多了,其中最为壮观的是民工潮。大胆的青年开始出门闯荡,带回来的是花花绿绿的钞票和让人百听不厌的传奇故事。这让一些赋闲在家的人开始向往山外的世界,憧憬着能出去闯荡一番,衣锦还乡。

　　古枫村是个美丽的小山村,它依山傍水,因村庄前一棵千年古枫而得名。古枫高数十米,虬枝苍劲。巨大的树冠形同一把巨伞,浓浓的枝叶是鸟儿的天堂。一阵轻风吹来,树叶沙沙作响。你听,吴奶奶又在唱那古老的黄梅小调,甜美的音韵飘荡在村庄的上空。一条清澈的河从古枫下静静地流过,奏响了一曲美妙的乐章。山村荡漾着欢笑,孕育了古朴的人民和纯正的乡风。

　　人们生活悠然,摆脱不了沿袭千年的春种秋收、日出而作日落而息的传统。这里物产丰富,春有茶叶,秋有蚕茧和板栗,还有茯苓、天麻等名贵中药材,听说它们是封建时代进献朝廷的贡品呢。在大山的阻隔下,它们如同日夜向东流去的山泉水,体现不出应有的价值来。

吴国风是打破山村宁静的第一人,被长辈斥为大逆不道者。他用自己的行动证实了自己的选择,带回大把大把的钞票,让人睁大了眼睛。有人叹息,有人疑虑,外面的钱是不是真的这么好赚?他告诉邻居说,出门打工每个月三百元钱不成问题,即使当学徒也有两百元钱呢,这是在家里一年的收入。可他又说,外面的世界很精彩,外面的世界很无奈,要靠你的胆识和运气。大伙儿不懂了,既是"精彩",为何"无奈"?怎么也想不通,不懂。

这些在异乡土地上耕耘的儿女,为他乡的经济建设做出了巨大的贡献,奉献了青春热情和梦想,或喜、或怒、或哀、或乐,演绎出缠绵悱恻的爱情故事,树立了永远进取的精神丰碑。

第一章 梦想

咚咚，村庄后茂密的山林传来一阵砍伐树木的声音，没多久，一棵大树哗啦啦地倒下了。砍树的是一位二十来岁的年轻人，他叫张子坚，个头中等，一双有神的大眼睛透出睿智与精干，充满青春活力的脸庞略显黝黑，显示出山里人特有的强健体魄。他砍倒的是枞树，又名松树，是本地常见的树种。把它锯成一段两尺长，把皮削成三角体或五边体，到明年春天的时候窖茯苓。许多农民都是利用冬季的闲余时间，砍些树为明年打下基础。

山脚下就是他家所在的村庄，还有那棵茂密的枫树。干了许久的活是有些累了，他找了块草地坐了下来。看着湛蓝的天空上飘浮着一朵朵轻盈的白云，他嘴里念叨着："又一年过去了，吴国风该回来了吧？"想起今年年初吴国风离家出走时的情形，他真的有些后怕。

吴国风和张子坚是邻居，同年出生，从小学到中学都是同班同学，形影不离，好得像一个人似的。有人曾笑着说他俩只差不是一个娘生的。去年冬天，吴国风不知从何处打听到沿海开放城市打工容易赚钱，两个人心动了，商量了一阵子，决定出去闯荡。他们很少离开家，连县城也去得少，没有出远门的经验，两家人得知这一情况后极力反对。听祖辈说，那时下江南做生意才几百里路，已经是跑得最远的了。而吴国风要去的地方比江南要远许多倍，家人都为他们的安全担忧，认为此举万万不可。

其实吴国风心里也清楚此去路途遥远，世事不可预料，父母不让自己去自有他们的道理。吴国风毕竟年轻，接触了许多新鲜的事物，不愿沿袭父辈的传统生活。他去意已决，气得和家人吵了一架。爸爸见向来乖顺的儿子居然和自己顶嘴，非常气愤，铁青着脸吼道："你胆敢出去就别进这个家！"

因为张子坚的爸爸患有心脏病，干不了体力活，张子坚中学毕业后就成了家中的主劳力，还有一个弟弟正在读书。见吴国风的家人极力反对，自己的爸爸也百般劝阻，当看到老人哀求的眼神时，他的心软了。新年过后的一天早上，吴国风的爸爸突然闯进张子坚家，惊慌地问刚刚起床的张子坚母亲："你家的子坚伢子在家吗？我家国风不见了。"

后来找遍了吴国风可能去的地方，根本没见到他的影儿。变化最大的是他的奶奶，以前爱说爱唱爱笑，这些天沉默了，再也听不到她那动听的黄梅戏了。一个月后，吴国风寄回来一封信，内容很简单，只说他在温海市打工，一切顺利。父母见他没事也就放心了，原谅了他的不辞而别。吴国风还给张子坚写了一封信，真诚地邀请他去温海打工，说只有打工才能把他的家庭从贫困中解脱出来。

张子坚很快把家中的事安排妥当，拿着简单的行李喜滋滋地踏上了行程。张子坚长这么大第一次出山，自然有说不出的高兴。他无心欣赏都市的繁华，只想早一点赶到温海。那时候还没有直达车，必须经过许多次转车才能到达温海。张子坚在途中某车站买车票，排了半天的队轮到自己时，可找遍了所有的口袋也找不出一分钱来——钱被偷了！仅有的路费没有了，美好的梦想破灭了。他蹲在地上抱头痛哭起来，泪水如同断了线的珠子往下掉。他的哭声引来了许多人的围观，人们都向他投以同情的目光。在这个打工者大量拥入的城市，社会问题日益严重。在这个陌生的城市没有谁会帮助他，也不可能得到谁的帮助。

哭了好久，张子坚的脑海里急剧地思考着该怎么办。温海是去不成了，家又怎么回？他有生以来第一次有了恐惧感，甚至感到了绝望。看着眼前三个一群五个一伙满身灰尘脸庞憔悴的打工者，他不敢想象自己的明天会是什么样。他决定碰碰运气，穿大街进小巷毫无目的地寻找起来。张子坚没有太高要求，只要能有个安身之所填饱肚子就行了。没有钱吃饭，他只好吃别人的剩菜剩饭。他想把行李当出去换几个钱，可他那几件旧衣服根本不值钱。就这样转悠了两天毫无结果，他心里升起一个强烈的愿望：一定要回家去！没有钱怎么回去呢？他灵机一动，有了一个自认为十分冒险却极为可行的方法。

这辆客车出了城区不久,正要加速行驶,司机忽然听到车子有异响,以为是哪儿出了毛病,便停车检查,刚下车却见从车子底下钻出个人来。司机吓得脸色惨白,大叫一声:"我的妈呀!"原来张子坚扒在客车的排气管上,因车子行驶了一段时间后排气管发热实在受不了,便猛敲车子引起司机的注意。他抚摸着被烫出血泡的手臂,呆呆地站着听候发落。啪啪两个耳光重重地打在脸上,他的脸上立刻有了一阵灼热的疼痛感,火辣辣的,嘴里有了咸味,唇边渗出血来。

"浑账,找死呀!要死的话去找别的车子,别来害我。"司机说罢猛地一脚向他踢来。这一脚踢在肚子上,他倒退了几步站立不稳,差点倒了下去。这时其他乘客也围了上来,有人指责他,想回家向司机求个情也可以,怎么能拿生命开玩笑。也有人说,许多民工都毫无目的地往大城市拥,什么事都会发生,他只是其中的一个受害者而已。

乘客看他挺可怜的,便对司机说:"你做件好事把他带回去吧。我看他是山里的孩子,没读过书更没见过世面,做出这种蠢事也是难免的。"司机说:"他那样做为我想过没有?人命关天哪!"司机把车子发动但很快又停下了,叹了口气说,"好吧,带你回去。"张子坚有些不敢相信自己的耳朵,犹豫了一下上了车。当他历尽艰难回到家时,父亲没有责怪他,只是喃喃地说:"吃了些苦不要紧,只要能平安回来就好,平安回来就好。"几年以后,每当回忆起这次打工的经历,他仍心有余悸。

黄昏时分,张子坚回到家,吴国风刚从温海回来,在到处找他呢。兄弟俩在枫树下见了面,自然有说不出的高兴,打开的话匣子怎么也合不上。

吴国风拿出一沓票子显摆,说:"这就是我今年赚的钱,两千块。"

"两千块?"张子坚的眼睛放出光来,几乎有些不敢相信,在家里少说要四年才能赚到哇。

"是呀,这是我极力劝你出去的原因。因为父母亲的反对,正月里我只好一个人偷偷跑出去。这次带了这么多钱回来,他们喜出望外,彻底相信了我。"他又换了种口气说,"外面的世界很精彩,外面的世界很无奈。出门打工是件很苦的事儿,这是在家里体会不到的。"

张子坚想起半年前去温海的时候途中钱被偷了的经历,心中隐隐作痛。吴国风说:"在外打工,运气好的话很快就能找到工作,运气坏时很长时间也找不到称心的工作。当然了,想一步登天也不行,有技术才赚得到钱。"

"要说吃苦嘛,我们什么苦都吃过,这倒是不怕。到外面闯荡闯荡,丰富了知识,将来会有大用处的。"张子坚说得很兴奋,似乎明天就去温海了。

"哟,又像读书时作文里写的那样,要创办自己的实业,改变家乡的面貌?"吴国风想起他在作文中引用前人的鸿鹄之志和实业兴国的故事。

"嗨,作文里表达的只是学生时代的美好愿望而已,可我现在穷得叮当响,改变家乡面貌这句话就免提吧。"张子坚嘴里虽然这么说,可心里知道那的确是埋藏在他心里的一个梦想。

农历新年很快过去了,许多青年人来不及和家人享受佳节的欢娱,就开始了一年的奔波。今年的民工潮来得特别早,车站加开了多趟客车,也送走了一个个梦想。

出发前的那天晚上,张子坚突然推开吴国风的家门,只见他眼里闪着泪花,似乎有难言之隐。

"咦,子坚你是怎么了?是不是发生了什么事?有话慢慢说。"吴国风问。

"国风,我、我……"张子坚欲言又止,说道,"我明天去不成了。"

"不是说得好好的吗?怎么又不去了?"吴国风着急地问。

"你知道,前两天我父亲的心脏病又犯了,到医院花了三百多块钱,现在连子华的学费也不够了。"

"不去怎么行?去年吴国风出去的时候我反对过他,现在我改变了看法,你们青年人是应该去见见世面。没钱?借钱也要去。"国风奶奶说。

"算了,我还是以后再去吧。"张子坚说着沉重地叹了口气,显得无可奈何。

吴国风说:"我借路费给你,你应该会去吧?"

国风父亲说:"国风答应借给你路费,就不要再犹豫了,家里的活儿有你伯父照应着,我们也会帮忙的。再说你弟弟子华学习成绩那么好,将来考个大学什么的不成问题,那样会要更多的学费,全指望你了。你想想,你不出去赚钱行吗?"

送走了张子坚,奶奶对吴国风说:"子坚这孩子家底薄,爸爸常年生病。待在家里吧,没有经济来源;出门打工吧,家里的田地没人种,担子实在不轻哪。"

第二天吃过了早饭,他们各自提着行李在古枫树下相遇了。村庄里许多人都出来相送,张子坚的爸爸由弟弟子华搀扶着,因为生病的缘故,脸色蜡黄,身体显得很是单薄。

"子坚,到了温海要好好做事,爱护好自己的身体,多写信回来。"爸爸叮嘱道。

"知道了。"张子坚语重心长地对弟弟说,"子华,你要好好读书,没有钱我给你寄回来。爸爸身体不好,别让他干地里的活儿。"

"奶,别送了。"吴国风挥了挥手。

"你走吧,我在大树底下望你一程。"奶奶说。

张子坚的伯父拍了拍他的肩膀说:"子坚,我没什么送你,这几个鸡蛋你在路上吃。上次吃了亏,这次放精明点,啊?!"

"大伯,我小心就是了。"他答。

去年吴国风是半夜三更偷偷跑出去的,今天则是堂堂正正地走出去,去那花花世界淘金,当然引起了村里人的关注。看到如此壮观的场面,两个人的眼眶润湿了。张子坚挥了挥手,鼻子一酸,几乎要流出眼泪来。

"别看了,走吧,我真的有些受不了。"吴国风拉了他一下说。

"第一次离开生我养我的这片土地,真的舍不下这份情怀。唐诗说:'谁言寸草心,报得三春晖。'慈母心是这样叫人眷恋。"张子坚说。

"第一次出门这种感触当然会深些,告诉你吧,去年我从家里跑了出来,上了车竟然哭了。时间长了,这种感觉就会消失的。"吴国风深有体会地说。

再见了,千年古枫。再见了,可爱的家乡。

张子坚、吴国风、王光水和黄林会合后,乘上三轮车直奔县城而去,挤上一辆即将发动的客车向山外奔去。他们几经辗转,两天后终于到达温海。温海本是经济不够发达的海滨小城,因国家实行改革开放,享受国家政策上的优惠,使得资金大量流入,各种行业蓬勃发展,尤以皮鞋、服装等轻工业为最。突然间沉睡的土地苏醒了,一片繁华的景象,真可谓家家办厂,户户企业。这数不清的小企业,吸引了大量的外来人员前来淘金。吴国风一行四人随着熙熙攘攘的人流挤出车站,行了二三里地,拐进一个狭窄的小巷,映入眼帘的全是破败不堪的老房子。几乎每扇门上都挂着某某鞋厂、某某打火机厂的牌子,屋里狭小拥挤,灯光幽暗。

"你的厂在这种地方?"张子坚有些不解,"这房子和我们家的房子差不多呀,都挺破的。"

"有的房子比我们家的房子还要破败得多,当地人招来几个民工叮叮当当地敲起来就能弄个老板当当。到了。"他们在一个挂着"威力机械厂"牌子的门口站住了。"你们在外面等我会儿。"吴国风吩咐一声自己进去了。过了会儿他沮丧着脸出来了,说:"去年我和老板说好带几个人过来,昨天老板刚叫了人来,我们来迟了。不过,你们放心,在这里住几天还是可以的。"

三个人跟随吴国风走进旁边一扇破旧的木门里,走上狭窄的木梯。"小心,别碰头。"他的话刚说完,跟在身后的表弟黄林头咚地一下碰到了屋顶上。原来这是在车间里临时搭建的小木楼,下面是车间,因为空间有限,高仅四尺左右,人必须猫着腰才能进出。小木楼用纤维板隔开,两边开了几扇小门,一个个如同鸟笼子。吴国风推开其中一扇门,只见"房子"有三四平方米,地上放着两床脏乱不堪的被子。

"住这种地方?人根本直不起腰来,怎么行呢?"王光水抱怨道。

只好挤一挤了,他们在这个狭小的空间里特别不适应。刚刚踏上温海的土地自然有说不出的高兴,还有那一个个瑰丽的梦想,但这个"鸟笼子"给他们上了生动的一课,在未来的路上不知还有多少沟沟坎坎等着他们去跨越呢。休息了一夜,张子坚、王光水、黄林找到了劳务市场,办妥了劳务证,便在一个个小黑板前细细看起来,小声议论着。

"你们想找个什么工作?"一名服务员见了他们关心地问。

"我们……我们还没有想好呢。"张子坚如实回答。看到那么多的招工信息,他们有些眼花缭乱,心想,这沿海地区果然不一样,到处充满着机遇。

"一个打火机厂招收学徒工,你们去不去? 名额快满了,你们现在去还来得及。"她又说。

"学做打火机? 我去。"黄林毫不犹豫地回答。他听吴国风说过,装打火机很容易学,而且工资都很高。三个人拿着介绍信,坐上公交车找了半天,然后在一个极不显眼的小弄堂里找到那个打火机厂,推开门一看,果然有几个人在做打火机。

"请问,你们老板在吗?"张子坚小心翼翼地问。

"谁呀?"从里屋出来一个身材高大、脸若关云长的彪形大汉,手里握着形如砖头的"大哥大"。

张子坚见了不禁打了个寒战,递上介绍信说:"我们是劳务介绍所介绍来的,当学徒。"

大汉接过介绍信看了一眼,说:"可以呀,先交一百元的学费。这一百元钱呢,五十元是材料费,五十元是培训费,伙食、住宿免费。"

张子坚一听心里犯嘀咕。不对呀,介绍所里那名服务员根本没说要交学费,吴国风也没说过进厂要收学费的,况且自己身上的钱已经不多了。他嗫嗫地说:"我……我没钱交学费了。"

"浑账!"老板骂了句粗话,脸色显得难看多了。他拿了支笔在介绍信上唰唰写下几个字:"此人不合适,退回。"写完把介绍信扔给他。看着那凶恶的眼神,张子坚也不敢多说什么,便和王光水退了出来。而黄林认为一百元钱能学个技术划算,便当上了学徒工。吴国风得知这一情况后大呼上当,只怪自己没有告诉他们找工作时注意事项。没过两天,黄林果然垂头丧气地回来了。吴国风内疚地说:"只怪我没告诉你这些。吃一堑,长一智。没学到技术,但学到了出门的经验,只是这学费交得贵了些。"

张子坚和王光水很快找了个机械厂做普工,傍晚时分也回来了,王光水愤愤地骂道:"那些龟儿子真不是东西。"

"遇到什么事了,刚干了一天就回来了?"吴国风问。

张子坚解释说:"那个厂里的铁件太重,有一百多斤,我们搬得速度慢了些,那生产负责人便向老板告状,说我们干不了,被炒了。"

转眼十来天过去了,张子坚记不清自己找了多少个厂,刚来时的那一番壮志豪情没了,对找工作渐渐失去了信心。在这里住得时间有些长了,机械厂的老板把他们三个人赶了出来,为了省钱他们不敢住旅馆,常常在凉亭凑合一夜,在公园里打个盹。黄林又找了个打火机厂当学徒去了,不过这次没交学费,是正儿八经的学徒工。张子坚、王光水则找了家皮鞋厂当学徒工,因为结束了居无定所的日子,张子坚略感欣慰。他很快给家中写了封信,报一声平安,向家人讲叙找工作时的遭遇和所见所闻。信写好以后,他找遍了所有的口袋才找出几角钱,勉强地把信寄了出去。

嘉茂皮鞋厂只是温海市成千上万个小鞋厂中极不显眼的一个,内部结构比较简单。老板陈嘉茂既管材料购进又管销售。一位叫丁丽萍的四十多岁的女人坐镇办公室,财会加仓库员。另有一名设计师傅兼管生产。他的设计也比较简单,只是在市场上购买设计新颖、较为畅销的鞋样回来,加以模仿或改进。这样的结果是企业被市场牵着鼻子走,没有品牌意识。这个鞋厂仅二十多名工人,全部为外来打工人员,这是许多小企业的共同模式。

老板陈嘉茂是个高考落榜青年,三十来岁。高中毕业后在家赋闲了一些时间,适逢国家经济搞活,他便开始经商。由于年轻气盛经验不足,几个回合下来,他在商海里碰得头破血流,血本无归。此时温海制鞋业蓬勃兴起,因设备简陋、工艺简单和高额利润而吸引了许多人加入。陈嘉茂经过一段时间的思考和观察,又向亲友们借了些钱加入造假皮鞋的行列。经过一番努力,他的鞋厂赚了一些钱。然而这些劣质皮鞋让消费者深恶痛绝,商家也深受其害,柜台前挤满了要退货的人群。温海的制鞋业受到了重创,一蹶不振。

市委、市政府意识到事态的严重性,劣质皮鞋如同社会上的一个巨瘤,到了非治理不可的地步了。必须严格管理,实行品牌战略,树立温海鞋业新形象。市委经过调研,制定了一系列的治理方案,对全市皮鞋企业进行大清理,淘汰一批规模小、工艺落后的企业。对于劣质皮鞋的遭遇陈嘉茂并不感到吃惊,他知道造假是违法的,不可能有生命力。他及时更换了一批生产设备,改进生产工艺,让皮鞋质量有了很大的提高。当打假浪潮席卷温海企业时,他的皮鞋厂以崭新的面貌展现在众人面前,被市政府确定为皮鞋培育企业,让同行刮目相看。

张子坚和王光水就是在这种情况下到嘉茂皮鞋厂当学徒的,学习的工种是复爪,这是皮鞋生产中极为重要的工序。其方法是将鞋帮固定在鞋栓上,要点是不能放歪了,鞋边必须压紧。开始学艺时他们吃了不少苦头,只因固定的钉子太小,铁锤常常打在手指上,疼得半天说不出话来。别人几分钟就能做好一双,他们俩一天才做好十几双,且多数不合格,只好让师傅返工了。看起来挺简单的活儿,没想到学起来并不容易。张子坚具有大山一般的品质,只要认准的事儿一定要做好。他努力地训练,过了些时日,他俩能独立操作了,这就意味着可以拿计件工资、能赚钱了。但他们还是小心翼翼,不敢有丝毫的马虎。两个月过去了,他们除了生活费还有三百多元钱的收入。长这么大第一次凭着自己的劳动拿这么多钱,他们别提有多高兴了。

这天吴国风来访,张子坚要还钱给他,被他挡了回来。吴国风略显责备地说:"子坚,你家里需要钱用,先寄回去吧,我的钱你以后再还。拿了不少钱嘛,技术学到家了?"

"到家谈不上,马马虎虎吧。黄林去过你那里吗?我有好长时间没见过他了。"张子坚只好把钱收起来。

"我正要和你说这事儿呢,我表弟他出事了。"吴国风说。

"出事?出了什么事?"两个人都吃了一惊。王光水问:"他不是在打火机厂干得好好的吗?"

"他在那个打火机厂说是干了两个月,其实停工有半个多月了。他向老板提出结算工资离厂,可老板总是推三阻四,说过两天就有活儿干。他和几位打工者耐心地等了一天又一天,前天和老板吵了起来。老板见无法挽留他们,又提出每人扣二百元钱,下次返厂时发还。可他们的工资已经花去不少,若再扣些就几乎没有了。"吴国风说。

王光水愤愤地说:"老板怎么能这样呢?让别人遥遥无期地等待,坐吃山空。"

"所以,黄林盛怒之下一拳打在老板的鼻梁上,顿时血流如注,他和几名打工者被送进了派出所。"吴国风顿了一下又说,"我以前也遇到过这种情况,干了活儿老板根本不给钱,去找派出所,派出所说是劳务纠纷,他们管不了;去找职业介绍所,可介绍所说他们只是进行信息介绍,这种劳动纠纷无权干涉。最后只得哑巴吃黄连,自认倒霉。有的人告状无门,就对老板进行报复,黄林的例子就说明了这一点。"

部分企业的老板素质很低,对打工者脏话连篇甚至动手打人。而工资低、工作时间长,对于打工者来说更是习以为常的事儿。

"黄林现在怎样了?你去看过他吗?"张子坚问。

"问题不大,拘留几天后,过些时间送回去就是了。"吴国风答道。

"黄林的运气怎么这么差?刚来的时候被人骗去一百元钱,现在又为钱而蹲了牢房,要是送回去就对他太不公平了。大伙儿都是怀着美好的愿望来的,我们算是有了安定的工作,他却落得如此下场。"张子坚叹了口气说道。

吴国风说:"我们四个人数黄林的家境最好,他本不需要出门打工的,几次缠着非要我带他出来。我姑父姑母总是呵护着这个小儿子,含在嘴里怕化了,吐出来怕凉了,从来不让他受一点点委屈。踏上社会后根本不懂得人情冷暖和世态炎凉,轻信别人容易上当,遇到不顺心的事爱打抱不平耍小脾气,结果吃亏的还是自己。如果真被送回去,对他来说也许是件好事;他若在温海混下去,不知会是什么结果,我也无法向奶奶和姑父姑母交代。"

王光水说:"他如果不回去的话,我们多帮帮他,只要有了安定的工作,他就不会学坏的。"

没多久,黄林果然衣衫褴褛、满面尘垢地来找他们俩。张子坚吃了一惊,心中升起一阵怜悯,关心地问:"黄林,你什么时候出来的?怎么会是这样?"

"我被关了半个月后被送回去,在路上停车吃饭的时候,我趁押车的警察不注意跑了,又扒车回到温海,刚到的。"黄林说。

此时厂里已经下班,他们的饭是用饭盒蒸,用一个煤球炉轮流炒菜。王光水占了先,第一个炒菜。张子坚去门口的小饭店买了份饭和三瓶啤酒来。这桌子是用废旧三合板钉的,两尺见方。黄林显然是饿极了,刚坐下就狼吞虎咽起来。张子坚的酒才喝几口他的瓶就见了底儿,看他意犹未尽的样子,张子坚只好又去买了瓶给他。

"这里的老板素质太低,打工者在他们的眼里不是人,是赚钱的工具。"黄林狠狠地说。

"是啊,他们从封闭的小农经济转眼间过渡到商品经济时代,改革开放给了他们天时地利人和,给了他们大量的赚钱机会,要想提高文化素质并非一日之功。没有法律的约束,他们和打工者之间的纠纷常常会发生。"张子坚分析说。

"你以为和他们讲法律有用?来温海打工者少说有十几万,有你一个不多,缺你一个不少,谁为你一个外来的打工者说话?下次再让我遇上,非得狠狠地收拾他们不可。"黄林咕嘟咕嘟地喝了几大口啤酒,把酒瓶重重地放在桌子上,似乎吞下去的不是酒,而是那可恶的老板,脸色很是难看。

张子坚劝他说:"我们出门在外比不得家里,不顺心的地方太多了。能忍则忍,当让则让,要冷静,不能盲目冲动。即使把老板揍了一顿又能怎么样?吃亏的还是你自己。"

王光水也劝道:"是啊,林子大了什么样的鸟都有,那种老板毕竟是少数。我们出门打工是为了赚钱,管得了那么多吗?惹不起还躲不起?你惹出事来你表哥在你外婆面前也不好交代,还是找个厂好好地干下去吧。"

酒喝完了,张子坚把满满的一盒饭递给他,黄林很受感动。

"吃吧,如果不够我再去买。"

"够了够了。"黄林点了点头,"瞧我只顾自己吃,你们俩都没有菜了。说实在的,我长这么大第一次体会到饥饿的滋味,让你俩看笑话了。"

"这种情况我去年就遇到过,当时身无分文,比你还惨得多呢。说吧,有什么打算?"张子坚问道。

"当然是找工作了。"黄林答。

"这样最好。"张子坚又问,"你身上没钱了吧?"

张子坚说罢,找遍了所有的口袋,才找出三十元钱来。

"不够吧,我这里还有一些。"王光水也掏出钱来,才四十元,全给了黄林,"下午还去找工作,不能再混下去了。"

送走黄林,一名邮差递给张子坚一封信,他迫不及待地拆开来看。信是弟弟子华写来的,子华说他实现了自己的理想,被皖河商校录取了,只是学费太高,家中没有经济来源,只好向哥哥求助。张子坚看了忍不住笑了。

"什么事儿这么高兴?"王光水接过信一看,说,"要这么多学费,时间这么紧,哪有哇?"

"我看可以。离开学还有一些时间,我借给你一些,还有吴国风也可以借。你知道,子华是我们村第一个大学生呢,无论如何也要让他完成学业。"那年张子坚因微小差距未能考取,老师很是为他惋惜了一阵子。可他知道,即使当时考取了大学,贫困的家庭根本拿不出钱来供自己读书。如今弟弟圆了大学梦,怎么能不让人高兴呢?

不久,张子华家挤满了前来祝贺的宾朋,乡亲们送来的礼特别重,说是给他买笔呀纸什么的。一场宴会下来收了千余元的礼金,加上哥哥寄回来的钱,学费是勉强地凑够了。带着亲戚朋友的厚望,怀着美好的理想,张子华踏上了求学的道路。

第二章　初识

　　经过一年多时间的治理,温海市的皮鞋企业经营环境大为改观。市委主办了几期业主培训班,旨在提高企业法人的管理水平和文化水平,以前那种作坊式的家庭企业显然落后于时代。同时要让这些企业主充分认识到,数十万劳动大军是企业发展的根本保证,是打工者撑起温海经济的一片蓝天。然而,伤害打工者利益的事件时有发生,由此带来的社会问题日益严重,必须给打工者创造一个良好的生活和工作环境。

　　陈嘉茂因先行一步抢占了先机,从全市鞋业萧条中走出来,在行业内一枝独秀。厂子规模大了,原来那种简单的管理方法,明显不适合企业的发展需要了。张子坚勤奋好学、吃苦耐劳和乐于助人,陈嘉茂对他的品格极为赞赏。因为是年龄相仿,比较容易沟通,更重要的是他对生产管理表现出极大的兴趣,陈嘉茂便提拔他为小组长。一个打工者在这么短的时间里便受到老板的赏识,走上了"领导"岗位,确实不易。因此,许多人都羡慕他,说他的运气好。

　　张子坚和吴国风隔三岔五地在一块儿聚聚,谈打工的趣事儿,谈小时候的经历。最让人不放心的当然是黄林,以前在家有父母宠着,什么活儿也不用干,在这里打工每天要工作十多个小时,这种超强度的劳动他如何受得了?于是他把老板给炒了,而且出厂的时候必定要顺手牵羊干一些鸡鸣狗盗之类的勾当,现在竟然和一些身份不明的人混在一起。吴国风几次找到他狠狠地批评一顿,并给他找了份工作。可黄林禁不住别人的诱惑,总觉得干那"钳工"又过瘾又刺激,他想,只要放精明点是不会出事的。对此,吴国风是恨铁不成钢,只得打电话回去,把表弟的所作所为告诉姑父姑母。

姑父黄久山原来在县城某单位任职,因为工作忙,对这个小儿子疏于管教,以致黄林养成了许多不良习气。待到退休时儿子已经长大成人,他想管教也来不及了,心想让他表哥吴国风带着出门打工,锻炼锻炼有好处。谁知,吴国风一次次打来电话让全家人大吃一惊,这个不争气的东西竟然拉帮结派,以最快的速度向社会的另一端滑去。全家人一合计,唯一的办法只有将黄林从温海找回来,否则后果难以想象。于是,黄久山和大儿子黄森很快来到了温海。吴国风带着姑父和表哥在黄林经常出没的地方守候,俨然私家侦探,张子坚和王光水因为厂里放假也加入了他们的行列,顶着毒辣辣的太阳蹲守。可是,任凭你如何打听都得不到有关黄林的任何消息,十多天过去了,父子俩只好空手而归。难道他不在温海了?会去哪儿呢?是不是团伙之间发生矛盾遇到了意外?吴国风想到这儿有一种不祥的预感袭了上来。又过了数月,年关将至,还是没有黄林的音信。远在乡下的父母整天哭哭啼啼的,弄得吴国风、张子坚、王光水的心里也沉甸甸的,有一种说不出的滋味。

吴国风对这种给老板打工看老板脸色的工作显然有些厌倦,他是一个不安分的青年,不过他的不安分与表弟黄林有着本质的区别。周媛媛是他去年认识的老乡,她在一家小饭店里当厨师,家乡菜、温海菜样样精通。吴国风有事没事的时候常常往她那里跑,两个人谈得很投机,吴国风对她有了倾慕之情,他们经过一段时间的磨合确立了恋爱关系。吴国风提出自己的想法时,正中周媛媛的心意。周媛媛算了一笔账,开一家规模不大的夫妻店有五六千元足够了。吴国风这些年积攒了一些钱,加上她自己的存款,钱不成问题,就这样开始了创业历程。

张子坚为他们的这一计划连连叫好,说道:"吴国风、周媛媛,你们开始了自主创业,可是给我们做出了榜样。当然了,我需要学习的东西还很多,家中也需要钱用,比你们的担子重多了。因此我目前只好借鸡下蛋,以后再图发展。"

"只是我们俩没有开过饭店,经验不足。"周媛媛说出心中的忧虑。

"风险是有的,不去做不去闯又怎知能不能成功?有句话叫作'年轻不言败',即使失败了一次还可以从头再来。"张子坚说。

周媛媛见张子坚也全力支持便坚定了信心,闲聊中他们的话题很快又转到黄林的身上,只因为得不到他的一点消息,大家都是忧心忡忡的,为黄林的安全担忧。

嘉茂皮鞋厂已更名为嘉茂鞋业有限责任公司,陈经理在开发区购买了地皮,开始热火朝天地建造新厂房。因为良好的信誉和过硬的质量,"嘉茂"商标很快成为省级名牌商标。他为自己创造了一个极大的发展空间,得到的回报是大批的订单。年关又近,工人们天天吵着要回家团圆,可那么多订单压在桌子上,不能不做。听说不能回家过年,全厂的人都像泄了气的皮球。

华灯初上,温海市笼罩在节日的祥和气氛里,大街上行人稀少,这是一年中仅有的安静时光。位于闹市区的温海大酒店装饰豪华,环境高雅,淡黄色的灯光给人一种温馨的感受。宽敞明亮的大厅里十多桌酒席摆得满满的。这是企业主为这些远在异乡,劳累了一年而不能回家的员工过一个热闹丰盛的新春佳节,让他们享受一下做上帝的滋味。侍应生来往穿梭着,端酒上菜忙个不停。

大厅西边的六个桌子上坐的是嘉茂鞋厂的职工,陈经理坐在他们中间。大伙儿见他放弃了与父母妻儿团聚,而来陪员工们吃年夜饭,很受感动。他走到员工中间,拱手行礼说:"各位朋友,你们来我的公司忙碌了一年时间,辛苦了。我也知道在这除夕之夜每个人都很想家,想与家人团聚。可公司实在太忙,不能让大家回去过年。我想你们应该都知道,如果这几天完成不了合同,对公司不利,对大家也没有好处。今天我略备几桌酒菜,请大家开怀畅饮。想吃什么喝什么只管跟侍应生讲。另外,我给每位准备了一份红包。来,我敬大家一杯。"他说着端起酒杯和大伙儿一起干了。

"张子坚,在想什么?"张子坚正在沉思,忽听有人叫他。原来是陈经理在他身边坐下了,他以兄长的口吻说:"按年龄我是你大哥,说社会阅历,我比你丰富。男子汉大丈夫嘛,要拿得起放得下,新春佳节应该高兴才是,愁眉苦脸的有什么好的？告诉你吧，我第一次做生意的时候就赔了个精光，连回家的路费都没有了，只好在旅社里一个人孤单地过个年，比你现在惨多了。"

张子坚苦笑了一下，说："我爸爸常年生病，弟弟在外读书，我们兄弟俩一年都不在父母身边，老人是孤独的，尤其是在这新春佳节。他们只要想起我的时候，就会在门前的古枫下看着人行路发呆。"

"我理解你的心情，等会儿打个电话回去，向父母问个好拜个年。"他又转了话题问，"你今年多大了？"

"二十三岁。"张子坚答。

"二十三岁？该找个女朋友了。"陈经理用嘴朝另两桌女职工努了努嘴说，"我们厂的女同胞虽称不上佳丽，我看也挺不错的，想不想找一个？"

"这个……我还没想好呢，过些日子再说吧。"张子坚推辞道。

"不是没想好，是意中人还没出现吧？我们的新厂房已经竣工，马上要搬迁进去了。到那时会招收许多工人进来，女孩子也不会少，到时候任你挑选就是了。你是我的一员虎将，你的婚姻大事我怎能不关心呢？"

张子坚不解地看着他，心想自己只不过是个小负责人而已，如何称得上"虎将"？

"你可能有些不理解是吧？我和你透个信儿，我们的皮鞋即将获得真皮标志。另外，我们申请自营出口的报告也快批下来了，打开国际市场以后有你忙的，你办事稳重利索，有发展前途。只要新厂房投入生产，你就是我的生产部经理，敢不敢挑这副重担？"陈经理认真地看着他问。

"只要老板信得过，有什么不敢？"张子坚有些不敢相信，以为自己听错了，又道，"只怕干不好。"

"瞧你，还是缺少男子汉的气魄。我既然把生产大权交给你，就是对你的信任。"陈经理说道。

"既然陈老板这样相信我，我也不推辞了，竭尽全力把公司管理好。"张子坚爽快地答应了。

"对，应该这样，青年人应该有股豪气。来，喝酒。"陈经理说着举起杯子,一饮而尽。

春节刚过,仅仅安静了几天时间的山间崎岖的公路上,又飞奔着一辆辆客车,满载旅客的风尘奔向山外的世界,形成一年一度的民工潮。他们的共同目的只有一个——在精彩的世界里搏个来回,也只有他们才真正懂得"外面的世界很精彩,外面的世界很无奈"这句歌词的含义。

吴国风和周媛媛下了客车,挤在扛着大包小包的人群中间。他们凭直觉知道,今年来温海的民工数量不亚于往年,找工作形势严峻。这对他们夫妻二人而言则没有任何影响,他们看到了生意红火的希望。他们的店面选在劳务市场附近,这里是打工者的天下,有充足的客源。这是里外两间房子,外面一间是厨房兼客厅,仅四张桌子,里面是卧室兼仓库,面积不大设备简陋,但不妨碍周媛媛施展厨艺。她是得心应手灵活自如,炒出的菜色、香、味俱佳,不比高档宾馆的厨师逊色。因为是刚开始营业,每盘菜都装得特别满,油水特别重,这叫薄利多销,留住回头客。只是苦了吴国风,他没在饭店干过,笨手笨脚的,干了这里忘了那里,端菜、收钱、洗盘子忙得团团转,一天下来累得筋疲力尽。

"我的妈呀,想不到开饭店这么累。"晚上打烊后吴国风懒洋洋地倒在床上,很是疲劳的样子。

"才第一天就后悔了?你不是说想尝尝当老板的滋味吗?"周媛媛整理着钞票,嘴角挂着微笑说。

"你以为我会后悔?过几天就会习惯的,如果真忙不过来就找个人来帮忙。"他建议说。

"现在还不行,以后生意好了肯定是要雇人帮忙的。"周媛媛数完了钱问,"国风,你猜今天赚了多少钱?"

他想了想说:"三十?五十?"

"告诉你吧,把房租等费用除开,纯利将近一百元。照这样下去,三个月时间就可以收回成本。"

"哇,这么多!"吴国风从床上爬起来,抓起钱数了数,果然不错,兴奋地说,"看来我们这条路是走对了,是夫人的手艺好,主要是你的功劳。"

周媛媛给他泼冷水说:"别高兴得太早了,现在是民工潮的高峰期,来往的客人很多,到了淡季才能显示经营的水平来。"

吴国风的饭店开业有一些时日了,瞅了个闲暇时间,张子坚和王光水慢慢地找了来,远远地看见他的饭店里坐满了人。吴国风和周媛媛忙得不亦乐乎,一个眉清目秀的女孩子在刷盘子。想不到这么快请上帮工了,看来生意不错,张子坚想。两个人不声不响地走进去,吴国风也没在意,还以为来了两位顾客呢。

"吴老板发财了,我们这些穷打工的都不认识了。"张子坚揶揄道。

吴国风扭头一看:"哟,是你们两位到了,我实在没看到。请坐,喝水只好自己倒了。"

"这就是你的服务态度?小心我去消费者协会投诉你。"王光水边倒水边调侃道。

"自己人委屈点儿。"他顿了一下又说,"兄弟,帮个忙,把那张桌子上的盘子收拾一下。"

"我们刚到,水没喝,凳子没坐热,就被你抓壮丁了?"张子坚嘴里说着,很快把那桌子收拾得干干净净。

吴国风嘿嘿笑了一下,说:"没办法,现在是高峰期,你们俩耐心地等会儿,忙完了这阵子在我们这里吃午饭。"

嘉茂鞋业公司的新厂房位于经济开发区新虹大街上,这是一幢三层砖混楼房,一、二层为生产车间,三层是职工宿舍,总面积有两千多平方米,是原来那个老厂房的四五倍。七点钟刚过,两辆搬家公司的车子载了数十名搬运工来,由汪海峰和张子坚指挥着,仅半天工夫,老旧的厂房就显得空空荡荡的。走进宽敞明亮的新厂区,大伙儿心头有说不出的舒畅。

以前的管理方式显然不适合了,公司里增加了几名部门负责人,把分工细化了。陈经理将一切安排好后又出差去了,临走时分给汪海峰和张子坚一项任务:招收员工。厂门口很快贴出一张招工启事,是汪海峰写的,字迹歪歪扭扭。

招工启事

本厂因扩大生产需要，特向社会招收熟练工。应聘者带身份证报名面试，额满为限。

  复爪 30 名
  做包 30 名
  打包脚 20 名
  普工 8 名

嘉茂鞋业公司
×月×日

招工启事贴出后没多久，公司门口便聚集了很多人，这些青年男女说着不同地区的方言。报名者先由汪海峰登记，再由张子坚面试。俗话说"行家一出手，便知有没有"。只要看应试者把材料拿到手上操作得是否利索，就知道技术如何。有人只有三脚猫的功夫也想蒙混过关，很快被张子坚识破，结果是走人。看着那些离去的人脸上现出无奈的表情，张子坚的心情沉重。是啊，这些慕名而来的打工者因为没有一技之长，想找个工作太难了，而企业则要求是熟练工，这就形成了供求矛盾。其结果是企业招不到工人，而大量民工无工作可找，对此张子坚深有体会。他想到自己刚来温海的时候，因为没有技术处处碰壁，经过不断的努力，今天也算是混得不错了。

太阳已经落山，门口的人群渐渐散去，这时站在远处的两个姑娘引起了张子坚的注意。只见高个子姑娘将浓密的头发束了个马尾，白净的四方脸上两个浅浅的酒窝，水灵灵的大眼睛透出高贵的气质。一个典型的东方美女，不比影视明星逊色，张子坚暗叫一声好。个子稍矮的姑娘留了个学生头，圆圆的脸蛋，小小的鼻梁，一脸娃娃相。两个人衣服都比较普通，倒显得干净利索。中午时分就看见她们来了，不知为何她们既不来应聘又不肯离去。从她们的脸上已看出为了寻找工作而留下的倦意，处境显然不妙。张子坚动了恻隐之心,决定过去探个究竟。

张子坚慢慢踱到她们身旁问:"你们是哪里人?"

"湖南。"高个子答道,声音很低。

"天快黑了,你们怎么还不回去?"张子坚知道她俩有话要说,先探个情况。

"老板,不熟练的你们要不要?"矮个子终于鼓起勇气,似乎怕失去这个接触的机会。

"老板?你看我像老板吗?告诉你吧,我也是个打工的,只是帮老板招工而已。"张子坚笑了笑又说,"老板叫我招熟练工,不熟练的不行。"

"我们俩学过裁缝,做衣服不成问题,只是鞋包没有做过。我们来温海十多天了,带了五百元钱出来,已经花完了,假如再找不到工作就惨了。"高个子说得凄凄的,眼里闪着泪花。

在别人困难的时候,能伸出援助之手,便是最大的美德。

张子坚问了她俩一些别的情况,回到办公室和汪海峰商量了会儿,很快转了回来问她俩:"你们两个有身份证吗?先去登记。"

两个女孩儿马上掏出身份证递了过去,张子坚接过一看,高个子叫东方玉,矮个子叫高云。"哟,名如其人嘛,人长得漂亮,名字也如诗如画。"他赞道,两个姑娘羞赧地笑了。登记完毕,张子坚告诉她俩说:"不用面试了,明天就来上班吧。"两个姑娘充满了感激之情,千恩万谢地离去。

张子坚目送她们离去,心里有一种怅然若失的感觉,这种感觉从未有过,但他说不清楚。第二天上午,张子坚把她们两个人带到车间,对那个三十多岁的胖检验员说:"素丽,这两个人交给你了。"

"又来两个,是你老乡?"胖女人笑着问。

"老乡?"张子坚愣了一下。老板的要求是招收熟练工,可东方玉和高云根本不会做鞋,这是违反纪律的,说不定会被这些多嘴多舌的姑娘们编出什么笑话来呢。想到这里他便顺水推舟道:"嗯,是我老乡。"又指着两台平车说,"你们在这里做吧。王珊,她俩不熟练,你教教她们。"

东方玉的到来让所有的人大吃一惊,惊叹上天的造化,造化出她的惊世之美。

"是,老板。"王珊拿腔拿调地回答,惹得所有的人大笑起来。她有时称张子坚老乡,其实他们一个南一个北,相隔有近千里路,只是同一个省份而已。她是老职工,是技术骨干,对张子坚有几分好感,常借着老乡的关系和他套近乎。可张子坚对她说不上喜欢,一直和她保持着一定距离。

检验员素丽给东方玉和高云几双鞋包的材料,王珊立即过去教她俩如何操作。她轻声问:"你们俩是张子坚的老乡?"

东方玉没有回答,只是不好意思地笑笑。这一笑王珊则认为是回答了,从她那甜蜜的微笑中看出她和张子坚的关系非同一般。这让王珊的心凉了半截。这个东方玉是如此美丽,又和张子坚是同乡,无疑是自己最有力的竞争对手。

"嘀嘀。"门外传来汽车的鸣笛声,一辆神龙轿车在院子里停下,是陈经理出差回来了。

"老板回来了?"张子坚伏在桌子上写着什么,抬头招呼了声。

"公司里生产怎么样?"陈经理放下公文包问。

"生产正常,只是几种材料不多了。"张子坚简单地答道。

"嗯,打电话让厂家把材料发过来。我让你招收工人的事儿办得怎么样了?"

"四天才招够人数,但熟练工实在太少,不熟练的我也招聘了些。"张子坚解释道。

"灵活掌握是对的,但要加紧对这部分人员的技术培训。"陈经理喝了口茶说。

"我已做了安排,让一个熟练工带一个新员工。"

两个湖南妹因长期未找到工作到了山穷水尽的地步,假如她们失去这份工作后果难以想象,张子坚自然对她俩关心得多一些,给他们做技术上的指导。

"张子坚。"王珊酸酸地问,"她是你表妹还是你什么人?这么关心她。"

张子坚听出她的弦外之音,答道:"老乡嘛当然关心些,会是我的什么人?她在家做过衣服,但没有做过鞋,所以不熟练。"他为自己的一番辩解扬扬得意。

"老乡见老乡,两眼泪汪汪。你有一年时间没回家,见了面一定抱头痛哭一场啦?"旁边有人起哄,做鞋包的都是女孩子,说起话来更是没完没了。

检验员素丽说:"我看王珊八成是吃醋了,你如果不抓紧时间追,心中的白马王子可要飞了。"

"去,你才想他呢。"王珊被说中心事,脸上一片绯红。

东方玉想辩白几句,又怕送给她们新的话柄,不说吧,又觉得委屈,坐在那里好不尴尬。

"你们能不能积点口德,整天说别人的闲话将来小心嫁不出去。"张子坚以牙还牙,自知不是对手,说完逃也似的离去。

"没有谁要嫁给你。"他的身后又响起尖尖的女高音。

"其实我看张子坚长得挺帅的,你不是在打他的主意吗?"一个女孩说。

"你是不打自招,张子坚一定是你的梦中情人吧。"刚才那个女高音说。

素丽是两个孩子的母亲,以过来人的口吻说:"你们就别费心思了,有一个王珊在那凄惨惨的成了醋坛子,又加上他美如天仙的老乡,你们连一点残羹剩饭都捞不着。"

这是一群青春活泼、充满朝气的女孩儿,对未来的生活总是充满幻想,爱这样热热闹闹地捉弄人,花季女孩儿就是这样如诗如画。

晚上,张子坚和王光水在街上散步和东方玉、高云相遇。他走过去诚恳地说:"今天她们说的那些话不中听,你听了可能不习惯,别当真。"

"天天在一块儿这样能增加感情,我也喜欢说笑话呢,没什么。"东方玉莞尔一笑。

"还有我冒充你老乡的事儿,上次素丽问我的时候我想也没想便应了声,没想到她们却当真了。"张子坚歉疚地说道。

"这是多大的事儿,你帮我找到了工作我还没感谢你呢。"东方玉不卑不亢地回答,显示出很好的涵养。

"对了,那天你们俩说没有钱了。如果没有生活费我可以借给你一些,公司里规定新来的职工必须工作满五天才能借钱。"

"我们买了毛巾牙膏之类的日用品，剩下的钱用五天足够了。"高云答道。

黄林如同从地下冒出来似的在温海出现了。他首先找到吴国风原来工作过的那个机械厂，厂里的人告诉他说，吴国风今年根本没来上班。他又找到原来的嘉茂皮鞋厂，但厂房已经易了主人，经多方打听终于找到嘉茂鞋业公司的新厂房。张子坚见了他惊得半天说不出话来，以为是在梦中。

"这样看着我干吗，不认识了？"黄林笑着问。

今天的黄林已然不是去年的黄林。只见他长长的头发油光滑亮，穿着笔挺的西服，脚上的皮鞋擦得锃亮，风度翩翩一副公子哥的派头。

"看来你混得不错嘛，发大财了？"张子坚从惊愕中回过神来，用责备的语气问，"这半年多你上哪儿去了？让我们到处找。"

"我和几个朋友去上海打工了，几天前回到温海的，找了好多天才找到你这儿。"黄林歉疚地一笑。

"去年你爸爸和你大哥来找过你，你总该为你的家人想想吧。"张子坚说道。

"过年的时候我打了电话回去，几天前我又寄了钱回去。去年我离开温海的时候你分管了十来个人，现在规模扩大了你管的人肯定不少。估计快下班了吧？我请客。"黄林说道。

"我们出门打工不在乎管了几个人，重要的是凭着劳动吃饭，挣的是血汗钱、干净钱。你这么长时间还在干那事儿？将来悔之晚矣。"张子坚语重心长地说。

"瞧你说得这么难听，我又不是小孩子。王光水呢，他咋样？"

"他现在也是车间的负责人了，挺不错的。"

下了班，他们三个人在附近的小饭店里坐定，黄林点了一桌丰盛的酒菜，他啪地打了个响指说道："服务员，拿几瓶啤酒来。"一副大款的派头。

黄林喝了杯酒，发出一声长叹："去年我偷偷地跑了回来差点给饿死，你请我吃的那顿饭我至今难忘。饭后你俩把身上所有的钱全给了我,三个顶天立地的汉子却为几十元钱发愁,现在想起来真的可笑。从此,我得出一个真理,有了钱就有了一切。"

"这叫此一时彼一时,我们比以前是好多了。"王光水说,"你知道吗? 张子坚已经是生产经理,掌握着公司的生产大权呢。"

黄林听了很是兴奋,说:"我刚才还说他管了不少人,你们受到老板的器重,前途无量啊。"

"只是个管理员而已,打工仔一个。"张子坚纠正道。这时他看见黄林手上的疤痕,显然是新留下的,便问:"你手上的伤疤是怎么来的。"

黄林本能地用衣服遮住了,若无其事地说:"这是在厂里打工时受的工伤,我不能和你们比了,叫'命里只有八角米,走遍天下不满升。'"

两个人听了丈二和尚摸不着头脑,王光水说道:"什么命不命的,对我们来说,勤劳才是最重要的。"

吃了饭,黄林拿出一沓钱来付了饭钱又还了他俩的钱,然后迈着大步离去了。看着他远去的背影,张子坚说:"光水,我觉得黄林有些不对劲。"

"是啊,我也有这种感觉。他说运气不好,可拿出的钱是大把的,身上穿的是名牌,像个公子哥儿。"

"还有那个伤疤,既然是工伤遮遮掩掩的干什么? 他是不是又干了坏事?"

"但愿不是。"两个人心中增添了一个难解的谜团。

正如张子坚和王光水猜想的那样,黄林是江山易改本性难移。去年一个月的拘留,他不仅没有改掉不良习气,还结识了二毛和阿勇两个铁哥们儿,在人生的道路上越滑越远,最终踏上了一条不归路。开始只是小打小闹,这种小蟊贼公安局不太注意倒也相安无事。但进款太小有些入不敷出,几个人商量着干几件大生意,便选择了流窜作案,浪迹全国各大中城市。每到一地必先踩点,因此行动干净利索,得手后即刻换下一个城市。素有"十里洋场"之称的上海滩,他们自然也不肯放过。黄林一伙到达上海以后,很快将某企业的老板列为抢劫对象。这天,趁老板夫妇上班的当儿,由阿勇望风,黄林和二毛骗老板的爸爸开了门。二人闪进屋里,用刀子逼老人交出钱来。老人见来者不善,便战抖着手拿出五千元钱,希望他们能快点离去。

五千元钱并不能让他们满足,他们杀害老人后又找到五万元钱才扬长而去。回到温海后黄林将分得的浸着老人鲜血的钱大半寄回去。母亲见儿子寄了许多钱回来,直夸儿子有孝心呢。在之后相当长的时间里他确实收敛不少,不敢作案。吃喝玩乐成了他生活的主旋律,没多久他便和周小莉勾搭上了,两个臭味相投的人很快走到了一起。当然,这一切吴国风、张子坚、王光水无从知晓,只知道他在江新路租房子住。

这天,张子坚到江新路办事,想起黄林住在附近,顺着门牌号很快找到23弄7号。黄林搂着周小莉睡得正香呢,突然咚咚的敲门声把他惊醒。

"是谁呀,来了。"他推醒周小莉,穿上衣服开了门。

"都中午了还在睡觉。"张子坚推开房门却见一位年轻女子在房里,微微一惊,"这位是嫂子?"

"今天没上班?有闲心上我这破庙玩。"黄林没有回答他的话,转了个话题。

"我路过这儿,顺便来看看你,你们难道没上班?"张子坚问。

"我没你运气好,干什么老板都看不中,几天前被老板给炒了。"黄林一边刷牙一边说。

周小莉起了床,梳洗完毕去买早点了。

"不是老板炒了你,是你炒了老板吧?"张子坚说,"你挺行啊,这么快交女朋友了,跟闪电差不多。"

"女人嘛,就像身上的衣服,要穿时就穿上,不穿时就扔掉。这是前人说的,我们只是照章执行而已。"黄林轻描淡写地说。

"你怎么能这样呢,会给她造成伤害的。"张子坚责备道。

"今朝有酒今朝醉,明日无酒明日忧。你知道她是干什么的吗?"黄林神秘地反问。

"干什么,难道是吸血鬼?"张子坚不解地问。

"不是吸血鬼,但好不了多少。"黄林诡秘地一笑。

第三章　失恋

吴国风的皖西饭店因经营得当生意很是红火,他曾笑着对妻子说:"刚开始的时候你有忧虑,想不到你却是个行家里手。"

妻子娇柔地说:"你以为我是白痴,这几年帮别人开饭店是白开的?你还是慢慢地跟我学吧。"

"托夫人吉言。"吴国风给她一个甜甜的吻。两个人当下商定,又租来隔壁的房子,添置了桌椅,将餐厅的面积扩大一倍。增加了厨师和服务员,周媛媛负责给客人点菜,吴国风收钱。各有分工,秩序井然。

要说变化最大的当然是贵州妹林晓梅,也就是最先来的那个眉清目秀的女孩子。她对工作认真负责,服务热情周到,为饭店出了不少力,深得吴国风夫妇的喜爱。拿了工资以后,她首先买了衣服把自己打扮得漂漂亮亮的,一只丑小鸭变成了白天鹅。深山出俊鸟,绝了。周媛媛暗赞一声,想不到女人的美在她身上得到了很好的体现,这正是自己的弱项。林晓梅如同一个广告招牌,给小饭店带来良好的宣传效果,使得客源大增。她和吴国风以兄妹相称,"大哥、大姐"地叫着如带了蜜儿。时间长了,吴国风隐隐觉察到林晓梅常常拿眼角的余光看自己。这是青年女子欣赏理想中异性的目光,吴国风打了个冷战,她为什么要这样看自己,难道对自己有非分之想?这可不是好兆头。

其实,只有林晓梅心里清楚,清楚自己心中期盼的一切。

林晓梅来自贵州的大山里,这里山高路险,太穷了。她家七口人住在四间低矮的破瓦房里,冬不避风,夏不避雨,她是因为希望工程的帮助才读完中学的。两个哥哥早已到了娶亲的年龄,因为家里穷,没有哪位姑娘愿意嫁到他们家。林晓梅第一次走出深山来到这个陌生的海滨城市,找工作颇为顺利,很快就被周媛媛找来当服务员。她是个虚荣心极强的女孩子,不想走父辈走过的道路,在那穷山沟里过一辈子。她甚至想过再也不回去了,在这个缤纷的城市找个男人嫁出去。梦想与现实毕竟离得太远,让她的梦想变得虚无缥缈。饭店里每天进进出出的人很多,都是穷打工仔,说不上富有,藏在她心底的那个梦想看来是难以实现了。当得知吴国风夫妇也是打工者时,林晓梅便对他俩由衷地敬佩。少女的心总是充满着幻想,她希望找个像吴国风这样的丈夫,无忧无虑地过一生。既然自己要找的是吴国风这样的男人,吴国风不是在眼前吗?为何不取代周媛媛的位置将他夺了来?他有事业,是个人才,如果能成为他的妻子便无怨无悔了。可他和周媛媛感情笃深,自己的目的能达到吗?她知道这种做法是不合伦理的,是不道德的行为,可她还是心猿意马地抑制不住自己。

周媛媛察觉到了她的反常行为,把她叫到自己的屋里,但没有切入正题,问道:"林晓梅,听说你家里很穷,急需钱用。可你的工资为什么不寄回去,却拿来买昂贵的衣服?"

"我只是觉得这件衣服好看,在我们那里是买不到的,所以买了来。大姐,下个月的工资我一定寄回去。"林晓梅以为大姐找自己只是为了这事儿,放下心来。

"不必了,你收拾一下马上离开这儿,到别的地方找个工作吧。"周媛媛冷冷地说。

"大姐,我到底做错了什么,为什么赶我走?"林晓梅有些不解地问道。

"有些事情别以为我不知道,还要我说出来吗?"周媛媛怒了,声音提高了几度。

"没有哇,我没有和吴老板……"她挤出几滴泪来。

"你不敢承认是吧,那好,你马上离开这儿。"周媛媛指着门说。

"大姐,我错了,我再也不敢了。"林晓梅见周媛媛动了真格的,也胆怯了,她凄惨惨地说道,"大姐,求求你别赶我走好吗?我在温海没有一个老乡,失去了这份工作我上哪儿找去。大姐,只要你不赶我走,我什么都

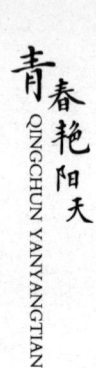

答应。"

周媛媛见她说得真切，不像撒谎，心想，她一个女孩儿从西部大山里跨越半个中国，来到温海的确不易，便问："你真的能保证不再发生那类事件？"

林晓梅见她松了口气，忙不迭地说："大姐，我向你发誓，我如果再犯错，天打五雷轰，不得好死。"

"好吧，你记着你说过的话，绝对没有第二次。"但是，周媛媛的仁慈之心没有得到她想要的结果，反而带来无穷后患。

林晓梅表面上答应着，心里如何肯放弃。她在众人面前装出一副痛改前非的样子，暗地里却加紧了对吴国风的纠缠，只是改变了策略而已。周媛媛虽然处处提防着她，但现实中的事没有完美无缺。因为这档子事儿，吴国风和周媛媛之间产生了不小的隔阂。

这天早上林晓梅出去了，说是到市场上买东西，周媛媛也没在意便和另外两个姑娘一起买菜去了。吴国风睡了会儿正要起床，突然门被推开了，林晓梅闯了进来，显得有些紧张。

"国风哥，起床啦？"她没有了那份羞涩感。

"晓梅，你来干什么？出去。"吴国风吃了一惊。

"国风哥，大姐这几天不是对你很冷淡吗，让我来陪陪你。"她猛地抱住了他。

"这都是你惹的祸，你快走吧。周媛媛马上要回来了，这样对你对我都没有好处。"吴国风尽量克制自己，不让这种关系发展下去。

"国风哥，你和周媛媛离婚，我嫁给你好吗？"林晓梅小鸟依人般楚楚动人，在他耳边轻轻地说，"哥，你知道我是多么地爱你。"

吴国风本来对她就抱有好感，只是不敢有越轨行为，心里虽然告诫自己别踏出这危险的一步，可闻着她身上少女特有的芳香，如痴如醉，心里的防线终于崩溃了。

张子坚在东方玉身边转悠，忽听陈经理叫他。说真的，他有些怕陈经理叫，因为十之八九是下任务，繁重的工作量压得他喘不过气来。

"日本的这批货还要多长时间才能完成？时间紧迫呀。"陈嘉茂着急地问。

"老板,这可就难了。国内的合同每次一辆车百十来件比较好完成,可这个合同是三个大货柜。时间紧,任务重,大伙儿都把眼睛熬红了吃不消。"张子坚面有难色。

"多做些就多赚些钱,有什么不好？"陈嘉茂说道。

"钱多当然好,可身体才是本钱。累垮了谁还能工作？不信你去看看,有几个人在工作台上睡着了,我也不忍心叫他们。"张子坚答道。

"有这种事？"陈嘉茂有些不相信,到车间一看,一楼有四个人在打瞌睡,二楼女工有六个人趴在平车上睡着了。在工作的个个都没精打采,像霜打的茄子,蔫了。

张子坚建议说："陈经理,我们应该多招收些员工来,扩大生产规模。但房子太挤了,住的地方不够。"

陈经理想了想,只有这样了,因为抽屉里还放着两张数额不小的订单呢。"好吧,把三楼的宿舍挪出来做车间,实行两班工作制。"

"把宿舍做车间,我们住哪？"张子坚不解地问。

"你放心,我会找地方给你们住的。只是计划赶不上变化,没想到这个新厂房这么快就不能满足需要了。"他说着拿起了电话。

第二天上午厂里突然来了施工队,拉来了红砖、河沙、水泥等建筑材料。他们把楼梯间的屋顶切出了个洞,装上模板,把楼梯延伸上去。屋顶的外墙用红砖砌上,中间用三合板隔开,盖的则是白铁皮。

陈嘉茂对那个老板模样的人说："老石,质量给我严一点,我们这里最大的特点是台风多。"

石老板把手一挥,说："老弟,你放心好了。那座二十几层的王子大酒店便是我们施工的,你们这玩意儿不费吹灰之力,保证没事。"

他们施工的速度的确很快,仅数天的时间一排宽敞明亮的宿舍建成了。所有的员工都更上一层楼,三楼成了车间。因为增加了员工,以及大伙儿的齐心协力,那几批货都按时完成了,几个身体差些的终于吃不消,到卫生室吊了瓶葡萄糖补充体力。张子坚从宿舍出来,经过三楼的阳台时,听见有人在唱着什么,仔细一听,这不是家乡的黄梅戏吗!正是《女驸马》最有名的"中状元"那一段,声音婉转优美,非常动听,不比韩再芬唱得差,他被吸引了进去。

"他乡遇故知,谁在唱我们家乡的黄梅戏?"他推开门高声问。

几个女孩听见有人说话,扭头一看是张子坚来了。

"是东方玉在唱黄梅戏,她唱得可好听了。"有人答。

"你来自黄梅戏的故乡?"东方玉惊喜地问。

"是啊,我来自黄梅戏的故乡,绝对不是冒牌货。"张子坚心中升起一阵自豪感。

"咦?你俩不是老乡。东方玉,你家在哪里?"素丽发现了问题,问道。

东方玉自知失言,只好低声承认:"湖南。"

王珊嗓音特别高,不依不饶地说:"原来是你们合伙骗我们,坦白从宽,是不是有不良图谋?"

"哪有什么图谋?"张子坚无奈,只好把东方玉和高云进厂的经过大致说了一遍。

"我看这更是图谋不轨了,不过没关系,英雄爱美人嘛,古来有之。'一个是阆苑仙葩,一个是美玉无瑕',挺不错的。"素丽说出《红楼梦》中的主题歌词来。

东方玉看过古典名著《红楼梦》,知道这是寓意金陵十二钗命运的十二支曲子中的第三首,名为《枉凝眉》,拍电视剧的时候这支曲子做了主题歌。她说的是开始两句,赞扬贾宝玉和林黛玉的天生丽质,重在一个"缘"字。东方玉想到这里不觉多看了张子坚一眼,脸上热辣辣的。

"张子坚,你们那里个个都会唱黄梅戏吗?"东方玉笑着问。

"我们那里每个人都能唱一些,我是和吴奶奶学的。她年轻的时候是县剧团的名角儿,我们在家经常缠着她学,能唱一些。"张子坚答道。

"那个叫什么兰的你知道不?"素丽问。

"你是说马兰吧,她是我们邻县的。"张子坚如数家珍,这些黄梅戏艺术家是家喻户晓的人物。

"哇,你们那里好幸福耶,又能唱黄梅戏又有那么多明星。"东方玉几乎惊叫起来,表情有些夸张。

张子坚知道黄梅戏在国人心中享有很高的声誉,今天听她们一说得到了印证。有人提议道:"你也给我们唱一段,让我们过个瘾。"

张子坚问:"你们说唱什么?"

"唱东方玉刚才唱的那段吧。"王珊说,"我不能和你比了,不会唱黄梅戏。"

"那段你们听得多了,唱《夫妻观灯》吧,全本的。"他清了清嗓子唱起来,"我家住在大桥头,取名字叫作王小六……"

张子坚声音洪亮,很有艺术水准。不一会儿工夫,几乎把全厂的人都吸引了来。自那以后,只要有空闲便有人缠着张子坚唱黄梅戏。他也不推辞,即兴来上一段,东方玉因此成为他的最佳搭档。因为黄梅戏的关系,两个人之间的话题多了起来。自从第一眼看到东方玉,就有一种似曾相识的感觉,他不清楚在这个女孩占大多数的皮鞋厂里,自己为何会毫不犹豫地帮她脱离困境,难道这就是所谓的"缘分"吗?他们俩的关系日益亲密,却让一个人看了眼红,这个人就是王珊。王珊因为性格内向,从不轻易把自己的内心示人,她把少女心中最隐秘最珍贵的情感压在心底。结果错过了向张子坚表白的最佳时机,当东方玉到来之后,她明显地感到巨大的压力。看着他们说说笑笑,她心中升起无名的醋意,心情变得很坏,经过激烈的思想斗争,决定吐出心中的秘密,向张子坚做最后的表白。她知道这种努力是徒劳无功,但总比没有努力好。

晚上,张子坚在宿舍里洗衣服。他洗衣服的方法很简单,就是用洗衣粉把衣服泡上几分钟,然后像和稀泥一样,用脚在里面踩几下,不到十分钟全洗好了。这种洗衣的方法令女孩子大笑不止,说这样只是给衣服洗了个凉水澡,汗渍根本洗不掉。可他并不在乎,有人自告奋勇地帮他,他也婉言谢绝。王珊在走廊上观察了一下,见只有张子坚一个人在"和稀泥",便壮着胆子走进来。

"王珊,有什么事吗?"张子坚礼貌地问。

"你洗衣服呀,让我来帮你洗吧。"王珊的声音不高,蹲下来要拿衣服,"张子坚,我想和你说说话。"

张子坚阻止她道:"爱情的事是说不清道不明的,一厢情愿不行,有情无缘不行。我的回答只会让你失望,我们之间只有朋友的友情,没有爱的缘分。东方玉的到来,开启了我感情的大门,现在我和她的感情已经很深了。"

"没有进门的时候,我就知道是这个结局,在这场感情游戏中我注定是个失败者。我今天来没有别的目的,只是想让你知道有个叫王珊的女孩曾经爱过你。"她刚出门和东方玉撞个正着。

"她来干什么?"东方玉看着王珊离去的背影狐疑地问。

"没什么。"张子坚随口答道,"你来得正好,帮我把衣服洗一下。"

在洗衣池旁边,她白玉般的嫩手很有节奏地搓着。朦胧的灯光照着她娇羞的面容,张子坚看得如痴如醉,此时的东方玉更显得楚楚动人,现出少女特有的娇媚。东方玉猛一抬头,见张子坚痴痴地看着自己,心里升起甜甜的爱意,问道:"你这样看着我干什么?"

"你真美。"张子坚由衷地赞道。晾好衣服,两个人相约下楼去,王光水和高云早已等候在门口了。他们才走出几步远,却见前面不远处的一棵小树下站了一个人,走近一看却是王珊。见张子坚和东方玉走过来,她正要回避,高云拉住她的手说:"王珊,我们去夜市玩玩。"

王珊显然很伤感,拒绝道:"我没时间,你们去吧。"

张子坚看出她眼中闪着泪花,东方玉怏怏地说:"子坚,她对你很有感情呢。"

"我知道,可感情这东西不是随便可以改变的,也不是对每个人都公平。"

夜市离这儿不远很快就到了,白天,这里是车水马龙的道路,晚上则成了另外一个世界。路两边摆满了小摊儿,卖水果书刊的,卖服装钟表的,应有尽有。各个摊位前更是人头攒动,嘈杂的叫卖声此起彼伏。

张子坚拉着东方玉的手边走边看,对衣服什么的评评点点,却没有掏钱买的意思。两个人走了一程却没见王光水和高云跟来。只见他俩在一个小摊前驻足,聊得开心呢,东方玉和张子坚相视一笑。张子坚和东方玉走到一个书摊前站定,这里有国内外名著、畅销小说,种类繁多。这些书的最大特点是盗版和价格便宜,在打工者中很有市场。他们俩转了一圈,看看时间不早了才回去休息。

"老板。"第二天,张子坚在阳台上看风景,王珊走了过来,她不再叫他"子坚"了。

"王珊,什么事?"张子坚问。

"张老板,我要回家。"王珊的声音里有些凄凉的感觉。

"你干得好好的,为什么要回去?"

"我母亲病得厉害,要我回去。"她淡淡地说。

"你母亲生病?"他记起她以前就说过她很小的时候母亲就去世了,今天如何又冒出个母亲来?这肯定是个借口。"真要回去?这不是真正的理由吧?"

"不是理由,但也是理由,你知道就好。"

张子坚听出她的弦外之音,说:"都是我不好,是我伤害了你。"

"过去的事不要提了,我想了很久还是离开的好,希望你能理解,为了我也为了你。若住下来我也许控制不住自己,对你对我对东方玉都没有好处。"

"那……你什么时候走?"

"明天。"

"这么快?"他有些吃惊。

"来去无牵挂,越快越好。"

"好吧,陈经理在办公室里,你去说一下。"

见王珊走了,东方玉走过来问:"她找你干什么?"

"她要回家,不想在这里待了。"

"她可从来没有提起过,怎么说走就走呢?"东方玉不解地问。

"都是因为我们俩,她选择了离开。"

东方玉为王珊的行为感到由衷的敬佩,要知道放弃需要勇气。

陈经理问刚进门的张子坚:"王珊要辞职回家,你同意了?公司里少了人怎么行?"

"老板,这段时间里公司不太忙,走一个人没关系。再说她母亲病重,难得她一片孝心,就让她回去吧。"

王珊呆呆地坐在椅子里沉默不语,陈经理看了看张子坚又看王珊,似乎洞察出什么,对王珊说:"既然如此,你回去吧。"

"谢谢。"王珊道。

"子坚,是不是你把她甩了?"陈经理指着刚出门的王珊问。

"老板,你看我是那种人吗?"张子坚急忙辩解。

"哼,还说不是,你脚踏两只船,良心坏透了。"汪海峰在旁边打抱不平。

"根本没那回事,都是她自己造成的,与我无关。"张子坚说。

"你也不用解释。我知道她是找了个借口回去,可你却来帮她打圆场。"陈经理说。

"我也知道她是撒谎,既然知道是谎言还要戳穿干什么?"张子坚说。

"好哇,张子坚,你倒装起圣人来了,让我给你擦屁股。你玩忽职守,心存不轨,我还没追究呢。"陈经理颇为严肃地说。

张子坚听了丈二和尚摸不着头脑,不知道自己在什么地方出了差错,不解地问:"经理,这话从何说起?"

"灯不挑不亮,话不挑不明,还要我揭你的底儿?东方玉是怎么进来的?你却告诉我说熟练工难招聘,不熟练的也招了些,这是不是玩忽职守?你看中的是她的美貌,没几天就和她好上了。这是心存不轨,把王珊气得哭啼啼的要回去。"

原来是这事儿,他悬着的一颗心放下了,说:"招工的那会儿的确是这样,熟练工比较难招。"

汪海峰插话道:"招工那天我就知道你没安好心。"

"我,我……"

陈经理爽朗一笑,说:"不过,这么长时间才发现你犯了这么个错,爱美之心人皆有之。抱得美人归是好事一桩,这个过错就既往不咎了。"

王珊提着行李下楼来,许多姐妹都尽力挽留。

"这里只是我生命里的一个驿站,但不是我生命的全部。我只是一个小小的过客,如同门前奔腾不息的车流。既然有昨天的相遇,便有今天的分手。你们都回去吧,还要上班呢。"她说完推开众人走了出去。

"王珊,等一下。"张子坚和东方玉叫住了她,张子坚手里提着一个装得满满的方便袋。王珊站住了,看着眼前这个曾让自己魂牵梦萦的人。

"王珊,我买了些吃的东西请你收下,你回去路途遥远,别饿着。"张子坚说着把袋子递过来。

王珊木然地站着,并不伸手去接。

"拿着吧。"东方玉给她装进包里,她也不反对。

"我知道你去意已决,无法挽留,说不定以后到省城我还要求你帮忙呢。"张子坚笑了笑,活跃一下气氛。

"如果你以后去省城,欢迎到我家做客。张子坚,我会把这一份记忆好好珍藏,记住在温海的这段时光。我在外面漂泊了几年,真心想找一个心灵的归宿,筑一个爱巢,过上两个人的幸福生活。可命运给我开了个玩笑,爱我的人没有来到,我爱的人不能真心去爱。东方玉,张子坚是个出色的男人,能有这样的伴侣是你的福气,希望你能好好珍惜,预祝你俩白头到老。"王珊说罢悄然离去,她孤独的身影消失在茫茫人海里。

吴国风和林晓梅之间的故事仍在继续,他心里把周媛媛和林晓梅做了一番比较,周媛媛开饭店是个行家里手,是个有事业心的女人。林晓梅则漂亮温柔,妩媚动人。吴国风心里的天平开始倾斜,对周媛媛也看不顺眼了。周媛媛见林晓梅最近一段时间有些反常,疑心顿起。这个女人怎么看都不像个正经的人,她以前就和国风眉来眼去,她是不是又和国风……周媛媛不敢往下想。

林晓梅端着盘子,胃里有东西往上涌,这是妊娠的正常反应。她怕周媛媛看出破绽,便推说头痛请个假回房睡觉去了。周媛媛经过宿舍门外,听到吴国风和林晓梅在小声说着什么,顿时气血上涌,差点晕了过去。忽然门被撞开,周媛媛像一头发怒的狮子冲进来,拿起凳子向他们两个人砸来,骂道:"不要脸的东西,畜生!"

吴国风没想到周媛媛会闯进来,吓成一团,身上被重重地打了几下。周媛媛打够了,发疯般地向门外冲去。吴国风追了出来,刚到门口却见一辆摩托车向她驶来,接着是一阵刺耳的刹车声。"媛媛!"吴国风眼睁睁地看着妻子倒下了,冲过去扑倒在她身上。

嘉茂鞋业公司的电话铃声急骤响起,张子坚拿起来一听,一个女人的声音急促地喊道:"张子坚吗?你的老乡周媛媛被车撞了,情况很严重。"

"吴国风呢,他在不在?"张子坚吃了一惊,心往下沉。

"吴老板去医院了。"

没等对方说完,张子坚便冲出门去,在院子里推了辆自行车就走,到饭店一看,冷冷清清的,只有一名服务员呆坐在那里。

"媛媛在哪家医院?现在怎样了?"张子坚着急地问。

"可能在附近的第三医院,厨师柳姐也去了。"她答道。

张子坚二话没说又向医院赶去,在急救室门外找到了吴国风,周媛媛正在抢救。吴国风满脸痛苦的表情,连连自责:"是我不好,是我害了她。"

急救室的门开了,一名医生推开门出来。张子坚迎了上去问:"病人怎么样,有危险吗?"

"病人大脑受到震荡,伴有较重的内伤,流产了。"医生答道。

只要没有生命危险就好,孩子没了问题不大。张子坚松了口气,悬着的心放下了。当得知周媛媛被撞的经过,他气得说不出话来。早听说吴国风和林晓梅有染,没想到他们的胆子越来越大,竟然公开搅到一起,周媛媛能不生气吗?现在倒好,差点闹出人命来,看吴国风如何收拾。

林晓梅并没有离去,得知周媛媛没有生命危险,一颗心便放下了,躺在床上装睡觉。张子坚推门进来,咬着牙说:"林晓梅,你挺有能耐呀,不择手段做可恶的第三者。如果周媛媛有个三长两短,看我怎么收拾你。"

之后到来的王光水几乎想把她狠狠揍一顿,以解心头之恨,可想到"好男不与女斗"的古训还是忍住了。"骚女人,一个人活在世上要讲伦理道德。现在摆在你面前的路只有一条,马上离开,别让我再看见你。"

张子坚口气缓了些:"周媛媛好心收留你,你不记恩情反而挖她的墙脚,良心被狗吃了。"

周媛媛头上裹着纱布,全身痛楚动弹不得。吴国风坐在床边心里很是愧疚,这一切都是自己造成的,给妻子造成了难以弥补的伤害。假如自己能抵挡得了林晓梅的诱惑,假如周媛媛不同情她,就没有今天的局面了。生活中没有"假如",悲剧毕竟发生了。

"水,水。"周媛媛慢慢醒来,喃喃地说。

吴国风很快倒了半杯水,自己试了试,冷热刚好。周媛媛见是吴国风给自己喂水,便闭上眼睛不再说话。他叹了口气,这时柳姑娘进来,他如遇救星说:"你来了正好,媛媛口渴了却不让我喂,求你帮个忙。"

"是你老乡张子坚让我来的,他让你回去。"柳姑娘边倒开水边说。

吴国风逃也似的离开了医院,回到饭店里去,可生意不能不做。

晚上,张子坚、东方玉、王光水、高云坐在一张桌子上吃饭,心情都很沉重。

"这个林晓梅怎么能干出这种事来?太不知羞耻了。"东方玉说。

"林晓梅看中的不是吴国风这个人而是他的钱,以为这样一个小老板有油水可捞。你看她生就一双媚眼,缠男人可有一套。"王光水说。

"这件事吴国风负主要责任,经受不了美色的诱惑。周媛媛哪点比林晓梅差?经过这一场风波,两个人的感情也许没救了。得志不相负,患难见真情,是夫妻生活的最高境界,又有几个人参悟得透?"不觉中,张子坚说出一番人生哲理来。

"媛媛,现在好些了吗?"在病床前张子坚关心地问。

"我没大事,只是头有点痛。都怪我不好,不该把她留下来。我见她在温海没老乡,找个工作不容易,想不到她却……"周媛媛无力地说道。

"媛媛,你现在的任务是把伤养好,别的事就不用管了。"张子坚说,"我和王光水都骂了林晓梅,让她滚蛋,可她还是赖着不肯离开。"

"看来她是希望我死,轻而易举地占有饭店。既然如此,离婚吧,他总有后悔的一天。"

"这是大事儿,你要考虑清楚,可不能轻易下决断。"王光水说。周媛媛痛苦地闭上了眼睛,眼角流出两行泪水,摇了摇头。

"我……"在卧室里吴国风低着头坐在椅子上,欲言又止。

"我什么我?你认真地想一想,没有周媛媛你能开这么大的饭店吗?可你倒好,干出这等勾当,饱暖思淫欲,有钱了是不是?你现在就让林晓梅走,否则我对你不客气。"张子坚说完砰的一声把门关上,走了出去。

吴国风大脑里激烈地斗争着,以至于林晓梅进来也未发觉。张子坚的话是对的,自己对不住周媛媛,给她造成的伤害太深了。

"吴国风,你说怎么办?你那老乡像吃人的老虎,我可受不了。"林晓梅的声音不高,但透着威严。

"你把孩子打掉,我给你钱,然后你离开这里,好吗?"吴国风试探地问。

"那可不行,你把我想玩就玩想甩就甩,要走我俩一起走。周媛媛不是不能保住孩子吗?我给你生一个。"她现出蛮横的态度,不依不饶。

"不,在这里生孩子可不行。"吴国风急了。

"我们到别的地方去,只带走部分钱,这饭店给她也算公平。周媛媛能开饭店,我们能开个更大些的,比这里过得更好。"她说得眉飞色舞,似乎一切都唾手可得。

吴国风在周媛媛和林晓梅之间难以取舍,周媛媛是自己合法的妻子,也是皖西饭店的支柱,没有她就没有今天的一切。林晓梅虽然漂亮温柔,可持家能力不能和周媛媛相比。她已成为自己身上的一块恶性肿瘤,想解解不脱,想甩甩不掉。

"你说怎么办?她回来了我可不受这窝囊气。"林晓梅进一步相逼。

"……"

"你说话呀,没个胆子还算什么男人?我什么都给你了,可你却这样对我,我真是瞎了眼。我生是你的人死是你的鬼,你今天不把我的事儿解决好,我死给你看。"她撒起泼来。

"别闹了,让我想想。"吴国风被她吵得烦了,知道她是说得出做得出的,如果再闹出什么乱子就更难以收拾了。

"有什么可想的?要走我们俩一起走。"林晓梅依然苦苦相逼。

"好吧。"吴国风痛苦地闭上了眼睛,咬了咬牙,"周媛媛出了院我们就走。"

"这样就好。"林晓梅破涕为笑,抱着他狠狠吻了两下。他俩说的这些话被柳姑娘在门外听了个真切。十多天后,周媛媛病愈回到饭店。这些天她想了很多,既然婚姻已经死亡,只是两个人组成的空洞外壳,还有什么挽留的必要呢。

"你想好了?什么时候走?"她问吴国风。

"走?这是哪里话?"吴国风极力掩饰,心里并不踏实。

周媛媛把声音提高了八度,说道:"你不是和那个不要脸的商量好了,等我出院以后一起走吗?以为我不知道!我问你,我哪一点对不住你?那个不要脸的勾引男人有本领,但要想开这样一家饭店,除非太阳从西边出来。"

吴国风坐在床沿上无言以对,想起对林晓梅的承诺又有些举棋不定。

"开弓没有回头箭,我们从此一刀两断,你走得远远的,我不想再看见你。"周媛媛知道,能留住他的人留不住他的心,徒添烦恼。

"那,钱也给我一些。"吴国风的声音不高,自知理亏。

"可以,这几天的营业款全部在你身上,也有几千元了,另外再给你五千元。"

"是不是少了点儿,我们的存款有好几万呢。"

"你要多少?"

"一万元不算多吧。"

吴国风以为周媛媛会大吵大闹,没想到她出奇地冷静,爽快地答应了。这时林晓梅收拾好行李,站在门外一个劲地使眼色。周媛媛见了,说:"我明人不做暗事,这个月的工资也给你。"她拿出一沓钱数了数,又拿了张存折放在桌子上。林晓梅拿起钱装在衣袋里,又拉了拉吴国风的衣服,吴国风咬了咬牙跟在她身后出了门。

"你们真的走哇?"两个姑娘围了上来,显得有些突然。

吴国风也不搭话,两个人肩并肩走了出去消失在人流中。周媛媛见他走得远了,终于控制不住,哇的一声大哭起来,边哭边骂:"吴国风你这个没良心的东西,为什么这么狠心哪,说变就变了。吴国风呀吴国风,你害得我好苦哇。"

周媛媛哭得很伤心,把长期积压在心底的情感宣泄出来,心里轻松多了,哭完了,又呆呆地坐了许久,经过一番慎重的思考,擦干了眼泪。

"媛媛,你不该心太软,还给他那么多钱。要是我遇上了准饶不了他。"柳姑娘说。

张子坚和王光水走进来关心地问:"你出院了?我们两个人刚才去了医院,医生说你出院了,又赶了来。"

"谢谢你们对我的关心,坐吧。"周媛媛指着凳子说。

"你哭过,眼睛都是肿的。吴国风呢?"王光水发现了问题。

"他和林晓梅走了。"柳姑娘答道。

"什么时候走的?要去哪儿?"张子坚着急地问。

"刚才走的,好像是下午一点钟的火车。"

张子坚看了一下表,如果快点也许赶得上,两个人在门口拦了辆出租车钻了进去。走了几分钟车子停了下来,堵车了,他们急得几乎要骂娘。过了许久车子才缓缓开动,速度仍然很慢。当他们赶到火车站时,火车如同负重的老牛慢慢离去。

"张子坚,王光水。"忽听有人喊,他们抬头一看吴国风在车窗上向他们招手呢。

"国风,你回来,你不能走哇。"张子坚追着火车,歇斯底里地喊着。

"国风,你不能这样啊,你会后悔的。"王光水喊道。

火车越来越快,他们的喊声被火车的噪音淹没了。直到火车消失在铁轨的尽头,两个人仍呆呆地立在那儿,成了两尊雕塑。

两个人垂头丧气地回到饭店。"我们去迟了,没有追上他。"张子坚说。

"我知道,即使你追上他,他会和你回来吗?不可能的,因为他的心已经走了。"周媛媛幽幽地说。

"可你,你的饭店需要人哪,他走了怎么行?"王光水说。

"没有他地球照样转,柳姑娘到劳务市场找人了,马上回来。没有他,我一定要活出个人样来。"周媛媛咬了咬牙说道。

第三章 失恋

第四章　负心

夜，华灯初上。繁华的开发区大道上行人如梭，那是工作了一天的打工者去夜市闲逛的队伍。天空中一轮明月，把皎洁的月光洒向广袤的大地，一对年轻人没有去夜市，而是选择了相反的方向，沿着明亮的路灯款款而行。花前月下，如诗如画，相互依偎倾听彼此的心跳，是人生最美的享受。

"想什么呢，怎么不说话？"张子坚打破了沉寂。

"我在想这条路会有多长，需要多长时间走完它。"东方玉意味深长地说。

张子坚顿了一下，说："如实地说，还有一里多路就走出开发区的地界了。"

"子坚哥，能够认识你真好。如果这条路没有尽头，我们俩肩并肩就这样走下去，走到人生的尽头该多好。"东方玉深情地看着他。

"人生得一知己足矣，能够和你在一起也是我三生有幸，这就是缘分。我在嘉茂鞋业公司工作的时间不算短，女孩子比比皆是，只有你让我心动。"

"可你伤害了一个女孩的心，王珊是流着泪走的。"

"这个我当然知道，因为爱情是排他的，容不得沙子。她的离开是无可奈何的选择，也是必然的结局。小玉，我千呼万唤把你唤来了，我们的生活一定会美满幸福。"张子坚轻轻地吻了吻她的额头。

东方玉不无忧虑地说："你说，我们会像吴国风和周媛媛一样无果而终吗？"

张子坚附在他耳边轻轻地说："别说不吉利的话，我们永远在一起，谁也不能把我们分开。我想，在这里干个几年后回到家乡去，你给我生个胖儿子,或种庄稼或创造一番属于自己的事业,过上幸福美满的生活。"

一片乌云飘了过来遮住了月亮,大地暗了下来,很快又恢复了明亮。

"这个城市的污染太严重了只能看到一两颗星星,却看不到银河,不知牛郎织女会是什么样子。"张子坚看着无垠的夜空,想起了牛郎织女的故事。

"他们在银河边遥遥相望,心一定憔悴。"东方玉突然兴奋起来,"黄梅戏《天仙配》你会唱吗?"

"当然会唱。"他说完哼了起来,两个人一唱一和进入物我皆忘的境界。是呵,那种男耕女织、夫妻恩爱的生活不正是人人期盼的吗?

"以前遇到过让你心动的女孩子吗?"唱完了,东方玉提出一个古怪的问题。

"是有一个,那是在中学读书的时候。"

她吃了一惊,说道:"你在读书的时候就谈恋爱啦?难怪考不上大学,就是这样把时间浪费了,能说来听听吗?"

"她叫方金蝉,我的同桌,初中三年级的时候她迷上了琼瑶的爱情小说,看得如醉如痴。受她的影响,我也向她借书看。我们常为书中的缠绵爱情激动不已,又为他们的悱恻情思暗暗落泪。看得多了,希望自己是主人公,走进如诗如画的境界,方金蝉借书给我的时候开始夹纸条。"

"后来呢,你们谈恋爱了?"东方玉追问。

"那时候我们都还小,对爱情很模糊。只知道每天上学放学在一起,知道那是爱却不敢说出口。"

"就这样,你们没有发展下去吗?"

"毕业以后我们还在一起玩过,由于双方的父母反对才分手。初恋是人生最美好的回忆,说来还得感谢她呢。"

"还对她念念不忘,什么意思?"东方玉不解地问。

"如果没有方金蝉耽误我的学习,今天能和你在一起吗?"张子坚又吻了吻她,轻轻地说。

"就这样分手了,不是太可惜吗?"

"后来也见过几次面,但都说不上几句话,现在有三四年没有见面了。"

第四章 负心

东方玉故作一番感叹，嘲弄地说："一个美好的爱情故事无疾而终，遗憾遗憾。"

月亮已经偏西，他们也有些累了，张子坚说："夜已深了，我们回去吧。"

"我们不是说就这样走下去吗？"她调皮地说。

"你看，前面的路已经到头，该回去了。"两个人转身走了回来。

"什么时候嫁给我，我带你去领略大别山的雄姿，看古南岳天柱山，看千年古塔白云寺塔，景色可美了。"张子坚说。

"这是你的说法。我的家乡流传的是大别山有野人，多土匪，有一个故事最能说明问题。"

"这么说大别山是恶名远扬，有什么故事说来听听。"他一听乐了。

"故事说，从前，大别山中有一户人家，有两个孩子。有一天父母二人出去干活了，只留下姐弟俩在家。晚上野人来了，使劲地打门。眼看门要被打开了，姐姐把吓得瑟瑟发抖的弟弟送上楼用柴草盖好。她下了楼刚好拿掉楼梯，野人进来了把姐姐捉去吃了，姐姐为救弟弟牺牲了自己。"东方玉眼睛红红的，显然被故事感动了。

"离我们家几十里地有个地名叫野人寨，据说很久以前有过野人，现在那里已经成为风景区了。你还敢去我们家吗？"他问。

"有什么不敢的？不过这是大事儿，要和父母商量。我有三个哥哥，父母最喜欢我了，我不能伤了他们的心做不孝的女儿。我写信回去问问，我想他们会同意的。"

"好吧，我等着你的好消息。"两个人不觉回到了公司门口。

话说吴国风和林晓梅私奔，挤上火车直达南国大都市广州。林晓梅说她有个老乡在那里做小生意，当他们俩兴致勃勃地找到老乡的住处时，见房子已经换了主人。原来老乡在半个月前已经搬走了，去了什么地方也不知道。从小巷子里出来，林晓梅有气无力地说："我真想找个地方睡会儿。"

"我也是，坐了十几个小时的火车，然后找到这里，真的好累。"两个人便找了家不太显眼的旅社开了个房间倒头就睡，醒来的时候已经是第二天了。

两个人吃了些早点,逛商场去了。回来的时候拎着大包小包,吴国风因为走得匆忙,买了些衣服。林晓梅又去美容厅进行美容,经过一番修饰打扮,他们俨然成了大款富婆,出手大方也深得商家的好感。

提起找店面,吴国风倒犯了愁。他这两年多的时间里过的是安稳的日子,什么事儿都是周媛媛做主。现在指望林晓梅肯定是不行了,得靠自己。广州对于他们来说是一个陌生的城市,要想在这里扎下根来并不是一件容易的事情。吴国风便在报摊上买了几份报纸浏览,见到有关饭店转让之类的信息便打电话过去寻问,可租金都是高得吓人,他只有一万多元根本不行。吴国风躺在床上,望着吊灯出神,思考着该如何走出困局。

"在这里躺着干什么,出去找店面呀!这样下去要不了多久钱就用完了。"林晓梅催促道。

"我到什么地方去找?你不是说我们能开一个更大一些的饭店吗,为什么不想想办法?"吴国风没好气地说。

"到老城区的巷子里转转去,那里行人比较多,饭店的规模不大,也许能找到。"林晓梅想了一下说。

一句话提醒了吴国风,他从床上爬起来狠狠地吻了吻林晓梅,说道:"还是你聪明,不比周媛媛差。"

"国风,以后不要在我面前提周媛媛好不好。"她愠道。

"好,我以后不提就是了。"

功夫不负有心人。他们俩在一个不太显眼的巷口转悠时,看见一个小饭店门口挂了个"本店转让"的牌子。两个人像抓到了救命稻草,很快走了进去。他们认真一看,店面不大,仅四张桌子,设备简单,和自己在温海开的饭店差不多。

"两位是吃饭?"一个胖胖的女人迎了上来。

"嗯。"吴国风的肚子有些咕咕叫了。

两盘菜端了上来,他叫了瓶啤酒,边喝边和女老板聊了起来。

"老板,你这饭店不景气吧,怎么没见几个人?"吴国风有一搭没一搭地问,事实上只有他们两个人在吃饭。

第四章 负心

女老板见他话里有话,忙赔笑说:"这里生意不错的,现在吃饭的高峰期已经过去了,当然没几个人。"

他想想也对,又问:"你饭店为什么转让?不可惜吗?"

原来是打听转让事宜的来了,胖女人来了兴趣,忙解释说:"不是不想开,只是没时间,我是邻省来的,我丈夫几天前打来电话,让我回去照顾家中的农活,所以只好把饭店转让出去。"

"开这样一个饭店需要多少钱?"林晓梅迫不及待地问。

"一个月的房租两千元,每次交足三个月的,我也添置了些用具可以折旧卖了,有一万元钱足够了。夫妻两个人开是最好了,一个炒菜一个端盘子,我原来就是这样的。"

吴国风不放心地问:"大姐,这里的生意怎么样?"

"生意是可以的,本小利不小,才这么小的店面嘛。当然了,有了开饭店的经验才是最重要的。"女老板见有人询问,哪里肯放过?鼓动如簧之舌讨好他们俩。两个人一合计,将这家小饭店盘了来。吴国风跟周媛媛学了些炒菜的技术,便亲自掌勺,第一天便赚了近百元钱。林晓梅高兴得忘乎所以,立刻修书一封,把自己找了个好老公,开了个饭店当了老板娘的事大肆吹捧一番,给父母脸上增光。她有些飘飘然了,梦想着有一天她的饭店变成了一座五星级的宾馆,自己住在总统套间当上了总经理。

然而好景不长,因为吴国风炒菜的技术不太高超,不合顾客的口味,客人吃了颇有微词,经营陷入了困境。两个人商量着请一名厨师来,虽然有人应聘,但因为要价太高他们承受不起。几经波折,饭店到了关门的边缘了。他们俩面对日益冷清的饭店唉声叹气,好日子昙花一现随即消失了。

"看别人开饭店容易,轮到自己的时候却是这么难,早知这样不该投许多钱进来。"林晓梅有些懊恼。

"我看有几个原因,那个女老板因为赚不到钱,回家是假,早些脱手是真。这里是老住宅区,居住的大多是本地人,像这种小饭店很少光顾。最主要的原因是我们炒不出广州菜,对不上他们的胃口。趁早关门算了,找个厂子打工养活自己。"吴国风认真分析说。

"关门？我们赔了几千元钱进去怎么办？"林晓梅急切地说。

"赔了也没办法，不关门赔得更多。只怪我们当时太冲动了，没有做认真的调查。"吴国风无可奈何地说。

吴国风的夫妻店很快关门大吉了，两口子在附近租了间房子住了下来。

"我们窝在这里坐吃山空不行啊，你今天找到工作没有？"林晓梅问刚刚进门的吴国风。

"你以为找工作那么容易？我跑了一天，去了三个厂都不行，腿都跑痛了。不过你尽管放心，我一定会找个工作养活你的。"吴国风蹲在地上，边用煤油炉烧饭边说。

"你去找了许多次都是空手而归，可我的肚子越来越大了，孩子生下来怎么办？"林晓梅提出新的问题，"还是到你家去吧，你家可以生嘛。"

"我们那和大城市一样，计划生育管得特别紧，你还没到生育的年龄，罚款我们都付不起。晓梅，还是到医院打掉吧。"

"这也不行那也不行，到底要怎么样？"林晓梅生气地说，"都已经这样了，让我的脸往哪里搁？"

"天无绝人之路，渡过了目前的难关就好了。"吴国风故作轻松地说。

此时吴国风真的有些后悔了，和周媛媛开个夫妻店和和美美地过日子多好，却和林晓梅勾搭，听信了她的话跑了出来。来广州有三个月了，他们出来时带的一万多元所剩无几了。周媛媛发现自己和林晓梅的隐情时，却显得宽容大度，让自己离开，这需要多大的勇气呀？可自己如今呢？

在吴国风的劝说下，林晓梅到医院做了人流手术，而两个人之间的裂痕由此出现了。天真的林晓梅以为，找到吴国风这样的男人就有了依靠。当两个人肩并肩走出皖西饭店时，她还为自己的这一胜利而沾沾自喜，嘲笑周媛媛看似精明不过如此而已。来到广州后，她才领悟到世间的坎坷和创业的艰难。美梦破灭了，她对吴国风也不再那么热情了。吴国风说要打掉孩子正合她的心意，她丢掉了后顾之忧开始为自己设计新的道路。

"再这样下去这日子没法过了，我看还是分手的好。"林晓梅说出心中想了很久的话。

吴国风睁大了眼睛仿佛不认识她似的,吼了起来:"分手?你说得倒容易,把我骗出来又骗走了我的钱,就想把我甩了,你敢!"

"你现在连自己都养活不了,你说拿什么养活我?还算什么男人。"林晓梅并不示弱,直着脖子硬顶起来。

吴国风见她倒打一耙,想起她的丑恶嘴脸,更是义愤填膺,朝她狠狠地踢了几脚,骂道:"你这个臭女人,我是被你害惨了,听信了你的鬼话才上当受骗,害得我有家不能回。你滚,滚得远远的,别再让我看见你。"

林晓梅如何能受气挨打?扑过来两个人扭作一团。这一架打得天昏地暗,撕毁了两个人之间的最后一丝情感,她对吴国风是彻底地失望了。第二天吴国风醒得很迟,睁眼一看床上没有林晓梅,以为她买早点或是买菜去了,也没在意。他正准备找衣服穿,却发现箱子不见了,这才慌了起来。吴国风哆嗦着手摸了摸衣袋,一分钱也没有找到。他发疯地向街上追去,大街上熙熙攘攘,哪里还有林晓梅的影子?吴国风回到房里不顾一切地翻起来,被子里掉出一张纸来。他捡起一看,是一封简短的信。

> 国风:我以为找到你这样的男人生活会幸福,便不顾一切地追到你。可我们生活了一段时间以后,我却发现你并不是我想象中的那样高大。我们性格根本不合,还是早点分手的好,可以减轻彼此的痛苦。
>
> 晓梅

吴国风把信撕得粉碎,扑在床上大哭起来,林晓梅骗了自己的感情,骗了自己的钱财又不辞而别,这不是欺骗吗?她留下的不是信而是一个嘲笑,嘲笑他这个天下第一的大傻瓜,轻而易举地被一个女人给骗了。这封信是一把刀,是一把刺进他心灵深处摧毁精神支柱的尖刀。吴国风的精神崩溃了,欲哭无泪,恍恍惚惚,一切都是林晓梅这个恶毒女人造成的。"林晓梅,你不得好死!"他用尽全身的力气诅咒着。吴国风明显地消瘦了,想到了死,可死了对不起奶奶及父母双亲。现在自己该怎么办呢,回家?现在连回家的路费都没有了。他想到了张子坚、王光水,假如自己听信了他们的劝说,也不会落到今天的地步。他想到了周媛媛,这辈子欠她的实在太多了,永远也报答不了。

他跟跟跄跄地来到街上,看着熙熙攘攘的人群,自己在这里孤孤单单地冷眼看世界,觉着活着没意思。还是死了吧,死了干净,在这里没有一个人认识自己,无声无息地消失最好,省却许多人的牵挂。他临死前最想见到的人是周媛媛和张子坚,如果能向她表示自己的忏悔求得他们的原谅就好了。父母呢,只好说声抱歉了。请奶奶原谅,孙儿不能在您膝下尽孝了,他在心里对远在乡下的老人道声珍重。吴国风拿出一张电话磁卡,这是他身上仅存的最后一笔钱,不足十元,打两个电话足够了。吴国风首先拨通了周媛媛的电话,想留下他在人间最后的声音。

张子坚非常挂念吴国风,都过去三个月了,也等不来个电话,至于他的境况如何更是无从知晓,只有干着急的份儿。他有空的时候到周媛媛那里帮帮忙,并想得到吴国风的消息。张子坚和王光水走进来,礼貌地问了声好。周媛媛倒了杯水过来,说:"我这里哪,好也好不了,死也死不了,混呗。"话语里有几分失意,明眼人一看就知道这里的生意挺不错的。

"吴国风来电话了没有?"张子坚觉得这话不妥,但还是要问。

"我和他没有关系了,还来什么电话?他那种人死了最好。"周媛媛冷冷地说道。

"他已经离开几个月了,到了什么地方都不知道,也应该给家里去个电话呀。"张子坚说。

"不知道是好事,你也省去了不少烦恼。"周媛媛叹了口气说。

"吴国风太不仗义了,自己拔腿跑了,让许多人为他操心。他只顾自己快活,和林晓梅混在一起,把我们都忘了。"王光水骂道。

突然电话铃声响了起来,周媛媛没精打采地拿起电话,问道:"喂,你是谁?"她的表情霎时僵住了,哆嗦着嘴唇,脸色吓白了,喊道,"子坚,快来呀。"

"发生了什么事?"张子坚大吃一惊地接过电话一听,问道,"喂,吴国风,你在哪里?"

电话里传出吴国风冰冷的声音,像是从地下发出来的:"子坚,我今生做了一件无法弥补的错事,你们不会原谅我,我也不会原谅自己。你如果还记得我这个兄弟的话,就记住明年的今天是我的祭日。我死后你们不要悲伤也不要难过,请你告诉我的父母,就当没有养我这个儿子。子坚,永别了。"

"国风,国风,你不要胡来,要冷静!我们是好兄弟,你应该听我一句话,你这样做对得起父母的养育之恩吗?你走后三个月的时间里我们每天都在想你,可你把我们抛在一边。这么多天仅来一次电话就要寻短见,你简直太没有人性了。"张子坚对着电话大声吼起来。

王光水抢过电话说:"国风,你不要这样,要冷静地为亲人朋友想一想。你回来吧,有什么困难我们共同克服。"

"不,噩梦惊醒的时候一切都迟了,你不要问我在哪里,也不要为我收尸。光水,让媛媛接电话好吗?"吴国风说道。

周媛媛接过电话,静静地听着。

"媛媛,我对不起你。我们曾经拥有美好的一切,可这一切都被我毁了,也毁了我自己。在我即将走向另一个世界的时候,只想得到你的原谅,宽恕我犯下的过错,如果有来生我一定加倍报答你。"吴国风痛苦地闭上了眼睛。

人之将死,其言也善。周媛媛听了他的话心直往下沉,想到他一个年轻力壮的小伙子即将死去的可怕情景,也感到一阵惋惜,潸然流下泪来。"看来,是林晓梅把你甩了,现在身无分文,我早说过你会后悔的,果真如此。早知今日,何必当初?在绝望的时候想到了死,乞求别人的谅解,你以为这样可以平静地去死吗?无论是活着还是去死,都把痛苦留给了亲人朋友,你是世界上最残忍的人。好吧,我答应你的请求,也不期望你来生的报答。"周媛媛平静地说道。

"得到你的原谅,我的心便有所宽慰了。"

张子坚抢过电话还要说什么,那边却传来断线的声音。惊闻如此噩耗,三个人都蒙了,周媛媛精神脆弱,抹着眼泪抽泣起来。

"别哭了,他是自作自受。这个吴国风也真是,自己去死也不给别人以安宁。媛媛,你还要照顾店里呢,别管他了。"张子坚也是泪水满眶,为失去一位好友而痛苦。

这几天张子坚心头沉甸甸的,工作时打不起一点精神来,吴国风的影子总是在他的眼前晃来晃去。这天下午,东方玉和高云在小卖部买牙膏,正要往回走,一个人从背后追了上来,说道:"嫂子,请叫张子坚出来可以吗?"

东方玉定睛一看,这不是吴国风吗?!她吓得后退几步。

"嫂子,我是吴国风啊,没有死又回来了。"

"真的是你?"高云吓得话都说不利索了。两个人心跳加快,用手揉了揉胸口使自己平静下来,说道:"你回来也不打个电话,可吓死我了。"

眼前的吴国风似乎不是人而是鬼魂,吓得两个人逃也似的走了,进了厂门见他还站在那里才放下心来。

"你没死能平安回来就好。"张子坚得知这一喜讯奔了出来,搂着他的肩头热泪盈眶,似乎分别了一个世纪似的。

"虽说没死,也是二次为人了。"吴国风愧疚地说,"我对不起你们,真的没脸回来。"

"说哪里话,谁还能不犯错误吗?过去的事别提了,一切从头再来。别在这里站着,进去说话。"张子坚说道,"那天接到你的电话,可把我们吓死了,周媛媛可是哭了的。"

"媛媛,我对不起她,这辈子欠她的太多了。"吴国风流出了伤心的泪水。他把三个月来和林晓梅之间发生的事简要地说了一遍,心灰意冷觉得活在世上没意思,便想一死了之。他经过一番激烈的思想斗争给周媛媛打了电话。放下电话认为没有可以牵挂的了,他便向铁轨走去。此时没有火车经过,只有几名工人在检查铁轨。许久,一列火车从远方轰鸣而来,震得大地在颤抖。吴国风在心里叫了声"奶奶,永别了",眼睛一闭向铁轨扑了过去。可他没死,火车轰隆隆从身边开了过去,回头一看,是一个年约四十岁的汉子把他拉出了死亡线。那人骂道:"年轻人,活得不耐烦了?你这种没有骨气的东西!要死回家去死,不要在这里弄脏了我的铁轨。"

"你为什么要救我?为什么?!"吴国风蹲在地上哭泣起来。

"又一个自杀的?这些年轻人怎么啦,都是吃饱了撑的。我们那时候日子苦,没有饭吃也没有谁想去死,现在日子好过了却有人想死。"几名铁路工人围了上来,一个老人说道。

吴国风被送进车站派出所,值班警察问清了他自杀的原因后,鄙夷地说道:"为了这么点事情自杀?你的命也太不值钱了。你以为你是刘德华、成龙,有那么多人崇拜你?你死了倒干净,可你的父母怎么办?青年人要有勇气,昨天跌倒了今天爬起来,今天跌倒了明天爬起来。遇到一点挫折就想到死,这世界上的人早就死光了。你年纪轻轻日子长着呢,记住今天的教训。"

经过一番开导,吴国风有了活下去的勇气,在车站警察的帮助下他回到了温海,回想起这些日子真是不堪回首,宛如一场噩梦。他的意外出现冲散了张子坚和王光水心头的阴云。

"我也不知道如何说你,你知道你这一走给周媛媛的打击有多大吗?"王光水说。

"那天听说你要自杀,她可是为你掉了眼泪的,很是为你伤心。其实她还是挺在意你的,像她这样有情义的女子实在不多。这样吧,我下午去探探她的口气,尽最大的努力让你们重归于好,但你必须保证以后再也不干对不起她的事儿。你应该知道,自从你离开以后她没有垮掉,而是坚强地站了起来,就凭这一点就可以看出她比你强多了。"张子坚说道。

"是、是。"吴国风点头答道,"只要媛媛与我重新和好,我一定加倍偿还她。"

张子坚走进皖西饭店,见周媛媛正忙碌着。

"吃饭了没有?等会儿我们一起吃。"周媛媛说道,神色有些黯然。

"吃过了。我看你神色不太好,还在为吴国风伤心?"张子坚试探地问。

"他是他,我是我,我们早已没有关系了。他死是活该,我为什么要为他伤心?"周媛媛故作镇定地说。

"我看你还是挺在意他的,说出来的不是真心话。"张子坚看透了她的心思。

"我这人就是心太软,明明知道他是个负心汉,没良心的人。可听到他要自杀,心里还是非常痛苦,我们毕竟相爱过一场。"周媛媛叹了口气说道。

"人死不能复生,看来你是原谅他了。"

"原谅？他打来电话的时候我是原谅他了,可他对我造成的伤害能一笔勾销吗？"

"假如吴国风没死,你会怎么看他？"

"你开什么玩笑？那天我们在电话里都听他说要去死的,你现在又如何说出这种话来。"周媛媛有些愠色,表情冷淡。

"既然这样,我让你见一个人,一个活着的人。"

"谁？他没死吗？我可不愿见他。"周媛媛显得有些惊恐。

"那天吴国风打完电话后,去卧轨自杀被人救了回来,现在他认识了错误,请你给他一个自新的机会,你们在一起把皖西饭店经营好,行吗？"张子坚诚恳地说道,"我向你保证,他再也不敢做对不起你的事了。"

王光水引着吴国风走进来,柳姑娘等几个人像看出土的文物一样,惊讶地睁大了眼睛,吓得后退几步。

"你是人还是鬼耶,没死呀。"

吴国风羞愧地低头走过,进了房间仍呆呆地站着,等着挨骂。周媛媛鄙夷地看着他,一腔怒火发泄出来,说道:"你不是说去死吗？怎么也落魄到今天这个地步？那个狐狸精呢,那一万多块钱呢？你今天是来找我要饭还是干什么,你走吧,我已经有了意中人。"

"媛媛,我对不起你,不该伤害你,我不是人是畜生,你狠狠地打我吧,出出心中的怨气。我只求你能原谅我,我这一辈子再也不离开你了。"吴国风流出忏悔的泪水。

周媛媛用颤抖的手指着他,骂道:"吴国风,你扪心自问,你有一点良心有一点人性吗？我是怎么被车撞的,我的孩子又是怎么掉的？我住院期间你不去看望,却躲在家里和那个女人商量着出逃。我出了院身体还没有恢复,你却不闻不问地跑了。可你呢,被那女人玩够了,钱骗光了,把我这里当成了避难所。天哪,这就是良心得到的回报吗？"她伏在桌子上大哭起来,发泄完了,擦去泪水说,"你走吧,我们之间的事已经了断,没有任何关系了。"

"媛媛,你打我吧,我心里反而好受些。只要你能原谅我,我今生愿做牛做马报答你。"吴国风祈求道。

"我现在很好,不需要谁来报答。"周媛媛冷冷地说道。

"媛媛,你说过你原谅他了,看在过去的情面上,你给他一个机会吧。"张子坚劝道。

"是啊,嫂子。国风在自杀之前还给你打过电话,说明有了悔过之心,心中想念的人还是你。他能活着回来找你是真诚的,你收留他吧。"王光水说。

"我是说过原谅他,可他知道我的痛苦吗?你知道别人会怎么看我?"周媛媛痛苦地摇了摇头,站起来往外走,说道,"我还有事呢,我走了。"

经过吴国风的身边时,他突然抱住了她,止不住大哭起来:"媛媛,我错了,我错了,你打我吧。"

周媛媛站着没动,很快流出泪来,结果控制不住情感,两个人抱头痛哭起来。两个人直哭得天昏地暗,几个月来的悔与恨都随着泪水化入泥土。张子坚和王光水也抹了抹湿漉漉的眼睛出去了,轻轻地关上了门。一对有情人经过风雨的洗礼再次走到了一起,共同支撑起这个不为人所关注的皖西饭店。张子坚和王光水知道,两个人心中的隔阂短时间里是难以消除的。他们只有多做工作,同时为皖西饭店的发展出谋划策。

第五章　遭袭

　　国庆节期间,温海市的街道装扮得格外漂亮。街上是人头攒动车水马龙,给这个新兴城市带来了勃勃生机。
　　今天厂里放假,难得的一天休闲时光不能轻易放过,应该好好享受一下。张子坚和东方玉、王光水和高云两对情侣欢笑着,在公园里、商场里穿梭,他们到处留下双双倩影和精彩瞬间。南站天桥是温海一景,坐落在繁华的交通要道,八个长长的悬梯像八个巨大的手臂向前伸展,合力托起巨大的圆环形人行道。步行的人如同是在环中转动,抬头看分别有四座矗立云天的大楼,脚下是奔腾不息的车流。清风吹来让人心旷神怡,别有一番感受,有打工诗人作诗曰:

　　　　四楼高耸入云天,
　　　　八臂伸展托玉环。
　　　　人在环中旋旋转,
　　　　看尽车流闹浮喧。

　　　　欲问行人今何岁,
　　　　只言熙风乐悠然。
　　　　吹却漂泊烦恼事,
　　　　轻歌别绪往乡还。

　　东方玉和高云像两只蝴蝶儿似的飞上天桥,倚着栏杆留下玉照。张子坚刚照完相,不远处的一个情景把他吸引住了。原来是黄林在一个同伙的掩护下偷别人的钱包,他马上"咔嚓咔嚓"照了两个镜头。黄林得手后和同伙慢悠悠地离开了,可失主还在手扶栏杆欣赏风景呢。张子坚走过去拍了一下那人的肩膀,问道:"兄弟,你的钱包是不是被偷了?"

那人回过神来,摸了摸口袋惊叫起来,说道:"谁把我的钱包偷了,我昨天刚发的工资呀。"

"别急,我去给你找回来。"张子坚话没说完就向黄林追去,黄林刚下悬梯忽听有人喊他的名字,回头一看是张子坚来了。黄林满脸笑容地迎了上来,说道:"子坚,今天放假也出来玩玩?"

"黄林,你刚才干什么了?"张子坚并不回答他的问话,劈头就问。

"刚才?刚才没做什么呀。"黄林故作镇静地说道。

"你偷了别人的钱包别以为我不知道,这事儿让我遇上了你就不能得逞,把钱拿出来!"张子坚命令道。

"我们兄弟之间你就睁只眼闭只眼,放我一马,钱分你一些。"黄林讨好地笑道。

"你不给是吧?那好,我打电话报警。"张子坚说着向电话亭走去。此时,那位失主和王光水、东方玉、高云也赶了来。黄林见围上来许多人,于自己不利,忙丢下钱包钻进人群溜走了。

"你数数钱少了没有?"张子坚把钱包捡起来还给失主。

那人接过钱包打开一看分文未少,便拿出两张塞给张子坚,说:"大哥,多谢你的帮助,这点钱你拿去买盒烟抽。"

张子坚把钱推了回去,说:"不用谢我,以后小心点就是了。"说完和东方玉等四个人头也不回地走了。

在外面尽兴地玩了一个上午,中午时分他们一行人到吴国风的小饭店,这是吴国风提前预约的。东方玉和高云是第一次来皖西饭店做客,周媛媛见了特别高兴,拉着她们的手嘘寒问暖。吴国风特别感激张子坚和王光水帮助他和周媛媛和好,因此不敢怠慢,用极其丰盛的饭菜招待贵客。周媛媛热情地给东方玉夹菜,说道:"早听说张子坚、王光水谈了女朋友,这么长时间总是无缘相会,以后是自家人了,有空常来玩玩。"

吴国风说:"我上午打了黄林的传呼,让他来我这儿过节,可他回电话说挺忙的,不知又在忙些什么?"

张子坚和王光水相视一笑,说:"他呀,比你还忙多了呢。"

"比我还忙?国庆节许多厂子都放假了,他们还忙些什么呀?"吴国风不解地问。

"你们不是说节假日是营业的黄金时间吗?今天街上人多也是他的黄金时间呀。"王光水一语双关地说。

"这么说你们看见他了,是不是又在偷钱包?"吴国风问。

"是啊。他偷钱时恰好被子坚看见了,还给照了相。不过子坚把钱包要了回来,还给了失主。"东方玉解释说。

"真有这事?他太让人失望了。"吴国风有些不敢相信,很是为表弟的行为不齿。

"他们表兄弟两个是同一个道上的人,一个做小偷,一个被女人拐卖了都不知道,都干不出好事儿。"周媛媛讽刺地说道。气得吴国风只有干瞪眼的份儿,却无言以对。

告别吴国风,他们又玩了一会儿便往回走。公司的晚会已经开始了,这是大伙儿组织的自娱自乐性的节目,虽说不上有水准,但丰富了员工的节日生活,因此很受欢迎。王光水等四个人在外面玩得时间长了,回来时晚会已经开始。只见"四川佬"用报纸卷成麦克风放在嘴边唱《九月九的酒》,那歌声完全走了调,但极富感情,把一个远在异乡的游子思乡之情完全表达了出来。

"哟,张经理和东方小姐回来了。"有人发现了他们,似乎找到了一个捉弄的对象,说道,"我们等候多时了。"

"大家吃瓜子。"张子坚把瓜子和糖果放在工作台上,大伙儿围了上来你一把我一把地很快分完了。

"张经理买的是喜糖吧?"小河南开始起哄,大伙儿已经是蠢蠢欲动了。

"肯定是喜糖,还用问吗?既然是喜糖就应该来点节目。"很快有人响应。

"别别。"张子坚知道他们喜欢恶作剧,忙举手投降,"我们俩唱段黄梅戏怎么样?"

"行,这是第一场戏。"小河南说。

没有伴奏,他们俩清唱了一曲,黄梅戏唱完了,素丽又道:"让张经理吻东方玉一下行不行?"

"当然,这是第二场戏。"小河南解释说。

张子坚正欲溜出去,可被他们围得根本出不去。几个姐妹把张子坚的嘴往东方玉脸上按,被逼无奈他只好装模作样地吻了才罢。很快,王光水和高云也遭遇同样的礼遇。到了深夜,大伙儿玩够了,觉得满足后才尽兴散去。

很快地,东方玉收到家中的来信,她先是一阵欣喜,可看了信的内容以后,心凉了半截,并偷偷地哭了两个晚上。原来,爸爸妈妈在信里对于她在外面找了男朋友很是反对,尤其是嫁到数千里之外的地方,这样一年甚至几年见不着面,会让全家人想念的。即使嫁人也要找个老乡,离家近一些有个照应。爸爸还在信中说大别山是个荒凉的地方,几里路没有人烟,这不是往火坑里跳吗。东方玉是个孝顺女儿,当然能理解爸妈的心情。他们兄妹四人数她最小,日子虽说不是十分富裕但也美满幸福。爸爸给她取名"东方玉",希望她像林黛玉一样贤淑文静。少年时代的她聪明伶俐,在家人的关爱中成长的东方玉没有辜负老人的期望,给这个家庭带来无穷的欢乐。孩子长大了总会离开娘的,自从她和高云、刘明芳来温海打工以后,爸妈的心中便有一种失落感,生活中总像少了点什么。当得知她谈了男朋友要远嫁他乡时,老人心里怎么也接受不了,极力要求她回家并暗暗给她张罗对象。

东方玉这些天没精打采的,张子坚察觉到了她的变化,关心地问:"小玉,遇到什么不顺心的事吗?是不是你爸妈不同意我们的婚事?"

"子坚,你说我该怎么办?"东方玉把浸了泪水的信给他看。张子坚看完信气得说不出话来,"土匪、野人",多么老土的故事。

"你的意思呢,心里是怎么想的?"张子坚问道。

"我想,回家一趟也好,尽力说服我爸爸,他们最疼我了,我想他们会同意我们俩的婚事的。我还想到刘明芳那里去一趟,她是我要好的朋友,让她帮忙拿个主意。"东方玉说道。

"这样也好。"张子坚叹了口气说道,"我们家虽然不能和这沿海比,但和过去比是强多了,这些老人为什么要用老眼光看我们?"

"你应该知道,我不是个爱慕虚荣的女孩子,我看中的是你的品格,不是以家庭状况作为选择条件的。"东方玉认真地说道。

"你能有这样的想法我很是感激,黄金万两容易得,终身知己最难寻。有你这样一个知己,我知足了。"张子坚深情地说道。

下班后,东方玉和高云去老乡那里,她惦记着张子坚的嘱咐,说这里治安不好,早去早回。可刘明芳盛情挽留,她拗不过,只好答应吃了晚饭再走,三个人边吃边聊了起来。

刘明芳说道:"既然张子坚这个人靠得住,嫁给他不会错。当然了,你爸妈是从他们的角度考虑的,没有从你的角度为你考虑,自然有他们的道理。再说了,在外打工谈恋爱的多了去了,又不是你一个。"

东方玉忧虑地说:"你不是不知道,我爸那人只会使一身蛮力,脾气特别倔,他一旦决定了的事是很难改变的。"

高云说:"马上到年底了,春节的时候我们回去尽可能地说服你爸,他若不答应,正月里我们再出来打工,这么远的路他还能追了来?"

东方玉态度坚决地说:"除了张子坚我谁也不嫁,不管他条件是多么好。"

"姐,你有这份痴情就对了。"高云赞道,"我也和你一样,非王光水不嫁。"

"刘明芳,你老乡来啦?"一位姑娘从旁边经过,礼节性地问了句。

"哎,我老乡。"刘明芳见她走远了,介绍说,"她是安徽的,叫方金蝉。"

"方金蝉?"记得张子坚说过,他读书时的同桌也叫方金蝉。安徽这么大,同名同姓的多得是,东方玉没往心里去。天色已晚,街灯全亮了,东方玉和高云匆忙告别出来。

"路上要小心,快点回去别耽搁。"刘明芳送了一程。

这是一个深深的小巷,灯光昏暗行人稀少。她们两个人加快了脚步,恨不得几步走出去。在一个拐弯处灯光暗了下来,迎面走来两个人。东方玉心都提到了嗓子眼,暗叫一声"不好"。"站住,别动。"两个人拦住去路。东方玉拉着高云转身就跑,刚跑了几步又有一个人拦住了去路,看来是跑不掉了。

"你们把身上的钱全部拿出来,快点。"其中一个抢劫犯手里拿着刀子,恶狠狠地说。

东方玉和高云知道是遇上了抢劫的,和他们讲道理没用,只好破财消灾,快点脱身为妙,便哆嗦着手掏钱。

"妈的,找死呀,快点。""啪啪!"她俩的脸上同时响起了耳光,高云的嘴里有一股咸咸的味道,嘴角渗出血来。

其中一个接过钱借着灯光一看,骂道:"妈的,才这么一点钱,你手上的那块表也拿来。"抢劫犯命令道。

这块表是张子坚送的定情物,虽说不贵可意义非同一般。东方玉无可奈何,只好把表摘了下来递了过去。从后面来的那个人接过手表,另外两个人则上前去图谋不轨,吓得她们大喊"救命",三个抢劫犯这才消失在夜色里。在他们离去的一刹那,东方玉觉得接手表的那个人有些眼熟。她来不及多想,两个人拼命地跑了出去。东方玉被人抢了钱的消息很快传遍了公司,大伙儿都咒骂犯罪分子的可耻行径。张子坚更是握紧了拳头,愤愤地骂道:"狗日的,让我遇上了非揍扁了他不可。"

"对了,那个拿走我手表的人我好像在哪里见过,只是一时又想不起来。"东方玉红肿着脸回忆着,问道:"高云,你注意到没有?"

高云呸地吐了口血水,说:"我也有这种感觉,因为灯光不太明亮,看得不太清楚,嗯——在我们公司门前见过,还有……南站天桥上。"

"对呀,那天我们刚出厂门,他和一个女孩走过来。还有,国庆节在南站天桥上偷钱包被你给抓住了。张子坚,他和你是老乡,叫什么林的。"东方玉说道。

"你是说黄林？这小子抢钱抢到我头上来了,光水,我们找他去,这次得狠狠地收拾他,不给他些颜色看来是不行。"张子坚扒开人群往外走,东方玉和高云见他俩要出去闹事,连忙把他们拉住。大伙儿也纷纷劝说,张子坚这才冷静下来。第二天天刚亮,他和王光水来找吴国风。吴国风睡意正浓,听说表弟抢钱抢到自己人头上来了,很是气愤,三个人便气势汹汹地向黄林的住处奔来。

"黄林,开门。"张子坚、吴国风把他的门拍得山响。

黄林和周小莉还在睡觉,梦中忽听有人敲门,以为是哪个仇人寻上门来,吃了一惊,认真一听是吴国风他们的声音这才安定下来,于是穿衣起床。门开了,三个人气势汹汹地闯了进来,黄林一看来者不善。张子坚一个箭步冲上去当胸一拳,打得他后退几步,险些跌倒。周小莉吓得惊叫一声逃了出去,连忙搬救兵去了。黄林被按倒在地挨了一顿饱打,趴在地上如杀猪一般号叫:"你们别打了,我们是兄弟呀。表哥,你为什么要打我,咱们有话慢慢说嘛。"

"你今天也知道挨打的滋味了吧?"王光水紧握拳头余怒未消。

"表哥,你们为什么要打我,我到底做错了什么?"黄林擦着嘴角的血迹问。

"我问你,你昨天晚上抢了两个女孩子的钱没有?"张子坚问。

"抢了。"张子坚有气无力地回答,说道,"她们是你什么人,这与你有什么关系?"

"没关系？看来你还要挨揍。"王光水伸出拳头又要去揍他,被吴国风制止了。

吴国风说:"你知道那两个女孩是谁吗？他们是张子坚和王光水的女朋友,你倒好,抢钱抢到自己人头上来了,还打人。"

"人是阿勇打的,我没打。我真的不知道是嫂子,否则不会……"黄林轻声辩解着。

"你抢劫还会看人,知道是嫂子就不会抢？表弟,你在温海胡作非为我也没法管你。但你抢东方玉和高云的钱我是无法容忍的,今天揍你一顿是给你一个教训。三年前我们四个人一起来温海,只有你不走正道,看看你犯罪的证据吧。"吴国风说着把两张照片丢在表弟面前。

黄林拿起来一看是自己的侧身照片,正是国庆节在南站天桥上的一幕。这时,周小莉领着二毛和阿勇闯了进来,只见阿勇摇头晃脑,流气十足地说:"是你们找我大哥的麻烦?看来你们是吃了豹子胆,敢在太岁爷头上动土!"

张子坚看见他们一副街痞模样,心里冷笑一声,道:"想打架是不是,我们三个对付你们三个,看看到底谁厉害。"

二毛和阿勇见形势不妙,做贼心虚转身想溜走,却被王光水抢到门口拦住了去路。王光水说道:"你们来了更好,我正要找你们算账呢!"

阿勇和二毛是丈二和尚摸不着头脑,只好望着黄林向他求助。此时黄林是灰头土脸,蔫了。黄林见气氛紧张,慌忙打圆场,将吴国风三个人做了一番介绍。阿勇和二毛见他们三个人是黄林的老乡,为昨晚抢两个女孩子的钱而来,心中胆怯,一个劲地赔小心,直怪周小莉不该打电话叫他们来。

黄林从口袋里摸出一张百元大钞来,说:"昨天抢的是九十四元二角,余下的钱你们买盒烟抽。小莉,昨晚给你的那块手表也拿出来。"

"多的钱我也不会要,少了一分也不行。"王光水接过钱,把零钱找给他。

张子坚拍了拍黄林的肩膀,说:"表弟,快点醒悟吧,这是条死胡同,若碰到别人手上要比这要惨得多。"

待三个人走得远了,黄林才回过神来,大叫"晦气"。

离家的游子无论走到天涯海角,都忘不了自己的根,想念家乡日出而作日落而息的亲人,想念生他养他的那片黑土地。爸爸的信确实让东方玉心里矛盾了很久,如今她不再是初来温海时的那个情窦初开的纯情少女,心中有了一份牵挂,有了一个朝夕相处的恋人。这些时间家中三番五次地来信让她回去,她心里像十五只吊桶打水——七上八下,不知家中发生了什么事。

转眼间又到了年关,经理陈嘉茂对今年的生产比较满意,因为扩大了生产规模,产值比去年翻了两番。员工们虽然忙得顾不上休息,因为有了厚沓沓的票子,每个人心里都是美滋滋的,认为今年遇上财神爷了,这样干个几年可就发财了。送走了最后一车货,他们蜂拥着去办公室领取工资,然后计划着买什么礼物带回去。有互相告别的声音,预祝明年再相会。员工们提着大大小小的行李纷纷走出公司的大门,昔日热闹的厂房很快归于寂静,只有看门老头坚守岗位。

张子坚一行赶到车站,东方玉的老乡刘明芳早已等候在那里了。她迎了上来扫了张子坚几个人一眼,把东方玉拉到旁边小声地问:"哪一个是你未来的老公?"

"走在中间的那个便是,前面那个是高云的。"东方玉介绍说。

"我的好妹妹,你真有眼力,我第一眼就过关了,回去一定帮你做个说客。"刘明芳高兴地说道。

候车室里,东方玉和张子坚相对而视,似乎要在这分手的时刻将对方看个够,心中升起无限依恋。东方玉忧虑地说:"子坚,我有种预感,这次回去对我们很不利。"

"别说傻话,只要我们两颗心在一起,谁也分不开。小玉,别忘了我们的约定,给我一个好消息。"张子坚说罢拿出一只信封递给东方玉,继续说道,"这是我抄来的两首小诗,真切地表达了我对你的感情,有空的时候看看它,你就会想起我的。"

"子坚哥,无论何时何地,我的心都属于你。海可枯石可烂,此心不会变,你静候佳音吧。"东方玉已经是泪水盈眶。

"快走吧,车快开了。"刘明芳催促道,"过了春节很快会见面的,这么婆婆妈妈的弄得像生离死别似的。"

张子坚在东方玉脸上轻轻地吻了一下,她才依依不舍地离去。车子发动了,他和王光水追了许多路,直到她们的车子消失在人流中。自从和东方玉相识以来,张子坚从来没像今天这样伤感过。当然,谁也无法预料自己未来的道路,更不会知道两个人平静的生活会掀起巨澜。

检完票上了车,张子坚找了位子坐定,只见旁边的位子上坐着一个年轻的女孩子。那女孩正聚精会神地看书,对身边的位子上坐了个人毫不在意。两年没回家了,不知家中是啥样,亲人是否安康。踏上归乡的路,仿佛听到亲人在远远地呼唤。透过车窗,看着渐渐远去的城市,张子坚心中升起一股难以名状的喜悦与忧愁。喜的是可以和家人团聚了,忧的是把两年的美好时光奉献给了这个城市,今天却离它而去,留下离愁别绪。

"再见了温海,再见了两年的青春岁月。"张子坚异常兴奋,由衷地喊道。

女孩见他神经质地喊叫,觉得好奇,有一句没一句和他闲聊起来:"两年没回家了,时间够长的嘛。"

"是啊,这两年的时间里亲人的音容笑貌只能在梦中相见。现在我是归心似箭,希望一刻钟就能够到家。"

"你是岳泉县哪个乡镇的?是白峰镇吗?"女孩看了他一眼问。

"咦,你怎么知道?"张子坚吃了一惊,看着女孩却呆住了。

"你是张子坚?"女孩又问。

"是啊,你是……我好像在哪里见过你。"他一时想不起来。

"我是方金蝉,咱们是老同学呢,你不认识了?"她欣喜地自我介绍。

"你果然是方金蝉,我们还是同桌呢。几年不见你变化真大,我都不敢认了。你什么时候来温海的,一个人吗?"张子坚显得亲切起来。

"我以前在北京打过两年工,来温海才一年多时间。我嘛,来也匆匆去也匆匆无牵无挂。可不像你呀,刚才那个送别的场面我都感动得流泪了,是嫂夫人吧。你这么放心地让她回去,不担心她飞了吗?"

说起这几年的经历,两个人打开了话匣子停不下来。经历二十多个小时的奔波,客车在小镇上停住了,下了车他们亲切地话别。弟弟子华和同村的几个小顽皮来迎接,见张子坚和方金蝉挺亲热的样子,等她走远了,其中一个眨着眼睛问:"子坚哥,听说你找了个老婆就是她?"

张子坚在他头上轻轻拍了一下,说道:"不知道就别瞎说。"

张子坚在他们的簇拥下往回走,很快望见村前那棵古枫了,大树底下早已站了几个人。前年正月,淳朴勤劳的人们也是以这种方式送他和吴国风上路,今天又以这种隆重的礼节迎接远方游子的归来。这场面太熟悉了,张子坚的心情异常激动,飞快地跑过去,紧紧拉住父母的手,泪水夺眶而出。

"娃儿,总算把你盼回来了。"母亲仔细地看着儿子,说道,"你长白了长胖了,不再是在家时那个皮肤黑黑的儿子,比以前是强多了。听说你当了老板,管了一百多人,叔叔婶婶都为你高兴哩。"

"不是老板,只是生产主管,叫经理。"他纠正道,"爸,妈,回家去吧。"

大伙儿围上来问个不停,爸爸拉着儿子的手兴奋地说:"还站在这里干什么,快点回家去。"

第六章　逃离

东方玉上车后也是无限地伤感,看着张子坚和王光水追着自己的车子奔跑,很快被落下了,掩入茫茫的人群里。她擦去眼角的泪水,迫不及待地拿出张子坚给的那封信拆开来看,信里没有别的内容,只是两首小诗。

情　缘
远隔千山万水
两颗心今日相会
温柔的爱情
只为今生这一回

相识是缘
相恋是缘
为了爱情付出
只为今生情缘

永恒的春天
……
你是我不变的永远
你是我生命的艳阳天
因为你如花的笑颜
春天才会生意盎然
……

读着一行行饱含深情的诗句,东方玉仿佛又回到了两个人的世界,让她回味无穷,想起两个人拥有的幸福时光。沉吟良久,她把信小心地珍藏起来,心里有一些忐忑,不知等待自己的将会是什么。经过一番辗转她们终于回到了家乡,在村口和高云、刘明芳分了手,她急急忙忙往家赶。东方玉远远地看见妈妈在逗侄子玩呢,她挥着手奔了过去。

　　"我爸在信中说有重要的事让我快点回来,可把我急坏了。妈,到底是什么事嘛?"东方玉急切地问道。

　　"快过年了,想让你早点儿回来,别的嘛……也没啥。"妈妈闪烁其词,欲言又止。

　　既然没事她就放心了,进了家门一看,大哥和几个人在打麻将呢,见她回来自然是亲热一番。一桌麻将散去,邻村的刘叔没有要走的意思,留了下来吃饭,吃罢晚饭,他认真地说:"小玉,听说你今天回来,我便给你说媒来了。我有个表侄人品不错,家境也很好。他让我给他找个对象,我想了很久才想到了你。我和你父母说过几次,可你爸爸说要等你回来,所以我让你爸爸写信催你。"

　　东方玉听到这里心里凉了半截,爸爸在信中说家中有事原来是这事!而且那信是在别人的指使下写的,怎么会是这样?她看了看爸爸妈妈,见他们默默地坐着,脸上毫无表情。很明显,他们是商量好了的,自己被算计了。事已至此,她只好婉言拒绝道:"刘叔,过了春节我很快要出门打工,谈亲事不合适。再说我年龄还小,想多玩几年呢,你就别费心思了。"

　　"这与打工没有关系嘛,只要两个人觉得合适就行了,先谈谈再说。你今年也有二十二岁了,到了谈婚论嫁的年龄。我那表侄你父母亲也见过,长相、家庭都不差,我把他带来让你们俩见个面如何?"老刘鼓动三寸不烂之舌极力劝说。

　　听到这里东方玉有些生气了但不好发作。我已有了男朋友,爸爸妈妈是清楚的,现在又给我介绍男朋友,不是故意拆散我和张子坚吗?她正想向爸妈问个明白,可当着客人的面不好开口。三十六计,走为上策。东方玉便推辞道:"我坐车累了,要去休息,这件事不要再谈了吧。"

妈妈起身附和道："是累了,小玉,你去休息吧。"

见她离去,还是老刘开了口,说道："田兄,依我看还是把我那表侄带来让他俩见个面,你看咋样?"

"我说过的话当然算数,可必须孩子同意才行,她长大了由不得父母了。"爸爸东方田说。

老刘说道："田兄这话可就差了,虽说国家不允许包办婚姻,做父母的给孩子提个建议,做个参考什么的还是可以的。再说了,在信中没有说给她找对象,她刚进家门听到这事,脑筋一时还转不过弯来。女孩子脸皮薄,怎好开口呢。"

东方田觉得这话有一些道理,可不能太急躁,需要一个过程,得慢慢来才是。老刘走后,妈妈敲了敲她的房门,轻轻叫道："小玉,小玉。"见没有回音以为她真的睡着了。其实她哪里睡得着,倒在床上正生闷气哩,想了许久才迷迷糊糊地睡去。

四五天时间过去了,刘明芳和高云来她家玩,高云问："你和张子坚的事跟你爸说了没有?"

东方玉低下头,轻声说："没有。我爸在信中说让我回来商量,可他……对于我和张子坚的事却一字不提,不知该怎么办!"

"大叔怎么会出尔反尔,"高云生气地说道,"你爸什么时候回来?让我和他说。"

"这感情上的事又不是卖萝卜白菜,说改变就改变的。小玉,你可要坚强些,他们也不敢对你怎样。"刘明芳说道。

"早知这样,还是不回来的好,在厂里过个年或者去张子坚家都可以,回来后谁知是这样。"东方玉抹着眼泪说。

"你呀,就是心太软,太善良,只知道爸妈爱你,却不知道这样是在害你。现在说这话还有什么用,我们该想办法怎样才能让你爸同意你和张子坚的婚事才是。"刘明芳说。

这时,她的房门吱的一声被推开了,东方田走进来高兴地说道："我以为是谁在说话呢,原来是你们,你们是一块儿回来的?"

"我们坐一趟车回来的。"高云简单地回答。

"高云长胖了,比在家时可漂亮多了。"东方田慈爱地看着她俩,笑眯眯地说。

"东方叔,我想问你一件事。"高云略显生气地问道。

"什么事?说吧。"东方田仍是慈善的面容。

"我们写信回来说了小玉姐和张子坚谈恋爱的事,你说让她回来商量。可你却在家给她找对象,这是为什么?"高云的话锋犀利,直指要害。

东方田的脸色不再那么好看了,立即晴转多云,冷冷地说:"你们写的信我看过了,可你们哪里知道这世道的险恶。你以为在外打工的都是好人?他们都是凭着一张嘴骗你们,我活这么大年纪,这种人见得多了。有什么好商量的?别和姓张的来往了。孩子,我都是为了你们好,你知道大别山是个什么地方?你放着家里的好日子不过,却往穷山沟里钻。古话说,老鼠钻牛角,到头了,人往山沟里钻也到头了。"

"大伯,你这话可就不对了。你说在外打工的没有好人,难道说我们都干了坏事啦?我看张子坚不错,人品也好,和小玉挺般配的。再说,小玉连好人坏人都分不出来?大别山穷又怎么啦,刘邓大军还在那里打过仗呢。张子坚每年的工资收入不下两万元,这也是穷吗?"刘明芳噼里啪啦地说了一大串。

"你们这些娃儿出了几年门把心全跑野了,把老人的好心当成了驴肝肺。"东方田气得脸色发青,"你别给我提刘邓大军,小玉她爷爷年轻的时候在大别山打过国民党、剿过土匪呢,我的话还能有假?"

"你这样包办婚姻是在害她,我的男朋友和张子坚是一个村的,我们两人去有个伴儿。"高云说。

东方田听她说自己是包办婚姻,更是来气了,恶狠狠地训斥道:"你一个丫头片子目无尊长,敢教训我来了?!小玉在家可听话了,自从和你们到温海以后,我的话根本听不进去,都是和你们学坏了。"

"你……"高云还想顶几句,见他盛气凌人的样子,把要说的话咽回去了。刘明芳本想来当说客的,见到这阵势也乱了阵脚,把想好的说辞忘得一干二净，坐在那里不知如何是好。

东方田的声音低了些，但更加透出威严，指着女儿说："把你养大了骨头硬了是不是？没有四两砣不敢压千斤，我不信治不了你。这门亲事不答应可以，想跟野男人跑就别进这个家。"

老伴进来把他往外拉，劝道："有话好好说嘛，你就是这个坏脾气。人家姑娘又没有招惹你，你骂她们干什么？"

"我知道是她们捣的鬼，骂几句犯法啦？没招惹我，说得轻巧。"

东方玉和高云又气又恨，嘤嘤地哭了起来，没想到他的脾气是这样的倔，完全是病态的父爱。东方田在客厅里坐着正生闷气，老刘带着一个青年后生走进来。他二十五六岁的年纪，个子高挑，穿着得体大方，刚进门就甜甜地"伯父伯母"地叫着，两只眼睛像老鼠一样乱转。

"东方大哥，你家小玉在家吗？"老刘问道。

"在她的房里，她的事我管不了，你去问她自己吧。"东方田气鼓鼓地说。

老刘像得了令箭似的忙去开门，只见三位姑娘像泥菩萨似的呆坐在那里，东方玉脸上还挂着泪珠。他不知原委，想说两句笑话活跃一下气氛。说道："三位千金在生我的气呀，是不是因为我来迟了？"

小青年也走了进来，见三位姑娘都如花似玉，不知哪位是东方玉。老刘用嘴努了努坐在中间的一位，意思说"就是她"。

东方玉低着头一声不响，刘明芳和高云把小青年打量了一番，不由得倒抽了一口冷气。刘明芳把他俩推出门外，说道："没见过人哪，出去！"然后砰的一声把门关上了。

"这人我见过，小玉姐，你也认识呀。"高云说道，"以前我们在县城当学徒的时候，那一带有一群地痞专门找人打架干坏事，叫什么帮的。"

"你是说龙虎帮？"东方玉问。

"是龙虎帮，他也在其中，叫朱彪，经常跑到我们那里去耍流氓。"高云肯定地说。

"我的妈呀，怎么能这样拉郎配，这不是把你往火坑里推嘛。"刘明芳惊叫一声。

"这个大伯也真是,只会使性子训人,听姓刘的一面之词,惹上这种人,可是引火烧身哪。"高云叹了口气说。

"惹不起只有躲了,过了春节我们走吧,到了温海别理他们。"刘明芳无可奈何地说。

话说朱彪看到高云时,猛然想起一桩往事,几年前自己在县城地面上混的时候,经常和一帮兄弟去一家缝纫培训班玩,这个叫高云的女孩儿也在其中。其中有个女孩儿长得非常漂亮,简直是九天仙女下凡,是众人追逐的目标。可惜东方玉刚才低着头没看清楚,但和那个女孩很相像。新年刚过,朱彪便提着丰厚的礼品前来"拜年"。东方玉刚从亲戚家回来,见老刘领着个青年人进来了。她认真一看,果然是那个浮浪子弟朱彪,气得说不出话来。朱彪眼睛盯着东方玉眨都不眨一下,真是上天有眼,两年前追求的美人儿又来到了面前。他馋得口水都快流出来了,恨不得将她抱过来亲一下。东方玉见朱彪定定地看着自己,似乎要一口把自己吞了下去,感到一阵恶心,冷冷地说:"刘叔,我早和你说过了,我有了男朋友,你们走吧。"

老刘毕竟是长辈,经历过许多事,厚着脸皮说:"小玉,我是遵照你父亲的意思才来提亲的,他不让你嫁到远方去,所以带了朱彪来。你若嫁到远方别的不说,想回趟家可就难了。叔不会把你往火坑里推,朱彪是我表侄儿,脾气我最了解,为人正派诚实。你们俩如果在一起,一定是一桩美好的姻缘。"

"如果他也配'正派诚实'这个词,那么这个世界上就没有正派的人了。"东方玉想起了不堪回首的往事,恨恨地骂道,"朱彪,也不想想你的德行!"

"怎么?你们认识,这可就好办了。"老刘听她叫出朱彪的名字,很是高兴了一阵子。

"我还是那句话,这事儿不行,谁答应的谁嫁去,跟我没关系。"东方玉说完走进自己的房间,砰地一下把门关上了。

过了许久,听他们走得远了,东方玉开门出来问:"爸、妈,你们知道朱彪是个什么样的人吗?"

"老刘介绍的,我怎么知道?"爸爸抽着旱烟说。

"告诉你吧,他是地痞流氓,以前在县城横行霸道的龙虎帮你们知道吧?他就是其中一个。不信你去问高云,问我的金师傅,这样的人你惹得起吗?!你以为你是爱女儿,你是在害我哇。你们都干了些什么,都干了些什么?!"东方玉伏在桌上伤心地哭起来,双肩不停地抖动着。

东方田和老刘是多年的交情,当老刘动用三寸不烂之舌大肆吹捧朱彪时,东方田想都没想就答应了。如今听女儿说出朱彪的底细来,他是将信将疑。但自己没有经过调查是真,看来这事办得有些唐突。妈妈抚摸着她的秀发,安慰道:"小玉,别哭了。既然是这样,让你爸去回个话说我们不同意,把这门婚事退了。"

对于退婚的事儿,不知道东方田是不是真的去了,但东方玉没有得到自己想要的回答。晚上,东方玉拿出和张子坚的合影看了又看,深情地读着小诗。想起张子坚的微笑,想起和他在一起的美好时光,回到家里想不到生出许多变故,她终于下定决心,走!越快越好。

第二天吃过早饭,她匆匆地收拾行李,刚走出大门遇上嫂子,她关心地问:"小玉,你去哪儿?"

"我到高云家去,这是她的衣服,我忘了送给她。"东方玉找了个理由搪塞过去。她匆匆地到了高云家,见了高云急促地说:"高云,朱彪昨天又来我家了,家里我实在没法待了。"

"瞧你爸干的好事。你这是干什么,现在就走吗?"高云打量着她问。

"我必须快点离开,越快越好。"东方玉急促地说。

"行,刘明芳还不知道呢,怎么办?"高云问。

"她家路远些,来不及告诉她了,我们两个人走吧。"

"那好,我收拾点东西,你在前面路口等我。"

高云和父母亲简单地交代了一下,简单地收拾了行李出了家门,坐上车向县汽车站奔去,狠狈地逃离了家乡。

张子坚正在吴国风家和他的家人说起他去年和林晓梅私奔的事,说得全家人心都提到了嗓子眼,当听说自杀被人救起,回到温海后和周媛媛重归于好才放下心来。这时电话响了起来,吴国风的爸爸去接电话,古枫村目前仅少数人家装了电话,他家是其中之一。打电话的是个女孩子,说是要找张子坚。张子坚一听便知道是东方玉打来的,不知她带来的是不是好消息。

"张子坚,我爸爸不答应我俩的婚事,在家给我找了个男朋友,不让我出来。我没答应,便和高云从家中跑了出来,现在在去温海的路上,你能不能快点来温海?"是东方玉的声音,显得有些焦急。

"你在路上?那好,我明天就来温海,今天已经没有车了,你路上要小心,注意安全。"张子坚叮嘱道。

美梦破灭了。张子坚满以为东方玉会给他一个惊喜,谁知好事多磨,如同一盆冷水从头浇到脚,凉透了。双亲见他回来才十多天又要走,鼻子酸酸的。

"妈,我不在家,你们要保重身体,公司里生产不忙的话,我会回来看你们。再说了,出门打工的不是我一个,多着呢,别挂念。今年我一定给你带个儿媳妇回来,让你高兴高兴。"张子坚说道。

"好好。"母亲点了点头,说道,"家里的事儿你就放心吧。"

张子坚和王光水不敢耽搁,风风火火地赶到温海。他们撂下行李去找东方玉,东方玉和高云在宿舍聊天,见他俩进来起身相迎。提起她的事东方玉不说话了。高云把她们回家后,东方玉的爸爸擅自给她答应一门亲事,并不让小玉姐出门的事细细说了一遍。社会发展到今天,想不到还有包办婚姻存在,张子坚听了心里很是不平,便安慰道:"小玉,别难过了,我们现在不是在一起嘛。过去的事让它过去吧,从今以后我们再也不分开了。"

东方玉不无担心地说:"我有一种预感,事情没这么简单。子坚,我真的不想在外流浪了。回去吧,到你家去,我们的日子也会过得红火。"

"我何尝不是这样想,可我们不能辜负了陈经理的重托。再说,我们现在在温海,你爸爸也管不了那么多,有什么可担心的?"张子坚说着拿出几个鸡蛋来,分给她俩,"尝尝,这是我妈特意让我带给你们的。"

东方玉慢慢剥着蛋壳,心中升起一股暖意,心想:"多么淳朴的老妈妈,这就是大别山人民淳朴的精神写照吗?"

张子坚是个充满着求知欲望的青年,勤奋好学。凭他的水平而言,管这个厂子是绰绰有余,因为这里生产流程比较简单,是按照老板的思路工作的,学不到更为先进的管理知识。他要有属于自己的实业,趁现在有条件多"充电",便选择了成人夜校,学习工商管理专业。

"喂,向你打听个人行吗?"在公司门口东方玉忽听有人喊她。她回头一看,是一位打扮靓丽的姑娘向她走来。

"你找谁?"她打量着这位不速之客,觉得有些面熟。

"你是张子坚的女朋友吧,请问他在吗?"那个女孩问。

"你是……他老乡?"东方玉问道。

"是,是,我叫方金蝉,和他同学呢。"

"方金蝉?"东方玉想起来了,在刘明芳的厂里见过她。

"原来是你呀,我以为小玉在和谁说话呢。新年过得愉快吗,什么时候到的?"张子坚走过来问道。

"怎么,不欢迎是吧?"方金蝉用少女特有的眼光看着他,调皮地问。

"哪能呢,老同学大驾光临,我高兴都来不及呢。"张子坚喜悦地说。

看着宽敞明亮的厂房,方金蝉不无羡慕地说:"我们那个破厂,条件太差了,根本不是人住的地方。张子坚,我在温海认识的老乡没几个,太孤单了,以后能常来你这里玩吗?"

"你是张子坚的老乡,我们当然欢迎了。"东方玉高兴地说道。

送走方金蝉,却见吴国风骑着自行车来了。张子坚风趣地说:"是什么风把吴老板吹来了?你可是大忙人,无事不登三宝殿呀。"

"张经理,你来温海这么多天了也不去我那里玩,是我得罪你了还是你把我给忘了?"吴国风笑道。

"这些时间确实很忙,有几批货催得紧呢,晚上还要去上课,没时间。"张子坚解释说。

"上什么课?"

"成人夜校,学企业管理。"

"这是好事儿,我们读书的时候家庭条件太差,即使考上大学也念不起。

现在条件是允许了,多学些知识将来用得着。"吴国风转了个话题说,"我和周媛媛合计了,想把饭店规模扩大,可又拿不定主意,想让你们去给我参谋参谋。"

"吴老板果然发达了,鸟枪要换炮,我们高兴还来不及呢。今晚去吧,怎么着也得蹭你一顿饭吧。"张子坚爽快地答应了。

张子坚忙了一天觉得好累,真想美美地睡一觉,可想到吴国风的邀请,便和王光水骑了自行车分别驮着东方玉和高云向皖西饭店奔去,刚进店门却见方金蝉也坐在那里,便问:"你也在这里,什么时候到的?"他话刚出口又觉得不妥。

"我呀,没你那么忙,在这里等张大经理大驾光临呢。"方金蝉调皮地说道,"我七拐八拐地总算找到了你们,可你们却把我当贼似的防着。只许你们来蹭饭吃就不许我来?我是这样的讨人厌吗?"方金蝉性格开朗,说起话来像连珠炮似的。

"我的小公主,这么多年,你的嘴巴怎么还跟以前一样?在学校的时候我别的什么都不怕,就怕你一张嘴。骂是骂不过你,又不能打你,好男不跟女斗嘛,哪个男人要是娶了你肯定是霉星高照。"张子坚说道。"小公主"是同学给她取的绰号,具有调侃的意味。

"你是不是想霉星高照?"方金蝉不依不饶地说道。

张子坚妥协了,拉着东方玉的手说:"我有这位夫人是吉星高照,你的霉星去照别人吧。"

东方玉见他俩打趣扑哧笑起来,吴国风在旁边打圆场,说道:"你们别吵了。在学校的时候你们俩也是经常吵架,可吵过后又是情书来情书往的,这几年没见面是想补回来?"

方金蝉听他提起自己和张子坚写情书的事,脸一下红了,便瞟了一眼东方玉,见她脸色极不自然。吴国风见气氛有些尴尬,知道自己说漏了嘴。这时周媛媛送走了顾客,说:"该我们吃饭了,你们有什么话以后再谈。"

几个人围了满满的一桌,方金蝉见他们都是成双成对坐在一起,唯独自己孤身一人,心里很不是滋味,坐在那里闷闷不乐的。

周媛媛开口道:"各位老乡,我们家有句俗话说'捧了人家的碗,要受人家的管'。今天晚上的饭不是那么好吃的。我和吴国风开这个小饭店算是得心应手了,但规模扩大以后如何给自己定位?还是这样为打工者服务肯定不行。温海老板的腰包都是鼓鼓的,我们要掏他们的钱,但这钱如何掏法大有学问了。"

吴国风接着说:"我还用'皖西'这块牌子,直观、易懂,一看就知道是外来人员开的,对于来自家乡的人有一种亲切感。"

张子坚说:"温海高档酒楼比比皆是,和他们抗衡显然没必要。开个中等规模的,装饰温馨典雅,让有钱的老板、普通市民及打工者都能接受。"

王光水说:"对于这个我们是外行,那些大饭店也没进过,能提什么意见?你应该多去大饭店考察考察,不外乎是名厨名菜之类,突出特色。"

"说起特色,我们家有几道菜味道很好。周媛媛,你是行家里手,可以把它们开发出来,另外,我们家乡的小吃也很有特色。这里的老板山珍海味吃腻了,想换换口味,给他来个皖西风味小吃,肯定受欢迎。"张子坚很兴奋,用手比画着勾勒出一幅美好的蓝图。

周媛媛说:"你的想法和我的想法差不多,皖西风味在家乡的打工者中有很大的市场,可温海当地居民能接受吗?"

吴国风说:"越有地方特色,越能吊住人家的胃口,我看经营皖西风味能有所作为。"

周媛媛说:"要打出皖西特色还有许多工作要做,仅我那点炒菜的水平是上不了台面的,必须回家请厨师来。当然了,店面的选择很重要,资金也有很大的缺口。"

张子坚说:"难度肯定是有的,我们只能靠艰苦创业了。开弓没有回头箭,只要决定了的事一定把它做好。"

经大伙一说,两口子下定了决心。媛媛吩咐丈夫道:"国风,你明天回家去筹措资金,只要钱有了着落,我们就找店面进行装修。"

吃罢晚饭,张子坚一行告辞出来,刚走到门口,忽见街上有几个人叫嚷着向这边冲过来,跑在前面的那个人几乎把他撞翻,冲进店里。后面追的几个人见饭店里人多,便四散跑开去不见了。

"黄林,怎么是你?又和人打架了?"吴国风见是黄林,吃惊地问。

只见他脸上手上全是血污,衣服也撕破了。黄林擦了擦嘴角的血迹,轻描淡写地说:"表哥,没事。他妈的今天运气不好,我们人少打不过,我拼着性命才冲出来。"

吴国风用哀求的口气说:"表弟,我求求你别干这种事了,你这是在刀尖上过日子,没有好结局的。"

张子坚也过来劝他,说道:"黄林,你找个工作好好打工赚钱不行吗?为什么要选择这样的生活。你把别人砍伤了不好,别人把你砍伤了更不好,说不定哪天会进公安局的。我们揍你一顿是想让你接受教训,迷途知返。"

黄林这才注意到张子坚、王光水也在这儿,很是不屑地瞅了一眼。看得出来,黄林对上次三个人揍他的事心存芥蒂,怀恨在心。他挖苦地说:"我也想混出个人样来,可这世道太不公平了,不像你们个个能当老板。"

"不是这世道不公平,而是你的心理不平衡。一个人不安守本分,不脚踏实地地干事业,能行吗?你想走捷径,天上真的会掉馅饼吗?不可能的。你走的是歪门邪道,是法律的禁区。"张子坚语重心长地说。

黄林洗去脸上的血迹,拍打完身上的尘土,似乎什么事也没发生过,说道:"表哥,我走了。"

吴国风过来拉住他,说道:"别走,他们肯定还在附近,会有危险的。"

"放心吧,没事。"黄林挣脱了吴国风的手,闪进昏黄的路灯下。张子坚和几个人目送他远去,无可奈何地摇了摇头。

第六章 逃离

第七章　初恋

东方玉和高云去看望老乡刘明芳,接受上次被抢劫的教训,张子坚、王光水也一同前往。她的目的很简单,想知道自己离开家以后,家里的现状。刚进厂门,刘明芳见了他们满是欣喜。"小玉,你可来了。"走进她那狭小的宿舍里,刘明芳略还责备地说,"小玉,我倒要问问,你怎么想起我来了?"

"这些天厂里要上班,没时间来。"东方玉有些委屈地问道,"我走后家里怎样了?"

"还说你家里呢,闹翻天了。我的好妹妹,你撒手跑了,可把我害苦了。"刘明芳有些激动,显然受过委屈。

"难道说我爸爸找过你的麻烦?这可就不对了。"东方玉说。

"那天你和高云刚走不久,你爸爸和大哥便追到县城,按时间推算,你们的车刚出了县城,好险哪。你爸爸没找到你便跑到我家,要我说出你去了哪里,说是我叫你走的,你说冤枉不?我知道你们是到温海来了,但不敢说出来,只好尽力地劝他。你爸爸的脾气你也知道,根本听不进别人的劝说。说是我不该带你们出来,把你的心给跑野了,白疼你一场。如果找不到你就向我要人。你说这是什么话,又不是我把你拐跑了。我一怒之下和他大吵起来,说他是卖女儿是包办婚姻是个老古董,却把他给得罪了。他盛怒之下向我爸告状,让我爸管教我。当然了,我爸没有听信他的话。"刘明芳说。

高云插话说:"我们因为走得匆忙,时间紧,所以没告诉你。"

刘明芳接着说:"后来朱彪到你家去了好几次,追问你的去向。他说是你家人把你藏起来了,吵着要你在温海的地址。坏就坏在你爸爸,听了别人几句甜言蜜语,就不知自己身在何处。轻易相信人,无异于引狼入室。可朱彪那种人像蚂蟥一样,让你甩不掉,挣不脱。小玉,你要注意点,可别让他找到。"

张子坚说道:"你放心,在我们公司里没事,他根本进不了大门。"

刘明芳提醒他,说道:"这样我就放心了。但明枪易躲暗箭难防,还是小心为妙。"

方金蝉不知何时买来零食热情地分给大伙儿吃,也许是老同学的缘故,分给张子坚的比别人的多许多。因为宿舍里比较拥挤,张子坚出来透气,方金蝉跟在身后。她说道:"张子坚,你现在当上了公司高管,可发达了。"

"这算什么官,还不是给别人打工?"张子坚心不在焉地答道。

"像你这样的有几个人?有的人打工很长时间也默默无闻,甚至连饭也吃不饱。"方金婵赞赏地说。

因为靠得很近,张子坚明显地感到她身上散发出来的气息。自从五年前两个人分手以来,除了东方玉以外他没有和任何女孩这么近地接触过。四目相对,他从她那炙热的眼神中看出某种渴望,这是少女心中的秘密。但他觉得浑身不自在,如坐针毡,忽然想起该去上课了,便和王光水说了一声,推上车就走。

"上什么课?"方金蝉追出来问道。

"上夜校,振兴路,挺近的。"张子坚随口答道。

"子坚,我有几句话想和你说。"方金蝉跟在他身后出了大门,她一改过去泼辣性格,显然是经过深思熟虑才说出来的。

"有什么话就说呗。"张子坚催促道。

"……她沉默了。

"刚才不是说得好好的吗,别吞吞吐吐的。"

"我看还是算了吧。"她的神情有些古怪,让人捉摸不透。

张子坚见她没话可说,便骑上自行车头也不回地走了,方金蝉目送他远去,呆呆地站了许久。

张子坚和王光水在路灯下散步,王光水突然想起了什么,问道:"听说你和方金蝉在学校的时候谈过恋爱？"

"是啊。我和方金蝉，还有吴国风都是同班同学，我和她又是同桌。说谈恋爱嘛，其实那时候我们并不懂得爱情，这件事当时在全校成为轰动的新闻，不是秘密。几年过去了，我早把它忘了，你还提它干什么？"张子坚心不在焉地说。

"你不提，有人要提。你忘了，有人没忘。"王光水说道。

"谁？不就是那天晚上吴国风提起过吗？"

"不是他，是方金蝉。去年在回家的车上偶然相遇，你们两个人谈得很投机。今年年初她来我们厂找到你，她对你的那个热情劲没说的。初恋是让人刻骨铭心的，在一个人的一生都会留下清晰的烙印。通过几次交往，她初恋的情感可能复活了。酒是陈的香，爱是陈的浓。如果我没有说错的话，她还会来找你的。"王光水说道。

张子坚仔细品着他说的话，的确有些道理。那天在厂里，方金蝉的眼光让人浑身不自在，难道真的如王光水所说，她初恋的情感复活了？这可不是好兆头，必然要在自己和东方玉的感情上投下阴影。可他嘴里却说："你是多疑了，她对你不也是一样吗？"

"她对我虽然热情，但显然不同。她的眼神怪怪的，看着你眨都不眨一下。送你出来的时候说话吞吞吐吐的，你走后她还在那里站了许久，这些情况都不正常。"

"别瞎说，传出去了可不好。我和东方玉彼此心心相印，不会因为她的出现而移情别恋的。"

"别人面前我当然不会说。东方玉已经为你受了很大委屈，和家人闹翻了，只要你别干对不起她的事就行了。"

"你放心吧，我们在月光下山盟海誓，时间会证明一切的。"张子坚嘴里虽然这么说，可心里有些发怵。去年那个夜晚和东方玉在一块散步的时候，她问自己有没有初恋。他想，自己和方金蝉分手四五个年头了，再次相遇的机会不大，便如实相告，还让她惋惜了一阵子。没想到世界竟然这么小，方金蝉很快在自己的生活里出现了，而吴国风又在东方玉面前提起写情书的事,东方玉会怎么想呢？看来自己的生活又要起波澜了。

  陈经理和张子坚在安排生产计划,这时吴国风打来电话,说明天是张子坚的生日,要不要庆贺一下。张子坚这才记起来,如果不是吴国风提醒早给忘了。于是张子坚说道:"这些天我忙得团团转,哪有时间过生日。"
  陈经理接过他的话说:"明天是你的生日？是好事儿啊。每个人一年才一次生日,是应该庆贺一下。明天我给你半天假,去过生日吧,但是有一点,不能喝醉了。"
  既然经理开了口,自己如何拒绝？张子坚便把工作安排了一下。他们四个人走进附近的小饭店,见吴国风早早地等在那里向他们招手呢。桌上放着一个精美的蛋糕,中间写着几个红色的字:"祝张子坚生日快乐。"张子坚看着蛋糕不解地问:"我不是说好不花钱的吗？你怎么又……"
  吴国风说道:"我知道你是不喜欢礼物,认为那是浪费,我想了想还是送你这个。千里送鹅毛,礼轻情义重。你看上面的几个字,这点小礼物应该收下吧？"
  张子坚高兴地说:"这是给我的最好的礼物,我收下了。"
  此时,东方玉和高云已经把蜡烛插好,并一根根点燃。
  "许个心愿吧。"高云说道。
  "许个什么心愿呢？"张子坚想了一下问道。
  "你心里怎么想的就怎么说,但必须是你的真心话。"东方玉笑着说。
  "那好,我祝大家身体健康、财源广进、前程似锦,将来荣华富贵,誉满乡里。"张子坚说了一大串仍意犹未尽的样子。
  "你给我们的祝福我们收下,这还不够,你要为你自己许个心愿。"吴国风提出异议。
  "我自己能有什么事,挺好的嘛。"张子坚笑道。
  "我看你还是装糊涂,把你身边的大美人给忘了,为你们两个人许个心愿吧。"高云提醒他。
  "我们的事？"张子坚看了一眼坐在身边的东方玉,吞吞吐吐不好意思说。

"快点嘛。"高云催促道,"男子汉大丈夫既然敢大胆地爱,就应该大声地许个心愿。"

"好,我说。"张子坚清了清嗓子,双手合十道,"我愿和东方玉永结同心、白头偕老。"

"好!"吴国风带头鼓起掌来,"现在吹蜡烛。"

张子坚吹灭了蜡烛,把蛋糕切开分给每个人。他心情有些激动地说道:"今天是我过得最热闹最有意义的一个生日。小时候在家过生日的时候,母亲总是忘不了给我蒸上两个咸鸭蛋,那些温馨的时光如今只能在记忆中出现。尽管如此,今天的聚会仍不完美,周媛媛因为饭店里生意忙不能来。"

"中午是饭店最忙的时候,我们两个人同时离开可不行。"吴国风解释说,"还有方金蝉因为要上班,也没有通知她。"

"关于方金蝉嘛,还是和她保持距离比较好。"张子坚说道。他担心方金蝉会给自己和东方玉之间造成障碍。

"还有黄林,我们四个人一同坐车来温海的,经过几年的努力,我们的境遇有了很大差别。吴国风已经闯出了一番事业,是我们打工人的佼佼者。可黄林却干起了偷盗抢劫的勾当,可以肯定地说,他的结局将是可悲的。"王光水说。

说起黄林大伙儿的心情都很沉重,谁也不愿意去主动提到他。蛋糕吃完了,丰盛的饭菜端了上来,摆了满满一桌。张子坚开了啤酒,东方玉和高云不会喝酒,只倒了半杯。

吴国风呷了口酒,压低声音说:"听说黄林在外地伤了人,我问了他几次,可他不承认。"

"如果真的是这样,他这辈子可就完了,哪天被公安局抓去就别想出来。"王光水说道,"前年他有半年多时间没在温海出现过,不知干了些什么。伤人的事也许是真的,他当然不会说出来。"

"自从去年我们揍了他一顿以后,他就不再和我们来往,他明显地对我们心存戒心,对自己受伤却一点不在乎,说明他已经习惯了那种生活。你说,他为什么放着平平安安的日子不过,非要过那种提心吊胆,随时都有危险的生活?他能来的话我们正好四对,才是真正的完美。"张子坚对黄林的处境充满了忧虑。

"别说他了,管那么多干吗。我奶奶要求我照顾好表弟,管教他,可他就是不听。"吴国风的话语里有太多的无奈,表弟看来是无可救药了。

"你准备开大饭店的事情,现在准备得怎么样了?"王光水换了个话题问道。

"已经有眉目了,资金基本解决,缺口不是太大。主要是店面的问题,我选了几个地方,要么租金太贵,要么位置不太好,还在商谈中。"

"是啊,'小巷闻酒香'对于你不合适,因为你还没有这个实力。所以说,你必须选择最佳地段推销自己的品牌,来个轰动效应。"张子坚说道。

张子坚的酒量不大,但架不住吴国风和王光水的劝说,三瓶酒很快下了肚,便有些头重脚轻了。东方玉劝道:"你不能喝了,再喝会醉的。"

"你放心,我会把持住自己的,今天高兴,来个一醉方休。"张子坚说着又和王光水碰杯,把满满的一杯喝完了,口齿不清地说道,"小玉,你什么时候过生日?到时候我们也好好地为你庆贺一番。"

"还早着呢,到时候再说吧。看你醉成这样,别喝了。"东方玉阻止道。

盛情难却,他是第一次喝这么多的酒,终于不胜酒力,趴在桌子上睡着了。大伙儿七手八脚地把他扶回公司,刚进门就被陈经理遇上,斥道:"我昨天就打了招呼,还是醉成这样,把他扶上楼休息去。"

张子坚睡了一个下午,醒来的时候天色已暗,三口两口地吃完饭,急急忙忙向夜校奔去。他到了夜校门口却见方金蝉在不停地踱着步,很是焦急的样子。张子坚暗叫一声"不好",果然被王光水言中,她找上门来了。

"张子坚,你可来了。我等了很久,还以为上次听错了呢。我把这条街找了个遍,才在这里看到有个成人夜校的牌子。"她显得很兴奋,但有一丝慌乱。

"你找我有什么事吗?"张子坚装出一无所知的样子。

"有事,其实也没什么,只想和你说说话。"方金蝉吞吞吐吐地说。

第七章 初恋

"如果没事我去上课了。"张子坚说着推着车子就走。

"别,等会儿。离上课的时间还早着呢,我们找个地方坐会儿。"她挡住了去路。方金蝉把他上课的时间都摸清楚了,显然是有备而来。她的两只眼睛像两汪湖水,深情地看着张子坚,鼓起勇气问道:"你和东方玉认识有多长时间了,感情真的……那么好吗?"

"你问这个干什么?我们的关系当然融洽。"张子坚别过脸去不敢看她的眼睛。

"你说,我们——"她顿了一下说,"还会有缘分吗?读书的时候我俩是同桌,又有了让人刻骨铭心的初恋。"

"那时候我们都还小,根本不懂得什么叫爱情。要说责任的话,琼瑶该为我们之间不该发生的事负责。"张子坚回答道。

"这我知道。可是初恋总是美好的,让人无法忘记。已经过去了几年,我也极力地想忘掉它,觉得那时候幼稚得可笑。可世界如此之小,我们又相遇了,你又回到了我面前。"方金蝉含情脉脉地看着他,认真地说。

"那一次相遇算不了什么,也很正常,你不要多虑了。"张子坚极力回避,不做正面回答。

"子坚,今天是什么日子?你知道吗?"方金蝉问道。

"今天是什么日子?有什么特别吗?"张子坚满不在乎地说。

"在我的印象中,今天好像是你的生日,因为我们在学校的时候为你过过生日。"方金蝉努力地回忆着。

听到这里张子坚心里生起一股暖流,他很感动,但他没有让这份情感表露出来,冷冷地问:"我怎么不记得了?可能是你记错了吧。"

"既然是这样,也许是我记错了。那天在吴国风那里他无意中说出我们写情书的事,打开了我情感的闸门。看到你们成双成对的亲密劲儿,我的心里很不是滋味,一种从来没有过的孤独感笼罩着我。我想了很久,来看看你,看看你是不是一如从前。我知道你和东方玉在一起很久了,她漂亮文静,我是没法比的。我也知道,我的行为是不道德的。但我不在乎这些,只要你一天没结婚我就会追着你一天,只要你还在我眼前,我就不放过任何一次机会。"她说得情真意切,婉转动人。

"金蝉,你今天的话是多了点,你要是不理智,对你对我都没有好处。你知道吗? 东方玉已经为我承受了很大的委屈,我能在她的伤口上撒盐伤她的心吗? 金蝉,你作为老乡到我们那里去玩我十分欢迎,如果带着某种感情我会不安的。你好自为之,我走了。"当方金蝉从沉思中醒来的时候,已经不见了他的身影。

然而张子坚大大低估了方金蝉,她和东方玉的性格有很大的不同。东方玉温柔贤惠,性格内向,情感丰富,是位典型的东方淑女。而方金蝉则大胆泼辣,下决心要干成的事一定要去完成,绝不畏首畏尾。她心里清楚,要想得到张子坚的感情是很困难的,只有自己主动追击,相信精诚所至,金石为开。她的性格在以后一段时间里得到了很好的印证,她常常会来夜校门口等候张子坚,向他倾诉心中的烦恼,诉说对生活的期待,天南地北人文趣事都是她谈论的话题。这可苦了张子坚,只得皱着眉头简单地应付,把她当作一个普通的朋友而已,却无法回避她充满磁性的话语和炙热的目光。方金蝉是个细心的女孩,何尝不知道张子坚的心思,只要他没赶自己走就不错了。她甚至想他能天天来夜校多好,即使说不上几句话,看一眼也知足了。她感谢上天给了自己这个机会,正当她暗自庆幸的时候,却被刘明芳无意中窥破秘密。

张子坚对方金蝉几乎有了一种恐惧感,每次上夜校都暗暗祈祷,可事与愿违,她总是早早地等候在学校门口,如同小鸟一样向自己飞来。他知道情感的大门如果敞开后果不堪设想,吴国风和林晓梅就是例证。为此,张子坚感到茫然和不安,不知道这样下去会是什么样的结局。方金蝉这段时间工作精神不集中,晚上经常出去。刘明芳询问了几次,她都找各种理由回避。那天晚上,刘明芳经过振兴路,突然看见方金蝉在前面不远处转悠,看那情形在等人。刘明芳便想起她最近一段时间的反常现象,心想,她一定藏着什么秘密。刘明芳于是站在暗处静静观察,准备打她一个措手不及。过了会儿,只见张子坚骑着单车来了,方金蝉飞快地迎了上去。刘明芳以为看花了眼,揉了揉眼睛再看,是张子坚,没错。看他们那亲密劲儿似乎是一对如胶似漆的恋人。刘明芳想不到方金蝉说出来逛夜市却是和张子坚幽会,更想不到张子坚在东方玉面前显出一副好男人的形象,暗地里却和老乡勾搭在一起。想到东方玉为了心中的男友和父母决裂,盼来的却是一个当代陈世美,她真想冲上去狠狠地训张子坚一顿,为东方玉出气,可她还是忍住默默地离开了。张子坚知道,方金蝉这样缠着自己,对自己和东方玉不利,决定向她摊牌好好谈一次。正如他估计的一样,这天晚上,方金蝉又早早地在学校门口等候自己的到来。

张子坚有些生气,说道:"方金蝉,我说过我们是老乡,做个普通朋友可以,做恋人根本不行。你再这样下去我根本不理你了,见了面就当不认识。"

见张子坚动了怒,方金蝉有些害怕,便以退为进,从方便袋里拿出个橘子给他,说:"我听你的,做个普通朋友,吃个橘子没关系吧。"按照开始的设想,只要自己追得紧点,张子坚肯定心动,可是好长时间过去了,张子坚没有一点动摇的迹象,他的意志是如此坚定,对东方玉的爱是如此之深,这是方金蝉始料不及的,她有些失望了。

张子坚根本不想接,可一想吃个橘子问题不大,在这些小事上拂了人家的心愿未免太不近人情。而这一幕恰好被刘明芳看了个真切,更加相信他们之间有见不得人的事情。

"你以后不要来这里,影响不好,要不了多久我也毕业不来上课了。你应该把工作做好,赚一些钱回去,找一个比我强的男人,好好过日子。"张子坚耐心地劝道。

"子坚,这世界之大,没有我容身的地方。街上来来往往的人很多,没有一个是我的真爱。你说的话我会去做,我要告诉你的是,只要你没有结婚,我的心都属于你。"方金蝉幽幽地说道。

"金蝉,你怎么能这样呢?这样对你可没有好处,只会浪费了你的青春和感情。"张子坚劝道,"你回去吧,一个女孩子在外跑不安全。让我们彼此珍重,拥有一份友谊多好。"

方金蝉深情地看了他一眼,过了片刻离开了。张子坚目送她远去,此时发现她的背影是多么单薄。

嘉茂鞋业公司门口,刘明芳把东方玉拉到一边,挺神秘地问:"小玉,张子坚这些时间对你可好,晚上他经常骑车出去?"

"他对我很好,晚上骑车出去是上夜校。哎,刘明芳,你这次来鬼鬼祟祟的搞什么名堂?"东方玉不解地问。

"只要他对你好就行。小玉,对他你得防着点。"刘明芳神秘地说道。

"你说的是什么呀?我怎么越听越糊涂,到底发生了什么事?"东方玉听了她的话有些摸不着边际,问道。

"我就直说了吧,昨天晚上我看见张子坚和方金蝉在一起。其实方金蝉最近一段时间都很反常,经常出去。我问了她几次她也不肯说,看来她和张子坚的关系有好长时间了。小玉,你心平气和地向他问个清楚,不要动怒,如果没有那回事就算了。"

听到这里东方玉的脸唰地一下白了,她不相信张子坚会是这种人,背着自己和别的女人勾搭,便问道:"他们是在哪里见面?你听见他们说了些什么?"

"在振兴路,那个大门口挂着什么学校的牌子,我哪敢走那么近听他们说话?再说街上的车子很多很吵,根本听不见。方金蝉还拿什么东西给他吃,看样子挺亲密的。"

"方金蝉和张子坚是同桌,在学校的时候谈过恋爱。这些我知道,她也来我们公司玩过几次。"东方玉解释说。

"这么说他们是旧情人?旧情人相会犹如干柴遇烈火,危险着呢。她来你们厂里玩,说明她醉翁之意不在酒。小玉,你一定要劝劝张子坚,让他悬崖勒马,免得到时候无法收拾。"

刘明芳走后,东方玉无力地坐在路边,她相信刘明芳没有说假话。方金蝉与张子坚是旧情人,旧情复燃的可能性极大。如果真是这样自己该怎么办,张子坚的那些誓言不全成了骗人的鬼话吗?想到这儿东方玉不自觉地哭泣起来,大脑里一片混乱,不知该如何处置。

"坐在这里干什么,想啥?"张子坚不知何时来到她身后,他关心地问,"你哭了,发生了什么事吗?"

"我问你,这段时间你去上课和谁在一起?"东方玉没好气地问。

"还能和谁在一起? 老师同学呗。"张子坚简单地答道。

"那你和方金蝉在一起是怎么一回事?"东方玉厉声问。

张子坚微微一惊,顿了一下说:"既然你知道了我就直说了吧。我和方金蝉以前是有那么一回事,但都过去好多年了。去年在回家的车上偶然相遇,所以她才找到我。那次和你去她们厂里玩,我无意中说出在振兴路上夜校的事。后来她常去那里见我,想和我恢复那种关系,被我拒绝了。请你放心,我绝对不会做出对不起你的事来。"

"昨天晚上你们还在一起,为什么不早说?"东方玉又问。

"昨天晚上我们是见过面,我劝她改变想法,做个朋友不掺杂任何感情,她答应了。我想和你说,又怕这些事越描越黑,说多了你反而不信。再说,她已答应不来找我了,过去的事就让它过去吧,让我一个人烂在肚子里岂不更好。真的,小玉,请你相信我,我们相处了这么长时间,你还不知道我的为人吗?"张子坚抚摸着她颤抖的双肩说。

东方玉听了张子坚的解释稍缓过回神。的确,这些时间以来,他对自己的感情没有变淡而是加深了,如果真是移情别恋,还会对自己这么好吗?

"请你相信我好吗? 再说我也快毕业了,不用去上课了,可以天天守在你身边。走吧,我们回去。"张子坚说着拭去东方玉的泪水,两个人紧紧地拥抱在一起。

第八章　悔悟

　　黄林和阿勇还有二毛三个人是不折不扣的铁哥们儿,他们通过一番拼杀,算是混出了响亮的名号,在温海市的地面上有了不小的势力。

　　祥龙住宅区有二十多栋楼房,近千套房子,是温海市的高级住宅区之一,也是温海富人较为集中的住宅区。这里设施齐全,交通便利,实行封闭化管理。E区刚刚建成,只有少数住户入住,因为处于整个住宅区的边缘,安全管理等措施还没完全到位,因而常常有小偷光顾。温海市渐渐成为经济发达的开放城市,这里的居民都很富有,因此,这里成为小偷觊觎的目标。他们三个人经过多次踩点,把小区的情况都摸得清清楚楚。经过观察,他们发现E小区门岗形同虚设,管理上存在着严重的漏洞。他们任一阵窃喜,准备来这儿大干一把。

　　黄林在楼下望风,在三栋303室门口,阿勇和二毛在紧张地撬着门,没几下,新装上的门锁开始松动了。阿勇暗叫一声"好",这时黄林在楼下发出信号,说有人上来了。阿勇和二毛吃了一惊,见躲避不及,只好上到四楼。幸运的是其中有套房子的门是开着的,他们俩很快钻了进去把门反锁上。黄林正要转身离开,和一个正要上楼来的中年妇女擦肩而过,他立即骑上自行车猛蹬几脚,刚到大门口就听见女人尖锐的喊声:"捉贼呀捉贼呀!"听到如此尖锐的喊声,如同接了报警,很快有十来个人向这边奔来。对小偷他们是同仇敌忾,恨之入骨。

　　"有三个贼,一个下楼跑了,两个上楼去了。我装了不到一个月的锁都给撬坏了,我如果不是回来得早,家里的东西肯定要被偷去,好险哪。"女主人心有余悸地说。

数名全副武装的保安队员很快赶到,简单地询问了事件的经过。当前去抓小偷时他们却傻了眼,这里的房子部分被别人买了的,钥匙被房主带走了,根本打不开。而阿勇和二毛躲在里面则"以逸待劳",外面的人只能望"锁"兴叹,奈何不得。硬抓显然不行,只有改变策略了,他们便通知所有的居民严密防守,来个瓮中捉鳖。

阿勇和二毛暗暗高兴了一阵子,不是说你们保安神通广大吗?有种的就来抓我们呀!他们躲在卫生间里美美地睡了一觉,醒来时已经是下午,肚子忍不住咕咕叫起来,只见大门给锁住了,院子里有人走动,看来想蒙混出去是不容易的了。他们两个人心里发虚,很是害怕。二毛急切地寻找着脱离困境的办法,阿勇小心翼翼地开了门,又静静地听了会儿,确定了没有声音,便壮着胆子轻轻地下楼来。刚下了楼梯有人发现了他,两个人飞快地向他冲了过来。由于跑得急,他上了几层楼也不知道,直到楼梯上完了才撞开一扇门冲了进去。阿勇心慌意乱,便准备按照老办法跳到隔壁去。让他意想不到的情况出现了,下面的几层两户间的隔墙和阳台一样齐,只要胆子大一点就可以轻松地跨过去。而最高层的隔墙超出阳台三十厘米,根本过不去。当他意识到完全跨不过去的时候已经迟了,阿勇失去重心摔了下去。而二楼的阳台又宽出许多,阿勇背朝下像一截木头似的摔了下来,屁股正好砸在阳台上。强大的惯性使得他在空中翻了一个跟斗,越过三米多宽的路面,重重地摔在泥土上,鞋子也飞出数丈远,头撞在水泥路的边沿上,顿时七窍流血,昏死过去。

许多行人都看到了这"空中飞人"的惊险一幕,第一个反应是此人完了。楼下的人渐渐围拢过来。二毛听见楼下的声音不知发生了什么事,伸头一看,见地上躺了个人,才知道阿勇出事了,他顾不得多想,趁着混乱跑了出去。黄林并没有离开这里,他记挂着阿勇和二毛的安危,下午仍在这一带转悠。忽然看见警车和救护车呼叫着开了过来,听人说有个小偷从七层楼上摔了下来,他的心提到了嗓子眼,跟着人流来到住宅区的墙外,见地上果然躺着个人。只见他面孔已完全变形,鼻孔里、嘴里流出血来,黄林一眼看出此人正是阿勇。黄林钻出人群,却见二毛在不远处,正要追过去,谁知自己的肩膀猛地被人拍了一下。他惊出一身冷汗,几乎要瘫软下去,扭头一看是表哥吴国风。吴国风把他拉到远处,轻声问:"表弟,你也在这里呀,那个人你认识吗?我刚从这里经过,亲眼看见他从楼上摔下来的。那场面真的太惨了,我看肯定活不了。"

黄林脸色惨白,额头渗出汗珠,故作轻松地说:"我也是在这儿玩,听说有人从楼上摔下来便来看看,真惨。"

吴国风少不了一番劝说:"表弟,我早就告诫过你,不要走歪门邪道,刚才那个人的下场就是例子。我奶奶最疼你了,可是最不争气的也是你。"

"是是,我一定改,表哥。"黄林连连点头。

"你当着我的面答应得干脆,可转眼又忘了。重要的是拿出实际行动来,和二毛、阿勇断绝关系,知道吗?"

黄林点了点头,稀里糊涂地往回走,大脑里一片空白,仍沉浸在阿勇摔死的惨象中。黄林想起来真有些后怕,若不是跑得快,也许摔下来的人不是阿勇而是自己。黄林的心里做着激烈的斗争,使他的良心突然发现,决定悔过自新,只是这代价太大了些,是阿勇的死才让他幡然悔悟。

周小莉正在洗鱼,见了他高兴地说:"阿林,你回来了,快来帮我洗菜。"

黄林神情呆滞地说:"买这么多菜,有谁要来吃饭?"

"没有人来,自己就不能吃吗?今天是中国的传统节日,不记得了?"

他记起来了,说:"今天是端午节,你们家也兴这个?"

"可不是吗?我们家每年在这个时候裹粽子,划龙船,可热闹了。我们在这里只能改善一下伙食,算是庆贺。"小莉点燃了煤油炉开始炒菜,不一会儿菜炒好了端上了小桌。

"小莉,我们不能在这里住了,回家去好不好?或者找个工厂老老实实地打工。我们不干这见不得人的勾当,不过这种担惊受怕的日子。"经过一番激烈的思考,他终于说出了这番话。

"我们在这里住得好好的,为什么要换地方?你我都没有技术,想打工也不容易。咦?你今天说话怎么来了个大转弯?以前说话可不是这样的。"小莉不解地问,这才发觉到他表情的不寻常。

"这样下去可不行,总有一天会被抓的,我们可就完了。"黄林重重地叹了口气。

"说这些丧气话干什么？你以为事情这么简单？你犯的那些事足够判死刑的。即使过了五年十年,只要查出来,照样判刑。"周小莉说。

"你说得也是。小莉,我真的害怕有一天会失去你,这种平静的生活被打破。开始认识你的时候,以为是逢场作戏没往心里去,现在不同了,我对你可是真心的。我们结束过去重新开始,过平常人的生活,好吗？"黄林说得有些悲怆,似乎世界末日就要来临。

"你对我好,我当然看得出来。我只是觉得你今天的变化太大,肯定有原因。我们之间还有什么不能说的呢？"小莉深情地望着他,提出自己的疑问。

"今天上午我和阿勇、二毛在祥龙住宅区偷东西被人发现,阿勇从七层楼上摔了下来,七窍流血,怕是活不成了。"

"我的妈呀,那还能活吗？这种事不干也好,说不定哪天会轮到我们头上。"周小莉惊叫起来。

"这里也不能住了,假如阿勇没死被公安局审查,自然会找到这里来。"

"换个地方也行,只是我和阿军的事正在节骨眼上,这时候可不能放弃。"小莉说。

"广东来的那个小老板？别理他。那种奸商是只秃毛的鸡,没毛可拔,以后我赚钱养活你不是很好吗？"黄林情真意切地说道。

"已经这么长时间,放弃的话我的心机不是白费了？上次他答应租套房子给我住,钱嘛,我肯定会向他要的。"周小莉不想放弃到嘴边的肥肉。

"广东佬把你养起来,我怎么办？"黄林心生醋意。

"这有什么？他在这里只是短暂地住些日子,他走后那套房子不就是我们的了？你以为我会和那种男人爱得死去活来？傻子才会呢。"

"对,送上门的钱不要白不要。"黄林毫无廉耻地赞同着。

小莉想了想说："你认为这里不安全的话,可以到别处找间房子住。"

两个人谈到深夜才迷迷糊糊地睡去,第二天天刚亮二毛便在外面敲门。

"你怎么起这么早？是不是阿勇有消息了？"黄林问道。

"怎么，你也知道了？"二毛反问。

"昨天下午我一直在那里转悠，看见了他摔下来的样子，真惨。"

"阿勇死了。"二毛递了张报纸给黄林。他接过一看，见《温海早报》上刊登了一条小偷坠楼身亡的消息，说的正是昨天下午在祥龙住宅区发生的一幕，报道说小偷被送进医院，抢救无效死亡，身份、住址不详，要求市民提供相关线索，等等。

"他若救活了也是死，死了对我们有很大的好处。"黄林说，"不知他家在什么地方？"

"他拿的那个身份证是假的，我只知道他家在江西，具体的地址也不清楚。以后像这种地方说什么我们也不能去，只要大门一关就插翅难逃了。"二毛仍心有余悸地说，"我如果不是趁着混乱逃出来，也许和他一样，小命都没了。"

"还是别干了。我和小莉商量好了，准备找份工作，洗手不干了。"黄林说。

"想到阿勇的死，我也有些后怕，本来在一块儿好好的，就那么一眨眼的工夫一个人便没了。"二毛情绪受到感染，呆呆的。

这时周小莉的传呼机响了，一看是阿军打来的，黄林来了精神，示意小莉吊住他的胃口。这个阿军是个黑社会性质的犯罪分子，干的是买卖毒品、盗卖光盘、走私等违法勾当。为了藏身，他秘密地在温海买了套房子，以躲避警方的追捕。同时，他和周小莉勾搭上了。他们俩见了面以后，阿军爽快地给了周小莉一笔钱，但提出一个要求，就是要黄林离开温海。黄林虽然想洗心革面，重新做人，但是让他离开周小莉还是有些不舍。对于这个近似无理的要求，黄林几乎想揍阿军一顿解恨。

小莉劝说道："阿林，你别冲动，你不是说过再也不干违法的事了吗？在温海你斗不过他，我们不如找个机会离开温海。"

他想起自己讲过的话，顿时软了下来，像一只泄了气的皮球，便紧紧拉住她的手说："有了这些钱，我们现在就走。"

"今天不行,我告诉他你答应了,先打消他的顾虑。你找个地方藏起来,有了机会我再找你。"小莉边收拾衣服边说。

黄林点点头答应了,说:"好吧,我听你的。如果有什么事儿你呼我。"

"你放心吧,我不会有事的。"小莉说完头也不回地走了。黄林跟在她身后追了几步,只好怏怏地退回去,倒在床上看着天花板出神。小莉走了,像失去了什么,他心里空荡荡的。接下来该怎么办?对,还是按照周小莉说的去做,找个地方藏起来,只有请老乡帮忙了。说起老乡他有些愧疚,几年来大伙儿没少帮他,可他就是不听劝我行我素,在同伙付出生命的代价以后才幡然悔悟。黄林首先想到的当然是表哥吴国风,只是这时候去找他不知他会怎么想。不管怎么说和他是表兄弟,他看在外婆的面子上也得帮这个忙。第二天他起了个早,便往吴国风那里走去。吴国风两口子刚起床,见黄林到来,吃惊不小。

"黄林,今天怎么有时间,这么早来我这里?最近'生意'如何?……"吴国风不冷不热地说,不再称"表弟"了。

"说什么风凉话,他来了就好。黄林,随便坐,喝水吗?"周媛媛打断丈夫的话,热情地招呼他。

"你和阿勇、二毛还在一起吗?"吴国风的话里透出一股凉意。

"表弟今天这么早来我们这儿肯定有事儿,黄林,是不是呀?"周媛媛说。

"表哥,这些天我想了很多,发誓以后堂堂正正地做人。那天在祥龙住宅区从七楼上摔下来的人就是阿勇。"黄林的脸上现出痛苦的神情。

"那天摔下来的人是阿勇?你们怎么连命也不要呢?!"吴国风厉声问。

"是啊,阿勇的死惊醒了我,我想找个工作,凭力气挣饭吃。"黄林很是痛苦的样子。

"你可真是捡了条命。"周媛媛脸上露出不安的神情,说道,"只要你能认识错误,改邪归正,就是件大好事。"

"你能悔过自新,我们十分欢迎,你还是我的表弟。子坚在公司里独当一面,他也许能帮上忙,要看你有没有信心。"吴国风的态度有了很大的转变,说道。

"子坚那儿我今年没去过一次,我去求他帮忙,他会答应吗?"黄林不无忧虑地说。

"只要听说你改邪归正,他一定很高兴,帮个忙更在情理之中。你去找他,没错。"吴国风重重地拍了拍他的肩膀,语重心长地说,"这一天虽然迟到了些,毕竟到来了。现在我可以自豪地告诉我的奶奶说,你真正弃恶从善了。"

黄林不敢耽搁,很快来到嘉茂鞋业公司。

张子坚见到黄林,讽刺地问:"好久不见,你可发达了。不知今天刮的是什么风,让你想起我来了?"

"抽烟吗?"黄林拿出香烟,抽出一根,小心翼翼地递过去。

"不抽,不抽。"张子坚摆了摆手,心里却说"假殷勤"。得知他这次来是让自己帮忙给找工作的,张子坚又说:"找工作?你的'工作'不是很好吗?厂里的活又累,时间又长,你能习惯?再说你丢得下你的那一群狐朋狗友吗?"

"我知道你对我抱有偏见,这不怪你,是我自己造成的。我们几个人已经散了,阿勇在祥龙住宅区摔死了,二毛走了。我下定决心做一个自食其力的人,再也不干违法的事儿了。"黄林诚恳地说道。

阿勇摔死了?想起来了,几天前的《温海早报》上是有一条小偷坠楼身亡的报道。看他那样子不像是开玩笑,张子坚决定帮他一把。

"这样吧,公司里有个普工几天前回去了,一直没找人来补缺,你如果愿意的话明天就来上班。"

"那好,多谢你了。"没想到张子坚这么干脆,黄林的心里充满了感激之情。

"干普工比较累,任务是上车、下车、打包、扛包,哪里忙不过来就帮个忙。干活时放机灵点,绝不能偷懒,否则影响不好。"张子坚叮嘱道。

"你叫我干什么我就干什么,全听你的。"黄林连忙答应,怕失去了这份工作似的。

黄林不敢失去这份难得的工作,很快退了房子来公司报到,因为有了张子坚的帮助,一切很是顺利。黄林刚进公司的大门就见一辆重型货车停在院子里,货物堆得像小山似的,用油布盖得严严实实,不知是些什么。他已经散漫惯了,如今受到约束很不习惯,上班第一天就让他受到了极大的考验。

"我说小伙子怎么这么会选日子呀?你刚来上班就遇上这么繁重的任务。"装卸工老牛说。

"出门打工谁会选日子呀,既然赶上了只好干呗。"黄林轻松一笑,满不在乎地说。

油布掀开了,呈现在他面前的是码得整整齐齐的各种做鞋的材料。老牛上到车顶把一捆捆皮革放下来,再由黄林和一个叫冬生的搬运工搬到仓库里去。这些皮革每捆都有七八十斤重,甚至一百来斤,冬生的力气大,能轻而易举地扛上肩膀。黄林虽然年纪轻力气却不济,干了不到一个小时就累瘫了。

"喂,你没干过体力活呀?"冬生见他力不从心的样子,问道。

"现在的年轻人有几个能干体力活的?我看他细皮嫩肉的就不是这块料。"老牛在车上答。

黄林也不搭话,看到"小山"还没矮去多少,心里直打鼓儿。当扛起最后一捆皮革进了仓库的门时他想也没想便重重地丢在地上。黄林长长地嘘了口气,对于他来说少走一步都觉得轻松许多。

"喂,放那里不行,颜色不对,放这边来。"仓库员一边点数一边说。

他知道放的不是地方,看来蒙混不过去了。可他使尽全身的力气也搬不动它,仓库员只好过来帮忙,埋怨道:"小伙子,这点力气都没有,没吃饭吗?"

剩下的是各种鞋底,相对来说轻松多了,虽然不重,但速度慢了下来。黄林心中开始急躁起来,只盼着早一刻钟完成,好好地休息会儿。冬生也有些吃不消了,便休息了会儿。突然,天空中飘来一片乌云,亮起了闪电,仓库员着急地说:"快点,别淋了雨。这样不行,一次拿两件。"

听了这话冬生果然拿两件,黄林如法炮制,可他已是浑身无力了,上台阶的时候脚下一滑，上面的一件掉了下来，纸箱摔开了，鞋底撒了一地，他连忙去捡。看看实在不行，张子坚和汪海峰一齐来帮忙。夏天的雨来得快去得也快，当众人把货物卸完的时候个个都成了落汤鸡，黄林累得脸色惨白地结束了第一天的工作。按照黄林的性子，这种又苦又累的活他以前根本不会干的，只因为对张子坚做了承诺不能反悔，才硬撑到最后。吃饭的时候，张子坚把一盆红烧肉推到他面前说："累了吧？干普工都是这样。"

黄林实在是太饿了，毫不客气地把一盆红烧肉吃了个干干净净，然后看了看坐在旁边的东方玉和高云，不好意思地笑笑，赔礼道："两位嫂子，上次我真的不知道是你们，实在对不起。"

东方玉知道他是指那天晚上的事，淡淡地说："那件事已经过去了，还提它干什么？现在你改邪归正，我们都为你高兴呢。"

"是啊，我们不在乎你抢了谁的钱，而在乎你是否弃恶从善，浪子回头，我们为你高兴还来不及呢。"王光水说道。

"黄林，你累了，早些休息，去吧。"张子坚说道。

"子坚，你对他可得防着点，他本性难移，别让他给你带来麻烦。"看着黄林离开，东方玉忧虑地说。

"正因为这样，我们必须多帮助他，去掉他的劣根性。"张子坚蛮有信心地说。

第二天上午三个人又装了满满一车成品鞋，黄林同样是累得汗流浃背。老牛不解地问："小青年，你怎么不读些书或者学个手艺呢？却来卖苦力。"

黄林撒了个谎，说："我在家学了个手艺便到温海来找工作，谁知用不上，只好找老乡帮忙先混口饭吃。"

冬生说道："温海这地方就是让人捉摸不透，不管你有多高的文凭、多好的手艺，想找一个理想的工作就是难，因为来的人太多。"

一车货刚装完，只听有人在叫："普工普工，把这几架鞋抬到整理车间去。"

"普工"即"普通工种"，是什么人都能干的活，特点是工资低活儿累。因此干这个工种的人都有一种自卑感，许多人都苦于没有技术而无可奈何。

"你看这些技术工就像当了官似的,有时属于他们干的活也颐指气使地叫我们干。"老牛小声地发着牢骚。

刚把鞋子抬完,仓库门口又有人叫:"喂,把这两件鞋底拿过来。"那人干脆连"普工"两个字都省去了。黄林有些失望了,这"普工"原来是打杂的下人。他那份安定的心有些动摇了,后悔不该进这个厂来,埋怨张子坚不该安排自己做这样的工作。张子坚看出他的心思,不失时机地对他旁敲侧击,进行鼓励。

几天后,黄林的劣迹还是在公司里传开了,许多人都担心他重操旧业,干出于大伙不利的事来。他也感觉到大伙儿对自己的疏远与敌视,心里很是不安。有人将他们的担心反映到陈经理那里去。陈经理很是吃惊,想不到张子坚安排了这样的一个人进来,这不是与狼同眠吗?必须让他离开,以绝后患。

"陈老板,我向你保证,黄林不会干对不起公司的事儿。他过去是有不良行为,我也揍过他。但是,他自从来我们公司以后真的改掉了坏毛病。"张子坚诚恳地说。

"张子坚,我们是多年朋友,我相信你,可你叫我如何相信他呢?"陈经理反问。

"陈经理,我可以以我的名誉担保。"张子坚有些急了。

"一个企业是品牌值钱,一个人是名誉值钱。可我们是商人,商人讲究现实利益,以名誉担保不能让我们相信。"

张子坚见黄林在院子里干活,把他叫进办公室对陈经理说:"我当着黄林的面向你保证,如果他干出对不起公司的事儿,以我的工资做担保,以一罚十。我只想给他一个机会。"

黄林刚才在院子里听张子坚和总经理争吵,现在又为自己担保,看来大伙儿对自己没有一点信任。黄林对张子坚更生出油然的敬意,便说:"陈经理,我知道我给了你们极坏的印象,但我只求你能相信我一次。如果你们真的不能相信我也没关系,我可以离开这儿,别因为我让你们两个人之间产生不必要的误会。"黄林说完就要往外走。

陈经理说:"好吧,既然你们两个人都这么说,我就相信你一次。"

黄林说:"谢谢你,陈经理,我一定不会干对不起你和公司的事儿的。"

当进入嘉茂鞋业公司务工以后,黄林想从此洗心革面,用自己的汗水洗涤他曾经肮脏的灵魂,从此与过去割裂,做一个堂堂正正的人。也许他忽视了一点,当他踏上那条不归路的时候,已经没有回头的可能了。几天后,趁阿军离开时,他迫不及待地去看周小莉,不幸的是阿军突然返回。阿军见周小莉给自己戴绿帽子,很是生气,两个人的矛盾瞬间激化。就这样,造成了两人死亡的惊天大案,虽然过程有些离奇曲折,但他知道自己罪孽深重,跳进黄河也洗不清。事后,他没有犹豫,像往常一样心情极为平静地走上街头,消失在道路尽头。

第二天早晨黄林没有按时来上班,张子坚也没在意。直到三天后还是不见他的影子,张子坚这才有一种不祥的预感。忽见汪海峰走上楼来冲着他狡黠地笑笑,说道:"张子坚,你在外面干了什么坏事?公安局找上门来了。"

张子坚幽默地说道:"谁不知道我是良民一个?公安局会找上我?"

"看来你是不见棺材不掉泪,去坦白从宽吧,他们在办公室等你呢。"汪海峰严肃起来。

张子坚再也笑不起来了,惊问道:"真的?公安局找我干什么?是不是黄林有消息了?"

他立刻下楼来推开办公室的门,只见两名公安人员坐在沙发上。一个戴眼镜的警察问:"你叫张子坚?和黄林是老乡?"

"是的,我们是老乡。你们有黄林的消息了?他现在在哪里?可把我急坏了。"张子坚着急地问。

那两个人交换了一下眼色,另一个警察问:"怎么?你不知道?"

张子坚解释说:"他走三天了,也没有和我打个招呼,一点音信也没有。"

眼镜警察说:"三天前的夜里在江新住宅区发生一起血案,一男一女两个人死亡。男的叫田军,是带有黑社会性质的团伙首脑,在温海活动期间已经进入公安局的视线,在我们准备对他实施逮捕的时候,却发现他死在自己的房子里。女的叫周小莉,是田军的情人,二十一岁。据我们调查,在此之前周小莉曾和黄林非法同居。从现场来看有第三者参与的痕迹,黄林具有重大的作案嫌疑,以我们的推测是情杀。"

"情杀?"张子坚摇了摇头,说道,"不会吧?他在我们这里工作了十来天从未出去,并向我保证从此以后改邪归正,不干违法的事儿。会不会是别人,或者田军的仇人干的?"

"我们办案的原则是不冤枉一个好人,也不放过一个坏人,这一点你不用担心。按你这么说他有前科?"眼镜警察问。

"他以前和阿勇、二毛在一起干偷盗抢劫的事,具体情况我也不清楚,因为他们干这些事儿从不让我们知道。自从阿勇坠楼身亡以后他终于醒悟,决定痛改前非。"

"阿勇是谁?在哪里坠楼的?"眼镜警察问道。

"在祥龙住宅区从七楼上摔了下来,说是抢救无效死亡了,报上登了的,听说二毛离开了温海。"张子坚答道。

"祥龙住宅区?那一次是我去的,因为当事人已经死亡,线索断了,没法查下去。"瘦子警察问道,"你知道黄林是哪天走的吗?可能去了哪里?"

张子坚说:"他是三天前的上午接到一个传呼,下午下了班就走了,说是周小莉让他过去,谁知却再也没有回来。他会不会是遇到了不测?"

"从你提供的情况来看,时间是吻合的,他有作案动机。你打他的呼机联系一下,看能不能找到他。"瘦子警察说。

"好吧。"张子坚拨弄了半天,根本没有回音。此时,黄林早已丢掉了和身份相关的物品,离开温海亡命天涯了。几天后,一份通缉令通过电波撒向全国,一个巨大的法网向黄林罩来,神圣的达摩克利斯之剑指向他的头顶。

第九章 无赖

  且说浮浪子弟朱彪在年关之际见到清纯美丽的东方玉，便被她姣好的面容所吸引。在他眼里，东方玉比在县城学艺时更漂亮更成熟，他心里暗暗地发誓，无论用什么手段都要将她追到手。
  而今，一些封建陋习仍存在于老人们的心中，压抑着当代的年轻人，东方玉就出生在这样的家庭。她的爸爸东方田是个性格倔强、思想守旧的人，总是拿陈旧的思想观念为标准衡量儿女的言行，动辄对四个儿女非打即骂，给儿女们的身心造成了极大的伤害，直到孩子们长大以后这种境遇才基本改善。当多年的朋友老刘把朱彪带给他看时，东方田为他的外表和甜言蜜语所蒙蔽。朱彪当然也不傻，经常好烟好酒地送来给东方田。朱彪知道在这门亲事上，只要做爸爸的答应了便有希望了，东方玉不敢不从。再加上自己追得紧点，使些手段，得到她是有足够把握的。然而，万万没有预料到的是，二十年来温顺听话的东方玉，在婚姻问题上根本听不进爸爸的意见，在无力抗拒之际便离家出走，和那个叫什么张子坚的男人混在一起，这怎么不让爸爸生气呢？朱彪知道东方玉看不上自己，但他不在意这些。可心上人飞了，飞到了数千里之外的温海，他没辙了。后来在两个狐朋狗友的鼓动下，朱彪决定奔赴温海寻找东方玉。温海城区面积并不大，嘉茂鞋业公司又是名声较响的企业，找到它并不难。朱彪到温海刚安顿下来，便火急火燎地找到了东方玉所在的皮鞋厂。
  他走进侧门，趴在传达室的窗台上问："请问，这里有个叫东方玉的吗？湖南人。"
  看门老头把眼睛从报纸上移开，打量了朱彪一番，说："东方玉？有哇。

现在是上班时间,不许会客,下班了你再来吧。"

朱彪央求道:"大伯,请您帮我喊一声,我是她老乡,刚从家乡来,找她有急事。"

"好吧,说话时间不能耽误得太长了。"老头想了一下说道。他刚走出门卫室,只见检验员素丽上楼去,对着她的背影喊了声:"素丽,叫一下你们车间的东方玉,有老乡找她。"

听说家乡来了人,东方玉十分高兴,丢下活儿跑了出去,果然看见一个男人站在大门外。朱彪见三楼阳台上站着两个女孩儿,正是高云和东方玉,忙向她们挥了挥手,意思是叫她们下楼去。

"高云,你看出来了没有,那不是朱彪吗?"东方玉心里咯噔地打了个冷战。

"果然是他。他来这里干什么?"高云仔细一看,吃了一惊。

"这只癞皮狗怎么追到温海来了?刘明芳果然说中了。高云,我们去上班,别理他。"东方玉脸色很是难看,高云也鄙夷地看了一眼朱彪,不再理会。

素丽见她俩没有下楼,好奇地问:"小玉,老乡找你你怎么不去呀?"

"那个人不是我老乡,我根本不认识他。"东方玉没好气地说。

"脾气不小嘛,发这么大的火,难道看门老头骗了我?"素丽不解地问。

东方玉想要解释,可几句话又说不清楚,再说这事传出去对自己反而不利,便使劲地点了点头,心想,只要躲着不见,朱彪肯定会离去的。到了下班时间,走上阳台她又傻眼了,只见朱彪仍在厂门口悠闲地踱着步呢。

"他还没走哇,怎么办?"高云不安地问。

"别理他,看他在这里能待多久。"东方玉气愤地说。

"看在老乡的分上去见他一面吧,少说几句话就是了。他这种人什么坏事都做得出来,在厂门口影响也不好。"高云劝道。

"你去和他说一下,告诉他我和他的事根本不可能,没有商量的余地,让他死了这份心。"东方玉想了一下说道。

"好吧,我去给你挡一阵,但愿他能识时务不再来了。"

高云出去了会儿便转了回来,在饭厅里找到东方玉,气鼓鼓地说:"果然是只癞皮狗,我赶不走他,你说该怎么办?"

"你是说他还没走?"东方玉问。

"走?走了能叫癞皮狗吗?他说非要见你不可。"高云骂道。

"高大小姐,有谁欺负你了?是不是王光水对你无礼?你和我说一声,我去把他修理修理,给你出出气。"旁边有位男生插话道。

"去去去,我没招惹你吧。"高云朝那个人吼了一声又对东方玉说,"还是你去和他说清楚,反正他又吃不了你。把牙齿咬紧点,让他死了这份心。"

"我不去,他愿意等就让他等呗。"东方玉固执地说道。

"你说不去就行了?厂里两百多人都知道有个男人在门外死皮赖脸地等你,你说得清楚?你说没关系谁会相信?如果让张子坚知道了,对你们两个人之间的关系也不利。再说他从乡下来,你还是去吧,我的好姐姐。"高云央求道。

她的话句句有理,东方玉被说动了。见东方玉和高云从厂里出来,朱彪迎了上去,尴尬地笑了笑,关心地问:"小玉你好,还没吃饭吧?我们去饭店吃饭。"

"对不起,我已经吃过了。"东方玉冷冷地答道,眼睛看着远方。

"那……我们找个地方谈谈怎么样?"朱彪一副怕得罪了东方玉的样子。

"不用,这里很好。朱彪,有事就说,我还有事呢。"东方玉不耐烦地说道。

"小玉,你怎么不辞而别呢?真的让我好想你,所以我来温海了……"朱彪不恼也不怒,厚着脸皮说。

"每个人都长了腿,要到什么地方去不受别人的约束,我到哪里谁也管不了我。"东方玉打断他的话说道。

"那是那是,只是你爸爸让我来看你,希望你能认真考虑一下我们之间的事儿。"朱彪被呛了一下,唯唯诺诺。

"朱彪,实话告诉你吧,我们之间没有任何关系。谁答应的事儿你找谁去,不要来找我,今天换了别人我会以礼相待,对你我却办不到。"东方玉满脸愠色道。说完她正欲离去,朱彪拦住去路:"等会儿再走,我还有话要

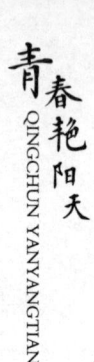

说呢。"

"你想耍流氓是不是？告诉你，这里是温海，你别想占到任何便宜。"高云骂道，"没想到你这人脸皮真厚，人家说的话还不明白吗？为什么老缠着她。"

"你别这样瞧不起我，我可是真心的。我过去对不起你，是伤害过你。不过，我早已和那帮朋友脱离了关系，一定会混出个人样给你看看。"朱彪的脸憋得通红，讷讷地说道。

"你混个什么样与我无关，我早已有了男朋友，你别费心机了。"东方玉态度坚决地说道。

"我知道你有了男朋友，可你爸爸不同意，是他让我来找你的，还写了封信让我带给你。"朱彪说着拿出封信递过来。

东方玉没有伸手去接，想起父亲的独断专行她心里更来气，说："他只会拿我们兄妹的幸福做交易，体会过我们的感受吗？大不了不认我这个女儿，他在婚姻大事上永远不能代替我做决定。信我是不会看的，你还是带回去吧。"

"小玉姐，我们回厂吧，和他磨磨蹭蹭干啥？"高云提醒她。

东方玉刚转身，却见张子坚推着车子走出来。"这位是……？"他朝朱彪友好地笑笑。她只顾生气，根本不想回答。

"我叫朱彪，是小玉的老乡，刚从乡下来的。"朱彪自我介绍说。

张子坚想起刘明芳说过朱彪要来温海的话，想不到他果真来了，便讽刺道："朱彪？这个名字听说过，是什么风把你给吹来了？"

朱彪见对方知道自己的名字，很是得意，神吹起来，说道："小玉是我女朋友，她爸爸答应过的。听说她谈了男朋友，可她家里只有这么一个女儿，怎么忍心让她嫁到远方去？"

东方玉气得怒眼圆睁，说道："谁是你女朋友？不知羞耻。"

朱彪只顾自个儿说话，道："那个叫张子坚的真是癞蛤蟆想吃天鹅肉，他有什么资格和小玉谈朋友？你看我相貌堂堂文武全才，只要和张子坚站在一块，准能把他比下去。"

张子坚讽刺道:"你这么神气,果然一表人才,我看有一句话挺适合你,叫'印堂发暗,霉运当头',吹牛皮的时候别闪了腰。我和东方玉是自由恋爱,她父亲不让她嫁到远方是假,包办婚姻是真,在今天的社会里行不通,法律也不允许的。"

"你就是她的……?"朱彪傻傻地望着张子坚,为刚才自吹自擂的那些话感到羞愧。他以为张子坚会大发雷霆地揍自己一顿,额头上沁出了汗珠。

张子坚说道:"不错,我是她的男朋友。我虽然不是文武全才,但品德比你高尚得多,不会死皮赖脸地去追求女孩子,做一个不光彩的第三者。你还是别费心机了,回去告诉她父亲,我和她马上要结婚了。"

朱彪见东方玉和高云走进了大门,喊道:"小玉,还有你的信呢。"

张子坚说着把手伸了过来,说道:"给我吧,我会转交给她的。"

朱彪小心地问道:"这……合适吗?"

"你放心吧,我会好好'保存'的。没你的事儿了,你走吧。"张子坚接过信丢进车篮里扬长而去。他慢悠悠地向夜校骑去,心里对朱彪的贸然到来很不是滋味。"父母之命,媒妁之言",这一禁锢人们数千年的陋习,想不到在社会大发展的今天仍有它的市场。父母之心,人皆有之。作为父母,爱护女儿本是天经地义,把女儿拴在身边,让她成为不谙世事的小公主就是爱吗?东方玉的父母为了儿女绕膝,享受天伦之乐,不负责任地给她找了朱彪这个对象。这是把她往火坑里推,葬送她的幸福。张子坚的心里升起一股寒意,为东方玉出生在这样的家庭感到悲哀,更为她的前程和两个人的将来担忧。朱彪的到来是个不祥的征兆,给两个人的感情投下了阴影。不知她爸爸在信里写了些什么?他停下车,拿出那封信翻来覆去地看,想把它拆开来,可随便拆别人的信是不道德的行为。但愿她父亲的思想有所改变,原谅了女儿。不,这只是自己的一厢情愿,他想。假如她父亲改变了立场,自己把信寄来不就行了?为什么要朱彪带来?去年的那几封信就是在朱彪的表叔老刘的授意下写的,今天的这封信更是别有用心。

张子坚越想越糊涂,心中有几分惆怅,只好叹了口气,心道:想那么多干什么?古话说得好,"良缘由夙蒂,佳偶自天成",一切在冥冥之中自有安排。

属于自己的东西自然而然会来,不属于自己的粉身碎骨地去抢也没有用,一切顺其自然吧。他慢慢地走到学校门口。突然,他的车子被谁拉住了,失去重心向一边倒去,张子坚吃了一惊。他的身后传来一阵银铃般的笑声:"我的张大经理,今天怎么啦?走路没精打采,像掉了魂似的。"方金蝉看着失魂落魄的张子坚,正想挖苦几句,还是忍住了,脸上仍堆满了笑。

笑声打破了张子坚的沉思,张子坚回到现实中来,说道:"我的方大公主,你可真有闲情逸致,又来守株待兔啦?你答应过不来这儿的。"

方金蝉听他把他自己比喻成一只兔子,一语双关地揶揄道:"只许兔子来撞树,就不许猎人来守候吗?你今天是挨批了?脸色这么难看。"

张子坚看到方金蝉无邪的笑容,心里生出一个奇怪的想法。自己和东方玉是依依相恋的情人,可她生活在封建思想的阴影里,无法解脱。可自己呢,有个方金蝉常常借故来约会,老乡加旧情人。她那饱含真情的话语和一双会说话的眼睛,总是让人怦然心动。难道说自己和东方玉真的没有缘分吗?想到这儿他心里凉了半截,看着眼前的方金蝉,没好气地问道:"金蝉,你说我和东方玉真的没有缘分吗?这到底是为什么?"

方金蝉听了他没头没脑的话,如堕云雾之中,不知发生了什么事,便关心地问:"什么有缘没缘的?有不顺心的事说出来听听,看我能不能为你分担一些。"

张子坚意识到自己的失态,不该这样对待方金蝉,忙赔小心道:"对不起,我不该对你发脾气,你别往心里去。"

方金蝉知道他和东方玉之间一定发生了不愉快的事,便劝道:"子坚,有不顺心的事就痛痛快快地说出来,心情会好些。憋在心里会憋出病来,对身体可没有好处。"

张子坚的确有许多话压在心底无处倾诉,听了她一番走心的话语,心中生出一股暖流,想了想答应了。在附近的假山的台阶上,两个人坐在一起。张子坚把自己和东方玉从最初的相识,以黄梅戏为媒到相恋的事都告诉了方金蝉。当两个人如胶似漆,憧憬美好生活的时候,她的父亲一厢情愿地给她找了个对象。可朱彪是个地痞流氓,几年前就对东方玉有过心灵的伤害,今天他又追到温海来了,难道说他们真的没有缘分了吗?

方金蝉想了一下,说道:"其实这样的情况在其他地方也有。那年我在北京打工的时候,有个贵州姑娘和一位江西青年谈恋爱。贵州姑娘是个孝顺女儿,写信回家说明自己的情况,父母给她分析利弊,最后两个人平静地分手了。她的父母是动之以情晓之以理,做女儿的能理解父母的良苦用心。可东方玉的父母用的是高压政策,大家长式的作风,结果只能适得其反,当然不能让人接受。"

方金蝉说到动情处有些激动,为东方玉鸣不平,可心里又希望事件能如现在这样发展下去,东方玉会离张子坚而去。她曾想,五年前若不是父母反对,自己也能拥有张子坚,张子坚是自己朝思暮想的情人,多少次梦中期待,仿佛回到了读书时那天真无邪的青春年华。然而,在他和东方玉纯真的爱情面前,自己的这些想法是多么天真多么幼稚。朱彪的出现给她带来了一线曙光,新的希望。

张子坚眼里噙满了泪水,方金蝉见了忙掏出手帕递了过去,他踌躇片刻接过来把眼泪擦了擦。"金蝉,我知道你每次来见我都是带着某种感情的,就像去年在车上第一次和你相遇一样,也让我想起了曾经的往事。在现实之中,这已不可能,我们必须理智地对待生活,对待自己的感情。你经常来这里和我相会这件事东方玉已经知道了,爱情具有排他性,感情是不可能轻易转移的。你行行好,别在我们之间添乱了,好吗?"张子坚把手帕还给她,几乎用乞求的语气说道。

"东方玉知道了?不可能,会有谁看见呢?"

"怎么不可能?在这人来人往的大街上,你敢说不会遇到一个熟人?比如我们公司的人,还有你们厂里的。"

"我们厂里的?会不会是刘明芳?这些天她不怎么和我说话,总是用怪怪的眼神看着我,像躲避瘟疫一样离得远远的。"

"也许是吧。那天我看见有个人和东方玉说话,等我走近那个人已经走远了,从背影看很像刘明芳。"

"果真是她。"方金蝉小声说。

张子坚站起来,拿起垫着坐的书放进车篮里,说:"快迟到了,我要去上课了,你回去吧。下个礼拜我要考试,你不要来找我了。"

方金蝉见地上有一封信,捡起来一看,上面写着"转交小玉收"的字样,忙喊道:"张子坚,这封信是你的吗?"

张子坚接过信意味深长地说:"这封信是东方玉的爸爸写的,让朱彪带来,东方玉都不收,可以猜想它里面写了些什么。你说我的心情会好吗?金蝉,今天对你说了一些不该说的话,请你不要在意。"

方金蝉轻轻地点了点头,答道:"我不会在意的。"

东方玉在餐厅一角埋头吃饭,张子坚坐到她身旁,把一盆菜推给她,说道:"小玉,我知道你的心情不好,但是不能和身体过不去呀,只吃些青菜。我这里有红烧肉,味道不错。"

张子坚说罢夹了几块肉放在她的碗里,东方玉联想到自己的处境,不由得悲从中来,呆呆地坐着不说话。

"我知道你为朱彪的到来耿耿于怀,这犯得着吗?这里是温海,不是你们家乡,他能怎么样?借他个胆子也不敢来公司闹事。"

"事情不可能这么简单。关于朱彪的为人,我很清楚地告诉了我爸爸,我爸爸这样做一定是收了他的礼物,为他的谗言所蛊惑。"东方玉的声音很低,继续说道,"说真的,我不想再过这种漂泊的生活了,真想回到家乡去过平静的日子。"

"回到乡下是摆脱朱彪的最好办法,像这样干个十年二十年都是为他人作嫁衣裳。"张子坚说,"回去或许能干一番事业,你再给我生个大胖小子,过上优哉游哉的日子。"

东方玉扑哧一下笑出来,说道:"就是你坏,该罚。"

"不是罚,是奖,你说奖什么?"他调皮地问,气氛一下融洽起来。

张子坚话刚说完,她突然夹了块肥肉送进他嘴里:"这是给你的奖励,好好品尝吧。"

张子坚遭到突然袭击,一块肉很快下了肚。"好哇,你来暗算我。"两个人闹了一阵,东方玉只得求饶。

吃了一次闭门羹就放弃或者退缩的话,这个人肯定不是朱彪。他知道在自己追求东方玉的道路上,张子坚是有力的竞争对手和绊脚石。离开嘉茂鞋业公司,回到住处,他便向两个朋友讨教下一步策略。这两个朋友和他是一个道上的,沆瀣一气,干过不少坏事。两个人听了他的叙述后,又出了个坏主意说:"你到他们公司里大造声势,让全公司的人都知道这样一个事实,说张子坚抢了你女朋友,使得他百口莫辩,知难而退,必要时给他一点厉害尝尝。"朱彪一听来了精神,才过两天又来到嘉茂鞋业公司。

"喂,给我叫一下东方玉,我是她老乡。"朱彪的话里充满了火药味,不像上次那么礼貌了。

"我告诉你几遍了,上班时间不许会客,这是公司的规定。"门卫老头的话里透出威严,因为张子坚打过招呼,他当然不会去喊东方玉了。

"你不给叫是吧,我自己进去。你老家伙不过是个看门的狗而已,有什么了不起?"朱彪不等老头搭话,径直走到院子里朝楼上喊起来,"东方玉,东方玉,你在哪里?"

老头连忙出来拦住他,说道:"你嘴巴给我干净点,出去,给我出去!"

"我找我的女朋友,犯了哪家王法?我就是不出去,看你能把我怎么样!东方玉,东方玉,你出来,我有话要和你说。"朱彪高声大叫,故意引起别人的注意。

经理陈嘉茂听见有人叫嚷,出去一看,只见老头正把朱彪往外推,因为年老体衰的缘故,怎么也推不动他。

"你是谁?在这里喊什么?"陈经理问。

朱彪打量了他一眼,见他派头不小,心想准是公司的头儿,便说道:"我来找我的女朋友东方玉,可这个老头子不让我进。"

"东方玉是你女朋友?"陈经理哈哈一笑,问道,"你什么时候和她相识谈了朋友的?"

"去年冬天她回家过春节的时候,她爸爸同意了的。不过,三年前我们

第九章 无赖

就相识了。"

"东方玉是去年春天进我们公司的,和张子坚谈了一年多时间的恋爱,你到公司里问问,谁人不知?什么地方又冒出你这么个人来?"陈经理不屑地说道。

朱彪的喊叫把车间里的人都惊动了,有一些人围了上来。这下他更得意了,不知天高地厚地神吹起来:"我和东方玉三年前就谈了朋友,是她把我甩了。我找了两年才找到这里,老板,你给评个理儿,我是不是应该来找她?"

"你给我闭嘴,你那一点小把戏以为我不知道?不就是拿了些烟啊酒什么的把她父母哄得团团转吗?她三年前拒绝了你就说明了一切。现在你就给我出去,否则我打110,告你扰乱社会治安。"

陈嘉茂的话一下子击中了朱彪的要害,他心虚了。目的基本达到,好汉不吃眼前亏,走就走。朱彪到了大门外,狠狠地跺了一脚:"张子坚,你走着瞧。"

东方玉见朱彪在院子里大喊大叫,造谣中伤自己,气得浑身发抖。她趴在机台上大哭起来,高云流着泪安慰她。

"高云,这到底是怎么回事?"素丽走过来问道。

高云见事情闹到这个地步不说出来反而不好,便把事件的经过详细地说了一遍,最后说道:"我们本不想让这件事传出去闹得满城风雨,没想到朱彪竟然不择手段,是可忍,孰不可忍。"

众姐妹听了都愤愤不平,只能表示同情,却无能为力。

尽管高云极力辩解,公司里还是传得沸沸扬扬,给东方玉的身心造成很大伤害,张子坚的精神也受到很大打击。

经过一年时间的学习,张子坚可以结业了。说实在的,张子坚有些怕朱彪暗地里对自己下手,毕竟自己在明处,朱彪在暗处,正所谓明枪易躲,暗箭难防。今天是最后一天,明天晚上就不用来了,他的一颗悬着的心放下了。张子坚考完试和一个同学骑了车往回走,因为夜深的缘故,大街上行人比较稀少,到了开发区,不知什么时候后面跟上来两辆自行车。"张子坚。"忽听有人喊他的名字,张子坚扭头一看,忽见一只拳头猛地迎面打来。张子坚躲避不及,眼睛感到剧烈疼痛,紧接着几根钢管向他身上砸下来,他立刻晕了过去。当他醒来的时候已经躺在医院里,脸上手上裹了几道纱布,东方玉焦急地坐在身旁。

"小玉,我怎么在这里?"张子坚无力地问。

"你醒了?身上还疼不?"东方玉焦急地问道,"多亏了陈经理下班路过,吓跑了歹徒才救了你。子坚,你知道是谁打你的吗?"

"我没看清楚是谁。"张子坚想了想断断续续地说,"我在温海没有树敌,那个人打我的时候还喊了我的名字,显然是有备而来,除了朱彪不会有别人。"

"朱彪,又是朱彪!"东方玉吃惊道。

所幸他的伤势不重,休息几天就可以了。东方玉很是内疚,这都是爸爸一手造成的,是朱彪干的好事!

"子坚,都是我不好,是我连累了你。"东方玉愧疚地说。

"都过去了,还提它干什么。以后我不用去上课就安全了。小玉,通过这件事看来我们低估了朱彪,我害怕真的有一天会失去你。"张子坚捂着还没有消肿的眼睛说。

"我也是。子坚,我有句话不知当说不当说。"东方玉欲言又止。

"有什么话你说吧,我听着。"

"我们谈了这么长时间,只有做了夫妻才能让朱彪死了这份心。"

"其实,我早就想对你说这句话了。院子里有几间堆放杂物的小屋子,我和陈经理说一声,借我们一间住。"

休养了几天以后,张子坚回到公司里,经过一个下午的收拾,张子坚和东方玉住了进去。这对相恋了许久的恋人终于有了属于两个人的世界,在这狭小而简陋的小屋里筑起爱的港湾,享受着爱情雨露的滋润。

第十章　饭馆

且说张子坚的弟弟张子华在亲人的期待中,在别人的帮助下终于完成了四年的大学学业。拿到毕业证书的那一刻他如释重负,直奔温海而来,哥哥已经在车站迎接他。在公交车上张子华兴致勃勃地欣赏着热闹的街景,抑制不住兴奋地说:"我从报刊杂志上看到报道,说温海经济增长很快,交通发达,环境优美,果然名不虚传。"

"你刚踏上温海的土地,走马观花地看了半条街就给它这么高的评价?经济发达是肯定的,环境优美就言过其实。去年省环保部门对全省九个城市进行评比,温海排在第八名能叫环境优美? 不过,有了这个黄牌警告后市政府开始下大力气治理环境,现在比几年前好多了,但不尽如人意的地方也不少。"张子坚解释道。

"哥,你对温海知道得还真不少嘛。"张子华赞叹地说。

"毕竟在这儿生活了几年,已经融入了这个城市,当然有所了解,不然这几年不是白过了。"

"这话不错,有见地。"

回到了住处,见了东方玉,张子坚介绍说:"子华,这是你嫂子。"

张子华正呆呆地看着东方玉,惊叹她的美丽,忽听哥哥提醒,向她羞赧地笑了笑,轻轻叫了声:"嫂子。"

东方玉也向他友好地笑了笑,端了一杯水递了过来。

张子华说道:"哥,温海是个经济特区,我想来这里发展,不知你们这里能不能找到合适的工作?"

张子坚答道:"弟弟,现在这个时候你可是来对了,简单地说吧,我们公司正处在发展时期,需要你这样的人才。另外,吴国风的新饭店开张在即,要你一定帮他个忙,营销呀、策划什么的。我相信,温海处在改革开放的前沿,一定会有你的用武之地。"

"我刚来这里不了解情况,还是你给拿个主意吧。"张子华说。

"你不是给你弟弟出难题吗？一个是我们公司的老板,一个是老乡,两个都不好得罪。唉,读了书出门打工就是好多了,我们刚来温海的时候到处推销自己,老板就是看不上眼,在介绍信上唰唰写几个字'此人不合适,退回'。就像劣质产品一样被退来退去,差点没信心了。"王光水插话说,"你倒好,刚来温海就有两家用人单位等着你,要是有分身术就好了,可以拿两份工资。"

"发长篇感叹,现在后悔啦？掏鸟窝不是比读书更有味吗？"张子坚揶揄道。

"你现在补救还来得及,张子坚上夜校不是拿到了文凭吗？"高云补充道。

"那个文凭算什么,几十元钱就能买一个,清华、北大的都有。"王光水满不在乎地说。

"怪不得你不思进取呢,怎么能把他的文凭和假文凭相提并论呢？"东方玉说。

"小弟啊,晚上我们去吴国风那里,他听说你来了,要见你呢。"张子坚说道。

"好哇,我有好长时间没见到国风哥了,正想见见他呢。"张子华高兴地答道。

吴国风的新饭店在紧张的筹备之中,当然,这一次的投入与上一次有很大的不同。上次只要一个店面几张桌子,有了几千元钱就可以开业了。现在呢,吴国风把几年来攒下的近十万元投进去不说,还借了许多钱。从店面装修到员工培训等问题随之而来。他知道,如果没有周媛媛自己是很难下这么大的决心的,如履薄冰承受着从来没有过的压力。吴国风找来一些饭店经营方面的书临时抱佛脚地学学,到别的饭店里参观获取经验,一切还算顺利。张子坚一行的到来,吴国风、周媛媛自然是热情招待,尤其对张子华,因为几年没见面更是喜欢得不得了。

"子华,我们几个人当中数你的文凭最高,今天你的到来真是及时雨,一定要帮我当好参谋。饭店的规模扩大,一切必须从头再来,这出戏不好演哪。开个夫妻店我们是轻而易举,大饭店的管理呀、环境等等都得十分讲究,你说呢?"吴国风边泡茶边说。

"你们是不是早就预谋好了?我毕了业顾不上休息就奔你们这儿来,想痛痛快快地玩几天,可到了你们这儿一口茶没喝上便给我出难题。"张子华喝了口茶说道。他的话刚说完,全桌的人都哈哈大笑起来。

吴国风双手拍着子华的肩膀说:"不是哥哥不让你休息,而是这个快速发展的时代不让你休息。像我们这种小本经营,是在夹缝中求生存,只许成功不许失败。只要把我的事办好了,你说到哪里玩我都陪着你,可以吧?"

"国风哥,我说你首先要做到的是要把精神放松些,大脑整天绷着根弦,越是担心出错越容易出错。只有精神放松了以平静的心态去应对,才能把每一项工作做好,解决工作中出现的各种问题。"张子华分析说。

"你这话可是说到了正点上了,因为精神过分集中,在工作中我是出过不少差错,看来平和的心态是最重要的。"吴国风答道。

"看来嫂子比你平静多了,她是成竹在胸啊。"张子坚打量着他们两口子说道。

"我比他也好不了哪里去,都是新媳妇坐轿——头一回。"周媛媛说,"今年的七月一日是香港回归的大喜日子,举国同庆,许多单位都将放假以示庆祝,是一个难得的商机。我和吴国风都商量好了,就定在那一天开业,营业执照等相关证件已经办齐,只是装修还没有完成,时间紧了点。"

"只有不到两个月的时间了,来得及吗?"张子坚吃惊地问道。

"装潢公司师傅已经进驻了,按时完成不成问题,定购的桌椅餐具等设备按时交货不成问题。这些天我们都是忙到深夜才睡,都瘦了一圈了。"吴国风说。

"子华,你都看见了,这就是特区的精神——孺子牛精神。很多企业都是这样,用劳动做基石,用汗水调和泥浆才筑成了商业城堡。"张子坚不觉说出一番哲理来。

"今天刚到,你们就给我上了生动的一课,让我对温海有了初步的认识。我一定用我的所学为我们皖西饭店当好参谋,或者说为吴老板的商业城堡添砖加瓦吧。"张子华认真地说,"上次听说你要开大饭店我就做了一番思考,对于饮食行业我不是太了解,但都属于经济生活,都有相通之处。我的看法是,餐饮属于服务行业,重在'服务'二字,必须把这两个字吃透。现在有人提出'温馨服务','温馨'这两个字实在妙,可谓一字千金,体现了这个行业的灵魂。顾客来的目的是什么?看中的是你盘中的美味、热情周到的服务、优雅的环境、高雅的格调,一份回家的感觉,这就是'温馨'二字的含义。要做到这一点,就必须揣摩顾客的心理,紧跟时代潮流。同时,要有自己的特色,不要人云亦云,照搬别人的模式。以新、奇、美吸引顾客,以美味、特色、如家留住顾客。"

在座的几个人都暗暗地为张子华的这一番话叫好,不愧是有文凭的人,见解就是独到。

"特色上我们准备的是以家乡菜为主的菜品,这在温海仅我们一家,应该有成功的把握。"吴国风拿出一份拟好的菜单说,"为了保证原汁原味,许多原料必须从家乡运过来。"

张子华接过菜单一看,有虾米豆腐丁、豆皮蛋汤、五香珍珠汤等共计二十多道菜,全是家乡宴席上的当家菜。

"原料从家乡运过来这一点很重要,虽然有的食材在这里也有,但味道就是不一样。"张子华说,"你现在服务的是以打工者为主的档次较低的消费群,而新饭店开张,面对的是收入较高的本地居民和商人,天天为找工作忙碌的打工族来这里用餐的可能性极小,你将如何提高知名度?"

吴国风过了片刻,说:"这个问题我还没想到,你一说倒提醒了我。"

王光水插话说:"在门口挂个牌子人家就知道开的是饭店而不是皮鞋厂,再高档一点在门口发一些传单,在报纸电视上做广告。"

张子华意味深长地说道："王光水，你这话可就错了。现在抛弃普通打工者这个消费群去迎接中高档消费群，这二者如果衔接不好就会陷入困境。只要你的知名度提高了，顾客满意又会带动其他顾客到来。"

张子华说出其中的利害关系，让吴国风和周媛媛吓了一跳。仔细一想，他的话不无道理，自己怎么没想到呢？有人说创业难，这话一点不假。千头万绪，忙了这里丢了那里，事无巨细都必须认真对待。

"你说有什么方法提高知名度？"周媛媛问。

"当然是通过报纸、电视做广告，发消息。"张子华答道。

"以前我想过在报纸上做广告，可广告费太高，火柴盒那么大的一块需要几千元。像我们这种小本生意折腾不起，只能望而却步。"吴国风皱着眉头说。

他们以为张子华能想出什么高招，原来是花钱做广告，报纸电视上天天有，谁稀罕？况且吴国风正为一笔钱的缺口而焦急呢，大家都不说话，刚才的活跃气氛一下子不见了。张子华打破沉寂说："我知道这需要很多钱，对我们来说不太现实。这件事交给我来办吧，不会花你一分钱。"

"你有什么好办法？不要一分钱的好事轮不到我们打工者头上。"王光水满不在乎地说。

"事件尚未办成，暂时保密。"张子华卖了个关子，吊住大家的胃口。接着他们又为吴国风凑齐了余下的资金缺口，并解决了一些相关问题。

吴国风感叹地说："真是人多力量大。谢谢你们了，谢谢你们解决了我的困难。"

张子坚说："国风，只要你把这家饭店开好了，我们都跟着沾光了，帮个忙也是应该的。"

周媛媛和服务员很快把丰盛的饭菜端了上来，吴国风给每个人的杯子倒满酒，端起杯子提议道："来，让我们干了这杯酒，预祝我们的'皖西风味馆'顺利开业。"

大伙儿都举起杯子碰了一下喝干了，他们爽朗的笑声感染了其他几名打工妹。这是一群热血青年，用勤劳和汗水浇灌着艳丽的花朵，用满腔的热情和梦想编织着绚丽的明天。

在哥哥的帮助下,张子华进入嘉茂鞋业公司。谁都知道,皮鞋这个行业的市场变化很快,紧盯市场行情是每个企业必做的功课。张子华虽说有了大学文凭,但对于鞋业方面的知识知道得不多。陈经理找来许多有关皮鞋设计、流行鞋样之类的资料给他阅读。就这样,刚走出大学校门的他钻进皮鞋这一行,勤奋钻研,用他独到的眼光为企业的发展出谋划策。

又是七一临近,而今年的七月一日与以往不同,是漂泊了一个多世纪的香港回归祖国的大喜日子。全国的许多城市都装扮一新,以饱满的热情迎接这个漂泊的游子归来。海滨城市温海早早行动起来,大街小巷都挂满了"喜迎香港回归"之类的标语,并举办了形式多样的庆祝活动。普天同庆,人们欢声笑语,沉浸在节日的欢乐气氛里。

经过紧张的筹备,在这个举国同庆、万民同欢的节日里,吴国风的"皖西风味馆"正式挂牌营业,以崭新的面貌出现在温海这个繁华的都市中。几个人经过苦思冥想作了"品皖西风味,迎香港回归"的对联,请广告商做成金字牌匾悬挂于大门两侧,显得金碧辉煌,气势不凡。同时又有"皖西风味馆开业大酬宾""大别山风情总是品不够"之类广告语从屋顶悬挂下来。吴国风在温海的朋友不多,只有张子坚、王光水等几个人凑了些钱买了两个花篮送过来,这是"皖西风味馆"开业时收到的唯一一份礼品。按照家乡习俗,这种喜庆场面应该燃放烟花鞭炮以示庆贺,可温海已禁止燃放礼炮,只得作罢。整个开业场面平淡无奇,在偌大的温海只是芝麻绿豆般的小事,惊不起一点波澜。只是吃腻了海味的人们经过它的门前的时候发现了一道可以品尝的美味。

张子坚轻轻推开经理办公室的门,见陈经理正在看报纸。他问:"陈经理,你找我?"

陈嘉茂点了点头,问道:"你的那位叫吴国风的老乡最近开了家'皖西风味馆',味道如何?"

张子坚高兴地回答道:"是呀,七月一日开业的,你也知道了?"

"报纸上都发了消息。你看,题目是《皖西风味 登陆温海》,是你弟弟写的。"陈经理说着把报纸推到他面前。张子坚接过一看,题目下果然印着"张子华"的名字。文章写的是吴国风从几千元的夫妻小店,经过三年多时间的努力发展到拥有近三十万元资产的餐饮企业,将具有浓厚地方特色的皖西风味从大别山深处搬到温海,给温海餐饮业增添了一道亮丽的风景。文章写得翔实生动,很能吸引读者的胃口。张子坚像发现了新大陆,抑制不住喜悦,兴奋地说道:"果然是我弟弟写的,我怎么不知道?"

"你弟弟读的是商业也能写新闻报道,这很难得的,是个人才。"陈经理夸奖道,"你别小看这一篇文章,作用可大了,等于做了一次免费的广告,而读者会百分之百地相信它。下次有空的时候我一定去尝尝你们的皖西风味。"

"陈经理能去我们万分欢迎,包你满意而归。"张子坚很快发出邀请。

陈嘉茂从抽屉里拿出一份表格,说道:"最近市政府为表彰来我市的打工者,决定评选首届'十佳务工人员'并予以奖励。你在我们公司工作了四年,为我们企业做出了很大的贡献,符合参选条件,你把这份表填好然后我给报上去。"

吴国风也从报纸上看到了有关自己的那篇报道,说来也怪,自那以后生意果然好起来。他独特的风味、良好的服务赢得了顾客的赞誉,在食客中传播开来,在温海饮食界引起不小的轰动。看着涌动的人流和热闹的餐厅,他喜上眉梢,原来这就是张子华说的免费广告,这一招绝了。

这天,紧张忙碌的午餐时间已经过去,餐厅里平静下来。而坐在角落的两个人仍在推杯换盏,似乎在尽情地品尝着美味。只见他们俩都是西装革履,头发油光滑亮,一副款爷的派头。吴国风注意到这两个人已经吃了一个小时了,并拿眼睛睃着自己,年长的"小胡子"向吴国风招了招手。

"吴老板,生意不错呀。"他寒暄道。

"哪里,过奖了,全靠老板您捧场,请问,你们是……?"吴国风客气地问。

"直说了吧,我们是省报的记者,是在《温海早报》上看到了关于你的报道才来的。刚才我们品尝了你们的手艺,果然色、香、味俱佳,我们俩商量好了,回去给你们发篇通讯宣传一下。"小胡子继续说。

旁边的瘦子不失时机地递上名片,吴国风接过来一看果然如此。他受宠若惊,记者大驾光临实属难得。

"那太好了,不知我能为你做些什么?翔实的资料我们可以提供。"吴国风小心地问,担心把他们得罪了。

"资料当然是需要的,另外,你只需拿出两千元钱就行了。你知道吗?在报纸上做火柴盒那么大的广告少说要五千元钱。"小胡子伸出五个手指比画了一下,故作神秘地说,"听说你刚开业不久,是个小企业,这次仅收取润笔费,版面费全免,对你们是特别优惠了。我们报人的职责是匡扶正义,奖掖先进。你是我们温海打工者中的佼佼者,理当支持。"

"既然如此,我去商量一下,这个报道我们是要做的。"吴国风起身离去。

"快去快回,我们不能久等。"瘦个子冲着他的背影喊道,两个人又开始吃喝起来。

周媛媛已经知道了事件的大致经过,心里打了个结,不知道这两个人到底是干什么的。见吴国风进来,周媛媛忙悄声问:"这两个人真的是记者?会不会是假的?"

"我心里也犯嘀咕,觉得有些不对劲儿,就是说不出毛病出在哪儿。"吴国风狐疑地说道,"两千元若真能做一个广告倒也值得,子华给我们写了那篇稿子后生意就好起来,这就是现成的例子。"

"你这一说倒提醒了我,记者这一行张子华懂,你先去稳住他们,我打电话问问张子华就知道了。"周媛媛说完拿起电话就拨。

那两个人有些坐不住了,见吴国风端了菜来忙喜笑颜开,连声称赞。

"两位大记者到我们小地方来没啥好招待的,若有招待不周请你们原谅。刚才你们吃的不是我们皖西风味的全部,我让厨师又炒了两个菜让你们尝尝。以后还希望贵报社给予大力支持,你们尽管放心,只要报道做好了,我不会亏待你们的。"吴国风极力奉承道。

两个人一听这话,加上酒劲上来,更是飘飘然分不清天南地北了。瘦子伸出大拇指,把声音提高了几度,说道:"吴老板是个精明的生意人,有气魄,是我们未来的李嘉诚。我们吃遍了温海所有的高级饭店,只有你这一家有地方特色。你就放心吧,弘扬正义是我们义不容辞的责任。"

小胡子醉眼蒙眬地问:"吴经理,你们开始营业时生意怎么样?"

吴国风如实回答道:"刚开始生意并不怎么好。"

"这就对了,不就是《温海早报》上给你发了篇文章,生意才好起来吗?那个叫张子华的算什么,只是小儿科。只有在省报、中央级大报上发表文章才是真功夫。你知道省报每天发行多少份吗?一百万份!只要看到这篇文章的人以后来温海都来你这儿吃一顿,你就富得流油了。"

吴国风越听越不是滋味,只好随声附和,暗暗地埋怨周媛媛打电话怎么没有回音。

瘦子显然有些急躁,问道:"吴老板,这篇报道发不发,你们刚才是怎么商量的?"

吴国风小心地说:"文章肯定是要写的,只是我们刚开业,资金比较紧张,派人去借了,两位稍等片刻马上就到。"

小胡子有些焦虑,做出要走的姿态,说道:"我看你是没有这个诚意,也不勉强了。"

"别走嘛,我的话还没说完呢。"吴国风拦住他俩,又喊道,"服务员,再上两盘当家菜。"

正在这时门外人影一闪,张子华和张子坚两个人气喘吁吁地走进来。见吴国风和两个陌生人在一起,他们知道周媛媛在电话里讲的就是这两个人了。他们径直走了过去,张子华神情严肃地问:"两位是省报记者?我们是同人了。"

小胡子见张子华问这话,知道定有来头,心知不妙,仍虚张声势地说:"我们是省报派来的,正和吴国风老板商讨有关报道事宜。"

张子华打断他的话道:"我能看看你们的记者证吗?"

"有,有。"瘦子把名片递了上去,音量小了许多。

"我指的是记者证。"张子坚不屑一顾地说道。

"记者证?"瘦子吃了一惊,知道今天遇上对手了,忙赔笑道,"记者证忘在了住处,没带在身上。"

"怕是拿不出来吧,你们到底是干什么的?"张子华逼视着他们俩。

"看来你们是没有诚心,这篇稿子也不写了。"小胡子见大事不妙,站起来想溜,可周围早已站满了人,根本出不去。

"别走,你们没见过记者证,我让你瞧个清楚。"张子华从口袋里掏出个墨绿色的小本子丢了过去。小胡子接过一看,见封面印着"皖江商报记者证"几个金色楷字,里面有张子华的名字,吓了一跳。这一惊非同小可,李鬼撞上了李逵,自己刚才还在骂张子华呢。

"你们到底是干什么的?不说的话我们打电话报警。"张子坚厉声说。

"别报警,我们说。"小胡子立即求饶,说道,"我们是专门吃白饭的,被人称为'会虫',凡是有开会的地方我们都去吃一顿,还能捞一点好处费。几天前从报上看到你们刚开业,知道你们是山里人好欺骗,就预谋着来敲诈一笔钱,想不到在这里被你们识破了。求你们别报警,我们再也不敢了。"

"白吃白喝还想拿好处?你的想法也太天真了。"吴国风说道。

"要走可以,但没有免费的午餐。"张子坚说。

"我知道,我知道,一共是多少钱?我们给。"小胡子说着忙掏出钱来。

"一共是二百四十二元。"周媛媛在人群里答道。

两个人凑了会儿才找出二百三十元钱,哭丧着脸说:"我们只有这么多。"

"看来你们还真是想白吃呢,没带钱还吃得有滋有味。"吴国风说道。

"剩下的我们不要了,但你们要记住,不是每个人的饭都能白吃的。"周媛媛收起钱说道。

"老板已经放出话来了,还不快走!"张子华喝道。

两个人如遇大赦般钻进人群灰溜溜地走了,身后传来一阵大笑声。

第十章 饭馆

第十一章　台风

电视上一遍又一遍地播着台风警报："今年十七号台风于昨天在台湾以东洋面生成,正以每小时五十公里的速度向西北方向移动,将于今天夜里在我市登陆。预计中心风力将达到十二级,伴有强降雨,有可能发生海啸。专家预计这次台风是最近几年少有的天气反常现象,请企事业单位及居民做好安全防范工作。"台风对于温海人来说不是新鲜话题,每年都遇上几次,至于死几个人倒几间房子更是司空见惯。沿江地带和经济开发区因地势低洼,是受灾最为严重的地区。去年第十号台风来的时候气势凶猛,当洪水快漫到嘉茂鞋业公司最后一级台阶,大伙儿正积极抢救物资时,风停了,雨小了,洪水开始退去。虚惊一场。

两天前陈经理率丁丽萍阿姨、汪海峰、张子华一行四人到北京参加展销会了。千斤担子便压在张子坚身上,而这次台风警报中增加了一个让人心惊的内容。"有可能发生海啸",这在以往的警报中很少看到,意味着开发区有可能再次成为一片汪洋。按照以往的经验,下班的时候他把所有的窗户关严,并用铁钉加固,通知所有的职工晚上睡觉机灵点,遇到险情及时报告。做完了这一切张子坚才搂着东方玉安心地睡去。不知过了多长时间,果然狂风大作,呼啸而来。大雨像瓢泼似的倾泻而下,织成一道浓密的雨帘,地上溅起白色的水花,下水道已经排不出所有的雨水,地面开始积水了。东方玉很快被惊醒了,风雨声像无数的野马在空中嘶鸣,似乎要把整个温海吞噬掉。她把张子坚搂得紧紧的,接触到他那壮实的胸脯才有了安全感,只要有他在不管遇到什么困难也不用怕。

雨越下越大,风声雨声响成一片,院子里的水位迅速升高。张子坚住的小屋和门卫室地势最低,房间里很快进了水。东方玉推了推张子坚,他蒙眬地醒来,说道:"这鬼天气。"

"下这么大的雨,我真的好害怕。"东方玉颤声说道。

"温海这鬼地方就是这样,每年都要发几次台风,弄得人心惶惶的。去年第十号台风也很大,把我们宿舍的屋顶吹跑几块,都是有惊无险。你放心,没啥大不了的。"张子坚安慰她说。

"你听,房间里像是进水了,快把灯打开。"东方玉耳尖,听到了水声。

张子坚迅速开了灯,一看房间里果然进了水。几只鞋子在水中漂浮着,一漾一漾的,像一只只在汪洋大海中失去方向的小舟。

"小玉,快起来。"张子坚却怎么也找不到自己的那双鞋,随便捞了两只穿在脚上。东方玉也如法炮制,开了门一看院子的水涨上一个台阶了。

"我们过不去怎么办?"东方玉着急地问。他们的房子和主楼隔着宽宽的院子,在这样的大雨中冲过去并不容易。

"张子坚,张子坚,起床没有?这里不能住了,到楼上去。"隔壁的门卫老头在叫。

"雨太大过不去呀。"张子坚刚说完却见老头拿个什么东西盖在头上,钻进雨中向主楼跑去。他灵机一动,拿起皮箱放在东方玉的头上,自己则拿了个废纸箱遮住雨,两个人同时钻进雨幕之中。他来不及休息,到各车间检查门窗是否完好,刚到三楼只听哗啦一声响,一扇窗子被狂风撞开,大雨向室内倾泻而来。他立即跑过去关窗子,由于玻璃被震碎根本挡不住,呛得他喘不过气来。东方玉和老头也过来帮忙,拿了个木箱来才把窗子堵住。此时,三个人的衣服全湿透了,却全然不觉。张子坚又到别处查看一番,见确实没有危险才放心离去。风更大了,雨更急了,大地在颤抖,温海在哭泣。海水沿着大江逆流而上,涌上了堤岸向市区扑来,水位在急剧升高。一楼有成品仓库和材料仓库,流水线生产车间有大量半成品,价值近百万元。尤其是几天前送来的真皮和高级人造革更是价格昂贵,一旦浸水将成为废品,损失巨大。

张子坚望着黑洞洞的天空,大雨根本没有停下来的迹象,照这样的速度要不了一个小时水就可以漫进室内。剩下的时间不多了,既然陈经理让他管理公司,是对他信任,在这关键时候他必须挺身而出,将损失减到最小。想到这里,张子坚组织大伙把流水线车间的半成品搬到二楼去,自己冲进办公室迅速拨通了仓库管理员家的电话。

"老李,仓库快进水了,你过来一下,我们把仓库里的材料搬到楼上去。"张子坚急促地说。

"张子坚,我家里已经进水了,街上水太深雨太大,我来不了,即使来了也要很长时间,根本来不及。你把门砸开,后果由我负责。"仓库管理员老李焦急地说。

"这个责任不能让你一个人负,让我们共同承担吧。"张子坚说完放下电话向宿舍跑去。

四楼的宿舍早已沸腾了,有的地方开始漏雨,有的窗子被风吹跑了,部分人干脆坐在床上听着屋子外面的风雨声以防不测。

"起来,大家都起来,把一楼的材料和成品鞋搬出来。"张子坚在门外拍打着门窗大声地喊着,有人下了床开门出来。

"仓库的门锁了开不了,怎么办?"有人问道。

"把门砸开,由我负责。王光水起床没有?"张子坚急促地问。

王光水开了门,两个人撞个正着。张子坚吩咐了他的任务,自己去屋里查视。"还有谁没有起床?"

"淹就淹了呗,老板有的是钱,这点东西算什么?半夜三更的把我们吵醒,失魂落魄的。"有人躲在被子里小声说。

"小河南,又是你,每次就是领工资积极,干活不卖力,快点起来。"张子坚掀开他的被子把他拉起来。

"好好,我起来可以吧。"小河南立即求饶,说道。

员工全聚在楼下,有人把车间的半成品往楼上搬。可仓库的门却怎么也砸不开,望着渐渐上涨的洪水,每个人都捏了一把汗。张子坚挤过去接过王光水手中的铁锤发疯般地砸去,一下两下,木板开始松动了,很快破了个窟窿。他把手伸进去开了锁,站在身后的人很快跟了进去,与此同时另一扇门也被砸开,因为人太多场面非常混乱,抱东西的走不出去,有的人被挤得掉进水里,叫喊声风雨声响成一片。

"大家冷静,不要拥挤,分道行走。"张子坚忙着维持秩序。

经过重新组织,刚才混乱的局面开始好转,整个抢救场面紧张有序地进行着,许多女工也自觉地加入他们的行列。突然,啪地一下灯全灭了,全楼一片漆黑,整个城市一片漆黑,人群一下子骚动起来。

"谁有手电筒?有手电筒的拿出来。"张子坚喊道,"慢一点,不要乱。"

很快,几束仅似萤火虫般的灯光照了过来。灯光虽然很暗,比伸手不见五指是强多了,骚动的场面得到控制。二楼车间里,材料和成品鞋分两处堆放着,一件又一件地迅速运来,加上去加上去。

"呀,水漫上来啦。"不知谁叫了声。

大伙儿这才注意到脚下传来哗哗的水声。"快快,只有几箱了。"张子坚喊着。他们在洪水进入仓库的那一刻终于搬走了所有的材料。他又检查一遍,见两个仓库都空了才放心了。在这场和洪水的搏斗中,经过精心组织和大伙儿的齐心协力,在很短的时间里抢救了公司近百万元的资产,终于赢得了胜利。望着大伙儿的狼狈相,张子坚想说几句感谢的话,又不知从何说起:"今夜多亏了大伙儿抢救及时,我会把这一情况如实向陈经理汇报的。"

狂风还在肆虐,暴雨还在倾泻,一座楼房成了一座孤岛。大伙儿睡意全无,坐在床上闲聊着。张子坚躺在弟弟的床上睁大了惊恐的眼睛,心里直骂着这鬼天气,雨为何不停?!正当他蒙眬之际,又一阵风刮来,只听哗啦一声巨响,心道:"不好。"

"啊——不好啦,快来人呀!"忽地传来女工的呼救声,他一骨碌爬起来向女工宿舍摸去。他走近了几步才隐隐看到她们的屋顶不见了,雨水打在床上,屋里的人乱作一团。

"不要抢东西,危险!"他和几个男工冲进去,不由分说地把女工往外推。胆小的吓得哭了起来,连门在什么地方都不知道。另外几间屋顶全被吹得无影无踪,整个宿舍乱成了一锅粥,你拼我抢地往楼下跑。越是拥挤越是走不动,有人被挤倒了踩在地上。东方玉因为刚才搬东西时在楼梯上把脚扭

第十一章 台风

127

了一下,痛得龇牙咧嘴,为了不让张子坚分心便没有告诉他,和衣而卧躺在高云的床上。当她忍着巨大的痛苦的时候,突然哗啦一声巨响,大雨向她嘴里鼻孔里灌下来,呛得她透不过气来。她正欲翻身下床,一根长木头掉下来压在她身上,她顿时失去了知觉,动弹不得。

"小玉,小玉,你在哪里,出去没有?"张子坚高声喊着,只有哭喊声却没有人回答。

"子坚,快来救我。"东方玉在昏迷中听见有人叫她,却怎么也喊不出声音,只好在心里喊道。谁知楼上很快平静下来,没有人救她。张子坚心想,东方玉一定是在混乱之中下楼去了,又检查一遍,最后一个离开了这个废墟,来到三楼的车间里。

"大家看看,还有谁没有下来?"张子坚又问了一遍。

"啊?小玉姐没下来,她在我的床上。"高云哭喊着。

"怎么回事,你们俩不是一块儿下来的吗?"王光水埋怨着。

"有根木头压在我们身上,我搬开木头下了床。我本想救她,因为紧张急糊涂了只顾往外跑,把她给忘了。"高云说。

"快去救人。"张子坚第一个冲了上去,有几个人跟在后面。他很快找到东方玉,迅速搬开她身上的木头。"小玉,小玉。"东方玉没有回答他。张子坚抱起她往外跑,他知道在这里多待一分钟就多一分危险。刚到门口,突然轰隆一声巨响,墙倒了。张子坚被压在砖块之中,他把东方玉压在身下保护着她的安全,同行的小河南和老牛的腿也被砖块砸中。

"砸伤人啦,快来救人呀。"有人高声呼救。

张子坚身上的砖块很快被扔掉,四个人分别被背下了楼。张子坚和东方玉都晕了过去,伤势严重,必须马上送往医院进行抢救,否则不堪设想。一楼的洪水已经涨到一尺多深,有人下楼去探路很快退了回来。望着黑洞洞的天空和无边的雨帘,大伙儿只好仰天长叹,个个都束手无策。

刮了半夜的狂风渐渐平息下来,大地恢复了往日的宁静。大伙儿焦急地围在张子坚和东方玉身旁。张子坚睁开了眼睛,有气无力地问:"东方玉现在怎么样了,她好些了吗?"

"她还在昏迷中没醒呢。张子坚,你呢,哪里不舒服?"有人回答。

"我腿疼,不能用力,快把小玉送进医院里去。"张子坚有气无力地说道。

"不行啊,路上没有灯光,水又深,根本出不去。"王光水答道。

谁都知道张子坚伤得不轻,但他的心里却想着东方玉和工友。

"现在停水停电,电话也中断了,我们只有等到天亮了。"王光水答道,"子坚,你一定要挺住,坚强些。"

过了会儿,东方玉慢慢睁开了眼睛,无力地看着周围的人。

"小玉,小玉,你醒啦?感觉怎么样,疼吗?"高云急切地问道,"你别急,马上送你去医院。"

她轻轻地点了点头又闭上了眼睛,大伙儿见她醒了过来便松了口气。东方泛起了鱼肚白,天亮了。

"快,送他们去医院。"王光水命令道。

可怎么送呢?他们伤得这么重,稍有疏忽就会有生命危险的。有人找来木棍绑成简易担架,抬着病人浩浩荡荡出了门。台风来时洪水来得快,台风过后洪水便向大海里倾泻而去。开发区一带积水仍然很深,他们踏着没膝深的洪水,掀起一阵浪花。有人不慎摔倒了,很快有人替补上来,保持担架的平衡,不让病人摔下来。到医院的路并不远,尽管他们急得如热锅上的蚂蚁,但是在这么深的水里根本走不快,这路像是怎么也走不到尽头。自从抢救仓库物资那一刻起,他们已经把个人的私利抛在了九霄云外。他们来自全国各地,讲着不同的方言,有着不同的生活习惯,但目前只有一个共同的目标:抢救四个危重病人的生命。这些在异乡土地上漂泊的游子,在洪水猛兽面前,在维护企业利益面前,在抢救受伤的同伴面前,显示出大无畏的精神和高尚的情操,谱写出一部英雄的赞歌。

路上的人开始多起来,人们用惊异的眼光看着这一支特殊的担架队,很快明白了这一切。这一感人的场面引起了迎面而来的两个中年人的注意,他们取下肩头的照相机,摄下这一珍贵的镜头,并加入担架队的行列。

"快了,快了,再坚持一下。"王光水给大伙儿打气。经过一夜的奋战和这一路的奔走,有的人体力开始不支了。

到了医院,见地上满是泥浆,数名清洁工正在清扫。已有不少的受伤者被送进来,大夫在不停地忙碌着。

"快,到急救室。"一个中年人引着他们向急救室奔去,可急救室早已人满为患,只好把他们安排在一般病房里。看着病房门轻轻关上,大伙儿才觉得好累好累。

一位护士开了门出来,王光水和高云等人围上去焦急地问:"医生,他们怎么样,有危险吗?"

护士绷着脸说:"你们还好意思问,人伤得这么重现在才送来,再晚一会儿就没命了。"

"可是……"王光水欲分辩几句,雨太大,水又深,没有灯光都是很好的理由,可一旦耽误了抢救病人的最佳时间,不管多么充分的理由都将成为扼杀生命的罪证,想到这里他有些后怕起来。

高云伏在他的肩头轻轻哭起来,说道:"小玉姐,是我不好,是我害了你呀,不该丢下你不管。张子坚,我对不住你,如果我不把小玉姐丢下,你也不会因此受伤。我……"她跺着脚悔恨极了,责怪自己在那紧要关头头脑不冷静,酿成了如此大错。

"别哭了,事到如今哭又有什么用?"王光水安慰她道。

"张子坚、东方玉是你们送来的?谁是负责人?"一位医生过来问。

"是我们送来的。可我们经理不在家,他出差去了。"王光水答。

"我们对病人进行了抢救,他们已经脱离了生命危险。已经用去医疗费近万元,刚才交的五百元钱早已用完了,你们快点回去拿钱来。"

几个人你看看我我看看你,刚才没有谁交过钱呀。他们这才注意到,向他们伸出援手的两个中年人不知何时离开了。

"一万多元,这么多。"大伙儿全惊呆了。王光水吩咐道:"留两个人在这里,我回去想办法。医生,你放心,我们很快就会把钱送过来的。"

陈嘉茂经理在北京参加展销会,和顾客洽谈生意、签订合同,忙得连饭也顾不上吃。这天早上他起了床,洗漱完毕准备去餐厅吃早点,这时他的表弟汪海峰风风火火地闯进来,惊慌失措地说:"表哥,温海发生了强台风,损失惨重。"

"真的?"陈嘉茂抬起手腕看了一下表,正是播新闻的时间。他迅速打开电视机,正是狂风肆虐的镜头,主持人播道:"在台湾以东洋面形成的十七号台风于昨夜零点在温海市登陆,中心风力达到十二级,每小时降水量达到两百毫米,超过以前的水文纪录,引发海啸为历史罕见。台风经过的地区许多民房被毁,良田被淹。温海市市区、开发区等沿江地带因海平面较底,损失特别巨大。台风造成停水、停电、通讯中断、交通瘫痪,市长李长仁同志及部分领导已奔赴抗洪第一线,指导抗洪抢险救灾。截至记者发稿时,经初步统计已有三百多人受伤,二百多人失踪。据初步估算,损失大约百亿元。"

陈经理看着呆了,不知公司里情况如何。他的公司位于沿江开发区,在重灾区呀!他拿出大哥大正欲拨号,手机却响了起来。

"通了,通了。"几个人围在电话机旁,面露喜色。

"陈经理吗?我是传达室呀。公司出大事了,你快点回来吧。"门卫老头有些语无伦次,显得很激动。

"家中遭到台风袭击,我已经知道了,公司里情况怎么样?不要急慢慢说。"陈经理安慰他。

"从夜里到现在,我给你打了几十个电话直到现在才打通。"老头把公司里发生的事简要地说了一遍。

"你们别着急,我马上回来。"陈经理被这突如其来的事故弄蒙了,但很快镇静下来。他的妻子田娟正在家中冲洗着泥浆,忽听电话响起,田娟知道这电话一定是丈夫打来的。她抓起电话,带着哆音道:"嘉茂呀,昨天夜里的台风好大好大,我和孩子在家怕极了,你什么时候回来呀?"

"宝贝,你别怕,我很快就回来的。"陈嘉茂安慰道,"田娟,公司里出大事儿了,张子坚和女友东方玉受重伤住进医院,但他们没有钱,你马上送些钱过去,速度要快。"

"好吧。"田娟点了点头,从保险柜里拿出一沓钱,骑上心爱的摩托车向水中冲去。她心里清楚,公司里的事丈夫一般不让自己过问,而现在他在北京着急地打来电话让自己送钱去医院,情况一定是万分紧急。

王光水从医院回来得知陈经理很快就能回来,略感安慰。可医院要一万元钱,数字巨大时间紧迫怎么办?他环视所有的人,酸楚涌上心头,沉声说:"各位工友们,救人十万火急,别的地方我借不到钱,恳请大家帮忙。看在张子坚对大家不薄的分上,能有多少就借多少,我会一分不少地还给大家。"

素丽站出来说:"张子坚对我们每个人都亲如兄妹,今天他为公司、为救人而遭了难,我们不能袖手旁观。大家帮点忙是应该的,也不用还了。"她说着拿出一张百元大钞递到王光水手上。

张子坚的人缘极好,在公司里没有和谁红过脸儿,赢得了所有员工的尊敬。见素丽拿出钱来,许多人都开始行动。

"大家都记个名字吧,将来还给你们。"在王光水的要求下,有人一边记账一边收钱,这时田娟满身泥水地走了进来,见到眼前的情景不解地问:"你们这是……?"

素丽如遇救星,忙说:"嫂子,你可来了。张子坚、东方玉等四个人住院急需钱用,我们都捐些给他,可王光水坚持要记账。"

在二楼车间里看了堆得整整齐齐的成品鞋和材料,田娟心里很是激动。这样一个好青年,这样的一个集体,为了企业付出得太多,现在怎么能让他们受委屈呢。

"你们的心意我领了,把钱都收回去吧,我是专门送钱来的。王光水,我们去医院。"田娟说。

刚走出大门,吴国风满头大汗地跑来,拿出一沓钱来,说道:"光水,这是两千元,虽然不多,可以解燃眉之急,快送到医院去吧。"

田娟给挡了回去,说:"不用了,谢谢你的好意。"

陈嘉茂把工作移交给丁丽萍和汪海峰,便带着张子华直奔飞机场。售票处贴了一张醒目的通知,内容是温海因遭强台风袭击,机场设施遭到破坏,发往温海的客机暂时停飞。两个人又直奔火车站,可售票处也贴了一张内容相同的通知,说铁路被洪水冲断,直达车停开。停水停电通讯中断飞机停飞铁路被毁,陈经理终于意识到这场台风给温海带来的沉重灾难。他更加忧心忡忡,牵挂着张子坚的生命安危。他们只好先飞到省城,再坐客车向公司赶来。临近温海车子慢了许多,路上有多处塌方,造成交通堵塞,本来只要半天走完的路却走了一个昼夜。

素丽带领几个姐妹正在清除淤泥,见陈经理回来忙围了上去,叙说前天夜里发生的一切。陈嘉茂楼上楼下看了个遍,二楼整齐的材料和已成废墟的宿舍形成强烈的反差,让他感动。

"如果不是张子坚果断决定,两间仓库的东西全完了,可他自己却……"素丽说不下去了。

"张子坚是好样的,不愧为一个领导者,我为有你们这样的员工感到骄傲和自豪。"陈嘉茂大声说。

在医院的病房里,王光水耐心地喂张子坚吃饭,见陈经理和张子华走进来,连忙问声好:"陈经理回来啦?"

陈嘉茂点了点头算是打了招呼。张子华见哥哥的双腿绑着夹板,悲从心中来,扑到他的床前,恸哭起来,说道:"哥,我走了才几天,你怎么会这样啊?"

张子坚给弟弟擦了擦眼泪说:"这么大的人了还哭什么? 我只是受了点伤,过几天就会好的。展销会开得怎么样? 收获不小吧。"

"哥,这是为什么? 难道我们做错了什么,是上天给我们的报应? 你和嫂子双双受伤,父母知道了怎么得了,我怎么向他们说啊?"

"父母的身体不好,他们受不了这么重的打击,等我的伤好了之后再告诉他们。好久没给家中寄钱了,母亲一个人支撑一个家不容易,太劳累了。你给寄些钱回去,让她买些补品补补身子。"张子坚吃力地说。

"哥,你放心吧,我会的。"张子华点了点头,含泪答应了。

陈经理走过来深情地说:"张子坚,你受苦了。"

"陈经理,我的工作没做好,没保护好大家的安全,给你添麻烦了。"张子坚的声音微弱。

"张子坚,别说了。你抢救了公司的巨额财产却奉献了自己,无论遇到什么情况我都会竭尽全力把你的伤治好。你有什么要求尽管说,我会答应的。"陈嘉茂真诚地说。

张子坚答道:"我暂时没什么要求,以后有什么事再和你说吧。"

"也好,也好。"陈经理又来到东方玉的房间问道,"她现在怎么样,情绪稳定吗?"

"她刚刚睡着,每次醒来就是问张子坚去了哪里,为什么没看到他。我们怕她受刺激,骗他说张子坚在公司里没来。她是在昏迷中被救出来的,张子坚受伤她根本不知道。都是我害了她,不该丢下她不管。"自从出事后,高云一直含着一颗愧疚的心,对不起小玉姐,对不起张子坚。

"高云,别难过了。也许是上天的安排让他们夫妻俩有如此磨难。我们预祝他们早日康复,回到我们中间来。"陈经理说。在医生办公室,医生见嘉茂鞋业公司的经理到来非常热情,握手寒暄。

"东方玉和张子坚是你们公司的? 我还不知道呢,你们公司的损失不小吧?"主治医生关心地问。

"仓库里的物资全被他们搬到了楼上,一点没损坏。就是宿舍吹跑了,砸伤了他们。刘医生,他们的伤情如何?"陈嘉茂答道。

刘医生说:"那个叫老牛和小河南的倒没什么,十天半个月就可以出院。张子坚和东方玉就不同了,东方玉的头被木料打中,有中等程度脑震荡,并伴有较严重的内伤,若不是送来及时,会有生命危险,目前还在观察阶段,不能让她受到刺激。张子坚的病情更糟,双腿均为粉碎性骨折并伴有一定程度的内伤。他的双腿想恢复不容易,除非有奇迹出现,你要有思想准备。"

"医生,请你一定要想办法治好他的病,我们公司离不开他呀。"

"救死扶伤是我们的责任,我们会尽力的。"

周媛媛和方金蝉提了些水果找到张子坚的病室,见他伤成这个样子非常痛心。昔日生龙活虎、朝气蓬勃的好青年今天却躺在病床上。

"听说你被砸伤了,我吓了一跳,非常担心,便约了方金蝉来看你。"周媛媛眼睛湿湿的。

"让你破费了,空手来看看就行了。你们饭店的情况怎么样? 没受损失吧?"张子坚努力地笑笑。

"我们饭店也进了水,但问题不大,很快就营业了。"周媛媛答道。

"这就好,这就好。"张子坚说。

方金蝉把有些凌乱的被子重新盖好,俯下身看着他有些苍白的脸,泪水充满了眼眶,欲言又止。

"金蝉,你来了,我今天这个样子会不会让你失望?你哭什么呢?我只是受了点小伤,过几天就会好的。"张子坚安慰她。

"你伤得这么重我们都知道了,可你心里总是想着别人,从不想你自己。"方金蝉说。

听了这话张子坚沉默了,周媛媛看着空荡荡的病房问:"有谁在这里伺候你,怎么一个人都看不见?"

"陈经理刚从北京回来看过我,现在去看东方玉了。王光水和我弟弟都会照顾我的。"张子坚说道。

"他们大男人没那么心细怎么照顾好你?你身边没有个贴心人可不行。你的腿伤成这样,若护理跟不上会后患无穷的。"方金蝉接过话说。

"子华不是我的贴心人吗?你就放心吧。"张子坚笑着说。

"子华是你的贴心人,可他能有那么细心吗?你必须向陈经理提出意见,请一个护工来。"周媛媛说。

一名护士进来,很不客气地提醒她俩:"病人需要休息,探望时间不能过长。"

"大姐,我能问你个问题吗?"方金蝉问护士。

"什么事?你说吧。"护士边给张子坚换药边说。

"张子坚病情这么重,是不是应该请一个护工,对他的健康更有利?"周媛媛说。

"张子坚是个特殊的病人,需要特殊护理,只是陈经理刚从北京回来,我们还未向他提出。"护士答道。

第十二章　住院

　　从医院里出来,在回家的路上她们两个人默默地走了一程,方金蝉打破了沉静,幽幽地说:"想起张子坚那个样子我就想哭,说真的我心里一直爱着他。自从在温海相遇,我就想起了从前,尽管那时候我们还小,不懂得什么是爱情,他却在我的心里留下了深深的烙印。我知道他和东方玉做了夫妻,我们是不可能的了。我也曾努力地忘掉他,越是想忘记,他的形象在我的大脑中越清晰,身影越高大。在他们两个人同时遭受巨大打击面前,我是不是应该去照顾他给他一些安慰?"

　　"我也听说张子坚伤得最重,想重新站起来很困难。在这种情况下是需要一个人去帮助他,给他以精神上的慰藉,这对他的早日康复有很大的帮助。当然了,你去给他做护理是最合适的,因为他是特殊病人需要特殊对待。可你去他能接受吗,东方玉会怎么看?"周媛媛分析说。

　　"这是关系到张子坚的身体健康和前途,假如他站不起来是不是太残酷了? 至于东方玉,我想我会处理好的。"方金蝉说。

　　"我同意你的看法,可一个女孩子去侍候一个大男人多有不便,你受得了吗? 任务不轻哪。"周媛媛提出忧虑,这的确不是女孩子能干的活。

　　"只要我选择了这项工作,别的我不会去计较。"为了心中的那份情结,方金蝉下定了决心。

　　陈嘉茂经理心不在焉地翻看近几天的报纸,报道的内容如出一辙,都是抵抗台风和抢险救灾之类的内容。有一组照片吸引了他的视线,照片上是一群人抬着几个担架在没膝深的水中艰难地行走,仔细一看这不是王光水他们吗? 照片旁边有"摄影柳枫"的字样,这么说为张子坚垫付五百元钱不留姓名的也是他了。报道中详细介绍了来自大别山的青年打工者张子坚在总经理出差的情况下，将个人生死置之度外，果断决策使企业免受灭顶之灾，冲进危房抢救受伤的工友时，一扇墙倒下将他砸成重伤，并被送进医院进行抢救的经过。陈经理陷入了沉思之中，一个打工者有如此责任心实在难得。他可以以没有仓库钥匙为由不去抢那些物资，也可以先去救他的恋人东方玉再去救其他人，他并没有这样做，而是把危险留给了自己。

方金蝉心里放不下张子坚，可班不能不上。为了照顾张子坚，她已多次请假，这天刚回到厂里有人告诉她，说老板叫她去办公室。她感到不妙，怀着忐忑的心情敲了敲门。

"老板，你找我？"方金蝉怯怯地问。

"你回来啦，今天上哪去了？"老板铁青着脸问，脸色很是难看。

"我去医院了，不是向您请假了吗？"方金蝉怯怯地说。

"是请假了。你说去半天都晚上了才回来，你当我这里是旅馆？"老板动怒了，脸上的横肉一颤一颤的。

"今天不同，是我老乡做手术，需要人照顾所以回来晚了。"方金蝉如实回答，可她心里还惦记着张子坚的病情。

"回来晚了？我看你是无可救药了。"老板的鼻孔里冷哼一声，奸笑道，"是去干见不得人的事儿？我看是你出事了吧，到医院去给自己做手术好遮人耳目。"

"你、你、你血口喷人，太肮脏太无耻了。"方金蝉气得浑身发抖。

"看来是我错怪你了，可厂里早就传得沸沸扬扬了，不信你去问问。好，就算我刚才的话没说，你不要计较。你坐下，我有话要和你说。"老板摆出一副和蔼的姿态，拉着方金蝉坐到沙发上，趁机握住她的玉手轻轻抚摸着。

方金蝉知道他不怀好意，忙把手抽了回来。老板的不检点行为是出了名的，听说他在外面有好几个女人。厂里的女工对他都格外防范，不使自己落入魔掌。

老板紧挨着她，酸酸地说："那穷小子有什么好？你听我的话，只要你松口我绝不会亏待你的。"

老板说罢把毛茸茸的大手伸过,方金蝉吓得跳了起来,开了门夺路而逃。

"妈的,狗坐轿子不识抬举,老子看得起你是你的造化。滚,滚得远远的,我再也不想看到你!"老板对着她的背影吼着。

方金蝉从办公室里逃出来吸引了许多惊疑的目光,有人说着难听的话。她回到宿舍伏在床上痛痛快快地哭了一场,然后收拾衣物离开了这个是非之地。她没有地方可以去,只好来到吴国风的皖西风味馆。周媛媛见她提了行李进来,关心地问:"金蝉,你这是怎么啦,是不是被老板开除了?"

方金蝉放下皮箱恨恨地说:"那个癞蛤蟆老板我早就看出不是好东西,居然想欺负我。"

周媛媛认真地问:"你真的辞职了?"

"辞职又怎么样,还能被饿死?那种人我一看就恶心,早一点离开没有错。只是在你这里挤几天,找了工作再搬出去。"

"吃住都不成问题,你放心好了,明天还会去医院吗?"

"去呀,怎么不去?因为我在张子坚那里时间待得长了让人说闲话,龟儿子老板想乘机捞便宜。我因为他失去了工作,怎么能随便放弃?"方金蝉余怒未消地说。

"还噘着嘴干吗,我又不是那个色鬼老板。谁叫你长得这么漂亮,我要是男人也会喜欢你的。"周媛媛笑着说。

"你真坏。"方金蝉扑哧一声笑了出来,两个人闹了一阵子才安静下来。

张子坚的双腿被夹板固定了,动弹不得,一天到晚除了睡觉还是睡觉。可他惦记着公司的生产情况,惦记着东方玉的病情。

"水,水。"睡梦中喉咙有些干燥,他想喝水。很快有人用勺子盛了糖水送到嘴边,他吞了一口下去,冷热适中,润透了心扉,睁眼一看是方金蝉在给自己喂水呢。她轻声问:"烫吗?"

"金蝉,这几天你都在这里侍候我怎么行,老板不会怪罪吗?"张子坚问。

"我、我向厂里请了假,来侍候你几天。"方金蝉答道,隐瞒了自己已经离厂的事实。

他从方金蝉的眼神中看出她没有说真话,一定隐瞒着什么。他拉住她的手急切地问:"金蝉,你说到底是怎么回事?是不是被炒了鱿鱼,老板会给你这么长的假期吗?"

"你胡思乱想说些什么呀,请几天假有什么不可以。"方金蝉嘴里虽这么说,可心里很不是滋味。

"你不用骗我了,在温海这个地方,在生产旺季你想请长假根本不可能,你为我失去了工作值得吗?"张子坚关切地说。

既然什么都知道了,方金蝉无话可说,点了点头承认了。张子坚喝了水又要撒尿,她拿起便壶放到张子坚床上,等他撒完了再拿出来送到厕所里倒掉。值班护士进来看着她默默地干着这一切,待她走后由衷地夸奖道:"小张,你真有福气,有这样一位漂亮又能干的女朋友。"

"你别误会,她是我老乡,但不是我女朋友。"张子坚反驳她说。

"谁会相信呀?侍候病人又脏又累,不是真心恋人谁又做得到?"护士说。

"真心恋人?"张子坚细细品味着这四个字的含义,这么说方金蝉还在苦苦恋着自己?这是不现实的呀。必须向她问个明白,这种不正当的关系绝不能继续下去。

陈经理提着些补品进来,认真地问:"张子坚,感觉好些了吗?你不要着急,要安心养病,你现在的任务是把病养好。"

"陈经理,你们在公司里忙来忙去,我却躺在这里,吃的拉的全要人侍候,我心里真不是个滋味。"张子坚说。只有失去健康的人才知道健康的价值。

方金蝉拿着便壶从卫生间里走出来,陈经理指着她问:"这位是……?"

张子坚答道:"我老乡,来看我的。"

"哦,这就好。"陈嘉茂说,"张子坚,有一件事顺便和你说一下,公司里已经恢复了生产,你弟弟和王光水不能来侍候你了。我决定到保姆市场找一个人来照顾你,你看怎么样?"

张子坚说道:"也好,不能因为我而耽误公司的生产,只是给你添麻烦了。"

"你为我付出得太多,我为你做点什么也是应该的。"陈嘉茂刚走出门听见背后有人叫,回头一看是方金蝉追上来了。

她低声问:"陈经理,您刚才说要找保姆侍候张子坚?"

"是啊,你的意思是……?"

"我想,你别去找人了,让我来侍候他吧。我一定好好干,不会亏待他的。"她恳求着,怕失去这个机会。

"可是,你一个女孩子能行吗?再说你还要上班哪。"陈经理认真地说。

"我不上班了,因为来了几次医院,惹怒了老板被赶了出来。我不在乎工资的多少,只要让张子坚能早一天站起来我就心满意足了。"

陈经理打量着眼前这位漂亮的姑娘,见她眉目清秀,眉宇间透出一股倔劲。她如此执着地要侍候张子坚必定有原因,陈经理便提出了工作的繁重性:"你要侍候的不是张子坚一个人,还有东方玉,你可要想好了。老牛已经出院,还有小河南,不过他能下地走路生活能自理了,三个病人担子可不轻啊。"陈经理知道如果去找保姆的话必然要找两个人来,让她一个女孩承担负担确实重了些。

"陈经理,你放心好了,我一定不会辜负您的期望的。"为了张子坚,方金蝉什么也顾不得了,不假思索地应承下来。

她买来病号饭喂东方玉吃,东方玉见了她有一种似曾相识的感觉,无力地问:"你是来侍候我的?我好像在哪儿见过你,高云怎么没来?"

"我叫方金蝉,是周媛媛的老乡,你们公司的陈经理让我来侍候你的,高云回去上班了。"为了不给她造成刺激,方金蝉故意回避了张子坚。

"周媛媛的老乡?"东方玉突然想起来了,在周媛媛那里一起吃过饭,和张子坚有过初恋,刘明芳也说她和张子坚暗地里有来往。

"怎么会是你?张子坚呢?这么多天他怎么不来看我,你们真的在一起吗?"东方玉一连串地发问。

"你这个人怎么能这样说话?告诉你,我和张子坚之间是清白的。"方金蝉有些生气。

"清白的？你说张子坚去了哪儿，他为什么不来看我？"东方玉的病情几天来并不稳定，一时清醒一时昏迷。她询问张子坚时得到的回答都是"刚走了、在公司、出差了"等等。东方玉知道，以两个人的感情来说，张子坚不会丢下自己不管的，会不会是张子坚也进了医院？一种不祥的预感向她袭来，却没有人告诉她真实情况，她心情更加急躁，把一腔怒火向方金蝉撒去。

方金蝉把饭重重地丢在桌子上，气鼓鼓地说："为了救你他被倒下的砖墙砸成了重伤，医生说他也许没有站起来的希望了，因为怕你受到刺激才没告诉你。你说得对，我过去爱着他现在也还爱着他，我也想取代你的位置可并没有失去理智，只要他能重新站起来我付出多大的代价都愿意。我也想好了，等你们病好了以后我就离开，不干预你们的生活。"

"你说什么？张子坚真的受伤再也站不起来了？"东方玉睁大了惊恐的眼睛，不敢相信这个事实。

"谁会骗你？如果他没住院会天天陪在你的身边，还用得着我来侍候你？"

东方玉这才相信方金蝉说了真话，突然抑制不住情感要下地来，并歇斯底里地大叫："子坚哥，是我害了你呀，让我来侍候你吧。"

"东方玉，请你冷静。你自己的病情都令人担忧，又怎么能去照顾他呢？再说事已至此，你哭闹又有什么用？"方金蝉按住她，不让她下床来。

"放开我，放开我，我要出去，别管我！"东方玉使尽全力扭动着方金蝉的双手，不知她哪里来的那么大力气，方金蝉累得气喘吁吁，只好高声求救："来人呀，护士，快来呀。"

两名护士闻讯赶到用尽全力将她按住，劝道："你要冷静，你的病情很严重，这样是在糟蹋自己，对自己可没有好处，知道吗？"

过了会儿，东方玉渐渐平静下来，其实她知道自己根本下不了床，只是一时间无法接受这一残酷事实。方金蝉给她擦去眼角的泪水，又慢慢地喂她，说道："饭快凉了，快些吃吧，吃了饭病就会好，你就可以看到张子坚了。"

东方玉面无表情，机械地接受着她喂来的食物，吃饱了渐渐睡去。没多久两个人恢复了健康，双双来到大别山过上了幸福生活。张子坚带着她欣赏天柱山的雄姿,看了白云寺古塔。累了坐在软软的草地上,渴了捧一口山泉水。他们吮吸着大自然的芳香,领略大自然的神奇,在高高的山岗上随风起舞,即兴唱一首黄梅小调。突然间一阵乌云滚来下起了瓢泼大雨,两个人手牵手飞快地往回跑。他们在风雨中分散,怎么也找不到回家的路。她吓出一身冷汗,睁眼一看自己还在这洁白的病房里,原来是做了个噩梦。

有人说梦能预测前程,难道说自己和张子坚将是劳燕分飞不欢而散?命运果真如此,一个人的力量又如何挽回?东方玉有许多疑惑不得其解。当她和张子坚热恋的时候,爸妈自作主张给她找了朱彪这个对象,而张子坚却遇上旧情人。当两个人憧憬幸福生活的时候却同时住进了医院,朱彪千里迢迢追到温海打伤了张子坚,制造事端。如今,在自己这毫无抵抗力的情况下希望他千万别追来,东方玉暗暗祈祷。屋里响起了重重的皮鞋声,在她的床前站住了。东方玉扭头一看,眼睛睁得比牛眼还大,这不是朱彪是谁?一个人在落难的时候,怀有多大的希望便有多大的失望。

"你醒了,听说你受了伤我非常担心,几乎找遍了温海市的所有医院才找到这里来。刚才见你睡觉的时候都在笑,一定是做了个好梦。"朱彪坐在床沿上,满脸堆笑地看着她,关心地问。

"谁让你来的?你走吧,我不认识你。"东方玉说着别过头去。

"小玉,别固执了。"朱彪冷笑着,"你总该面对现实吧。你现在需要的是别人的帮助,而不是耍小性子拒绝人。告诉你吧,那个张子坚这辈子别想站起来了。"

"姓朱的,说话别那么损,对于你可没有好处。不管他出现什么情况,即使他站不起来我也会陪他一辈子。"东方玉斥道。

"这是你的一厢情愿而已,现实已经不可能。小玉,从今以后你就是我的人了。"朱彪温和地说,"当然了,你和他之间过去发生了什么我不计较。"

"你卑鄙、无耻、乘人之危,你走吧,我不想再见到你。"东方玉恨恨地骂着仍不解气。

朱彪不恼也不怒,嘴角变成了讥笑,说道:"你怎么骂都可以,骂得越毒越好,我要让你明白,非常情况必须用非常手段。"

"我问你一件事儿,那天晚上张子坚是你打的吗?"这是萦绕在东方玉心头的一个谜,她必须解开。

朱彪站起来踱着步,幸灾乐祸地说:"打了怎样,没打又怎样?和他这种人斗不用一点黑的手段不行,那天是他命大。但天赐良机,他也有背运的时候,也躺在这里。"

"你流氓,无赖,没有人性的东西,你滚吧,再也不要来了。"她捂住耳朵,再也不想听他的话。

"小玉,我是爱你的,怎么能不来陪你呢?我已经打电话回去,把你住院的情况告诉了家里,你爸爸可能要来温海。"

东方玉不想看朱彪,便闭上眼睛不再说话。过了会儿,朱彪见她像是睡着了便轻轻地退了出去。听着他的脚步声远去,她流出了痛苦的泪水。爸爸要来温海意味着什么?意味着和张子坚的悲剧开始,意味着爱情的终结,他们将演绎出一曲现代版的催人泪下的《梁祝》故事。她的心往下沉往下沉,如同坠入冰窟窿。与此同时,那位报道过张子坚事迹,叫柳枫的记者多次来到医院进行采访,将他同病魔抗争的情况做了如实的报道。张子坚因此成为新闻人物引起了轰动。温海市政府经过一番调查后决定把张子坚树立为抗洪抢险英雄,号召全市人民及数十万打工者向他学习。许多市民带着营养品前来医院探视,小小的病房空前热闹起来。从早到晚,方金蝉为招待客人忙得不亦乐乎。

有一对老夫妇提着贵重礼品前来,见到张子坚像见到自己的儿子一样亲热。大娘用手抚摸着他的双腿,心疼地说:"孩子,你受苦了。我们从报纸上看到你的事迹便和老头子来看你。我们老了也没个孩子,就当你是我们的孩子吧。"

张子坚吃了一惊,不解地问:"大娘,您的孩子呢?"

大娘摇了摇头,说:"那是二十多年前的事儿了,那年他和你一般大。"

大爷接过话题说了一个凄婉的故事。那年,两位老人把仅有的一个孩子送到部队。孩子勤奋好学成绩优异,多次参加全军大比武,为他所在的连队夺得了荣誉,并数次立功受奖。老人为有这样的儿子而骄傲,在他即将退伍的时候,一场强台风袭来,他为了营救被围困的群众而壮烈牺牲。张子坚、方金蝉及同病室的小河南听了暗自流泪,不知如何安慰老人。

大娘擦了把眼泪从伤痛中解脱出来,冲着老伴说:"就是你又提那些陈芝麻烂谷子的事儿。小张,我们应该高兴才对,是吧?"

张子坚使劲点了点头,说:"我们应该高兴点,大爷大娘,过去的事就让它过去吧。现在你们吃得饱穿得暖和,有了幸福快乐的晚年才是我们晚辈所希望的。"

"这孩子真会说话。"大娘喜得合不拢嘴,和他拉起家常,问张子坚家里有什么人,经济状况如何,等等。当得知他的女朋友东方玉也在这个医院时又去看望一番,他们临走时拿出两百元钱塞到张子坚手里,让他买些东西补补身子。张子坚从他们的脸上看出他们获得了很大的满足,像是完成了未了的心愿而格外高兴。老人晚年的生活是幸福的,但他们在即将走完生命历程的时候却不能享受儿女绕膝的天伦之乐,心中便有了一份缺憾。在张子坚身上他们找到了儿子的影子,空虚的心灵得到了慰藉。因为两位老人张子坚想起了远在千里之外的双亲,爸爸体弱多病,母亲肩负着全家的生活重担是多么艰难。这些年弟弟在学校读书,自己在温海打工,漂泊了许多年却没能在父母膝前尽孝。不知家中近况怎样,双亲的身体好吗?思乡之情在他心中升起,由模糊而清晰,越来越强烈。

"想什么呢?这么魂不守舍的。"方金蝉靠近他轻轻地问。

张子坚从沉思中醒来,说:"想家了,想起了我的父母亲。我们兄弟俩都在温海,他们病了可没有人照顾。"

小河南说道:"我说子坚,这就是你的不是了。出家不问族,既然出门在外又怎么能照顾家里?在他乡流浪的日子是不好受,心中总有一份牵挂,想念家中的父老,可又有什么办法呢?只有写一封信回去报一声平安,寄些钱回去给家人以慰藉。"

张子坚心情沉重地说:"古人说'忠孝不能两全',守着家中几分地日子不好过,是艰苦了些。在外漂泊了这些年我终于懂得了思乡的滋味,让人难以忍受。"

"你们别说了,再说我要流泪了。"方金蝉打断他们两个人的谈话,三个人唏嘘不已,各自想着心事。她忽然想起了什么走了出去,说道:"我去东方玉那儿看看。"

"张子坚,你和她到底是什么关系?"方金蝉走后小河南神秘地问。

"和谁呀,能有什么关系?"张子坚避而不答。

"别装蒜了,你可真是艳福不浅哪。那年王珊暗恋着你,可她脸皮薄铸成大错,让东方玉后来居上,把你给抢去了。你和东方玉做了夫妻却双双倒在病床上,谁知又来个老乡侍候你。方金蝉长得那么漂亮,对你可是一往情深。"小河南说。

"你胡说些什么呀,她是陈经理花钱请来侍候我们的,对你不也是一样吗?"张子坚打断他的话说,其实他心里清楚方金蝉心里在想些什么。

"张哥,你说得倒轻松,陈经理为什么不找别人侍候你而找到她?你想想,这些天她睡了多少安稳觉,吃了一口热饭没有?一个大姑娘照顾一个大男人多有不便,如果她心中不是爱着你能尽心尽力吗?我只是沾了你的光,要是她侍候我也能这么温柔体贴,我愿意在这儿躺上一年半载的,也是一种享受。这些天我看着她都觉得十分可爱了,能遇上这样的一位红颜知己,也是人生的一大幸事。"小河南十分讨好地说,"张哥,你做个媒,把方金蝉介绍给我,我会好好待她的。"

"你自己和她说不就行了,还要我说干吗。"张子坚觉得好笑。

"你和她是老乡,你的话当然管用了。你说你和东方玉做了夫妻,让她死了这份心,并说给她介绍个更好的,就是我。"小河南说得兴高采烈,似乎方金蝉已是他的恋人了,"再说,我也是给你解围呀,你有一个漂亮的东方玉够消受的了。告诉你吧,女人嘛,有一个终身知己是家财万贯,多了是红颜祸水,会把你淹死的。只怕我是落花有意流水无情,她会真的爱上我吗?"

小河南叹了口气躺下去,望着天花板出神。张子坚暗笑,你哪里来那么多歪理论,劝他道:"小河南,你只要改掉那些坏毛病,还愁找不到一个女人吗?公司里女孩那么多,还不是任你挑选。"

"如果能这样就好了,张哥,以后你监督我,如果我改不掉那些坏毛病你

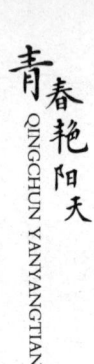

骂我。"

"光是嘴上说不行,重要的是行动,仅仅是说了而不努力地去做有什么用?"

张子坚的话音刚落门外响起了嘈杂的脚步声,陈经理引着一群人进来。他指着身边的老人介绍说:"张子坚,李市长带领市领导看你来了,这位是市长李长仁同志。"

李市长紧紧握住张子坚的手,深情地说:"小张,你是好样的。你的高尚品质和对工作认真负责的态度,为抢救企业财产而舍生忘死的大无畏精神让我们感动。你是我们学习的榜样,是打工者的杰出代表,希望你早日康复回到我们中间来。"

张子坚欠了欠身子,根本爬不起来,说:"李市长,您这么忙还来医院看我,真是太感谢了。这一切都是我应该做的,换了别人也会做。很惭愧我没照顾好大家,让工友受了伤。我的病倒没什么,很快就会好的。"

李市长说道:"小张,从你身上我看到了中华民族的美德,你自己伤得这么重心里还想着别人。在这次强台风中,我们温海市的损失达到一百个亿,许多企业被淹,其中就有抱着侥幸心理对这次台风估计不够。如果每个人都能像你这样,我们的损失可以减少许多。"

张子坚说道:"那几天陈经理出了差,把这么大一个企业交给我管理,是对我的信任。那天晚上我见风太大雨势猛,将危及仓库的安全,便把仓库的门砸开,大家一齐努力抢救了所有的物资。这也是大家一起做的,我一个人又做得了什么?温海市许多好心人都为我送来钱和贵重礼品,真让我受之有愧。"

"只是礼轻仁义重,这也是温海人的一点心意,收下无妨。"李市长哈哈一笑说道。

陈经理说:"如果没有你的果断决策,迟一刻钟就来不及了。在这次台风中有一部分企业因为没有人组织救援,眼睁睁地看着公司被淹,造成巨大的损失。是你挽救了我们公司,让我们企业免受灭顶之灾。不管遇到什么样的情况,我都会把你的伤治好的。"

"汪院长,小张的病情怎么样?有困难吗?技术力量一定要跟上。不能因为我们的失误耽误了病人的治疗,这样对不起全温海市民,对不起二十万打工者。"李市长对站在身边的汪院长说。

"小张的腿部手术比较成功,目前病情比较稳定,加上护理得当,只要不出现差错会有奇迹出现。"汪院长解释说。

"那好,特殊问题特殊对待,像他这样的病人以养为主,护理是关键,给他请护工了吗?"市长关心地问。

"请了,是张子坚的老乡,一个女孩儿。"陈经理答。

"一个女孩儿?"李市长有些不太相信,用怀疑的目光看着张子坚。

"是的,她叫方金蝉。"张子坚点了点头,答道。

方金蝉被叫上前来,李市长握了握她的手说:"谢谢你,谢谢你给了小张无微不至的关照,才使得他恢复很快。希望你继续努力,我下次来的时候希望他能站起来。"

"李市长,我来侍候他只有一个目的,就是希望他能站起来,成为一个正常的人。"方金蝉轻声说。

李市长一阵感动,打量了她憔悴的脸庞问:"你好像睡眠不足,一定累了吧,现在侍候几个人?"

"只有小河南病轻些,张子坚和东方玉都是不能下床的重病人。"

"你侍候三个人?"这在李市长看来无法想象,他当然不知道这是爱情的力量支撑着她完成这一繁重的工作。也许是劳累过度的缘故,最近她总有些身心乏力、力不从心的感觉,有几次差点昏厥过去。

"张子坚同志,我要告诉你一个好消息,你已经被评为温海市首届'十佳外来务工者'了,在这里我向你表示祝贺,也希望你继续努力,做出更大的成绩,温海人民不会忘记你的。"李市长说。

"谢谢,谢谢李市长的关心。"张子坚感动得热泪盈眶。

李市长又来到小河南床前和他握手寒暄,并去探望了东方玉。小河南见李市长一行离去,才从惊愕中醒来,说道:"我说张子坚,你哪来那么大的本领,把市长请来了。当大官的人缘就是好,那几句话我听了舒服极了,润透了心肺。今天是沾了你的光,我是第一次见到这么大的官呢。"

"我也和你一样,见了他们不知说什么好,李市长能来真的出乎我的意料。"张子坚极力回味着李市长说过的每一句话。

第十三章　受奖

　　东方玉的心情很不好,只有在高云、素丽等几位朋友来医院探望的时候精神才有所好转。她是多么希望高云不要走,一直在医院里陪着自己,这样就可以不必见到方金蝉和朱彪了,可高云要上班,待的时间不可能太长。说到方金蝉,高云也是闷闷不乐满肚子怨气,抱怨道:"陈经理真是的,是不是得了她什么好处?找保姆找到她头上。她哪里是来侍候你们的,分明是在做不光彩的角色。小玉姐,你可得防着点。"

　　"我看也不对劲,她不在厂里好好干活却跑到医院里来勾引张子坚,她是不是狐狸精投胎?你看她长得这么漂亮,和张子坚是老乡加旧情人。东方玉,你肯定没戏了,弄了个云散高唐水涸湘江。"素丽为她打抱不平。

　　恰好方金蝉推门进来,把高云她们说的话听了个一清二楚,差点气晕过去。她颤抖着手指着高云说:"你们……真卑鄙。"说完掩面逃了出去。

　　"你们别这样说她,这些天还真得感谢她给我体贴周到的护理,她整个儿瘦了一圈。"东方玉阻止她们说。

　　"小玉姐,她抢了你的男人你还这么护着她,看吧,将来有你受的。如果我说错了可以去看看,她一定在搂着张子坚诉苦。"高云说着拉着素丽往外走。

　　"高云,你们别去,给我回来。"东方玉对着她们的背影喊道。

　　方金蝉跑到张子坚的病房里嘤嘤哭泣起来,其实她心里清楚,东方玉对自己并不友好。自己每次给她喂饭、换洗衣服她表情都很冷淡,只是没有说出来而已,是一个失去健康的人对别人的依赖和机械的服从。只要她不说出来自己也装作没看见,只要她能早一天康复,做一个正常人,自己受的这一点委屈又算什么？万万没想到的是为东方玉付出许多得到的却是这样的评价，一个守身如玉、有情有义的姑娘被她们敌视，在她们的口中如此不堪，真是人言可畏，方金蝉能不委屈吗？

"金蝉，你怎么啦？有谁欺负你了？"张子坚问。

"……"

"有什么话就说吧，是不是东方玉惹你生气了？她脾气是有些不好，你多体谅她吧。我这辈子欠你的实在太多了，我该如何感谢你呢？"张子坚说。

"谁要你谢了？我……"方金蝉擦干眼泪欲言又止。

正在这时，高云和素丽闯进来气势汹汹地瞪着方金蝉，用恶毒的语气说："我说得没错吧，来这儿诉苦了。你长得这么漂亮还愁找不到男人？只要到大街上用手一招，你后面就排成了长队。可你倒好，非要夺别人的老公，恬不知耻。"

张子坚阻止道："高云，你胡说些什么，她做错了什么吗？"

"问她自己吧，还有你，张子坚。"高云用手指着他逼近了一步，咬着牙说，"你如果抛弃小玉姐，做一个陈世美，我可饶不了你。"

"我什么也没做错，对得起东方玉对得起自己的良知。"方金蝉狠狠地顶了一句向门外跑去。

"金蝉，你去哪里，快回来！"张子坚喊道。

小河南见他们闹得不可开交只好过来劝架，说道："你们别吵了，我天天在这里什么都看见了，他们是清……"

高云口齿伶俐，见小河南插话忙朝他开火："你说，你在这里都看见了什么，说出来听听。"

小河南见她错误地理解了自己的意思，忙解释说："我是说他们没有不正当的关系，你尽可以放心。"

高云逼近他，喷了他满脸的唾沫，说道："他们之间有什么事儿还能告诉你吗？你在这里只是当个电灯泡。"

小河南搔着头皮，似乎不解地问："什么？我当电灯泡？"

这时门被推开了，只见朱彪推门进来说道："你们在这里呀，小玉她怎么了,她一个人在那里哭。"

高云一看是他更是气不打一处来,说道:"哟,黄鼠狼又来给鸡拜年了,和你说了多少遍你总是不听,老是缠着人家。告诉你,小玉被人欺负了,有种的话就帮她出出气,显示你的本事来。"

朱彪满脸媚相,讨好地问:"是谁?你说出来我一定办到。"

"素丽,我们走,别理他。"高云说罢,拉着素丽离开了。

"你说话,可别走呀。"朱彪追了出去,出门的时候用歹毒的眼光看了张子坚一眼。他想,高云说的欺负东方玉的人一定是张子坚,就是高云的不经意的一句话差点送了张子坚的性命。

周媛媛见方金蝉泪流满面地闯进来,不解地问:"你这是怎么啦,和张子坚闹翻了?"

"不是他。"方金蝉使劲地摇了摇头,只顾哭泣。

"那是谁?你说话呀,光哭有什么用。"周媛媛继续问道。

哭够了,方金蝉把这些天来受到的委屈以及刚才高云、素丽对她的侮辱全说了出来,心里觉得轻松多了。

"高云怎么能这样怀疑人,捕风捉影的话可不是随便乱说的。下次王光水来了我一定要告诉他管管这张嘴。天快黑了,你回去吧,张子坚的病正是关键时期可离不开你。"周媛媛推了推她,又说,"别任性了,子坚可没得罪你,你不是说只要下定了决心就会把工作做好吗?不是我赶你走,而是子坚确实离不开你。对于东方玉,你也不必计较,话又不是她说的。"

"我知道她并不欢迎我,只是没有说出来而已,你说我是不是太傻了?"方金蝉低声说道。

"这种事换了谁也会脑筋拐不过弯来,你为她想想,她能高兴吗?陈经理不是给了你工资吗,侍候他们是你的工作。只要自己行得正,别人怎么说都不用管,又怎么能叫傻呢?"周媛媛说着拿了几份盒饭塞到她手里,说,"去吧,带些饭过去,今晚就不用花钱买了。"

方金蝉很不乐意地离去,慢慢吞吞地回到医院里。刚进门朱彪跑过来叫她:"方、方姑娘,无论我怎么劝小玉,她都不开口说话也不吃饭,你去看看吧。"

方金蝉冷冷地说道："你去找高云好了，别来找我。"

朱彪央求道："高云在公司上班，路又远不可能来的。你天天在她身边了解她的性格，麻烦你去一趟吧。"

张子坚也说道："金蝉，你去吧，去劝劝她，不吃饭怎么行呢。"

方金蝉的倔劲上来了，说道："有那么多的人关心她，可有谁关心我？这么长时间我付出了多少汗水，得到了什么？得到的是满身脏水和流言蜚语。高云能干，为什么不来侍候她？我不去！"

朱彪祈求道："方姑娘，我求你了，在这里她只听你的话。"

张子坚恳求着："这一个月的时间里你受了苦受了累，都是因为我。我是看在眼里记在心里，下辈子做牛做马都会还你这个人情。金蝉，你去一趟吧。"

"别说了，只要你能理解我我就心满意足了。我去，行了吧。"

东方玉正在闭目养神，根本不想看朱彪的那副嘴脸。方金蝉把饭送到她嘴边，说道："小玉，吃饭吧，中午你没有吃饱，肚子早饿了。我知道你对我抱有偏见，认为我不是个好女孩，会干出不干净的事来。我要告诉你的还是那句话，我和子坚是清白的，等你们病好了以后我会选择离开，决不打搅你们。"

东方玉叹了口气，慢悠悠地说："金蝉，我对不起你。说实在的，我的确憎恨过你，不希望你在这个时候出现。可命运是如此的捉弄我们，你和张子坚有过从前，而朱彪，站在你身后的这个人从遥远的乡下追来，难道说我和子坚的缘分已尽了吗？你说这是为什么？今天下午高云对你如此无理很令我不安。我知道你不是那种女人，如果要抢走张子坚尽可以光明正大地去爱，更没必要来医院为我们遭罪，我欠你的情这辈子怕是还不清了。"

"说实在的，自从去年年底我和张子坚相遇，我就想起了难忘的初恋，我还深深地爱着他。但我们没有越雷池一步，对得起你，对得起自己的良知。"方金蝉说。

"在漫漫红尘中，爱情究竟是什么？我们曾向往、曾憧憬，曾轰轰烈烈地去追求,到头来有情人走上殊途,世上多了一颗受伤的心。我们相信缘,又受制于缘,无法想象我们的未来会是什么样子。哀莫大于心死,我的精神已到了崩溃的边缘。你知道吗?我爸爸要来温海了,他是个魔,是我无法跨越的鸿沟哇。"东方玉重重地叹了口气,痛苦地闭上了眼睛。

"小玉,别说得这么悲观好不好,你还有很长的路要走呢,前方的路会更加美好,你有一个幸福的明天。"方金蝉劝道。

几天以后小河南病愈出院,张子坚看着他收拾行李羡慕极了,说:"小河南,你离开了,我孤孤单单的一个人在这里可寂寞了,常来看看我啊。"

"我会常来看你的,也希望你早日康复回到公司去。张哥,我走了对你还有一个好处。"小河南故作神秘地说。

"什么好处?"张子坚不解地问。

"高云说我在这里当电灯泡,这回就不用我给你照亮了。"小河南笑嘻嘻地说。

方金蝉从门外进来,听见他俩谈话,问:"什么灯泡,什么照亮?"

小河南扮了个鬼脸,诡秘地笑着:"方姐,我走了你可得把张哥'照顾'好,侍候得舒舒服服的。"

她没理解到他话里的含义,爽快地回答:"你放心吧,我当然会把他侍候好,只是你不在这儿没有人陪我们聊天了。"

"我不在没关系,只要对你们有好处。"小河南向张子坚挤了下眼睛出门而去。

方金蝉这才听出他话里的含义,追到门口问:"喂,你这话是什么意思?"

张子坚摇了摇头,说:"这个小河南,总是改不掉这个毛病,净说些瞎话。"

首届"十佳外来务工者"颁奖大会在市政府的大礼堂如期举行,主席台上方悬挂着"温海市首届十佳外来务工者颁奖大会"的横幅。市长李长仁同志及有关政府负责人在主席台就座,台下坐满了社会各界群众,整个会场气氛庄重而热烈。主持人发言完毕,李市长发言:

"同志们，朋友们：

"今天我们在这里聚会，热烈祝贺温海市首届'十佳外来务工者'诞生。大家都知道，来温海的打工者达二十万之众，是温海市总人口的五分之一，在温海数万企业里到处都有打工者的身影。正因为有了打工者的积极参与，才有我们经济的飞速发展，是他们托起了我们经济腾飞的半壁江山。很难想象，假如有一天打工者都离开了温海，我们的企业会是什么样子，有几家企业能够正常生产。打工者已经融入我们温海这个大家庭，是其中的一分子。以前我们走过弯路，对外来务工者重视不够。企业主有克扣工人工资等现象，使打工者和企业主之间矛盾突出，给社会增添了许多不安定的因素。《中华人民共和国劳动法》颁布实施后，我们依法行政，依法管理外来人员，收到了良好的效果。我们理顺了打工者和企业主之间的关系，为保护打工者的正当权益做了大量的工作，收到了良好的效果，也激发了打工者爱岗敬业的激情，涌现出一批优秀人物。今天，我们在这里表彰的是他们的优秀代表。

"在这十个人当中，我特别要提到的一个人就是嘉茂鞋业公司的高层管理员，来自大别山那片红色土地上的张子坚同志。这些天，大家都从媒体上了解了他的事迹。也许会有人说，他是因为在这次抗洪抢险中表现突出才被评为'十佳'的吧？我要告诉大家，事实并非如此，早在十七号台风发生以前，他就参加了'十佳'的评选，而且一路过关斩将，获得了评委们的好评。这次台风中他的精神境界得到升华，在人生的旅途中写下了灿烂的篇章。今天来为他领奖的是他的弟弟张子华，他们兄弟二人告别家乡，把青春和热血献给了我们温海。如今，张子坚和他的女友东方玉还躺在医院的病床上，他们为我们付出了血的代价。这样优秀的青年难道不应该给予奖励吗？难道不值得我们学习吗？"

他的话被热烈的掌声打断，李市长用手压了压继续说："我们政府要以这次大会为契机，加强对外来务工人员的管理工作，提高他们的社会地位，激发他们爱岗敬业的精神。我们也寄希望于二十万务工人员，你们要继续努力，温海人民不会忘记你们的，在这里我谨代表温海市人民政府、温海人民谢谢你们了。"

又是一阵热烈的掌声。接着"十佳"代表上台发言。吴国风因为有了初具规模的"皖西风味馆"而小有名气,成为打工一族的佼佼者,自然在"十佳"之列。他代表受奖的打工者发言。

"温海市各位领导、各位来宾、朋友们:

"我叫吴国风,来自大别山那片热土。几年前,我们踏上温海这片富饶的土地,为了寻找一份工作,我们曾痛苦、彷徨,也目睹了温海这些年发生的巨大变化。但我们没有迟疑,没有退缩,经过一番努力终于闯过来了,有了属于自己的一片天空。

"刚才,李市长高度赞扬张子坚。是的,他是我儿时的伙伴,坐同一趟车来温海的。他是一个优秀的青年,在家孝敬老人,在公司忠于职守,兢兢业业。是大别山的水土培育了他优秀的品质,是大别山的灵秀给了他朴实无华,是大别山的雄奇给了他智慧和灵感。我们为他感动和骄傲,希望他早日康复,为温海的建设添砖加瓦。

"各位打工的兄弟姐妹们,让我们携起手来,为建设新温海而努力工作,为第二故乡的发展做出自己的贡献。昨天我们努力了,今天我们仍在努力,明天的温海会更加美好,祖国会更加富强。"

表彰大会结束后,张子华和吴国风来到张子坚的病床前,把烫金的荣誉证书递给他。张子华说:"哥,这是温海人民给你的深厚情意,好好收藏吧。"

张子坚把证书打开看了又看,心中翻起一阵热浪,忘记了伤痛,幸福地笑了。

随着一场声势浩大的"严打"行动在全国展开,黄林的逃亡生活日益艰难。那天夜里他为了救女友周小莉,无意中将阿军杀死,然后抢了他的钱和手枪逃了出来。干这一行他有着丰富的经验,他连夜逃离了温海。正如他计算的那样,当警方怀疑到他的时候,他已经远离温海数千里了。就这样,他开始了长达数月的逃亡生涯。然而,东躲西藏的日子不好过,他走在路上总觉得有无数双眼睛在盯着自己,因此白天很少上街,龟缩在偏僻的小旅馆里,惶惶如丧家之犬。他也曾在建筑工地做过临时工,终因太累吃不消而放弃。

黄林有些后悔杀了阿军,那时能理智一点多好,今天就不用这么东躲西藏了。在嘉茂鞋业公司上班的几天时间里,他因为被自己的承诺束缚了,满以为这样就能改掉偷抢的陋习,脱胎换骨成为一个对社会有用的人。可事与愿违,周小莉打来电话,把阿军说得那么可怕。不巧的是阿军无意中返回,两个人相遇,矛盾激化。他不敢想象,假如没有周小莉的舍身相救,死的肯定是自己,周小莉却付出了生命的代价。如果当初果断地带着她远走高飞,就不会落到今天这个地步。这使得他开始想念表哥吴国风和张子坚、王光水,如果当初听了他们的话不干违法的事儿,做一个自由人多好。然而春光不再,属于自己的一切不可能回来了,黄林心中升起一阵悲凉。

一条人命案及数十起抢劫案压得黄林喘不过气来,他知道,只要落入公安人员手里就意味着生命即将结束。躲一天算一天吧,这个城市待不下去了就换一个地方,几个月来居无定所,他走了许多城市。身上的钱快花完了,这样下去可不行,必须找一个安全的地方。他心里一亮,干脆去大西北算了,那里地广人稀,是个理想的藏身之地。几经辗转他终于到达西部某都市,在车站指示牌前他傻眼了,这么多个地方该去哪里呢?看看天色已晚只好明天再走了。他便在附近找了个小旅馆住下,睡到半夜忽听有人敲门,他吃了一惊,睡意全无。

门开了,两名警察走进来,其中一个命令道:"把你的身份证拿出来看看。"

是查房的,心里一块石头落地了。黄林拿出身份证递了过去,两名警察对着照片看了看觉得不太对劲。

"你叫什么名字?哪里人,来这儿干什么?"警察声音不高却透出威严。

"我叫高安,湖北人,来旅游的。"面对公安人员犀利的目光他心虚了,但仍装出很冷静的样子。

"那好,跟我们到派出所一趟。"民警命令道。

只要去了派出所什么都完了,他在心里喊着"绝不能跟他们去",猛地掀开被子拿出手枪。两位警察眼疾手快扑了过去,将他按倒在地。派出所连夜审讯,黄林只说身份证是自己的,枪是偷来的,其他的一字不提。又一位公安人员走进来,拿出一张纸递给正在审讯的同行。

"你叫高安?那么黄林是谁?"

一张通缉令放在他面前,上面有他的照片,事实确凿。"完了完了。"他无力地瘫软下去。三位警察爽快地笑了起来:"今夜收获不小啊,抓了条大鱼。哟,快一点钟了,肚子早饿了,走,吃夜宵去。"

温海市公安局得到消息非常高兴。黄林杀人抢劫案已被省公安厅列为重点侦破大案,全局上下为了寻找黄林的踪迹想尽了一切办法,并为此投入了数万元的经费。如今得知他在西北落网怎么能不高兴呢?经过一番交接,黄林被长途押送回温海,法律的机器像上了润滑油的发条,飞快地运转起来。

审讯中,黄林勉强地抵抗了一阵子,对杀人案做了如实交代,对所犯罪行供认不讳。由此供出一个叫二毛的团伙,顺藤摸瓜不久将其抓捕归案,调查取证工作紧张而有序地进行。

吴国风走进病房,问道:"子坚,你的病好些了吗?"

张子坚高兴地说:"多亏方金蝉的付出,我的病比以前是好多了。"

吴国风接着说:"我刚才听说了,说是我表弟黄林被抓了,已经从西北押解回了温海。"

张子坚无奈地说:"黄林被抓只是迟早的事儿,并不奇怪。我们家来温海的有数千人,就数他不争气。善有善报恶有恶报,杀人偿命天经地义,这下倒好,再也出不来了。"

这在当初四个人一同来温海时是谁也没有预料到的,吴国风更是恨铁不成钢,为表弟走上犯罪道路而深感痛心。

"杀人?他怎么会这样呢?"方金蝉听了张子坚的述说吓了一跳。

"要说原因真是一言难尽,他也试图改正但已经迟了,是他自己毁了自己,我们尽力了。"张子坚摇了摇头。

第十三章 受奖

门开了,两名警察走了进来。"张子坚,你好,我们又见面了。"其中一个眼镜警察走上前来握了握张子坚的手,说道,"在十七号台风中你表现出色,很多人都知道你的名字,今天我们又来打扰你了。"

"我没做什么,你太客气了。"张子坚说,"你们是为黄林的事儿来的吧?作为他的老乡,我只能说他是咎由自取,自取灭亡,我们为他痛心和悲哀。你要问什么就问吧,只要我知道的绝不隐瞒。"

张子坚和吴国风一样,对黄林的犯罪行为并不清楚,提供不出多少有价值的线索。

东方玉的病情日益好转,能下床走路了,她下床后的第一件事是去看望张子坚。她在方金蝉的搀扶下总算挨到了他的床前,抚摸着他用石膏夹着的双腿心都快碎了。同在一个屋檐下,两个人相距不过十几米远,对他们来说似乎有万里之遥。在这条漫漫长路上两个病重的痴情人等待得太久太久,许多思念都化作了无声的祝福,今天的相会让人肝肠寸断。真可谓"酒醉知心者,泪洒痴情人"。

"你瘦了。"张子坚抹了抹东方玉的泪水,伤感地说。

"你也一样。子坚,是我连累了你,如果不是为了我你就不会这样了。"东方玉抚摸着他有些凌乱的头发,定定地望着他。

"别这样说,我们两个人能同时躺在一个医院里也许是一种缘分。现在你身体好了,我们可以天天在一起了。"张子坚欣慰地说。

"子坚,我多么希望能来侍候你,可我身体虚弱力不从心,但我可以来陪着你。子坚,我们的缘分不会太长了,你有一个温柔体贴的方金蝉陪着,我的身后有一个死乞白赖的朱彪。我爸爸已来温海,在婚姻大事上他一直反对我自作主张的。"东方玉的声音很弱,有气无力地说道。

"你父亲来了更好,我和他好好商量,我想他会理解我们的。"张子坚抚摸着她的脸庞温柔地说。

这时朱彪和父亲推门进来,朱彪责怪道:"你身体不好怎么能乱跑呢?以后再也不要来这里了,他有什么好看的,看他那个熊样我就恶心。来,我背你走。"

"不许你骂人！你滚吧，我能行。"东方玉把他推开。

"你——，小人！"张子坚气得说不出话来，可惜不能下床来，否则会狠狠地咬他几口解恨。

"不服气是吧？你癞蛤蟆别想吃天鹅肉了，以前的账我还没找你算呢。你如果再打她的主意的话，我让你一辈子别站起来。"朱彪有些扬扬得意的样子。

东方田也用恶毒的眼光瞪了张子坚一眼，那眼光令他浑身起了鸡皮疙瘩，好不自在。看来东方玉的话没有错，来者不善。

方金蝉陪着东方玉在草坪上散步，走了会儿方金蝉说："小玉，你的身体康复了，子坚不知还要在床上躺多久。我想了许多，还是你来侍候他吧。"

"金蝉姐，我这辈子欠你的情实在是太多了，只有等到来生才能报答了。这世界真是个谜让人捉摸不透，多少有情人难成眷属，多少恩爱夫妻被拆散。昨天，我爸爸提出要我回家养病，如果回去，我和子坚的事就会随风飘散。说真的，我不想回家，家中寻不到我需要的自由，我追求的爱。"东方玉的心冷了，情绪很悲观。

"小玉，别这样想，你还可以和你爸爸商量，说公司里要上班，找个理由留下来。"方金蝉说。

"只能是试试看看，可能没什么效果，我爸爸的脾气我最清楚。况且我在生病期间，一个失去健康的女人怎能同沿续千年的封建陋习相抗衡？"东方玉颤抖着声音说。

"是啊，社会发展到今天怎么还有这种事发生，难道弱者永远是女人的标签吗？你爸爸的思想也太僵化了，把女儿当成了自己的私有物品，这种做法对你有什么好处？"方金蝉也为她鸣不平。

"你说得挺简单，如果真的像你说的那样还要妇联干什么？《妇女保护法》也就可以废除了。在当今社会，这种不平等的事还有很多，我爸爸的所作所为只是其中一例罢了。"东方玉的话一语中的，直指千百年来压抑妇女的精神枷锁。方金蝉听了很是赞同，打心眼里佩服她的见识。

"小玉，你在这儿？让我好找。"她父亲东方田走过来说道。

"我和金蝉在这儿散步,说说话。"东方玉答。

"大伯。"方金蝉礼貌地叫了声,她们在石椅上坐下。

"小玉,听我的劝回家去养病吧,这都是为了你好。大别山那个荒山野岭有什么好?我们家乡传说的故事你听得太多了。有土匪,还有野人!"东方田看着女儿认真地说。

方金蝉见他把自己的家乡说得那么坏心中便来气,反驳道:"大伯,你这话可就差了,大别山怎么会是荒山野岭?现在到处是人烟,经济也不差。村民们热情好客,民风淳朴,最有安全感了,哪来土匪?野人更是无稽之谈。"

"怎么,你家也在大别山,真的像你说的那么好?"东方田追问道。

"如果不相信,你可以去看看嘛。"方金蝉说道。

东方田动了怒,满脸愠色,古铜色的脸上青筋一跳一跳的,样子十分可怕:"好你个小丫头,把小玉骗去你们家又来骗我,我会上你的当去你那鬼地方吗?别做梦了。"

方金蝉见他误会了自己的意思,急得不知如何是好。

"爸爸,你错怪她了,她是我们陈经理请来侍候我们的。为了我,她可吃了不少苦受了很多累。"东方玉打断爸爸的话说。

"你别替她说话了,我还看不出来吗?"东方田的鼻孔冷哼一声,"你们这些在外打工的人把心全给跑野了,还能干出什么好事?我已经听说了,你和那个张子坚已经做了夫妻。咳!家庭不幸,出了你这么个不孝的女儿。在你们兄妹四个人当中,我最疼爱的是你,也数你最不听话。"

东方田一脸的痛苦表情,懊丧地低下了头。东方玉知道爸爸是说自己和张子坚同居的事,正要辩几句又怕他动怒,只好默不作声。

朱彪拿了些好吃的东西欢快地跑过来,"大伯,小玉你们在这里哪。"当看到方金蝉在一起时笑容马上消失了,冷冷地说,"你也在这里?"

方金蝉为朱彪的丑恶嘴脸感到可笑,那次东方玉不吃饭来苦苦哀求自己,现在她身体好了,自己就是个多余的人了。东方玉嫁了这样的人能幸福吗?她知道自己是个多余的人,坐在那里反而尴尬,默默地离开了。

朱彪拿出一些食物分给父女俩,说道:"小玉,吃吧,这是温海有名的小吃,味道不错。"

东方玉呆呆地坐着不予理会,朱彪似乎看出什么苗头来,问:"是不是那个姓方的又和你说了什么,这个狗娘养的,看我如何收拾她。"

东方田见气氛有些紧张,劝了女儿几句便找了个理由离开了,让朱彪和女儿独处。看着父亲的背影渐渐远去,再次和他提出想留在温海看来是没希望了,她的眼角流下了两行痛苦的泪水。东方田来到医生办公室,待刘医生送走了客人才走过来。他表情木讷很是紧张,颤声问:"你是刘医生吧?我是东方玉的父亲,我想问一下,我女儿的病情如何?"

刘医生找出病历卡看了看,说:"病人的病情基本稳定,对健康没有太大的影响。"

东方田小心地问:"我想让她出院,回家养病行吗?"

刘医生说:"出院可不行,我是说她病情基本稳定,并不是说基本康复。如果真的可以出院我们会通知你的,绝不挽留。对于不能出院的病人也不能强行出院,我们必须对病人的健康负责。"

东方田又问道:"那是那是,依你看多长时间可以出院?"

刘医生说:"那得看她的病情恢复情况,好的话三五天也行,慢的话也许要十天半个月。你不关心女儿的病情,只想着要她出院这是为什么?"

没想到医生会反问自己,东方田呆了片刻说:"医院里花销大我们付不起,在家养病能省些钱。"

医生见他说得有理也不反对,说:"过了几天再说吧。"

朱彪把东方玉送回病房安顿好以后,见走廊里没有人便偷偷地溜进张子坚的病房。看看他睡熟的样子,朱彪心中升起一股无名火,就是这个人占有了东方玉的心,夺走了自己的爱。那天夜里是便宜他了,今天可不能失去这个机会。我要他在这个地球上消失或者永远站不起来,才解心头之恨。

张子坚嘴角挂着微笑,对正降临于自己头上的噩运毫无知觉。朱彪唰地拔出水果刀慢慢地向他的胸口逼近,在离张子坚身体一尺远的地方却停住了。朱彪的脑海里激烈地斗争着,如果将张子坚杀死自己能逃得了吗?医院里来来往往的人很多,一旦被人发现自己可就完了,自己也别想得到东

第十三章 受奖

方玉。朱彪虽然干过一些坏事儿,但杀人的事从未干过,手心出了汗开始发抖。早听说张子坚将站不起来了,如果为了他葬送了自己太不合算了。何况自己即将带着东方玉离开温海,他一个病人能掀起什么风浪来?朱彪有些举棋不定。

正在这时病房的门开了,朱彪吓了一跳马上把刀藏起来正欲离去,方金蝉扶着大娘走进来,见到朱彪紧张的样子,不解地问:"你怎么在这儿,不去陪小玉来这儿干什么?!"

"我、我来看看他,见他睡熟了没叫醒。"朱彪表情很不自在,说完逃了出去。

在朱彪转身离去的时候,方金蝉突然看到他衣袋里露出的刀子疑心大起,叫醒了张子坚问:"刚才朱彪来这儿,你说他来干什么?"

"你搅了我的好梦。他来过了?我不知道呢。"张子坚说。

"他表情反常,好像要对你下毒手,以后睡觉可得机灵点,别遭了他暗算。"方金蝉叮嘱道。她接着说:"大娘为你熬了骨头汤,趁热喝了吧。"

"大娘,又让您费心了,我该如何报答你呢?"张子坚感激不尽。

"俗话说吃啥补啥,吃了骨头汤对你的骨伤很有好处。"大娘慈爱地看着他,心里美滋滋的。

第十四章　离别

　　两个月的时间过去了,张子坚的双腿出现了奇迹,能下地走路了。他拄着双拐由方金蝉搀扶着艰难地移动着步子。"慢一点,再来一步。"她鼓励着,每走一步他都要付出极大的努力,支持不住了便休息会儿。

　　"小时候走路有母亲牵着我,没想到现在还在学走路,不同的是扶我的是你而不是母亲。医生早就说过我没有站起来的希望了,可我还是站起来了。金蝉,是你给了我第二次生命,你是我的再生之母哇。"张子坚动情地说。

　　"子坚,我早就说过,只要你能站起来我付出多大的代价都值得。上天有眼,你终于站起来了,这是给我最大的回报。世界本来就没有完人,只要有健康的思想是个跛子又有什么关系呢?"方金蝉本来还想说,"这不是医学上的奇迹,是爱情的力量,是我的爱才让你站了起来。"不过,现在有一个条件对她很有利,东方玉快回家了。

　　"你说东方玉真的要走?她怎么能这样,丢下我不管呢?"张子坚的心里一阵绞痛。虽然方金蝉天天陪伴在身边,却无法代替东方玉在自己心中的位置,张子坚视她为今生唯一的知己。

　　"其实她真的不想走,被逼无奈只好屈从了。"方金蝉说道,"你累了,回去歇歇吧。"

　　张子坚忍着疼痛,咬了咬牙躺下了。东方玉的爸爸东方田推门进来,他来温海有许多天了,很少来张子坚的病房。他对张子坚有一种敌视,这是他不来探望张子坚的重要原因,不知他这次来要干什么。

　　"东方大叔,请坐。"张子坚礼貌地让座。方金蝉搀过东方田的骂,一个人溜了出去不予理会。东方田打量了一下房间,在凳子上坐下来却不开口说话,似乎在找一个恰当的时机开口。

"大叔难得来我这儿坐坐,真是稀客。小玉的病好了吗?今天怎么没看到她?"张子坚笑着问。

"小张,我今天是来告诉你,你和小玉过去的事我不计较,但到此为止。朱彪要来,我怕你俩闹矛盾发生意外,没让他来。小玉已经出院,明天就要回家了,我今天是来向你告别的。"东方田慢条斯理地说。

"什么?明天就走,小玉她答应了?"张子坚急切地问。

"她当然不想走,但她身体没有恢复。医生说要休养两个月才能干活,在温海花销大,没人照顾,回去对她有好处。"东方田解释说。

"她还会来温海吗?我在这里等着她。"张子坚问道。

"我刚才说过,你们之间的事到此为止。我的态度是不变的,以前我反对她嫁到远方去,现在还是这样。上次朱彪带来的那封信是写给小玉的,也是写给你的,相信你已经看到了,我这里没有重复的必要。"东方田言简意赅,态度明确。

"大叔,你不是说那封信吗?现在物归原主。小玉不想看,我也没兴趣看。"张子坚从被子底下找出那封信递给他,看到他那盛气凌人的样子也有些反感,对他不再那么友好了。

东方田接过信看了又看,满脸怒色,说道:"信怎么在你这儿,居然没有拆开?原来是你把信藏起来了。你年纪不大胆子倒不小,居然私藏别人的信。小玉这么不听话,原来是受了你的蛊惑。"

张子坚毫不客气地说:"这件事是我干的,不关小玉的事。我劝大叔一句,现在是新时代,不要拿老眼光看这个世界,不要像防贼一样防着女儿。她长大了,有自己的感情生活。你处处说关心她爱护她,结果是害了她,葬送她的幸福生活。"

东方田提高了音量,斥道:"你口气不小嘛,敢来教训我。像你这种没有家庭教养的人我就是看不惯,小玉怎么能和你这样的人在一起呢!"

"大叔,我没有资格教训您,作为一个晚辈也不敢过分指责您,但我说的都是事实。年轻人有年轻人的理想和追求，也有属于自己的生活。我知道小玉不想回去，是在你的被逼之下才答应的。您不妨记住我的一句话，你给她谋求的不是幸福生活，而是痛苦的深渊。"

"好厉害的嘴皮子。"东方田站起来踱着步，继续说道，"我问你，你的老乡黄林抢劫小玉和高云的钱财是怎么回事？在温海你们都这么欺负她，到了你们家，一个远方来的女孩子会有好日子过？"

"那都是误会，黄林也承认错误把钱给退回来了。况且他已被公安局抓了，这又能说明什么呢？"张子坚以事实相驳。

"这也是误会？狗改不了吃屎，山旮旯里的人总改不了野性。"东方田丢下一句话，恨恨地离去。

张子坚被噎得半晌说不出话来，他深深地问自己，难道大别山真是传说中的那么可怕，贫穷是我们的标签吗？不行，我要以实际行动让家乡富裕起来，让他们看看打工不是我们唯一的出路，山里人也可以创造奇迹。东方田的话大大挫伤了他的自尊心，把他心里那份不屈的性格激发出来。今天可以瞧不起我，有一天你会对我顶礼膜拜，看看谁笑到最后。张子坚呆了许久，开始思考那未来的路……

华灯初上，城市的景色非常迷人。张子坚站在窗前想起了东方玉，明天她就要走了，难道不来和自己告别吗？他心里清楚，假如来了只会增加两个人的痛苦，在这分手的时刻不来和自己告别又于心何忍？如果自己的腿好了一定会去找她，问她千百个为什么。这腿呀，这双不争气的腿！

"你站了这么久腿会受不了的，坐下吧。"方金蝉提醒他。

是有些累了，张子坚在凳子上坐下了。

"子坚，我来了。"背后有个熟悉的声音在轻轻地呼唤，回头一看正是自己百般思念的东方玉。

"小玉，我可把你盼来了，我以为你怎么会狠心在这分别的时候不来看看我呢。"沉默了半晌，他又问，"你难道真的要走？我刚下床走路你却要离开我，这到底是为什么，难道没有办法补救了吗？"

东方玉无力地摇了摇头，眼里噙满了泪花，语音哽咽地说道："每个人的家庭处境不同,都有各自的难处。我是不想离开你,不想离开温海,可我是个弱者,这也是女人共同的名字呀。只是这一次分别也许再也没有相见的机会了,请你多多珍重。子坚,今生我们不能成为夫妻,让我们来生再来完成这个心愿吧。"

张子坚说道:"上午你爸爸来找过我,他的每一句话都是瞧不起我们,对我们大别山怀有歧视。既然你回去了,我也不想待在温海,回去建设我们的家乡。总有一天,我们会仰首踏步在祖国这个大家庭里。我相信缘,有缘千里来相会,无缘对面不相逢,只要有缘我们还会见面的。过几天就是你的生日了,我曾答应过给你过生日,看来是没有机会了。"

人生有多少个缺憾,这个小小的缺憾又算得了什么?

"我该回去了,我出来的时候父亲不知道,时间长了他会怀疑的。你的旅程不会孤单,有方金蝉陪着你,我呢,不可能像你这么幸福了。"

张子坚紧紧拉住她的手不放,痛苦地说道:"小玉,难道我们的缘分真的到此为止吗?"

东方玉挣脱他的手走了两步却停住了,猛地转过身来叫了声"子坚",扑进他的怀里,两个人抱头痛哭。泪水一如洪水奔流而出,这哭声令花容失色,令天地动容。苍天做证日月可鉴,一场缠绵悱恻的爱情故事终于烟消云散,留下那凄清的故事让人传说,只有温海这璀璨的霓虹依然在闪烁,也因此带着几分悲怆。哭够了,她站起来拿出个信封递给张子坚,说:"我能和你拥有一份情缘很知足了,无论何时何地我都不会忘记你的,这封信等我走了以后再看。"

方金蝉站在窗前看夜景,见东方玉要走便过来相送。在门口,东方玉又回头深情地看着张子坚一眼,似乎要在这一刻把张子坚看个够,然后迈着零碎的步伐走了。张子坚迫不及待地打开信,一张存款单滑了出来,上面写着他的名字。信的内容如下:

亲爱的子坚:

很高兴我们相识,在两年的时光中,你给了我欢笑给了我真情,也让我懂得了什么是爱。然而,命运对我们不公平,今天伤心地离别。从前的日子不堪回首,假如没有你的相救,也许我已经不在这个世界上了。死去也许是一件很幸福的事,死在你的怀中,也可以免去今日离别的痛苦。你们都说我有惊人的美丽,却看不到我的软弱,古人说红颜多薄命,希望我是最后一个。

我走后,方金蝉会代替我,希望你像爱我一样爱她。愿你早日康复,为你的事业而奋斗。留下一万元钱,算是对你救了我生命的回报。另外,我还要告诉你一件事,我已经有了你的孩子。无论遇到什么情况我都会把他生下来,因为他是我们爱情的结晶,爱情的见证。

分别时刻附上小诗一首:

相见何必曾相识,
相识何必曾相依。
曾经沧海难为水,
相思化作秋雨滴。

爱你的小玉　即日

张子坚丢下信,一跛一拐地来到窗前,只见东方玉和方金蝉出了大门,拐过街角不见了。由于用力过猛他的双腿钻心地疼痛起来,额头上冒出了汗珠,只能无力地坐在地上。方金蝉知道东方玉的心情不好,不知拿什么话安慰她。两个人走了一程,东方玉看着美丽的街景幽幽地说:"上天真会作弄人,我们本来是势不两立的情敌,两个月的时间里却天天在一起,关系那么融洽。难道说张子坚身上真的有吸引女人的东西吗?让人寻死觅活地爱他。"

"我也说不清楚,不过,我是陈经理请来照顾你们的。"方金蝉避开她的话题。

"方金蝉,到现在你还在说着违心的话,你敢说你不爱他吗?难道你不希望我走得早一点吗?现在好了,张子坚属于你了,好好珍惜他吧。"东方玉说道。

"你说得对,我是爱着他,但也希望你早日康复,我可以离开。"

"现在你看到了,离开的是我而不是你。两年前有个叫王珊的女孩暗恋张子坚,因为我的出现她伤心地离去。临走的时候她告诉我说,张子坚是个出色的男人,要我好好珍惜,现在我把这句话送给你了。"东方玉语重心长地说道。

"我会珍惜的,请你多保重,一路平安。"方金蝉停下了脚步,目送她远去。

"祝你们幸福美满,别送了,我走了。"东方玉说完猛地别过头大踏步离去。

第二天上午,东方玉在爸爸和朱彪的陪同下,满怀一颗破碎的心登上了回家的长途客车。看着车窗外飞速后退的建筑物,她的精神崩溃了,瘫软在座椅里。

看守所的会客室里,黄林和一中年男子隔着铁窗而坐。

"黄林,你好,我也姓黄,你叫我黄律师好了。你的案子马上就要开庭了,根据有关法律规定,任何犯罪嫌疑人都有权依法为自己辩护。法庭指派我为你的辩护律师,有几个问题我必须向你调查清楚,希望你能予以配合。"黄律师说。

"我罪孽深重,辩护与不辩护都一样,反正是死路一条。"黄林目光呆滞。

"那可不行,这是法律赋予你的权利,在法庭上你也有为自己陈述的时间。据我所知,你在杀害阿军之前,在你老乡张子坚所在的公司工作了一段时间,说从此改邪归正,不再干违法的事儿,是这样吗?"黄律师问。

"是的,才几天时间。"黄林简单地回答。

"你将阿军打昏以后为什么不报案,而是拿菜刀将他杀死?假如你向公安部门报案也许算戴罪立功,对你很有好处。因为阿军是个具有黑社会性质的团伙头目,自他来温海后已进入公安人员的视线,在对他进行抓捕之前却发现他死在他的房子里,让公安人员白忙了一阵。"

"对这些三言两语也说不清楚,但我的故事可以警醒后人,让别人不再走我的老路。这是条死胡同,是法律的禁区。"黄林开始讲自己的故事,"初来温海的时候,为了找工作常常受到老板的欺骗,工资低,工作时间长,有时还拿不到钱,我由怨生恨,发誓报复社会。后来结识阿勇、二毛更是臭味相投,这么长的时间里做了多少案子自己也说不清楚。今年夏天在祥龙住宅区行窃时,阿勇从七层楼上摔下来,他的死给了我极大的震动,使我良心发现。我决心改邪归正,经过老乡张子坚的帮助进入嘉茂鞋业公司打工。

"事与愿违,我的女友小莉打来电话说阿军有枪支,很害怕,让我过去陪她。谁知阿军中途返回,他说我知道了他的秘密,拿出枪扬言要杀死我,周小莉跪在地上求情也无济于事。周小莉为了救我抱住阿军拿枪的手,于是他朝周小莉连开两枪,随后我手中的花盆也砸到了他的头上。应该说我是出于自卫,因为阿军打死小莉后肯定会杀死我。我作恶多端,报案不是自投罗网么?只有我一个人在现场,我是跳进黄河也洗不清。"

"就这样你抢劫了阿军的钱和枪连夜出逃,躲避公安人员的追捕?"黄律师接着问。

"杀人偿命这一点我懂得,求生的本能使我每到一处都小心翼翼,如同惊弓之鸟。于是我踏上了去西部的旅程,谁知在那儿栽了跟头。"黄林答道。

"还有,你们在上海入室抢劫,杀死一个老人,然后抢走了五万元钱。"

"什么?我的确用刀刺中了那个老人,但当时他确实没死的。"黄林吃惊地说道。

"当时也许是没死,但当公安人员和医护人员赶到的时候,人已经没救了。"黄律师安慰道,"这叫法网恢恢,疏而不漏,你放心,法院会给你公正的判决。"

黄林苦笑了一下,说:"我知道所谓的公正判决意味着什么,是我自己毁了自己,怨不得别人。"

张子坚拄着双拐在草坪上艰难地走路,走了会儿,他觉得累了。"歇会儿吧,这次走了十分钟,时间不短了。"吴国风把轮椅推过来让他坐下。

"国风,你有好多天没来医院了吧,今天是什么风把你给吹来了?"张子坚擦了擦额头的汗水问。

"是有好几天没来医院了,今天是忙里偷闲,陪你说说话。咦,方金蝉呢,她上哪儿去了?"吴国风问。

"她上街了,马上就回来。"张子坚答道。

"你说金蝉这个人怎么样?对你如何?"吴国风试探着问。

"她很好的,两个月来多亏了她的悉心照顾,我的腿才好得这么快。刚来的时候医生说我可能站不起来,这是对我的致命打击,等于宣判了我的死刑。是方金蝉给了我温暖,抚平了我心灵的创伤,我才能重新站了起来。"

"她为你做出了极大的牺牲,你也许还不知道。你刚住院的时候她来看过你几次,惹怒了老板被炒了鱿鱼,她便向陈经理提出要来侍候你。谁都知道病人最难侍候,没几个人能承受得了,更不用说像她这样一个姑娘。她和周媛媛说过,是因为爱着你才选择了这条路,如果心中没有一份执着的情感,她是不会有这些勇气的。高云和素丽侮辱她,东方玉和朱彪敌视她,她都忍受过来了。"

"她刚侍候我的时候我也问过,可她支支吾吾不肯说实话,说厂里不忙向老板请了假。没想到她果然因为我而失去了工作,真叫我心里不安。"张子坚感到一阵内疚。

"东方玉回家去了,你要面对现实。她是被迫回去的,休养只是个幌子,依我看不久就会传来她结婚的消息。你想念她没有错,但是已无可挽回,此情可待成追忆了。方金蝉才是你的生活伴侣,不要亏待了她,让她的付出得到相应的回报。你失去了东方玉,再也不能失去方金蝉了。"吴国风推着他慢慢地走着。

"她的心思我看得出来,但我不能同时爱着两个人。东方玉在的时候,对她可能有些不公平。上天无情,我是得面对现实接受方金蝉的感情了。"

"这就好,你们俩是心有灵犀一点通,只是一层窗户纸未捅破,让我来做这个媒人吧。"

"闹了半天,你是来当说客的?"张子坚如梦方醒。

"说客谈不上,只是想做个红媒,向你们讨些喜糖吃,更重要的是被她的真情所感动,征得方金蝉的同意才来的。"

"难得你一片好心,我先谢谢了。"张子坚拍了拍吴国风推车的手,却发现方金蝉不知何时站在身后,保持着一定的距离。

"金蝉,你什么时候回来的,我们谈话你都听见了?"张子坚问。

方金蝉走过来,脸上飞起一片红晕,点了点头。

吴国风接过她递过来的香蕉说:"看来我这个媒人最好当了。你们也不要什么山盟海誓,山里人嘛讲究朴实无华,只要心心相印,白头偕老就可以了。还有一件事,黄林的案子明天开庭审理了,我准备去旁听,你去吗?"

"当然要去的,我接到通知明天要到法庭上为黄林做证。"张子坚说。

"那好,明天见。"吴国风向方金蝉使了个眼色,转身离去了。

"子坚,回房去吧。"方金蝉推着他往回走。张子坚握住她的手心情很是激动,想说一些感激的话却怎么也说不出来。从今以后,她便是自己日夜厮守的爱人了。

"子坚,当你住进医院,我再次走近你的时候,就做好了各种思想准备。只要有爱,什么样的困难都能克服,至于别人怎么看我不在乎。有句话说,只要选择了远方,便只顾风雨兼程。只有经历了风雨的洗礼,岁月的磨炼,我们的爱情才会纯真,才会隽永。你,才是我的远方。"方金蝉深情地说。

"金蝉,有你这句话我就放心了。让明月做证,我们将永不分离,我的腿好了以后就回家去吧,经营我们的香巢,构筑我们事业的大厦。"

"吴国风刚才说了我们不要山盟海誓,你又犯规了。"她笑着说。

"是啊,我又犯规了。金蝉,我是太激动了,下不为例。"两个人一路欢笑。

黄林的杀人案在温海市中级人民法院如期开庭审理,因为其案情重大引起不小的轰动,旁听席上挤满了大量市民。方金蝉推着张子坚和吴国风找了个不显眼的位置坐下。

法庭庄严而隆重,审判长和审判员入席后,黄林被押上了被告席。公诉方列举了大量的事实,说黄林伙同阿勇、二毛多次偷盗抢劫,杀死二人,伤五人,作案近百起,涉案金额达五十万元之巨,手段残忍令人发指,罄竹难书,并流窜于广州、上海、南京等十多个城市,每到一地都留下了血的罪证。

在上海用欺骗的手法骗开某经理家的门,残忍地将其父亲杀害,并劫得五万元钱。四个月前在江心住宅区发生的血案中,案犯黄林杀害阿军并劫去钱财和枪支到处流窜,在警察检查时拿枪反抗,实属罪大恶极。请求法庭以抢劫罪、故意杀人罪、私藏枪支罪数罪并罚,判处死刑。

黄律师对杀害阿军案提出质疑,认为当事人是正当防卫并非故意杀人。他将案发时的经过陈述了一遍,并补充说是周小莉用生命保护了黄林。因为阿军是一个具有黑社会性质的罪犯,已经失去理智。在这场你死我活的搏斗中,如果黄林慢了片刻那么死的人便是我的当事人。至于后来黄林用菜刀砍阿军数刀,只是解恨而已,已经没有太大的意义了。

张子坚作为证人将黄林进入嘉茂鞋业公司打工,明确表示痛改前非,光明正大地做人一事一字不差地说了一遍。这时很快有人认出张子坚来,两个月前那场台风中的英雄人物。同样的老乡,一个成了"十佳外来务工者",公司高层管理员,受到人们尊敬的英雄,另一个却成为阶下囚,人民的罪人。有人对他们不同的选择,产生如此强烈的反差发生了兴趣。

经过激烈的辩论,法庭认为还有部分内容需要补充,并择日进行第二次开庭。黄林被带下被告席时,猛地朝张子坚、吴国风坐的地方望去。黄林的眼里满是泪水,只是强忍着没有哭出来罢了。这是一个重刑犯对美好生活的依恋,对自己所犯的滔天罪行的悔恨,但世上没有后悔药,一切都晚了。

张子坚和吴国风看着黄林离去,心中很不是滋味,想找一句话安慰他。此时,一切都显得苍白无力,这时有几个人向张子坚围了过来。

"你好,张子坚,我能问你几个问题吗?"有人问。

张子坚抬头一看,这不是记者柳枫嘛?"你好,柳记者,有什么话你就问吧。"

"没想到黄林和你是老乡,你和他走上截然不同的道路,你能说出其中的原因吗?"柳记者问。

"你要问的不应该是两个人而是四个人。"张子坚介绍说,"这位叫吴国风,是黄林的表哥,我们都是儿时的伙伴。还有王光水,我们四个人一同来温海的。几年时间过去了,吴国风拥有数十万资产的'皖西风味馆',我却坐在轮椅上,黄林不用说了。要说他走到今天的根本原因很简单,就是家庭娇生惯养造成的好胜心理,走进复杂的社会分不清善恶,任性行事,让恶性膨胀吞噬了自己。"张子坚心情沉重地说。

吴国风说:"我们几个人的打工经历足可以写成一部长篇大作了。不同的社会经历反映了打工者不同的精神风貌,曲折复杂的传奇故事有很强的现实意义与教育意义。"

张子坚感叹地说:"是啊,我们和千千万万的打工者一样,都是为了一个梦想而来。从家乡来的路都是一条,到这里以后生出许多岔道,成功与失败,光荣与耻辱成了孪生姐妹,真可谓几家欢笑几家愁。"

柳枫一听知道是个难得的题材,看了下手表说道:"时间不早了,中午我请客,找个地方聊聊,怎么样?"

"你请客?好哇,我们中午又可以省下伙食费了。"张子坚笑道。在附近的一家餐馆里,张子坚、吴国风慢慢讲述着自己的故事。柳枫一边问一边记着,直到他满意了为止。

几天以后法院对黄林一案进行二审开庭,这一次没有激烈的争论场面,一切基本定论,开庭审理只是完成一个法律程序而已。法庭上进行一番调查取证,在被控双方没有异议的情况下,经过合议庭合议,进行当庭宣判。黄林因罪孽深重,被判处死刑,待上报高级法院批准后执行。自从被判处死刑那一刻起,黄林的脑海里一片空白,如何从法庭上下来的一点印象也没有。当冷静下来以后他猛然意识到生命的短暂,也许明天就是自己的末日。在拥有的时候不懂得珍惜,只有在失去后才知道它的价值,它的可贵,人哪!早听说吴国风要开一家规模更大些的饭店,现在该开业了吧?张子坚还坐在轮椅上,难道他的腿还没好?看来伤得不轻啊。还有王光水,远在家乡的父母兄弟。

黄林的父母亲接到儿子即将受审的消息,两个人的身体被压垮了,倒在床上躺了数日。哥哥黄森本来是准备参加弟弟的审判旁听的,终于因为心灰意冷没有成行。当收到法院的执行判决书以后才觉得儿子时光短暂,黄林的父亲决定去见一面,不管怎么说后事得办,让他魂归故里,这是后话。

铁门开了,狱警道:"会见。"

黄林从沉思中醒来,来到会客厅,见吴国风、张子坚、王光水、张子华、方金蝉几个人趴在铁窗上等待自己的到来。

"表哥,我……"黄林奔过去紧紧握住吴国风的手泣不成声。

"黄林,别哭。"吴国风找不到合适的话安慰他。

"表哥,我对不起你们啊,我不是人是畜生。你们要以我为戒,别重复我走过的路。"黄林说。

"我们会记住你的教训的,昨天我打电话回去给你家里,你父亲近几天要来看你。"吴国风说。

"我辜负了父母的养育之恩,辜负了外婆白疼我一场,今生是无法报答了,在临死前能见见他们也心满意足了。"黄林哭着说。

张子坚握住了他的手说:"黄林,你瘦了。"

"子坚,听说你在台风中受了重伤,成为人们学习的榜样,为家乡争得了荣誉。可我却给家乡抹黑,给大伙丢脸,真是没脸见你们。"黄林羞愧地说。

"别这样想,一个人哪有不走错路的时候呢?"张子坚劝道。

"别人做错了事也许可以挽回,可我却付出了生命的代价,太沉重了些。"黄林摇了摇头。

王光水走过来,不知如何开口。

"光水,几个月不见你长胖了。"黄林说道。

"我们四个人一同来温海,本来可以干一番事业,过平平安安的日子。你却……我们回去如何向家乡人交代?你走到今天我们也有责任啊。"王光水的眼里满是泪水,低声说。

"不怪你们,只怨我自己,你们对我的恩情只好来生再报答了。"黄林的声音很是沉重。

由于会见时间短暂,王光水说完,张子华马上走了过来。

"你是张子华吧,几年不见我快认不出来了,你也来温海打工了?"黄林关心地问。

"我刚毕业就来温海了,现在在嘉茂鞋业公司打工。想不到我们今天在这里相见,黄林哥,我们再也没时间在一块玩了。"张子华的眼睛湿润了,小时候他们是很要好的伙伴。

"子华,一个人有了知识就好了,懂得法律,不去干违法的事儿,我就不会落到今天这个地步。"黄林说道。

"黄林哥,别哭了,坚强些。"张子华劝道。

黄林勉强地点了点头,答应了。方金蝉走过来,他迟疑了片刻,两个人从未见过面,不知如何称呼。

"这是子坚的女朋友,嫂子。"旁边的王光水介绍说。

"嫂……"黄林的话音还未出口,狱警说:"时间已到,停止会客。"

见了面有千言万语,在这么短的时间里如何说得完呢?黄林只好跟随狱警无奈地回到牢房。

第十五章　伏法

　　黄林向省高级人民法院提起的上诉书很快被驳回,认为量刑适当,维持原判。其实他对上诉书不抱多大希望,自己罪行累累足足可以死三次了。同时省高级人民法院也核准了温海市中级人民法院对黄林的判决,并要求尽快执行,以震慑犯罪分子。公、检、法三部门商量后认为,五天后就是国庆节了,就定在那天执行。
　　皖西风味馆里生意兴隆人头攒动,服务生来回穿梭着,忙个不停。一位年约六十岁的老汉和一位青年人走进来,从那饱经风霜的脸上和朴素的衣着上看出他们是乡下来的。
　　"两位吃饭吗?请坐。"服务员热情地迎接,说道,"我们是纯正的大别山风味,包您满意。"
　　他们两个人根本没心思听她介绍,年轻人打断她的话问:"请问,你们的头儿叫吴国风吗?"
　　"是呀,请问您是……"服务员问。
　　"麻烦你叫他出来,我们是从家乡来的。"青年人指着老人介绍说,"这位是他的姑父,我是他表哥。"
　　服务员现出一丝惊喜,道:"您就是黄林的爸爸?我们的老板早就盼着您来呢。快点进去,我带您去见他。"进了内间,服务员敲了敲门喊道,"吴老板,你家乡来人了。"
　　门开了,吴国风满是欣喜。"姑父、表哥,你们总算来了,快进来坐。"他说着把姑父和表哥让进去,忙着倒茶。这间屋子是吴国风的夫妻的卧室,又是办公室,还放了些杂物,显得有些拥挤。

黄久山接过妻侄递过来的茶杯,哑着嗓子问道:"黄林到底是怎么了?难道他真的被判处……"

吴国风说道:"姑父,您别着急,有话慢慢说,坐了这么长时间的车,肚子也该饿了吧?吃了饭再说。"

黄森说着抹了把眼泪说道:"国风表弟,你不说我也知道,家里早传得沸沸扬扬了。邻居一天到晚都在说他,压得我们抬不起头来。"

黄久山目光呆滞,拳头重重地砸在桌子上,叹了口气说:"我们祖宗几代就出了他这么个不肖的子孙,把全家的脸都给丢尽了。"

吴国风劝道:"姑父、表哥,别生气,事到如今说啥也没有用了。吃了饭我们去看看他,其实他也后悔,只可惜太迟了。"

饭菜很快端了上来,周媛媛热情地招呼着,意在缓解冷淡的气氛,吴国风给他俩斟满了酒。

"还是你有出息,勤劳苦干,有了这么大的一家饭店,两口子也生活得和和美美。黄林有你一半能耐我也不用操心了,更不会落到今天这个田地。"黄久山一杯酒下了肚,又是一声长叹,"他小时候不是很听话吗,长大了怎么就变成这样?"

"姑父别夸他,他犯的错也不小呢,和那个叫林晓梅的……"周媛媛瞟了一眼吴国风说。

吴国风见她揭了自己的短,用腿碰了碰叫她别乱说。

"人哪有不犯错误的,犯了错误能改正就可以了。可黄林呢?杀人偿命的道理难道他不懂吗?是他的一颗心给狼吃了,成了兽类。"黄久山恨恨地说,只可惜黄林不在身边,否则会给他几个耳光以解心头之恨。

黄森见父亲有些醉态,怕他喝多了不好,忙劝道:"父亲,别喝了,喝多了会伤身体的。"

俗话说"无酒伤心,有酒伤肝",今天他更是要借酒浇愁了。

"别管我,我没醉。"黄久山说罢端起一杯酒喝了个底朝天,又要吴国风倒酒。吴国风和周媛媛知道他的心情不好,是被黄林给气糊涂了。在这种心态下喝酒是很容易醉的,便极力劝他少喝,后来干脆把酒瓶拿走了才罢休。情到伤心处,他抑制不住情感的闸门放声大哭起来:"林儿,你为什么要这样呢? 我讲的话你总是不听,你表哥、张子坚处处帮你,你也执迷不悟。现在倒好,白发反送黑发人,你叫我怎么活呀,林儿……"

黄森见爸爸如此伤心,也伏在桌子上哭了起来,过了许久才慢慢平静下来。

"姑父,等会儿见了他,你别生气忍着点,他已经知道自己错了,别在他伤口上撒盐了。"吴国风说。

"嗯,他有两年时间没回家了,你奶奶天天念叨着这个外孙,说什么时候回去让她看看,想不到以后永远看不到他了。他妈妈还念叨着要给他说个媳妇,一切都成了泡影,这是我作了什么孽呀,得到如此报应。"黄久山一把鼻涕一把泪地诉说。

是呀,奶奶得知黄林的噩耗半条命是没了,吴国风开始为奶奶担心起来。

"黄林,会见。"随着开启铁门的声音,狱警高声喊道。

黄林拖着沉重的步子走了出来,这些天他在睡梦中常常想起在山上放牛,在河里摸鱼的无忧无虑的时光,想起和表哥吴国风在古枫下玩耍,缠着外婆唱黄梅戏的天真童年。岁月无情少年不再,现在自己很快要到另一个世界里了。此时,他想见到的是故乡的亲人,最怕见到的也是故乡的亲人,自己是个罪人,无颜面对他们哪。

"林儿。"一个苍老的声音传过来。黄林抬头一看果然是爸爸,还有大哥表哥也来了。

"爸爸""弟弟",隔着铁窗三双手紧紧地握在一起,黄林记不清有多长时间没有这样叫过父亲了。

"孩儿不孝,给家里丢脸了。"黄林看着爸爸苍老的脸庞深情地说,"你老了,脸上又加了几道皱纹,家里人都好吗?"

"家里人都好,我们家已经盖了新楼房,可惜你是看不到了。小弟,你为什么要这样? 你说我们缺什么,无忧无虑地过日子不好吗? 非要寻死路。"哥哥黄森说。

"爸爸,你白养我一回了。这些天我想了很久,留给家人的话是,一定要堂堂正正做人,别再闯进法律这张网里。大哥,我不能在爸妈跟前尽孝了,一定要代替我照顾好双亲,让他们过上幸福的晚年,我在九泉之下也瞑目了。"黄林泣不成声。

"小弟,你放心吧,他们是你的父母也是我的父母,我不会让双亲受苦的。"哥哥泪流满面。

"爸爸、大哥,我有一事相求。"黄林说道。

"孩子,有什么话就说吧,还用得着'求'字?"黄久山说。

"我死后把我葬在咱家屋后的山冈上,让我天天看着你们快乐幸福地生活,看着我们山村一天天富裕起来。"黄林沉着声音说。

"好吧,我一定做到。"大哥答道。

会见时间总是那样短暂,黄林要离去了,在狱警的再三催促下才放开了和父亲紧握的双手。在即将出门的时候,他猛地转身,扑通一声跪倒在地,朝爸爸、大哥磕了三个响头。

"爸爸,您多保重,原谅我这个不孝的儿子吧。您对我的养育之恩只能来生再报答,永别了。"

黄林进去了许久,黄久山还呆呆地望着那扇铁门,似乎等儿子再次出来。

"走吧,他不会出来了,等多久都没有用。"吴国风拉着姑父往外走。

张子坚拄着拐棍在病房里走了几个来回,痛得受不了,脸上却装出很轻松的样子,笑着问:"刘医生,你看我的腿的确好了,不用住院了吧?"

刘医生又给他仔细检查一遍,说道:"你的腿基本痊愈,但也没你所说的那样好。你刚来的时候我真为你担心,以为你站不起来了,没想到恢复得这样快,简直是个奇迹。你现在重要的是休养,以后可不能干重活,以防二次受伤。"

"这么说你同意我出院了?"张子坚高兴极了,伸出手和他握了握,说道,"谢谢你,刘医生,我终于可以回家了。在医院里躺了三个月,快把我憋出病来了。"

"你一定要记住,暂时牺牲一点时间把伤养好,是为了以后有更强的体魄去干事业。你这种和病魔做斗争的精神真是少见,不愧为大山的气魄。"刘医生称赞道,"小方,你去办理手续出院吧。"

方金蝉办理完手续回来,张子坚忙催她收拾东西,她笑着说:"看把你乐得,今天就回去吗?"

"不,先玩几天,到公司里看看,还要去看大爷大娘,这么长时间一直给我熬汤送药,比亲儿子还亲,应该向他们道别。"

这时弟弟张子华推门进来,紧接着黄久山、黄森、吴国风鱼贯而入。弟弟不解地问:"哥,收拾东西干什么,你出院了?"

"是啊,我终于获得解放了。姑父、表哥,你们什么时候到的?"张子坚小时候和吴国风一样称呼他们,习惯了。

"我们昨天到的,听说你的腿伤了,来看看你。"黄久山说。

"其实也没什么,现在全好了。"张子坚走了几步给大伙看看。

"真是太好了。"吴国风说,"你不用回家,在我那儿养伤吧。"

"在外漂泊了几年有些想家了,说要回去养病呢。"方金蝉边收拾东西边说。

"两位老人在家挺不容易的,是该回去看看。只是我坐了轮椅挂着双拐回去,不能给家里帮上什么忙,反而增加了负担。"张子坚有些忧郁地说。

"只要你能回去父母都会高兴的,不在乎是否健康,可我的黄林,他妈妈是永远看不到他了。"黄久山心情沉重地说。

"恰好我也出院了,一块儿回去,我们是坐同一趟车来温海的,也算是陪他一程吧。"说到黄林,张子坚心情有些沉重。

"子坚,我真为你们兄弟俩高兴,你们为温海的建设付出了血和汗。可我的黄林却成为社会的蛀虫,被人唾弃。两个人两条完全不同的道路,我们做父母的是应该好好反思,教训是深刻的。"黄久山说道。

"姑父,别说这些,其实我们也没干什么成绩,不像别人说的那样好。"张子坚谦虚地说。

张子华拿出一封信递过来,说道:"哥,东方玉来信了。"

张子坚拆开信一看陷入了沉思之中,方金蝉觉得不对劲,关心地问:"她信上说了些什么,会来温海吗?"

"你自己看吧。"他把信递了过去。方金蝉接过信,信很简短,但足见她心绪沉重。

子坚:

　　自从那日分别已二十余日,总让我想起我们在一起的美好时光。今天朱彪出去了我便偷着给你写这封信。经过家人的安排,我们将于国庆节结婚,当你收到这封信的时候,我已是别人的新娘了。同时,你所熟悉的东方玉已经死去,留下的是身心破碎,只有一具躯壳的东方玉。

　　你的双腿好了没有?方金蝉好吗?祝你们幸福。你也不要写信来了,那只会增加我的精神负担,让时间淡化一切吧。

小玉

张子坚不愿揭开心中的伤痛,他从沉思中醒来,说道:"子华,还在医院待着干什么,咱们出去吧。"

张子华推着哥哥,吴国风和方金蝉提着大包小包的东西跟在后面,出了医院的大门,张子坚顿时觉得心情舒畅天地宽。他首先要去的地方是他工作过的嘉茂鞋业公司,工友们热烈欢迎他回来。

陈经理问道:"张子坚,你的病已经痊愈了,可以回来上班了吧?"

张子坚答道:"陈经理,谢谢你对我的照顾和帮助,我在温海待了几年时间,想回家去呢。再说了,我的腿还需要休养一些日子。"

陈经理有些诧异,说道:"为什么要回家去呢?公司里的位置我还给你留着呢。"

张子坚急忙解释说:"我坐着轮椅又不能干活,看着公司里热闹的场面我就急,眼不见为净,还是早点回去的好。再说黄林明天就要被正法了,他爸爸和哥哥带他的骨灰盒回去,我也算是陪他走最后一程。"

陈经理说道:"既然这样我也不挽留,希望你的腿好了以后就回来,我们公司的大门永远向你敞开。"

"在这里工作了几年让我学到了很多东西,在医院的三个月时间里我也想了许多,是该回去干一番事业了,下次再来的时候也许我们将是生意伙伴呢。"

"有这番志气就好,我希望能和你合作。早听说你的老乡吴国风的'皖西风味馆'味道不错,明天我们去那儿为你饯行,好吗?"陈经理说。

"好哇,我和吴国风预订一桌,迟了可能吃不上哩,他一定会拿纯正的家乡大菜招待你。"张子坚爽快地答应了。

"也好,她和你一块回去吗?"陈嘉茂指着坐在旁边的方金蝉问。

"他的腿还没好,需要人照顾。我在温海没有工作,决定和他一块儿回去。"方金蝉答道。

"方姑娘,这么长时间让你受委屈了。我谢谢你,是你解除了我的后顾之忧,我才能安心生产。你和子坚一块回去是对的,我衷心祝福你们俩。东方玉有信吗?"陈经理真诚地说。

"今天刚收到她的信,说明天就要结婚了。"张子坚答道。

"这么快?现在的年轻人是越来越看不懂了,我们那时候和女孩子说几句话拉个手,脸都红到耳根了。你和她本来是天生的一对,地造一双,谁都羡慕,谁知好景不长。那个叫朱彪的我也看他不顺眼,贼头贼脑的,东方玉一朵鲜花是插在牛屎粪上了。不是那场台风你俩也不会受伤,这也是我的罪过。"陈经理内疚地说。

"这也许是命吧,该来的自然会来,不该来的拼着性命去抢都没有用。"张子坚淡然地说。

陈嘉茂见方金蝉坐在旁边有些尴尬,觉得自己的话多了点,转了话题说:"过去的就让它过去吧,我看方金蝉不比东方玉差,她不辞劳苦地伺候你这么长时间就说明了一切。你们回去也结婚吧,可以了却一桩心愿。"

方金蝉听了心里甜透了。从办公室出来,张子坚又到各个车间看看,所到之处受到工友的热烈欢迎,大伙儿问长问短的。

"我们张经理就是有本领,撵走了东方玉,又找了个方小姐,你用的是什么招数,教教我们吧。"有人调笑道。

"这是秘密,不能随便公布的。这个秘密只有小河南最清楚,他在一块住院时看了个清清楚楚明明白白真真切切,小河南,是吗?"

"高云说我是电灯泡,没看出什么来。"小河南答道。他的回答引来一阵哄堂大笑。

"我今天来是向大家告别的,住院这么长时间,感谢大家对我的关心和照顾。"张子坚不置可否地笑笑,答道。

"金蝉,那次在医院里我错怪了你,请你原谅。小玉姐临走的时候批评了我,让我向你认个错。"高云把方金蝉拉到一边,愧疚地说道。

"你是为了东方玉才这么做,换了我也会这样。过去好长时间了,我快忘了,还提它干什么。"方金蝉友好地笑笑。

"你真的不计较?我一直为此心里不安呢。"高云的脸上浮起了笑意。

"放心吧,我们还是好姐妹。别忘了,你也是大别山的媳妇,明年你和王光水结婚时我们还要吃喜糖呢。"

国庆节这天,吴国风陪着姑父黄久山和表哥黄森早早地来到看守所门前等候,和黄林见上最后一面。十时左右,对死刑犯的执行工作正式开始。十多辆警车一字儿排开,全副武装的警察维持秩序。在有关负责人的监督下,黄林第一个被押了出来,紧随其后的是二毛,还有三个他们不认识的罪犯。

"林儿——"黄久山大喊一声冲了过去。吴国风和黄森都拉不住,人群里一阵骚动,两名警察过来才把他拦住。此时,黄林脑海一片空白,等一切安排妥当,警笛一声长鸣,响彻云霄。车队缓缓移动,经过市区向行人示众。吴国风拦了辆的士把姑父扶进去,让司机跟上前面的警车。

"那是枪毙人嘛,走得那么慢,耽误时间我不去。"司机不想去。

"耽误时间我补你钱可以吧,你一定要跟上不能落下。"吴国风说道。

司机回头看了一眼坐在后面的两个人,见老者神情萎靡,脸上满是泪痕,青年人也是没精打采的像是遭遇了重大的不幸。他心里明白了几分,问吴国风,说道:"那个警车上有你什么人?"

　　"是我表弟,坐在后面的是他的爸爸和哥哥。"

　　"哪个是你表弟,是那个叫黄林的吗?"

　　"你怎么知道?"吴国风有些吃惊。

　　"我只是猜猜而已。其实那家伙早就该杀,活到今天算是便宜他了。"司机好像对黄林怀有极深的仇恨。

　　"这么说他干了对不起你的事了?"吴国风试探着问。

　　"去年夏天的一个晚上,我拉了三个人去飞机场。机场又那么远我不想去,他们跟我说好话,请我一定帮个忙,我架不住他们的请求,心想都是出门在外挺不容易的。到了一处山脚下,突然一个人说钱包忘在了旅馆里,当我刚停车的时候一根木棒砸在我的头上,我当即晕了过去。我醒来的时候见身上的钱一分都没有了,后来才知道是黄林一伙干的。"

　　"他们抢去了你很多钱吧?"吴国风想找句话安慰这位受害者,可是找不到一句合适的话。

　　"不多,才两百块钱。我也是来温海打工的,谁都知道打工挣个钱不容易。像黄林这种人不杀不足以平民愤,留之何益?前几天报纸上登了一个叫柳枫的记者写的一篇文章,说黄林的两个老乡,一个叫张子坚的成了抗洪英雄,市长都去看他。一个叫吴国风的开了家'皖西风味馆',而黄林却走上了犯罪道路。按说张子坚、吴国风你应该认识。"司机问。

　　"我就是吴国风。"吴国风答道。想不到黄林已激起这么大的民愤,真是死有余辜。

　　"你是吴国风?他是怎么走到今天的你应该清楚。"司机很激动,一路说个不停。

　　吴国风的思绪很乱,不想回答他,也回答不上来,便说:"我也说不清楚,你说呢?"

　　司机答道:"第一是不相信社会,第二是性格所使,自己淹没了自己。"

吴国风觉得他的话很有道理。车队出了城区速度快了起来,他们的车子紧紧跟了上去,在一处采石场停住。黄森扶着爸爸下了车,跌跌撞撞向前奔去。黄林和二毛等人被押下车,面向青山排成一排,随这几声清脆的枪响,五个手上沾满鲜血的罪犯伏法。

皖西风味馆里,张子坚和周媛媛几个人正说着黄林的事儿,见陈经理携妻子进来,连忙热情让座。

"躲在这里说闲话,闹中取静嘛。"陈嘉茂环视四周,打量着屋里的一切,说:"吴老板真是艰苦朴素,这哪是办公室,完全是仓库嘛。"

"陈经理见笑了。我们这种小本经营只好自己挤点累点,没法和你比呀。"周媛媛泡了两杯茶递了过来。

"你呀,比我那时候强多了。在你们这个年龄的时候,我在商海里撞得头破血流呢。"陈经理笑着说。

陈经理的妻子田娟和方金蝉见过几次面,两个人坐到一块说着悄悄话,像一对亲姐妹似的。

"这里清静,我们在这里吃吧。周媛媛,拣最好的点。早听张子坚说你们大别山的美味,今天吃个够。"菜很快端上来了,大家围了一桌。陈嘉茂首先拿起筷子说:"现在我们都是食客,不要拘束,吃个高高兴兴的。媛媛,你也来吃吧。"

"我就不用了,还要到客厅去看看。"周媛媛边上菜边说。

"陈经理,你知道这家饭店的真正老板是谁吗?"张子坚说道。

"这个饭店还有幕后老板,不会是黑社会人物吧。"陈经理故作夸张地说。

"没那么严重,但真正的老板是身边的这位:周媛媛。只是她一个女人不愿抛头露面,把经理的位子让给了丈夫,不信你问问这里的服务员。"张子坚说道。

"真是这样?你不是商界女杰嘛,幸会幸会。"陈嘉茂指着妻子田娟说,"她只能做个贤妻良母,生意场上可不行。"

张子坚说:"这可能是每个人的兴趣不同吧。"

陈经理举起酒杯说:"这第一杯祝张子坚身体健康,旅途愉快。"

大伙儿端起杯子同时饮了,接着第二杯感谢张子坚为嘉茂鞋业公司做出的巨大贡献;第三杯祝张子坚和方金蝉恩爱和睦、白头偕老;第四杯祝张子坚创造辉煌,成为商界精英。每一道菜上来张子坚都要介绍一番:"这是五香骨肉汤,据科学家介绍,猪肉的营养在骨髓之间。这五香骨肉汤就是用我们家产的六谷米和猪腿骨用文火熬煮而成,即使不辅以佐料味道也够鲜美的了。"

这白白稠稠的犹如米粥,陈经理用筷子怎么也夹不起来,便学着他们的样子用勺子去舀,细细品味赞不绝口。

"这是虾米豆腐丁,你看这豆腐切得和米粒一般大小,加上虾米是芳香四溢,别有风味。我们家的菜系与你们家菜系最大不同点是辅以汤汁。谁都知道菜的最大营养是在汤汁之中而不是菜的本身,在吃菜的同时饮一口滚热的菜汤沁人心脾,给人以美的想受。"张子坚介绍说。

"看来你对营养学还有一番研究嘛。"田娟说。

"研究谈不上,对于家乡菜我仅知皮毛而已,只有周媛媛和吴国风才是行家里手。"张子坚笑道。

接着是豆皮鸡蛋汤,这豆皮是豆浆冷却以后形成的薄薄的一层皮,只有纸张那么厚,制作它需要很高的技术,完全手工操作,是纯正的绿色食品。大家兴之所至,开怀畅饮,席间陈经理极尽挽留之词,无奈张子坚去意已决。饭后又说了会儿闲话,陈经理付了账,和妻子满意离去。

这时,张子坚想起该去看看钱大爷和大娘了。这么多天两位老人为自己熬汤送饭挺不容易的,对自己比亲儿子还亲。张子坚到了他们家才知道大爷躺在病床上,已经是癌症晚期。

大娘抹着眼泪介绍说:"因为是癌症晚期,我们感到来日不多。膝下没个一男半女心里空荡荡的,想找个孩子说些心里话。那天从报纸上看了关于你们的报道,便迫不及待地去看你,希望你能理解。"

大爷接过话说:"是啊,我们俩本来不抱多大希望的,因为我们年龄相差太大,生活习惯有很大不同,存在着明显的代沟。没想到我们一见如故,有一种相见恨晚的感觉。"

"原来是这样,你们为什么不早说呢?可我不能报答你们的恩情了。"张子坚心里沉甸甸的,想不到老人的背后有这么多曲折经历,给了自己世间最博大的父爱母爱,叫他如何承受。

"回去也好,你兄弟俩都在外面打工父母没人照顾。打工赚钱固然重要,抚慰老人同样重要。我是过来人,懂得老人心里需要的是什么,期望的是什么。"钱大爷语重心长地说。

张子坚没想到大爷极力赞同自己回去,便指着弟弟说:"滴水之恩,当以涌泉相报。我弟弟子华还在温海,让他常来看看你,上医院买药等跑路的活儿可以让他帮忙。"

张子华诚恳地说:"大爷您就放心吧,您为我哥哥付出了很多,他要回家不能报答你,就让我来替代他吧。"

"那好哇,我又捡了个儿子。"两位老人爽朗地笑起来,他们三个人也被逗笑了。

第十六章　婚礼

出乎张子坚意料的是,有十多位嘉茂鞋业公司的工友到车站为他送行,拉着张子坚的手依依惜别。

"子坚,腿好了之后就回来,我们等着你。"

"我们相处了这么多年,真的舍不得你走,以后常写信来。"

张子坚深受感动,这是与自己朝夕相处的兄弟姐妹,只有置身于他们之中才真正懂得深厚的情谊,体会到离别的滋味。

"谢谢大家,谢谢,下次来温海的时候一定来看你们。"张子坚又和高云说道,"你将成为大别山的媳妇,我们将以最热忱最朴实的礼节欢迎你,我还等着喝你们的喜酒呢。"

"一定,到时候你们要一醉方休,别忘了,你的喜酒我也要喝呀。"王光水说道。

"好你个王光水,不做赔本的买卖,先找我要酒喝来了。"张子坚笑道。

"子坚哥什么时候变得这么小气了,你现在买一些糖分给大家吃吃也是应该的,不信你看方姑娘乐得嘴都合不拢了。"高云道。

方金蝉满脸绯红,羞涩地笑了笑。黄久山紧紧地抱着儿子黄林的骨灰盒,看到车窗外张子坚被人团团围住的热闹场面,他无地自容,恨不得找个地缝钻进去。

"车快开了,走吧。"吴国风分开众人,推着他向客车走去。

车子开动了缓缓离去,张子坚又一次透过车窗挥手。再见了,温海,再见了,相处多年的天南地北的朋友们。望着热闹的街道和向后退去的人群,他想起了很多。想起第一次来温海时途中钱被人偷去,扒排气管的事。想起到处找工作的艰辛,想起和东方玉在一起的幸福时光,想起十七号台风中的危险的经历,更想起东方玉的挥泪离别和方金蝉的温柔可亲。

"子坚,你在想什么呢?"方金蝉靠在他的肩膀上轻轻地问。

"想了很多,这些年的生活经历告诉我,只有艰苦奋斗,勇于进取,才能成就一番事业。五年时间里我目睹了温海发生的巨大变化,从市容市貌的改观,到经济的第二次崛起。从数十万打工者无序的放纵到有效的管理,使之成为经济建设的中间力量。这是中国改革开放,人民富裕的一个缩影,创造了一个东方神话。"张子坚若有所思地说。

"你开口就谈经济发展,快成为一个经济学家了。这次回家养病说不定是塞翁失马,是你人生的一个重大转折点。子坚,放开手脚大干一场吧。"方金蝉鼓励他说道。

"人生得一知己足矣。金蝉,有你的支持我将如虎添翼。"张子坚说道。

客车载着他们穿过一个又一个城市,在乡间大道上飞奔。张子坚归心似箭,希望它快些,快点回到梦中的故乡。面对空旷的田野,他真想大声地呼喊:"故乡,我回来了,漂泊异乡的游子带着一颗炽热的心回来了。"

从祖国的东部沿海向中部行驶,渡过长江,然后驶进群峰叠翠的大别山。公路像一条彩带在山间舞动,汽车像一只大大的甲壳虫在这条带子上爬行,时而爬上山峰,时而跌入谷底,在云雾间穿行,聆听百鸟鸣叫,欣赏山峡飞涧的美景。这一切对于张子坚来说再熟悉不过了,他根本无心欣赏,心里默默念叨着,离家近了,更近了。小镇上早已聚了许多人,都是迎接黄久山父子的。客车嘎的一声停下,人群拥了上来。张子坚眼里充满了泪水,他的心情是复杂的,是喜是悲,自己也说不上来,泪眼中看见母亲也站在人群中。车门开了,黄森爸爸跟在身后,他已经哭干了眼泪,全身不停地抖动着,有些站立不稳的样子。

"林儿,你为什么,为什么会这样?在家不听话,出门在外没有人能管你,就这样了。"黄林的母亲大哭起来。人群中有人跟着流泪。其家人根据黄林生前的遗言,在他家屋后的山岗上找块坟地将骨灰埋了下去。从此他可以每日每夜地看脚下生他养他的这块土地和父母日夜操劳的身影,可以看这纷繁的世界和芸芸众生的潇洒时光。唯有他不能,为了自己的私利,用那可耻的手段伤害了大量无辜生命。因为他,全家人都被钉在耻辱柱上,感到羞愧而无地自容。

张子坚看着他们远去,心里像打翻了五味瓶,酸甜苦辣全涌了上来。那年四个人同时远离故土,带着五彩缤纷的梦到异乡土地上耕耘、奋斗。如今两个人回来了,黄林躺在那冰冷的盒子里,自己则需坐着轮椅拄着双拐。人生啊,是这样叫人捉摸不透,叫人彷徨无奈。

"子坚,你弟弟不是说你受了点小伤吗,为什么拄着拐棍?你的脚……"母亲抚摸着他的双腿问。

"妈,你别急,只是墙倒了把脚砸伤了,现在全好了,不信你看。"张子坚怕妈妈不相信,走了几步给她看。

"子坚,你怎么这样糊涂,这么大的事儿也不告诉妈妈。"母亲心疼地说。

"我是怕你在家着急,没敢告诉你。爸爸呢?他怎么没来。"张子坚问道。

母亲欲言又止,转了话题问:"这位姑娘是哪个?"

"这是我给您带回来的儿媳妇。金蝉,这是我妈。"张子坚介绍说。

"妈。"方金蝉轻轻叫了声。

母亲认真地看着方金蝉,甜在心里,从她手里接过行李,高兴地说:"还站在这里干什么?快点回家去呀。"在乡间小路上走了一程,很快便望见村庄前那棵老枫树。只见枫树下的石凳上坐着个人,正焦急地望着大路出神。

"是父亲!"方金蝉推着轮椅快走几步,父亲也迎了上来。只见他面容憔悴,形容枯槁,明显地苍老了,像是大病初愈的样子。张子坚想起母亲刚才的表情,疑惑地问:"父亲,你的心脏病又犯了?"

"我的身体能好到哪里去?这几天又犯病了,想去接你却走不了这么多路。"爸爸说道。

"你怎么不告诉我呢?都是为这个家给累得。"张子坚关心地说道。

"老毛病,反正死不了。有你兄弟俩寄了钱给我买药吃就可以了,告诉了你反而让你不能安心工作。子华说你受了点小伤,可你却拄着拐棍让人推着,看来比我严重得多,你也没告诉我们真实情况呀。"父亲的心情很乐观。

母亲眼里噙满了泪花,说不出是高兴还是伤心,让老伴和儿子逗笑了,说道:"你们两个男人,身体都成了这样,怎么能高兴得起来?"她的埋怨里含着几分兴奋。

"儿女是娘的小棉袄,不管怎样,只要回来就好。吃点苦算什么,不是比黄林强多了吗。"爸爸说道,心里挺满足的。

全居民组的人听说张子坚坐了轮椅回来,还带了个漂亮女孩,都来他家看望。其实,张子坚的病情早在乡里传开了,大伙儿都为他惋惜,只是对他的父母隐瞒了病情。如今见他能站起来走路,个个都感到欣慰。

"子坚伢子,听说你这次吃了不少苦头,脸也瘦多了。国风好吗?他还和周媛媛吵架吗?"吴奶奶问。

"说真的,这三个月的时间多亏了金蝉的照顾,她可是瘦了一大圈。"张子坚做了一番介绍。

"在医院躺了三个月?"这回轮到父母吃惊了,怎么也不敢相信。

"妈,这不能怪子华,是我不让他告诉您。爸爸身体不好,你一个人支撑这个家不容易,我不能给你们增添精神负担。从今以后我再也不去打工了,守在你们身边好好伺候你们。医生说了,我只要休息一段时间就会好起来的。"张子坚说道。

"也罢,你母亲的身体也大不如前,是在硬撑呀。你兄弟俩留一个在家也合适,农村人种田才是根本,打工不是长远之计。"爸爸说。

可张子坚心里另有一番打算,他回来种田可不愿承袭父辈们日出而作日落而息的传统,而是要做一个新型农民,要带领乡亲们勤劳致富过上好日子。方金蝉虽说是第一次到张子坚家倒也显得落落大方,不受拘束。她拿出糖果饼干之类分给孩子们,他们接过糖果后傻呵呵地笑着,像看一个天外来客似的。有的孩子飞快跑出去,见到同伴就喊:"子坚哥带了老婆回来,快去吃喜糖。"接着又有一些孩子前来要"喜糖",弄得方金蝉有点不自在。邻居们也挺纳闷,听说张子坚的女朋友是远方人,可她说话是本地口音,是怎么回事？这时有人认出了方金蝉，这不是几年前和张子坚读书时谈恋爱的女孩吗？真是女大十八变，越变越好看，几年不见都快认不出来了。这下更让人糊涂了，张子坚今年春节还没过够就被那个叫东方玉的女孩一个电话叫走了，不到一年的工夫却换了个对象，现在的年轻人越来越让人看不懂了。

日子一天天地过着，门前的河水依旧哗哗地流淌，跳动着生命的音符。在千年枫树下，常常看到张子坚拄着拐棍走路的身影，方金蝉无一例外地陪伴在侧，织成一幅温暖的乡村图画。随着时间的推移，他扔掉了拐杖，恢复了从前的样子。在温海的日子里他留下了生命中最为灿烂的篇章，踩下了坚实的脚印，也学到了他在家乡永远学不到的东西。不过，那一切已成为历史，如同一页日历被翻了过去。当然，他没有忘记吴国风交给的任务，将山里的土特产源源送到温海。他深深懂得，世界上任何有成就的实业家都是从很不起眼的工作做起的。而自己有了丰富的知识，有吴国风给他搭起的这座桥梁和中国经济腾飞的大舞台，终于可以为了多年的梦想张开翅膀，拥抱生命拥抱阳光，用浓墨重彩书写人生的辉煌。

张子坚的腿好了之后第一件事当然是去拜见未来的岳父岳母，都是本地人，两家相隔四五里路。对于健康人这点路算不上什么，可对张子坚有些困难，走了半天才到。丈母娘见毛脚女婿来到非常热情，笑得连嘴巴都合不拢。

"爸、妈，按理说我早应该来拜见你们，因为双腿不便来迟了，请你们原谅。"张子坚真诚地说。

"孩子，说到哪里去了，你现在最要紧的是把伤养好。走了这么多山路累了吧，在我家多住几天，好好地休息休息。"岳母关心地说。

"我的腿现在全好了，走这些路没有问题。"张子坚故作轻松地说。

"还说没问题呢，这么点路走了半天疼得直冒汗。他呀，就是这个脾气，在温海的时候腿伤成那个样子，看得人都受不了，他却很少叫苦，都是很乐观的样子。"方金蝉接过他的话说。

张子坚见她揭了自己的老底，白了她一眼说："妈，别听她的。"

方金蝉也回了他一个白眼,意思是说:"难道我说的还有假?"

从他俩一来一去的眼神里,老人看出了原委,爸爸哈哈大笑说道:"你们两个人别逗了,能同甘共苦是好事,也是两个人共同生活的基础。现在张子坚的腿也好了,就好好过日子吧。你们兄妹几个都已成家,我也没什么可以忧心的了。"

"只是金蝉从小娇生惯养,脾气可能有些不太好,有对不住的地方你要多让着点,帮她改正。好在你们俩是同学,相交已久,你们两个人过得幸福是我们的心愿。"岳母接着说。

"妈,别说那些好不好,我们又不是小孩子。"方金蝉阻止道。

"妈,这些话我可承受不起。金蝉是个好姑娘,我住院三个月时间里都是她伺候的,她任劳任怨,瘦得都变了个人,却从来没有一句怨言。如果没有她精神上的鼓励和生活上的帮助,也许我再也站不起来了。爸,妈,我会好好待她,不会让她受半点委屈。"张子坚诚恳地说。

"有你这句话我就放心了,你们俩在一起叫缘分,她照顾你也是应该的,还谈什么报答。金蝉,往后你可别耍小性子,凡事为子坚想想。男人嘛,有了女人才像个家;女人嘛,有了男人才是终身依靠。农村人讲究实惠,只图个平平安安,获得个圆圆满满就是天大的福分。"岳母说道。

"妈,瞧你又说远了,这些我们都懂。总是拿老一套来教育我们,什么'嫁鸡随鸡,嫁狗随狗',即使有了委屈也无处说。你呀,就是这个怪脾气,有了媳妇忘了儿子,有了女婿忘了女儿,心太偏了些。"方金蝉噘着嘴心里有些不平。

"金蝉,其实妈的心里公平着呢。如果宝贝女儿领着女婿回来,做娘的不冷不热的样子你心里高兴吗?只是娘的年纪大了有些爱唠叨,说得对的地方你们就听着,说错了的地方就当我没说,别放在心上。"母亲絮絮叨叨地说了一大串。

张子坚听到这儿心里升起一股暖流,不知如何回答。

"子坚,听说你不去温海了,有什么打算?"岳父问道。

"是的。俗话说'金窝银窝不如自家的草窝',只有在家乡干一番事业才是长远之计。我父母身体不好,也需要人照顾。"张子坚回答道。

"这样也好。听说你在皮鞋厂的时候深受老板的器重,还得了政府的奖励。足见你有工作能力,家乡也需要你这样的年轻人。知女莫若父,金蝉这孩子的脾气我最了解,是个闲不住的人,你们俩同心协力会有所作为的。我的哥哥,也就是你的大岳父是村里的支部书记,需要帮忙的地方可以去找他。"岳父说。

老两口还商量了小两口的婚事,择取吉日完婚。好在方金蝉的父母是开明人,对于女儿的选择并不过分指责。几年前阻止她和子坚谈恋爱是因为他们年龄还小,如今已经长大成人,既然女儿女婿商量好了就顺水推舟吧,自己倒省下不少事儿。他们的大喜日子定在正月初二,吴国风和张子华千里迢迢回来贺喜。而王光水和高云则去了湘江大地,拜见他的岳父岳母去了,并将于正月一道回来举办婚礼。

正月初二这天古枫居民组沸腾了,张子坚的父母忙里忙外,热情招待前来贺喜的亲朋好友,那个高兴劲别提了。父亲由于最近一段时间的调养,加上心情舒畅,像换了个人似的,红光满面一下子年轻了几岁。傍晚时分娶亲的队伍回来了,因时代的发展嫁妆也抛弃了老旧的木质家具,以家用电器为主,有彩电、冰箱、煤气灶、缝纫机、组合柜、沙发等十余种,队伍浩浩荡荡,场面宏大。"回来了,回来了。"小孩子欢呼雀跃,像撒欢的小马跑来跑去。刚到古枫树下嫁妆却停下不走了,二十多人齐声要求拿喜烟来,如果不拿喜烟嫁妆别想进门,吴国风走在前面声音叫得最响。

嫁妆抬进门的时候要喜烟早已成为不成文的规矩,不管怎么闹谁也不觉得过分,只会增加喜庆气氛。张子坚的叔叔张为民只好拿了烟出来每个人两盒依次发下去。吴国风趁其不备又抢了两盒去,惹得旁边的人哄堂大笑。这下后面的人又不同意了,必须再拿两盒烟补上。张为民没办法只好再去拿烟来,喜烟到手了也闹够了,嫁妆才抬进门。屋里的嫁妆还没摆放完毕,外面的鞭炮又响起来,是伴娘引着新娘到了。今天的方金蝉更加妩媚动人,娇羞可爱。她知道自己今天跨进了这个门槛就是张子坚的妻子了,将一生一世相依相守,这是女人一生中最值得回忆的美好时光。随后是方金蝉的父亲方柏和大岳父方松两位送亲的客人到了,在农村,结婚没有繁琐的程序,宴会随即开始。席间有人频频向两位亲家公敬酒。方柏性情耿直,说话从不拐弯儿,自己也在张子坚面前说过一醉方休的话,便豪饮起来。他的酒量本来不小,通常一斤白酒不在话下。酒逢知己千杯少,没多久三只空瓶扔在了桌子底下,席间有人出现了醉态。酒席散了,客人渐渐离去。老兄弟俩也过足了酒瘾起身告辞,心满意足地离去。刚出村口,弟弟方柏被冷风一吹,忽觉头重脚轻,站立不稳。没办法,哥哥只好搀扶着他,半夜时分才到家,倒在床上便呼呼睡着了。

王光水在高云家受到了热情的款待。其实,父母对于女儿嫁到远方去心里是极不乐意的,只是嘴上没说出来而已,因为那份难以割舍的亲情。当然,还有大别山离奇古怪的传说,让人浮想联翩。高云的嫂子就是哥哥在北京打工时带回来的四川女孩,而高云只是许许多多嫁到远方的女孩中的一员。东方玉的遭遇就是一个反面教材,她自从和朱彪结婚后像变了个人似的,再也看不到她的微笑,看到的是沉默寡言,对于丈夫的要求和家庭事务只是机械地应付。了解原委的人当然知道其中的缘由,她心里依然惦记着张子坚,没有幸福可言。高云的父母不想女儿步东方玉的后尘,葬送她一生的幸福。王光水来到湘江大地,见到广阔的原野,自然有一番感受。但他也看到这里的经济说不上发达,和自己家乡差不了多少。他在大喜之日便诚恳地邀请岳父岳母来大别山看看,两位老人架不住女儿女婿的劝说启程前往,几经辗转终于踏上大别山的土地。进山了,高云和父母看着车窗外的景色目不暇接,如同进入人间仙境。见车子下面是深深的山涧,他们吓出一身冷汗,眼见前面一块岩石挡住去路,谁知峰回路转,几乎擦着岩石而过。

随着经济的发展,山区的经济已经蒸蒸日上,和过去比有了很大的提高。王光水家于去年盖了一栋两层的楼房,内外经过精心装修,已是鹤立鸡群,在当地属于殷实之家。山里人勤劳朴实热情好客,如今千里之外的贵客到来自然不敢怠慢。和张子坚的婚礼相比,只是没有隆重和富有乡土气息的娶亲场面,但也不乏热闹气氛。张子坚小夫妻俩自然要来祝贺一番,见到高云他便想到了东方玉,可往事不堪回首,只能默默地祝福东方玉婚姻美满,生活幸福。两位老人到山里做客,受到隆重礼遇自然高兴。他们发现眼前的一切与民间流传的说法并不是一回事,在山坳里散落着一个个村庄,炊烟袅袅鸡鸣犬吠,人们平静地生活着犹如世外桃源。老两口决定把亲眼看到的一切告诉家人,大别山不再是土匪横行,有野人居住的地方,这里有新鲜的空气、柔和的阳光和看不够的山川美景。

婚礼过后,张子坚两口子盛情邀请高云夫妻俩和她的父母来家中做客。方金蝉当然知道丈夫的心思,许久没和这些老朋友见面,要玩个痛快。还有一个原因是他舍不下一份牵挂,想知道东方玉的消息。张子坚兄弟俩、吴国风在客厅陪着客人说话,方金蝉自去厨房忙活,高云见了也过来帮忙。

"你去歇会儿吧,怎么让你帮忙呢。"方金蝉推辞道,"高云,你们家比这里强许多吧,来这里生活习惯吗?"

"刚开始有些不习惯,毕竟风俗有所不同,慢慢就会适应的。"高云答道。

"东方玉生活得怎么样,她还好吗?"方金蝉小心地问。

"她……"高云欲言又止的样子。

"她和子坚之间是过去的事了,我和她已经成为好姐妹,有什么不好说的?"方金蝉说道,"她是个好人,就是心地太善良了,她从温海回家很大程度上屈服于父亲和朱彪的压力,是被迫无奈,还有一个因素是因为我。"

"因为你?"高云不解地问。

"是的,当初我去医院伺候张子坚的时候是带着一份情感去的,但我们之间是清白的,没有任何越轨的举动。假如她不走我会兑现和她说了许多次的承诺,斩断情丝远走他乡,那么今天给你做饭的就是她了。"方金蝉边炒菜边说。

"现在想来小玉姐也许是对的,她留下来你们两个人都无法面对尴尬的场面。当然,即使没有你的出现,在那种情况下她想不离开温海几乎是不可能的。这下可苦了小玉姐,去年年底我回家的时候,她曾来我家打听张子坚的病情,只是不谈自己。她明显地消瘦了,不再是那个性格开朗,散发着青春气息的少女。听村里人说,从温海回来后朱彪就逼着她结婚。美人到手了,对她的态度来了个一百八十度大转弯,不冷不热,对她和张子坚谈恋爱的事耿耿于怀。她活得很艰难,根本没有夫妻感情。"高云说道。

方金蝉听到这里,为东方玉鸣不平,手上走神将一勺盐当作朱彪向锅里扔去方才解恨,刚出手觉得不对劲,哎哟惊叫一声。

高云不解地问:"怎么啦?"

"只顾听你说话,把菜里放这么多盐,不咸死才怪呢。"

"别急别急,多放些水就行了。"两个人笑出了眼泪。

张子坚听见她俩在厨房里大笑不止,走过来看热闹,问道:"笑什么,这么高兴?"当看到锅里时,忙叫道:"加这么多水,煮汤喝呀。"

高云的爸爸想起去年东方玉回家后,自己和东方田的一席话。当说到张子坚时东方田几乎是咬牙切齿,将张子坚说得一文钱不值,又极力称赞小玉听了自己的话和张子坚断绝了关系,让他一定好好管教高云,别嫁到大别山那鬼地方去。他回家后确实有过激烈的思想斗争,是该管教女儿,可他知道高云的脾气刚烈,不可能像东方玉那么容易对付。再说东方玉若不是因伤住院,身体尚未痊愈,想叫她回来恐怕也没有那么容易,那是乘人之危。虽然心里不乐意,但高云的爸爸还是想通了,只要女儿生活幸福,顺其自然吧。刚才在路上高父特别注意了张子坚走路的姿势,见他没有一点后遗症,何来瘫痪在床之说?从一番谈话中了解到张子坚并不是想象中的那么坏,而是一位有着英俊外表充满朝气的青年人。足见他对东方玉的一往情深和对方金蝉的赤诚之心。东方玉走了,他勇于面对现实,从感情的泥淖中拔出来,将全部情感奉献给眼前的方金蝉,让不堪回首的往事埋在心底,藏在记忆最深处。

饭菜很快端了上来,高云的爸妈坐了首席,吴国风和王光水等人作陪。张子坚频频举杯向老人敬酒。他开口说道:"大伯、伯母你们千里迢迢来到我们贫瘠的山村,招待不周有得罪之处,还请两位老人见谅。"

高父说:"刚来的时候我们确实是怀着忐忑不安的心情,因为我们家有关大别山的传说很多,都是不好的方面。但通过这几天的所见所闻,我是有了新的认识,这里风景如画,物产丰富,是一片富饶的土地。"

吴国风说道:"多谢大伯的吉言,把我们山沟沟说得这么好。有民谣唱道:'七山一水二分田,半分道路半分园。'经济不发达,不足的地方还很多。"

"其实我们那里条件也好不到哪里去。听说小吴在温海开了家饭店,子坚在温海的时候还受到政府的表彰,这很难得。有了你们这些有志青年还愁家乡不富吗?如果把张子坚和朱彪相比,一个天上一个地下,相差太远了。东方田那个倔老头把女儿嫁给朱彪这号人,是做了件大大的蠢事呀。"高父感叹地说。

"那件事已经过去了,还提它干什么?"张子坚怕引起方金蝉的不快,但把最后一句话给咽了下去。"事实将证明一切,我张子坚不是孬种。"

"古话说'红颜命薄',小玉的命运不像她父亲想象的那么好,现在就能看出苗头来。"高父说罢举起酒杯对张子华说,"你和高云在一个公司上班,希望你对她多多照顾和帮助。"

张子华受宠若惊,站起来说:"要说照顾,她出门的经验多都是她照顾我。何况高云已经是我的嫂子,有困难互相帮助都是应该的。"

"有你这句话我也放心了。在这里玩了这么多天,我们老两口也该回去了。你们也该去温海了吧?不能耽误公司里的工作。"

第二天王光水携新婚的妻子送岳父岳母乘上了回家的客车,随即又和吴国风、张子华一起踏上了去温海的旅程。

第十七章　选举

　　经过几个月的苦心经营,"皖西风味馆"取得了可喜的业绩。其独特的风味和经营理念,让许多饭店纷纷效仿,在菜单中加入大别山特色菜。但其特殊的风味哪里是能够轻易模仿的?许多人对薄如纸张的豆皮产生了浓厚的兴趣,并委托吴国风订购。张子坚获得这一信息,意识到这里面蕴藏了极大的商机。以前的豆皮从市场上购得,价格已有上涨的趋势。为何不在现有的基础上组织村民扩大生产规模?这样既为邻居们提供了就业的路子,又有了充足的货源,不会被市场所影响。在张子坚的带动下,一些村民开始行动起来,加入了他们的行列。方金蝉以前和母亲学过捞豆皮,是个行家里手,如今派上了用场,尽职尽责地向村民们传授技艺。

　　经济有了起色,可交通不便给人增添了新的烦恼。因为门前隔着一条宽宽的河,购进大豆等原材料,送出产品,都必须肩挑背扛地走许多弯路,白白浪费了许多时间,且增加了成本。在经济不发达的时代,有一条国道线从本镇穿过便有了一种优越感。随着生活水平的提高,对交通的需求观念发生了质的变化,他们盼望有一条公路能修到自己家门口。张子坚提出修路的设想,得到了村民们的积极响应。他们勘察了几条线路,都觉得不太理想,唯有在门前架座桥最为适宜。可河面近三十米宽,经过计算,仅钢筋、水泥等材料费用就需三万元,这对于尚不富裕的村民来说是个不小的数目。有人打起了退堂鼓,原因很简单:拿不出这么多钱来。甚至有人认为,这路是给捞豆皮的人修的,对不捞豆皮的人没有用处。张子坚知道这是沿袭数千年的小农意识在作怪,认为吃饱了穿暖了就是最大的满足,没有更高更远的追求。其实村民们的生活水平都很低,仅仅是解决了温饱而已,和经济发达地区相比还有很长的路要走。也是这种思想制约了经济发展,束缚了人们的手脚,必须彻底根除,人们的生活才有望富裕。张子坚只得找那几户人家做思想工作,向他们讲修路的好处,但钱确实是大问题。张子坚在远房叔叔——被人称为"犟牛"的张老头那里碰了个不软不硬的钉子。自从去年冬天以来,每当送货出去时张子坚都找他帮忙,他可以挣一些脚力钱。但要修了桥通了车,无疑断了他的财路,因此,他是第一个提出反对的人。张子坚回到家里重重地叹了口气,说道:"都什么时代了,人们的素质还这么低。修桥本是对每个人都有好处的事,却有人想不通。每个人只顾及自己眼前的利益,社会谈何发展?致富只是一句空话。"

方金蝉劝他道:"你性子别太急,再说,反对的人只是少数,慢慢地他们就会理解的。"

张子坚焦急地说:"慢慢地就会理解?慢到什么时候?需要多长时间?山里穷不就是穷在交通不畅信息不通上吗?电话是解决了,不足两里长的公路却难以修通。可时不我待,有可能失去发展的机遇。"

"修路怎么能和装电话相比?电话只要自己愿意,牵根线就可以了,不用同别人商量。修公路是每个人都要走的,要他们出工出钱,还要占用土地,涉及附近三个居民组所有的人,肯定麻烦得多。即使国家修路,也需经过勘测、预算、筹资、承包等几道程序呢。要么想想其他办法,我大伯当了十多年的支书,处理这方面问题比较有经验,找他帮个忙也许能行。"

张子坚想了想,她的话很有些道理,可以找老书记一试。

"谁在背后说我坏话呢?今天总算让我给抓住了。"门开了,方松满脸带笑地走进来。这是一位饱经风霜的老人,古铜色的脸上布满了深深的皱纹。他中庭饱满,两眼熠熠生辉,衣着朴素干净整洁,是一位典型的山里农民。

"大伯来了,请坐。"张子坚和妻子起身相迎,说道,"是什么风把您吹来了?"

"我到邻村办事路过这里,顺便来看看你们。"老书记呷了口茶道,"你们刚才说什么要我帮忙?是为修桥的事儿吧?"

"是啊,子坚正为这事儿发愁呢。"方金蝉答道。

"我是几天前听说的,刚才也听了村民们的议论。当然,持不同意见的只是极少数人,也正是这极少数人散布流言造谣惑众。任何事情不可能一帆风顺,这也是很正常的事。"

"这些人真应该到山外走走,看看那缤纷的世界和国家经济的高速发展。就拿我来说,放弃了每年两万元的高工资不干,回来为家乡的经济发展出力献策,图的是什么?我已经拿出数千元钱为捞豆皮家庭提供原材料,别人都是看得见的。"张子坚余怨未消。

"你的精神是可贵的,家乡也需要你这样的年轻人。我已经老了,跟不上时代了。但你对农村工作的复杂性认识不足,必须有充分的思想准备。这次你组织大伙儿架桥修路本是件好事,却有人不支持,就说明了这一点。"

"大伯说得对,我应该向你们学习工作方法。你当了十多年的村书记,和他们熟悉,又有工作经验,你出面做工作,肯定能行。"张子坚说道。

"我也不能大包大揽,尽力帮助你就是了。"方松认真地分析了形势,改变工作思路。对于经济确实有困难的给予担保,到信用社贷款,并承诺将其作为帮扶对象,让他们走上致富道路。对于"犟牛"则由他自愿,不再勉强。由于改变了工作方法,收到了很好的效果。经过几天的积极宣传,大家修路的积极性再一次高涨起来。与此同时,县委、县政府作出了《关于打赢扶贫攻坚战的决定》,实施扶贫牵动性"六大工程",其中一条为"以改变深山区群众交通闭塞状况为目的的'通村公路工程'"。由村民筹工筹劳,政府视工程量的大小补助一定的材料费。短短的半年时间里,全县几乎所有的村庄都掀起了势不可当的浪潮。沉睡的深山苏醒了,许多村庄都开始了修路工程,打通交通的瓶颈。人们用勤劳和汗水为自己的明天铺就一条康庄大道。有了这样一个大环境,张子坚不敢懈怠,请来工程师选好桥址,选了个吉日正式动工了。于是浩大的劳动场面在河两边铺展开来,挖桥基、抬石头,众人忙得不亦乐乎。原来对修路持反对意见的人也自觉加入进来,"犟牛"就是其中的一个。

现在是雨水时节,一旦河里涨水便无法施工,必然延误工期。干这种集体的活儿最讲究一鼓作气,趁热打铁。一旦因某种原因停工,其场面必然是一盘散沙,无法收拾,更何况春耕生产在即,那时谁还有时间来修桥?张子坚深知其中利害。当然,要速度要质量的同时,更要安全,村民们倾其所有修一座桥,若出现差错,可经不起折腾。大伙儿铆足了劲,抬石头砌桥墩。老人们清楚地记得,如此盛大的场面,只有20世纪70年代"农业学大寨"时才有过。真可谓"人心齐,泰山移",看着桥基一天天升高,大家心里都有说不出的高兴。张子坚处处干在最前面,可这体力活不像在皮鞋厂当主管那么轻松,他有一种力不从心的感觉。邻居们劝他多休息休息,免得腿伤复发,他不听别人的劝,仍然勤奋地劳作,心想,作为一个领头人,只是袖手旁观,不参加实际工作,很难有说服力。他在嘉茂鞋业公司这几年就是这样以身作则,身体力行,才赢得了陈经理的信任和工友们的尊重,回到家乡想干一番事业,更应该和村民打成一片,注重形象,树立威信。他似乎是想把这几年没干的体力活都给补回来,但时间长了有些支撑不住,一不小心脚扭了一下,哎哟一声蹲在地上动弹不得。大伙儿围了上来,又是疼惜又是怜爱。

"我叫你别干重活,这下倒好,把脚扭伤了怎么办?快去医院。"叔叔背起他往医院跑。见他俩远去,有人议论开了。

"你知道他那双腿在温海是怎么断的吗?"

"听说是在台风中救人的时候让墙给砸断的。"

"是救人砸断的,救的是他以前的那个老婆,叫什么方玉的,外乡人。可那个女人非但不报恩,出院后就回了家把张子坚给甩了。子坚见无可挽回,便和方金蝉谈了恋爱。"那人不知"东方"为复姓,错以为"方玉"。

"外地女人就是靠不住。李家村有个小伙子从外面带回来个女人,可那个女人过不习惯我们家的生活,丢下一个不满周岁的孩子跑了。我看金蝉比那个什么方玉强多了,至少她心眼没那么狠。"

"咳咳。"有人咳嗽了两声打断了他们的对话,俩人抬头一看,方金蝉挺着大肚子小跑了来。她焦急地问:"子坚呢?听说他把脚扭伤了。"

"他叔背着去了医院,你去看看吧。"

医生检查一番,告诉他伤势不大,但对原来的伤口造成一定程度的拉伤,必须好好休养,如果再发生意外,后果不堪设想。医生给开了些药并再三叮嘱不能操之过急,吃完了药再来检查一遍。

方金蝉见了又气又恨,埋怨道:"是不是去年三个月没有躺够,还想躺个一年半载甚至一辈子?"

张子坚忍着疼痛,见这下闯了大祸,无言以答,耷拉下脑袋。他按下性子在家养了几天伤,大脑里想的全是修桥的事儿,进度如何啦,石头够不够啦,桥墩该完成了吧,接下来是装模板扎钢筋了,把一应事情想了个遍。方金蝉为未出世的孩子精心编织着毛衣,她心里充满着对美好生活的憧憬,甚至想象着孩子出生后可爱的样子。张子坚坐在旁边看着妻子的手飞快地舞动着,一针又一针,一件衣服需要多少针才能完成啊?

张子坚吞吞吐吐、欲言又止地说道:"金蝉,我和你说个事儿。"

方金蝉知道他要说什么,佯装不知,满不在乎地问:"你今天是怎么啦?说话没头没脑的,又想出什么馊主意,有屁就放呗。"

张子坚几乎哀求道:"咳,你知道我这个人在家里闲不住,这几天快憋出病来了,饶了我吧,让我出去。"

方金蝉不为所动,手上仍飞快地织着毛衣,说道:"没那么严重吧?在温海躺了三个月也没见你憋出病来呀。"

"那时候和现在是两码事。"张子坚搜肠刮肚寻找理由为自己辩解,"这修桥是我组织的,带头人不在现场指挥怎么行?我保证不干活可以吧?"

"不干活?除非你双脚能离开地面,否则你办不到。"她脸上出现了愠色,说道,"放你出去可以,但有谁为你的双腿负责?还想干大事业呢,没有健康体魄能行吗?这一点简单的道理你都不懂?"

张子坚笑嘻嘻地逗妻子开心,说道:"双脚离开地面,你背我出去吗?那样你就是背了两个人呢。"

只见方金蝉放下活儿径直走进房里,很快传出有什么东西翻动的声音,原来是一把轮椅推到他面前。

张子坚不解地问:"金蝉,你这是干什么?"

"你不是要我背你出去吗?我让你坐在车子上出去,记住一点:双脚不能着地。"方金蝉说着扑哧笑了起来,想不到这轮椅又派上了用场,她为自己

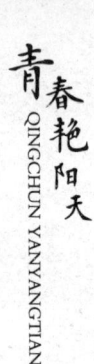

的绝妙主意暗暗叫好。

张子坚说道:"我有拐棍就行,不需要轮椅。"

方金蝉故意拉长了脸说道:"难道说你不想出去?想出去的话就听我的。"

"好个金蝉,我总算是服了你。"张子坚无可奈何地坐了上去。

到了工地,大伙儿见他坐在轮椅上,非常好奇。有人走过来问:"子坚,你双脚能走路为什么还要推着?莫非这几天真的养出病来了?"

张子坚一时语塞,不知该如何回答,指了指站在身后的妻子说:"你问她吧。"

"他的腿又疼了,不能下地走路,我只好推着他出来。"方金蝉找了个理由,但明眼人一看就知道她没说实话。

"子坚,我看没这么简单吧。是不是有难言之隐哟?"对方扮了个鬼脸说道。

"金蝉不让我出来,说我干活又伤着腿。她心眼特别多,想出这么个主意。"张子坚解释说。

"这个主意不错,我举双手赞成,想不到你也有得妻管严的时候。"

张子坚被说得无地自容,恨不得找个地缝钻进去。他扫了一眼工地,见桥墩即将完成,转了个话题问:"该装模板了,木匠什么时候到?"

叔叔张为民答道:"我刚才去催了木匠师傅,估计模板马上就会运到。"

自从张子坚回家养伤以后便由叔叔主持全面工作,张子坚知道,叔叔参加过许多次公路、桥梁的建设,有丰富的经验,自己是没法比的。听了介绍,他正欲下车来看看,刚探起身子,肩膀就被方金蝉的双手轻轻按住了,他像一只泄了气的皮球,只好坐了下来。轮椅困子坚的故事随即在大伙中传为笑谈。大伙儿又一次像上足了劲的发条,激发出更大的干劲。一根根支架牢牢地托住模板,形成一道坚不可摧的木墙。呈现在人们眼前的是一座大桥的轮廓,为了这一天的到来,人们期待了许多年。

开始浇筑了,随着搅拌机的启动,工程有条不紊地进行着。他们说这一天心情特别舒畅,从不觉得累。从早晨到下午,从下午到深夜,在这期间搅拌机也凑热闹,坏了几次,耽误了一些时间。第二天黎明,一座长二十四米、宽五米的大桥静静地躺在河面上。从此,两岸相通。不知是谁焦急地点燃了喜庆的礼炮,这炮声报告着胜利的消息。此时,大桥的建设者们却显得异常平静,没有精彩的贺词,没有隆重的仪式,只是向它投去深情的双眼。这座桥是村民们在短短的一个月时间里用炽热的情感托起的希望,是山村通向富裕的阳光大道。有人说山里的农民愚昧落后,原来他们也是中华民族优秀的一员,同样可亲可敬。不久,一条宽阔的村级公路通到了村口的千年古枫下,又绕过几道弯连接其他几个村民小组了。通车这天,恰好有一批豆皮及别的物资要运出去,张子坚找了辆三轮车来。孩子们欢呼雀跃,围着车子捉迷藏,像过年一样高兴。货装完毕车子发动了,子坚母亲乐颠颠地跑来,把他拉出人群急促地说:"子坚,金蝉肚子疼,快回去。"

张子坚听了拔脚往回跑,进了门见金蝉躺在床上用手捂着肚子哎哟,哎哟地叫个不停。

"金蝉,你怎么啦?我去找医生,你等着。"他说着就要外跑,却被母亲叫住了。

"你去哪里?找医生干什么?"母亲问道。

"金蝉肚子疼,找医生给她看病呀。"张子坚懵懂地说。

"你呀,人家说你聪明,怎么这点事儿也看不出来?不是找医生,是找接生婆,快去吧。"她高兴地说道。

"找接生婆?你是说我的孩子快出生了?"

"快去吧,还愣着干什么?"母亲推了他一下。

"好喽。"张子坚想到自己要做爸爸了,有说不出的高兴,欢快地跑了出去。

半夜时分婴儿出生了,全家人喜得合不拢嘴。人逢喜事精神爽,公路修通了又恰逢孩子出世,张子坚的高兴劲儿就别提了,见了人就递烟倒水忙个不停。

"给孩子取个名吧。"方金蝉说。

"这孩子也知道凑热闹,真可谓双喜临门。大伙儿走在这条大道上,事业会蒸蒸日上,致富的步子会迈得更快。就叫张迈吧,这名字有男子汉气魄,希望将来他的步伐比我迈得更稳重些。"张子坚想了想说道。

"张迈?"方金蝉细细品味了一下,觉得这名字不错,当即赞成。

张子坚不会因为一项工作小有成绩而感到满足,探寻的脚步没有停止。他又有了下一个目标——菜篮子工程。因此,他每回上县城时都要到菜市场转一圈,仔细观察哪些菜好卖,哪些菜是本地产的。得出的结论是,大部分反季节蔬菜都是从外县调进来的,郊区农民卖的只是些时令小菜,只能在反季节蔬菜之后赚点小钱,谈不上规模生产。而本地种植大棚蔬菜有得天独厚的优势,不经过长途运输的挤压,保证了新鲜,同时给小商贩节省了大批运费,又给农民提供了极大的生产空间,将冬闲变冬忙,有效地利用了空白田,何乐而不为?张子坚和农技部门取得了联系,骑自行车走了几十里路去参观学习,向有经验的老农请教。但大棚蔬菜技术很难掌握,因为温度、光照差别太大,如同住在热带分不清春夏秋冬的人们到了寒冷的北方,尽管衣服穿得多,但对水土总有些不适应,感冒等病症随时会发生。蔬菜一旦"感冒",就意味减产甚至绝收。张子坚得到技术支持后,劝说部分有经济基础的村民开始种植,自己也种了一片作为试验,在技术员的指导下播种育秧,翠绿的秧苗茁壮地成长,惹人喜爱。待稻子收割后犁田、移栽、覆膜,一切顺利地进行。比他刚出生不久的儿子照顾得还要仔细,好在小张迈有爷爷奶奶抱着,像心头肉似的疼爱。方金蝉虽有抱怨但也不放在心上,让他忙去吧。

又一届村委换届选举工作悄然展开,许多村民对近几届村委很不满意,对未来的村委当然寄予厚望,希望有一个能干的领导班子带领村民脱贫致富。说实在的,在20世纪80年代,村子也曾有一段辉煌的历史。消灭荒山、发展蚕桑、种植板栗,将村民从贫困线上脱离出来,立下了不小的功劳。鞭炮厂是经营很好的企业,是乡里的纳税大户,解决了近百人的就业。后来因发生爆炸事故,伤亡惨重,不得已关门歇业,占地两亩多的厂房闲置着,院子里长满了野草,屋顶上开了天窗,能看到湛蓝的天空。张子坚小时候常去鞭炮厂玩,见证过它的辉煌,如今厂房破败到如此程度确实让人痛心。近几年其他几个村的经济上去了,村民的日子过得红红火火。而古枫村却落下了,村民能不急吗?村里的几个领导也不懂得什么叫市场经济,更看不到山外的巨大变化。值得一提的是,上届村委选举中有一个公开的秘密让人记忆犹新,在村委主任两位候选人陈枫和崔胜江中,崔胜江退出村委多年,宣布不参加竞选。因为有了崔胜江的陪选,陈枫稳坐钓鱼台。村民知道这种做法不合理,但不知道这种舞弊行为违反了选举法。而陈枫后来不履行村委应尽的责任,更让村民有一种上当受骗的感觉,村民如今对下一届村委抱以厚望更是在情理之中。

经村民代表集体讨论,有十余人成为候选人。张子坚也是候选人之一,这是他没有预料到的。仔细一想也在情理之中,他在温海几年之间成为打工者的模范人物,早已传遍乡里。而他回到家乡后干的几件实事更让人看到了他的聪明才智,在村民中树立了良好的形象,他身上具有前几届村委所缺少的实干精神。经全体村民无记名投票后,选票被送往村部,在镇政府有关领导的监督下开始唱票。附近有部分村民关注谁能当选,也来看热闹。而此时张子坚得到消息,有省农业专家来县里讲授大棚蔬菜种植技术,带领几个人听课去了。

小黑板上张子坚的得票数一路领先,江平尾随其后,他是现任村委会的文书。陈枫在人群中如坐针毡,心里像打翻了五味瓶,啥味都有。自己没被列为候选人,心里本就窝了一肚子的火,但他还想在亲属朋友中拉选票做最后一搏,结果令他大失所望,得票数居末位。张子坚以最高票数当选,其次是江平、夏明华,这个结果大大出乎镇领导的意料。张子坚是何许人以前根本不清楚,只是今年当了农民经纪人,把家乡的土特产运到温海去卖才小有名气。镇领导虽然有些不乐意,但已成定局,讲了一些祝贺希望之类的话便离去。会议室很快显得空旷了,只有村委及部分村民代表。陈枫呷了口茶,把杯子重重地放到桌子上,冷嘲热讽地说:"我老了,我倒要看看那嘴上没毛的小子显出什么能耐来。"

方松见他今天脸色特别难看,是为丢掉村主任这个职位而懊恼,想不到陈枫这么快就发难了,明显是冲着自己来的。"老陈,你说话文明点,谁扫你出门啦?上次提名时你都看到了,可你到处活动拉选票,结果是枉费心机,大家不选你你怨谁?"方松又换了一种口气,语重心长地说,"我们都是一大把年纪的人了,精力和能力大不如前,更不能和这些年轻人相比。迟下来不如早下来,看着别的村有能人带领村民致富,难道我们村就没有能人吗?给他们一些机会锻炼锻炼。像我们占着茅坑不拉屎,村民是看在眼里恨在心里。"

"你说我占着茅坑不拉屎,计划生育我没下过乡?收农业税我年年都是先进,可你又干了什么?别以为你是支部书记就可以一手遮天,提拔侄女婿当村主任。你这是官官相护,徇私枉法,我要告你!"在陈枫看来自己丢掉村主任一职完全是方松一手操纵的。他对于上一届选举中自己的舞弊行为根本不认为是错误的,反而认为本村没有人能和他竞选而沾沾自喜,觉得是件光荣的事。

"好哇,有种的你去告我,告我提拔侄女婿当村主任。"方松不甘示弱,放开喉咙和他对骂起来,"陈枫你别不知好歹,让我穿小鞋,处处给你擦屁股。把村民逼得去上访,你却在镇长面前逞英雄,邀功请赏,你早已丧失了一个干部的行为准则。"

围观的人也叽叽喳喳地指指点点。陈枫见情况于自己不利,只好借坡下驴溜了出去。方松坐着发呆,想不到村主任这个小职位也让人看重。上次因为听信了陈枫的谗言,让陈枫顺利当选,他后悔不迭。亡羊补牢,为时未晚,现在他只有寄希望于张子坚不要辜负了全体村民的期望。

张子坚听完课黄昏时分回来,刚走到村口便有人告诉他当选的喜讯,并将陈枫和方松争吵的事原原本本地说给他听。张子坚听了,掂出这副担子的沉重。自己年纪轻,社会经验不足,别人不信任是可以理解的。村主任这个职位虽然不大,却给了他一个机遇,提供了新的舞台。几天后,新的村委领导班子正式成立。方松仍然担任村支部书记,张子坚任村主任,江平由原来的文书升为副主任,夏明华为文书。新老两届班子进行交接后,张子坚主持召开古枫村村委会全体会议,商讨发展大计。会上大伙踊跃发言。上田村民组组长反映说他们的公路因路线长,工程量大,资金短缺,迟迟不能动工,请村委会给予支持。这原是陈枫分管的一个工作点,村民和村干部关系紧张,经济更是不见起色。对于修路一事陈枫更是漠然视之,采取不闻不问的态度,以致他们的工程迟迟未能动工。有人提出山林乱砍滥伐成风,近几年刚刚恢复起来的森林遭到严重破坏,必须加强森林看护工作。有人提出张子坚的捞豆皮事业能不能向更远一点的村民覆盖,帮助更多的人致富。对于这一点他的答复是,目前的产量足以应付温海一地的销售,正在寻找新的渠道,开拓其他市场。有人对大棚蔬菜是赚是赔提出疑问,说去年冬季今年春季县城蔬菜价格大跌,原因是城北蔬菜基地获得丰收,菜农竞相压价,许多农民为此亏了血本。张子坚对这一情况做了认真分析:"本地产品抢夺属于自己的市场,而外地产品又大量涌入,两虎相斗必有一伤。这是市场经济中的必然现象。如果我没估计错的话,今年蔬菜的价格要上涨。而高山蔬菜在周边县市打响了牌子,我们乘势而上,必定胜券在握。"同时,还有人提出诸如张家公公李家婆婆之类的琐碎小事。张子坚综合各村民组组长提出的问题,归纳为两条:一、解决遗留问题,如修路、邻里纠纷。二、发展经济,寻找新的投资项目,提高全村的经济水平。村委会四个人分成两个小组,方松和江平有多年的村委工作经验,对解决邻里纠纷很有一套,他们负责理顺村民与村干部之间的关系,用时髦的话说是清道夫的工作。张子坚和夏明华负责推广新技术,发展新项目,如栽桑养蚕,十年前虽然发展了不少,但仍有一定的发展空间。还有种茶叶种药材等,因地制宜,实行规模化生产。

在村委会的努力下,上田居民组的公路正式动工了,而高山蔬菜很快提高到县级主管村委会实施的项目,这是一个质的飞跃。对于其他几项工作,做好充分安排,一一落实。经多方筹措资金,张子坚又将自己的存款拿出一部分作为发展基金。古枫村的工作红红火火地展开,让人们看到了致富的希望。俗话说"新官上任三把火",张子坚上任后的这三把火烧得很旺,且烧进了老百姓的心里,让他们感受到了春天的暖意。

第十八章　难产

　　张子坚婚后的生活可谓一帆风顺春风得意,事业也正如他期待的那样,获得了很大的发展。与此同时,他为大伙的致富努力奔波,也赢得了村民的尊重和拥护。而东方玉自从离开温海和朱彪结婚以后便步入了生活的深渊,整天花容失色身心憔悴。

　　东方玉是一个典型的东方美女,温柔善良,这也是她的致命弱点。她本来和张子坚情投意合,向往黄梅戏中唱的"你耕田来我织布,你挑水来我浇园"那种田园式的生活。然而事与愿违,正当两个人憧憬美好生活时,厄运降临到他们的头上,双双躺倒在医院里。在最需要别人关心的时候,方金蝉却来了,给她增添了许多精神上的负担。虽然方金蝉三番五次地承诺不会充当不光彩的第三者,但是那都是骗人的鬼话。不难看出,她对张子坚怀有深深的情意。最让东方玉无法忍受的是朱彪又来医院纠缠,而父亲以探病为名从乡下赶了来,并多次相逼要求她回家。她开始怀疑和张子坚是否真的有缘分。如果有缘,为什么要经受如此折磨?如果无缘,命运之神为什么要安排两个人相会,又有那场刻骨铭心的爱恋?她欲哭无泪,精神到了崩溃的边缘。一个弱女子在病体未完全康复、心灵遭受重创的时候又如何能和命运抗争呢?东方玉带着一颗破碎的心挥泪离别张子坚,离开了温海,离开了让她梦里牵挂的人。她的心冷到了极点,如同死灰,也曾想过结束自己的生命,但她没有这个勇气,肚子里还有张子坚的孩子。

　　过去的一切已经过去,忘掉它吧。东方玉多次告诫自己,忘掉张子坚,面对现实,正视生活。可她无法做到,张子坚的影子总是在眼前晃动,去拥抱的时候却扑了个空,有时把睡在身边的朱彪当成了张子坚,轻轻呼唤着他的名字。她在梦里常常想起那快乐无邪的时光和那缠绵的爱恋,多少次泪水浸湿了枕头,又多少次梦中惊醒一切都成空。过去这么长时间了,张子坚的腿应该好了吧?会不会留下残疾?方金蝉会一如既往地爱他吗?一些稀奇古怪的问题在她脑海中盘旋。"子坚,无论何时何地,我的心都属于你。"她想起那首"相见何必曾相识"的小诗,轻轻吟诵起来,诗中的每一个字似乎都是为她而写。作者巧妙地将两句古诗结合起来,进行二度创作,富有新意,更加隽永,将缠绵的爱情表达得淋漓尽致。她感叹作者的匠心独运,他一定是个因爱失意的人。几天下来她的面容清瘦了许多,仿佛换了个人似的,又在别人的安排下和朱彪举行了简单的婚礼。为了不让朱彪看出破绽,她每天都是强作笑颜,虚与委蛇罢了。在她自己看来,那笑颜比哭还难看。

朱彪的母亲范翠花很早就听说过东方田有个如花似玉的女儿,如今却被自己的儿子娶了来,自然有说不出的高兴。有人不是说她家彪儿游手好闲不成气候吗?娶到全县第一的美女就是福气就是本领。为了给那些在背后嚼舌根的人以报复,她逢人便夸儿媳妇如何漂亮,知书达理,聪明贤惠。听得多了别人也不以为然,邻里之间谁不知道她变化无常的脾气性格?目前夸儿媳妇有什么用?永远夸她好才是最重要的。得知东方玉怀上孩子以后,她那个高兴劲别提了。想到要抱孙子了,不知哪里来的力气,她精神抖擞的,走路一阵风儿,嘴里还哼着小调。吃饭时,东方玉的碗里必定是堆着满满的瘦肉、鸡蛋之类的。婆母、丈夫吃的是简单的饭菜,东方玉见婆母对自己偏爱,很是过意不去。朱彪向她的碗里投去渴望的目光,说母亲太偏心了,没有儿子哪来媳妇,应该先顾儿子才对。

"小玉,别理他,你吃吧。你不仅仅是一个人要吃,更重要的是你肚子里的孩子要吃。朱彪暂时委屈一下,给我添了个白白胖胖的大孙子之后再慰劳他不迟。"婆母满脸堆笑地说道。吃完了,东方玉被撑得扭不动身子,正要收拾桌上的碗筷又被阻止了。"从现在起,所有的家务活你一点也不用干,饭熟了就吃,吃完了就玩,照顾好肚子就是大功一件。彪儿,带小玉出去玩。"婆母乐颠颠地出去洗碗了。

"妈这人真有意思,这些天显得特别热情,似乎年轻了几岁。"东方玉由衷地说。但她还有一个感觉没有说出来,就是婆母的性格变化有些突然,那笑容有几分造作的味道。

"什么有意思?妈妈是想孙子想疯了。每当看到别人抱小孩便发呆,总是在别人面前唠叨,说谁家小孩可爱。她的梦想很快要实现了,能不高兴吗?前天她还去了观音庙呢。"朱彪答道。

"去观音庙干什么?"东方玉不解地问。

"当然是许愿了,求菩萨保佑你生个男孩,给我家续香火。老人嘛,总是用老眼光看事情。如果观音菩萨能这么灵,谁都可以许个愿,这世界不成了男人国?"朱彪有几分不屑,说道。

"想要男孩?这肚子里的孩子看不见摸不着,怎么知道?"东方玉问。

"当然不可能知道,但菩萨连发三个顺告,妈妈说准是男孩。"朱彪很有信心地说。

"如果不是男孩呢?你妈会怎样?"东方玉颤抖着声音问,她不知道拂了这位老人的心愿该是怎样的结局。

"我妈的脾气我最了解,就像七月的天气,说变就变。若真的像你说的那样,对你可能就没有那么热情了。"

听到这里东方玉浑身打了个哆嗦,心里一阵绞痛。婆母如此这般地款待自己,原来是把传宗接代的希望寄托在自己身上。"生个儿子"给她增添了沉重的精神负担,她不敢想象,一旦让老人失望,等待自己的将是怎样的厄运。东方玉的眼里噙满了泪花,真想痛痛快快地哭一场。女人除了传宗接代,就没有自身价值,就没有属于自己的生活了吗?她为自己感到悲哀,这就是父亲为自己安排的生活吗?她想吐,刚才吃进去的不是美味佳肴,而是一剂毒药,让人翻肠倒胃。自从知道婆母的意图后,东方玉便对她敬而远之,像一个做错了事的孩子不敢正眼看她,害怕此时接受的恩惠太多将来无以为报,面对满桌的饭菜再也食不甘味。随着时间的推移,朱彪对她的感情也在逐渐降温,两个人常常为琐屑小事拌嘴。美人到手了,她的价值再也体现不出来,朱彪反而对她同张子坚谈恋爱一事耿耿于怀,对自己苦苦追求她却置之不理,恨自己捡了个破烂货脸上无光。东方玉知道他行为卑劣,什么手段都使得出来,对一切只得逆来顺受,怪自己命运不济,打落牙齿往肚里吞,夫妻生活从此加入了不和谐的音符。

朱彪陪着妻子几次到村卫生室进行例行检查,村卫生室条件简陋,没有专业的检查设备。那村医是个年过半百的老头子,认为检查胎儿不是分内的事,便让老伴滥竽充数。老伴是个接生婆,不懂医学,煞有介事地给东方玉检查一番,信心十足地保证胎儿发育正常。东方玉暗暗算了时间,与她所讲的不符,这小家伙到了该出生的时候了,怎么说还早呢？村医老伴是按照东方玉和朱彪结婚的时间推算的,却没有想到这是张子坚的孩子。

几天后东方玉明显感到胎动,接生婆很快找来了,就是给东方玉检查的老太婆。从上午到中午,马上到下午了,老太婆使尽了各种手段,把个东方玉折磨得死去活来,孩子就是生不下来。看看天色不早,耽误的时间够长的了,老太婆害怕了,这样下去非闹出人命不可。

朱彪厉声地责问:"你不是说胎儿生长正常吗？一天时间快过去了,怎么还生不下来？"

老太婆理直气壮地说道:"我检查的时候是一切正常,可这几天发生了变化我哪知道？就像人生病一样,时间久了病情自然加重,跟我有什么关系？"

"这是生孩子,是健康人,怎么可以和病人相提并论？"

"怎么不同？假如你肚子里长了个什么的,摸得出来吗？你没听说'儿的生日娘的难日'这句话吗？生孩子是一只脚踏进鬼门关,生个病会有这么危险？"老太婆边收拾工具边说道,"别跟我理论了,像她这种情况我以前也没遇到过,快点送她去医院吧。"

朱彪对着她的背影狠狠地吐了口浓痰,叫上邻居,七手八脚地抬着妻子往卫生院跑去。卫生院妇产科医生给东方玉做了周密的检查后大吃一惊,厉声问朱彪:"这么长时间干什么去了？你们是想要她的命吗？"

"医生,求你帮帮忙,一定要保住大人的命。"朱彪哭丧着脸挤出两滴眼泪。

"我们不是不救你,而是我们卫生院设备简陋,技术跟不上,我们只能做镇痛保胎方面的处理,要马上将她送到县医院去。"医生边给东方玉打针边说。

朱彪在医院门口拦了辆车载着东方玉向县城飞驰。也许是药物作用,疼痛暂时停止了,但东方玉额头上的汗珠依稀可见。朱彪握住她的手,一股暖流涌进全身,她有了一份安全感。

"小玉,坚强些,马上到县城了。"朱彪轻轻安慰着,催促师傅把车开快些。

经过近一个小时的颠簸,东方玉被颠得晕头转向,进了医院,一颗心才平静下来。朱彪有个远房堂妹叫朱云霞,在医院妇产科当护士,这天她正当班,已经到了下班的时间,忽然接到通知说有位产妇需要急救。她二话不说,穿上白大褂,拿起必备器械向急救室跑去,刚到门口便和婶婶、朱彪相遇。

"是你们?"朱云霞吃了一惊,说道。

范翠花如遇救星,拉住她的衣袖哽咽着说道:"侄女儿,你嫂子她……她危险,求……求你了。"

朱云霞没来得及和伯母多说,径自走了,进了急救室关心地问:"汪医生,她怎么样?"

"这些人太糊涂了,等病人到这种地步才送来,危险着呢。小朱,你去做准备,马上手术。病人已经大出血,让血库准备600cc血浆。"

"好,我这就去办。"朱云霞很快又转了回来,焦急地说,"血库的血浆因上午抢救一个车祸伤者用去很多,仅剩下200cc了。"

"没有血浆怎么做手术?快去想办法,和其他医院联系,和病人有血缘关系的亲人也可以。"主治医生吩咐道。

"朱彪,你去打电话和东方玉的父母说明情况,让他们以最快的速度赶来。"朱云霞把朱彪推出门外,自己去联系别的医院了。

朱彪在医院门口的小商店打通了东方玉哥哥家的电话,接电话的正是岳父东方田。朱彪简要地说明了情况,岳父告诉他岳母和大舅哥已经来医院了,朱彪一颗焦急的心才得到一丝安慰。堂妹和其他医院联系也是无果,产妇生命垂危,众人都是束手无策。朱彪母子急得团团转,希望有奇迹出现,这奇迹只能寄希望于朱彪的岳母和大舅哥了。医院领导经过商议,决定向社会求救,广泛征集血源。已是万家灯火的时候了,几位医生忙得顾不上吃饭。县广播站正播着本县新闻,中间突然插入县医院的求救信息。听到广播,人们开始行动起来,有人向医院跑去。在广播播出求救信息的同时,东方玉的大哥扶着母亲出现了,等候在门口的朱彪如遇救星,简要地说明了情况,拉着大舅哥向急救室跑去。医生听说是病人的亲大哥,终于放下心来。

"医生同志,我们血型相同,只要能救活妹妹,输多少血都没关系。"大哥着急地说。

"医生,请你无论如何要救活我女儿,我求求你了。"母亲走过来拉住医生的手要下跪,"我是她妈,用我的血吧。"

"老人家,千万别这样。你尽管放心,我们将尽力拯救产妇的生命。你俩也不用争了,年轻人身体强壮,用他的血吧。"医生边给东方玉的大哥检查边说。

"是呀,我妈年迈体弱,应该用我的血。"

东方玉早已晕了过去。看到女儿如此情形,母亲止不住泪水涟涟,为她的生命担忧。有了血液可以动手术了,这时,医院的门口突然拥进数十人来,见了穿白大褂的医护人员便问:"妇产科在哪里?我们是来献血的。"

"刚才听广播里说有个产妇需要输血,我和她的血型相同,用我的吧。"

"用我的吧,我饭还没吃完就赶了来。"

各人都陈述自己的理由,希望能被选上。有人撸起衣袖,像上战场一样激动。医生听他们说完,解释说:"对不起,大家来迟了。血源已经找到,现在正在做手术,大家请回吧。"

"我听到广播就赶了来,想不到还是来迟了。"

"不是你们来迟了,是电台刚刚播完消息,产妇的哥哥便从乡下赶到,输血的人是他。"医生解释说。

"是这样。"有人说,"若有特殊情况再喊我们,我还会来的。"

人们开始散去。望着他们离去的背影,医生喃喃自语,说道:"多好的人民呀,有了他们的爱心,何愁国家不强、人民不富?"

"小玉,小玉。"东方田慌慌张张地闯进来,几乎把医生撞翻,"小玉在哪里?我要为他输血。"

"哪个小玉?"医生拦住他问道。

"就是因生孩子而病危的那个人。"东方田急切地说。

"你是来献血的?对不起,已经有人在为她输血,你来迟了,请回吧。"医生把他当成了普通献血者,不让他进去。

"拦着我干吗?她是我女儿,我要见她。"东方田把声音提高了几倍,震得医生耳朵里嗡嗡响。

"原来是患者的爸爸,怪不得如此紧张。"医生心里想,忙改口说道:"医院是清静的地方,不许大声喧哗,声音小点。你女儿正在手术室,手术及时,没有生命危险。"

东方田来到手术室门外,见老伴、亲家母、女婿都焦急地等在那里,几人默默相对,不知说什么好。此时,医院组织了最强的技术力量为东方玉实施手术,在洁白的无影灯下和时间赛跑,抢救她年轻的生命。哥哥的血液经过输血管源源不断流进妹妹的体内,给她行将枯萎的生命注入全新动力。她苍白的脸有了血色,呼吸平缓而均匀。随着一声婴儿的啼哭,又一个生命诞生了。东方玉获救了,是医生高超的技术将她迈进鬼门关的那只脚拉了回来。刚才紧张的气氛不见了,空气活跃起来。

门开了,朱彪他们迎了上去,急切地问:"怎么样?手术成功了吗?"

"你放心,大人小孩都获救了。"医生说道。

"朱彪,恭喜你喜得千金。"堂妹朱云霞说道。

"什么千斤?"范翠花不知千金为何物,抱起婴儿一看,两腿间没有那块肉,态度有了很大转变,脸色极不自然。

"千金不好吗?"朱云霞又问。

"好,好。"她只得随声附和。因为亲家在,不便多说什么,只得强作笑脸。范翠花的这一变化被东方玉的母亲瞧了个清清楚楚。

东方玉幽幽醒来,见父母及大哥都围在身边,知道自己已是二次为人,恍如隔世。她被众人推着向病房走去,亲人簇拥着,像是迎接从战场上凯旋的英雄。因失望而不能接受现实的,要算婆母范翠花了,她有一种上当受骗的感觉,暗地里将那菩萨狠狠地骂了几十遍。早听说那观世音菩萨十分灵验,她才慕名而去,却让她一场欢喜一场空。从医院回来,她整个儿像变了个人似的,话也少了,魂不守舍的样子。她是个封建思想根深蒂固、非常守旧、极为传统的人,延续香火是她的精神支柱,如今美梦破灭了。朱彪见母亲坐着发呆,知道她在想心事,便好言相劝,说道:"妈,我得了孩子你应该高兴才对,为什么还闷闷不乐的?"

"高兴,高兴,我怎么能高兴得起来呢?你说那菩萨为什么不灵验了?是不是我许错了什么?或者香纸烧少了,菩萨认为我的心不诚?"母亲看着儿子问。

"你想到哪里去了?那木头刻的菩萨如何能开口说话,又怎么能保佑人?这东西信则有,不信则无,何必那么认真?现在城市里许多人不要孩子呢。"朱彪故作轻松地说。

"不要孩子老了谁照顾?"对于她来说这是件新鲜事儿,"那不是焦了尾巴梢子——绝后了吗?"

"国家养呗,老了住敬老院,我们乡不是也有敬老院吗?住的都是些孤寡老人。"朱彪说。其实他心里也不太高兴,只是没有说出来而已。

"只怪我太相信那菩萨了,应该多找几个人算算命,知道是个女孩把她打掉或许来得及,现在说什么都迟了。"范翠花叹了口气说,"彪儿,今天我不去医院了,你一个人去吧。"

"刚才不是说得好好吗,为什么又不去?"朱彪问道。

"家里有猪呀鸡什么的,许多事等着我做,走不了。让你岳母在医院里多待几天,代我照顾下小玉。"范翠花说。

朱彪知道母亲是找了个借口不愿去医院,只好应了声"知道了",然后端着满满一瓷缸鸡汤去了医院。

东方玉住院四五天了,伤口很快痊愈,可以出院了。而婆母却很少来医院照顾,母亲只得挑起重担。因外孙女出世,朱家母子的态度发生了一些微妙的变化,这让她大为不解。尤其是亲家母范翠花,她可是能说会道较为乐观的那种人哪。儿媳妇脱离危险,孙女出世,应该高兴才对,是什么原因让她前后判若两人?这是一个谜,母亲决定解开这个谜。她猛然想起小玉手术那天,范翠花不关心儿媳妇的安全,得知孩子的性别后那僵硬的表情,难道说是因为生了个女孩的缘故?若真是这样,小玉以后的日子可过不安稳了,她开始为女儿担心起来。

东方玉一觉醒来,见母亲仍然坐在身边目不转睛地看着自己,眼里含着泪花。她问:"妈,你哭了,发生什么事了吗?"

"妈不是哭,见你睡得安详,高兴得。"母亲用衣角擦了把眼泪答道。

"妈,你有好几天没睡好觉,太困了,回去歇歇吧。"东方玉劝道。

"嗯,等你家中来了人我就走。小玉,妈有件事要问你。"

"妈,有话你就问吧,有什么不好说的?"

"朱彪对你好不好?还有你婆母。"

"我们都很好。妈,到底发生了什么?"

"很好?为什么你婆母不来医院照顾你?你肯定有什么事瞒着我。"

其实东方玉心里也不平静,婆母不来医院,都是因为她生了个女孩。但她不能说出来,只好把满肚子的委屈咽了下去。如今被母亲觉察了,为了不让她担心,东方玉找了个理由,说道:"家中有许多事情要做,离县城又远,跑一趟不容易,她便没有时间来。"

"小玉,你别说了,我都看在眼里,因为你生了个女孩对吗?"

听了这句话,东方玉泪水夺眶而出,浸湿了枕头。母亲给她擦去泪水,安慰道:"小玉,以后你可得小心点,别让他们欺负你,有什么事和我讲,我给你撑腰。这都是你父亲那个老糊涂干的好事,可真的把你推进火坑了。"东方玉遂将婆母去庙里烧香许愿一事说给母亲听,她听得脸上红一阵白一阵,心潮难平。

这时朱彪推门进来,说:"小玉,妈煨了鸡汤让我带来,还是热的呢,吃些吧。"他说罢倒了半碗递过去,东方玉也不推辞,接过喝了。母亲这些天是有些累了,见朱彪对小玉如此悉心照料也就放心了。她又给孩子检查一遍尿布看湿了没有,那圆圆的脸蛋小小的鼻子让人越看越喜欢。临出门时她特别告诉女婿,一定要照顾好小玉,别离开病房。朱彪连连点头,陪着妻子说了会儿话却无所事事。东方玉的倦意又上来了,迷迷糊糊地睡着了,醒来时却不见朱彪的影子。堂妹一边给她换药一边问:"朱彪上哪儿去了?"

"刚才我睡着了,他什么时候走的我都不知道。"东方玉答道。

"他出去的时候在门口遇到我,说出去走走很快就回来,半天时间过去了还没见回来。这男人照顾产妇就是不行,大大咧咧的,没么耐心。"堂妹抱怨道。

"他会上哪儿去?不会出事吧?"东方玉担心地说。

"你尽管放心好了,在这个小县城他闭上眼睛也能走上三个来回。准是被他的狐朋狗友拉去了,回来我非骂他一顿不可。"堂妹没好气地说。

中午时分朱彪没有回来,朱云霞只好侍候嫂子吃了饭。晚上灯亮了朱彪还没有回来,朱云霞不得已又侍候嫂子吃了,接着又帮孩子换了尿布,这本不属于她的工作。东方玉看了过意不去,说道:"妹妹,给你添麻烦了。你已经下班,也该回去歇歇了。"

"这没关系,即使朱彪在这儿照顾孩子也不行,我不帮谁帮?我大婶也真是的,这么多天不来医院侍候你,让朱彪来却整天见不到影子。"正说着朱彪满脸兴奋地回来了。堂妹埋怨道:"你上哪儿去了?到现在才回来,我还以为你失踪了呢,把老婆孩子丢在这里不管。"

"上午我在医院门口遇到两个朋友,去打了几圈麻将,今天手气特别好,赢了三百多块。小玉,吃饭了吗?我去给你弄吃的。"朱彪关心地问。

"你还知道她要吃饭?她中午没吃晚上没吃,等着你回来呢。"堂妹抢白道。

"吃过了,妹妹把鸡汤热给我吃了。"东方玉无力地答道,"我说了你许多次你总是不听,上次输了二百多块钱忘了?赢了一点就沾沾自喜不知身在何处,你算算账,已经输了多少钱?!"东方玉苦口相劝。

"胜败乃兵家常事,因为要回来照顾你不能玩太久,否则还要赢。"朱彪

第十八章 难产

219

信心十足地说。

"你玩了这么久玩得还不够哇。"堂妹愤愤地说道,"你现在不比以前了,上有老下有小的,你要供她们吃和穿,不思进取,将来这日子怎么过?"

"看来你还是有点记性,记得我在医院里。"东方玉反唇相讥道。

"话怎么说得这么难听?老朋友在一块儿聚聚有什么不对?"朱彪满不在乎地说。

"就你理由充足,你现在的任务是侍候老婆和孩子,不是贪玩的时候。以前你打麻将,在社会上混,家人为你怄了不少气,你就是不思悔改。还有,你父亲是怎么死的?如果不是你惹他生气,他的心脏病能发作吗?现在不同了,上有老下有小,成了家也该立业了,再这样下去也不是办法。"堂妹数落道。

"妹妹,你放心,我会改正的,小玉出了月子我就去找个工作养活我的宝贝。"朱彪对孩子亲昵地说,"小宝贝,快叫爸爸。我女儿将来要像她妈妈一样漂亮,成为天下第一美人儿。"

"你怎么不说些正经话,让孩子读书上大学之类的?我看你呀,能改邪归正就是天大的恩德了。"堂妹对他是有些恨铁不成钢的意味。

"妹妹,我也不是你说的那样坏吧。等着瞧,我将来也会有时来运转的时候。"朱彪面红耳赤,吞吞吐吐地说。

"我可告诉你,这时来运转不是等来的,是要靠自己努力得来的。"朱云霞说完,头也不回地走了。正如她所说的那样,一个人的恶习一旦形成,要想改掉谈何容易?

朱彪的赌博史可谓悠久,在赌友中小有名气。前些日子他为讨得东方玉的好感和那些狐朋狗友疏远了,如今老婆有了,孩子也出生了,煮熟的鸭子还会飞吗?赌瘾又上来了,他便毫无顾忌地重操旧业。已是奶奶的范翠花看着小孙女儿总觉得不顺眼,因为她想要的是孙子,于是对东方玉母女的态度非常冷淡。想不到这老太婆的性格变化无常,朱彪的话终于应验了,且有过之而无不及。东方玉默默地忍受着命运带来的不公平,抚养孩子的重担全落在她一个人的肩上,婆母只是在高兴的时候才抱抱孙女儿。朱彪忘记了对堂妹说过的话,把麻将当成了工作,常常夜不归宿,很少关心她们母女的生活。东方玉曾多次苦苦相劝,无奈他陷得太深,什么话也听不进去,对此,东方玉是心灰意冷。小夫妻俩的感情在风雨中飘摇,他们的结合最初就注入了不和谐的音符,走到今天也是在情理之中。没有了感情便没有了生活的基础,只留下婚姻的躯壳是很可怕的,东方玉仍抱有一丝幻想挽救这个濒危的家庭。她抱定从一而终的古训,朱彪毕竟是自己名正言顺的丈夫,只要他能迷途知返,过去的一切不必计较。东方玉明显的有一种危机感,这是她不愿看到的,但又回避不了的现实,是朱彪母子的品格决定了这个家庭的命运。在许多年后他们才明白一个真谛:得不到的是最美好的,失去后才知道它的珍贵。

为了逃避婆母的冷言冷语,东方玉只得抱着孩子回娘家小住。母亲听了她的诉说后只有长吁短叹地陪着流泪,一个劲儿地骂老头子害了女儿,听信别人的鬼话把女儿从温海逼了回来:"孩子刚出生就原形毕露,往后的日子还长着呢。如果女儿有个三长两短,少了根头发我找你拼了!"东方田见女儿整天痛苦心里很不是滋味,暗暗骂亲家母是个黑脸无常,骂朱彪如何不争气,骂老刘欺骗了自己,大呼上当,如今生米煮成熟饭悔之晚矣。解铃还须系铃人,只有让老刘出面规劝朱彪,但愿能有收获。

"这种人能改?只有把他的双手给剁了,没办法拿牌,否则不行。"母亲说道。

"依我看只有给他找份工作,拴住了他的手脚,没有时间,才能戒了赌。"东方田说。

"我也这样想过,可我们农村人进企业没门路,出门打工怕上当受骗。仅种庄家收入太低,懒惰之余便天天沉迷于麻将。爸,你能有什么办法吗?"东方玉说。

"我有一个主意,不知行不行。"东方田打量了一眼老伴说。

"有什么主意就说呗,这么吞吞吐吐的。"老伴催促道。

"小玉,你还有多少钱?"父亲问道。

"我的钱?这一年多的时间里已经花去不少,剩下不多了,你问这个干什么?"东方玉答道。

"我看离你家不远的村口位置比较好,可以开个小经销店。本钱不用太多,一万元足够了,让朱彪天天守在店里束住了手脚,你也不必看婆母的脸色了。"

"不行,不行。就你出馊主意,这些钱是小玉的半条命换来的,不能糟蹋了。小玉,别听你爸的话,如果不是他你会受这份苦吗?朱彪不仁你也不义,这些钱你留着过日子用。"母亲摆摆手阻止她,"嫁给朱彪已经错了一次,绝不能再错第二次了。"

东方玉听了爸爸的话有些道理,可母亲的话句句是真,如果这么多钱投出去有去无回可就完了。她犹豫不决不知如何是好,最后还是咬了咬牙答应了。但首要条件是朱彪真正戒赌,店里的钱由自己保管,从经济上控制他。她知道这是冒险,仍满怀希望用自己的真诚换回那颗迷途不知往返的心灵。

第十九章　自杀

　　老刘领命而来,却见朱彪家的门紧锁着,在村前村后找了个遍,才在地里找到表嫂范翠花。她正顶着毒辣辣的太阳锄草呢,汗珠顺着脸颊一滴一滴往地上掉,身上的衣服全湿透了。她是被逼无奈,朱彪整天待在牌桌上根本不问家中的事儿,儿媳妇吵了几次架后干脆回娘家去了。家里是清静了许多,可田地里活儿不少,只有她去做了。范翠花感到口干舌燥、头晕目眩,有些支持不住,猛听有人叫自己,回头一看是表弟来了。

　　"嫂子,这么热的天还锄草,简直不要命了,快回去歇歇。"老刘责备道。

　　"我想把这半块地锄完,可太阳晒得我头皮都快炸开了。回去吧,我也不行了,下午再来。"范翠花拿起锄头往回走,还没进家门就觉得眼花胸闷,再也支持不住,中暑倒在地上了。老刘忙喊来邻居把她送进医院去,又派人四下里寻找朱彪,这会儿朱彪会在哪儿呢?

　　落地扇摇头晃脑地吹着,尽管风力开到了最大,但阵阵热浪仍然挥之不去。几个人也有些受不住,直骂这闷热的鬼天气,可桌上的麻将声仍响个不停,丝毫不受影响,"五饼""九万"喊成一片,朱彪正在鏖战呢。

　　"妈的,这鬼天气,热得真受不了。"朱彪擦了把汗,骂骂咧咧站起来把电扇往自己这边移一些。今天他手气不好,已经输了二百多元,因为心里紧张加上天气热,流的汗要比别人多。

　　"朱彪你干吗?以为只有你一个人热呀,是不是输了钱手心冒汗了,如果输不起钱就别打了。"坐在对面的那个人站起来反对,他赢了钱没好气地说道。

　　"我输不起钱?别小瞧我了。告诉你,我也是个顶天立地的男子汉,这点小钱算啥?"朱彪虽然有些心虚,可嘴上仍逞强。

"这钱是从你老婆那里偷来的吧?你小子真有福气,娶了那么个漂亮又有钱的老婆却不知道心疼,天天和她吵架,把她气得回了娘家。"

"女人嘛,不能太娇惯了,在刚谈恋爱的时候对她使点手腕耍些小计谋是很正常的,她就是容易上钩。结了婚生了孩子,才发现不过如此而已。她爱回娘家去就回去,过两天又会乖乖地回来。"朱彪说起漂亮老婆有些扬扬得意。

"你是把她爸爸哄得团团转才得逞。再说,东方玉如果不是受伤住院,你乘人之危,也不可能得到她,听说东方田那老家伙已经后悔了。"

"我岳父后悔?怎么可能呢?"朱彪被他们说得心烦意乱,大脑里胡思乱想着,手上出牌也慢了许多。

"你掉魂啦?这么慢。"有人催道。

情急中朱彪抓了牌扔了出去,当看清楚时暗叫"不好",把一对牌给拆掉了。而下家大叫一声"和了"。朱彪直叫晦气,眼见这一圈自己又要输光了,冥思苦想如何能够取胜,可总是精力不集中。突然门被砰的一声推开,几个人吃了一惊。

"朱彪,你、你倒好,还在这里打麻将,你妈中暑住院了。"来人满头大汗,上气不接下气地说。

"你说什么,我妈住院了?"朱彪吃了一惊,抓起桌上仅剩的二十元钱飞奔而去。

经过一番救治范翠花转危为安,朱彪没头没脑地闯进来,见母亲躺在床上,挤出两滴眼泪来,哭道:"妈,你是怎么啦?"

"别喊了,你妈是累的,需要休息。"表叔把他拉到门外斥道,"好你个朱彪,能耐不小啊,把老婆骂跑了,把你娘累病了,可以心安理得地打麻将没人管了。"

朱彪低着头很是愧疚的样子,小声说:"表叔,我错了,我一定改,我再也不打麻将了。"

"改?你在我面前说了多少次,可曾改过一次?转过背就会把这些话忘得一干二净。你妈的医疗费还没交呢,快去把钱交了。"老刘说道。

朱彪拿出皱巴巴的二十元钱,这是刚才临阵脱逃时才留下的。他又翻遍其他几个口袋,再也找不出一分钱来,哭丧着脸望着表叔。

"你有钱去赌没钱给老娘治病?哭丧着脸有什么用,我又没钱给你。"老刘没好气地说,对于这个表侄他是烦透了。卫生院的医生对他的劣迹早已熟知,忙不迭地催他把钱交上来,否则就将药停了。朱彪急得如同热锅上的蚂蚁,不知如何是好。他长这么大,曾多次为钱犯过愁,那都是为没钱打麻将而愁,为母亲治病而愁还是第一次。在医生的一再催促下只得答应回家拿钱,在门口和东方玉相遇,他挤出一丝笑容比哭还难看:"小玉,你……来了。"

四目相对,表情是极其复杂的。东方玉嘴唇动了动没有开口,他突然想起小玉不是有钱吗?只要她肯出手这点药费不在话下。朱彪便跟在她身后,满脸堆笑、极尽讨好地说:"小玉,你来得正好,我没钱给妈交药费,你借些钱给我行吗?"

"借钱?你向我借了多少次都是扔到赌场上了。前天你还有三百多块呢,今天又说没有钱谁会相信?我告诉你我没有。"东方玉冷冷地说。她刚才在街上听说婆母病了才过来看看,但想到她们母子的丑恶嘴脸便感到恶心。朱彪见她是不肯拿钱了,只好默默地往外走。他知道家中根本没有钱可拿,为了母亲只好硬着头皮去借。

范翠花醒来见儿媳妇走进来,脸上浮出一丝笑意:"小玉,你来了,朱彪刚才还在呢。"

"听说你病了过来看看,朱彪回去借钱了。"东方玉冷冷地答道。

"借钱,他身上不是有钱吗?又输光了!"

"是你把他给惯坏了。"老刘说道,"你在家顶着毒辣辣的太阳干农活,累坏了身子,他在牌桌上输了个一干二净,结果没钱给你交医药费。"

"你说得对,是我惯坏了他,没想到他却上了瘾,越赌越大。"范翠花有气无力地说。

"你倒有理由,还在为他辩解,真是无可救药。"老刘气愤地说道。

朱彪哭丧着脸推门进来,在邻居那里自然借不到钱,他便去找赌友借。刚才输了二百多元钱给他们,以为向他们借点钱不成问题。可赌友说他刚才输了钱还没给,想借钱得先把欠的钱拿来,他只好灰溜溜地退了出来。

"彪儿,钱拿来了吗?"母亲问道。

"没有,我身上只有二十元钱。"朱彪吞吞吐吐地说。

"你先将这二十元钱交了,过几天我卖了猪再送过来。"

朱彪把钱递到收款台马上给扔了出来,女收款员说道:"二十元钱怎么够?现在需要一百多元呢。"

"行行好,先收下这二十元吧,我回去借行吗?"朱彪乞求道。

"一百元钱都没有?"她鼻子里冷哼一声,说道,"告诉你,我这里不是敬老院,把病人治好了不拿我们当回事了?"

东方玉见他一个男子汉因为一百多元钱低三下四地求人,心里升起一阵快感,心道:"朱彪,你也有为钱发愁的时候。"过了会儿见朱彪呆呆地走了,她起了怜悯之心,去把医药费给缴了。通过这件事,母子俩对东方玉的态度略有改变,老刘也趁机因势利导规劝朱彪,他总算正儿八经地戒赌了。没过几天东方玉的小经销店静悄悄地开张了,店面虽然不大,摆上些糖、烟、酒等日用品倒也像模像样。生意不错,每天能赚些钱补贴家用,她希望以后的日子能这样平静地过下去就够滋润了。

朱彪似乎真的能洗心革面、痛改前非,东方玉见了满心欢喜,以为苦日子总算熬出头了,便放松了对丈夫的警惕。她认为一个大男人被束缚得太紧不好,这样面子上有些过不去,只要他不重操旧业就可以了。她和婆母的关系也有所缓和,一个家庭终于有了生气。就这样相安无事地过了一年,女儿丹丹能够下地走路,牙牙学语了,朱彪偶尔也打些小麻将,但都控制在一定的范围之内。可最近一段时间出现了一些反常现象,她总觉得店里的钱不明不白地减少,而朱彪打麻将的次数明显地多起来。这些钱是不是被丈夫拿去输掉了?可自己每天都给了他零花钱呀。

这天东方玉正患感冒,支持不住早早地关了店门躺下了,夜半时分睡梦中听见有人敲门。"小玉,开门,开门。"是朱彪的声音。她发着高烧起不了床,任凭门敲得山响不去理会,过了许久才慢慢地起来开门。

"我敲了半天门怎么到现在才开?"朱彪从门缝里挤进来很不高兴地问。

"我感冒睡着了,起不来。"东方玉无力地回答。

"我肚子饿坏了,有吃的吗?"朱彪到碗柜里寻找起来,什么也没找到,便吩咐小玉道:"小玉,给我弄点吃的。"

"有开水你泡方便面吧,我头疼实在不行。"东方玉又躺下了,说道,"你呀,总是劝不住,又开始打麻将赌博了,最近一段时间店里的钱不对数,原来是你拿了。"

"我的钱都是你给的,怎么会背着你拿钱呢?"朱彪不承认。

"这么说是我冤枉你了?"

"这一年的时间里我几乎没打麻将,只是最近玩点小的,有你给的钱足够了,不可能拿店里的钱。"

"你也不用狡辩了,抽屉里每次存有多少钱,每天进了多少钱,我心里都有数。前天你拿了五十元,昨天拿了三十元,今天又拿了五十元,对吗?"

朱彪一听傻眼了,她说的数字一点不差,想不到妻子有如此心计,便承认道:"小玉,你果然厉害,但今天手气不错,赢了二百三十元,上交二百元。"

为了讨妻子的欢心他拿出两张百元大钞递了过去。自从结婚以来都是妻子给丈夫钱,而丈夫给妻子钱这是第一次,东方玉毫不客气地收下,说道:"我身体不好,你明天去县城进些货来,货单我开好了。"

"行,我去。"朱彪又关心地问,"你要不要去医院看看,吃药没有?"

"我买药吃了,过两天就会好的。"

第二天朱彪乘上车便往县城赶去,他刚出了车站便遇上两个好友,他们好久不曾相见,自然亲热一番。

"哟,彪哥,多日不见你可发福了,我快认不出来了。"其中一个叫庆华的说。

"老兄你不也一样吗?这几年混得不错吧。"朱彪恭维道。

"听说你娶了个大美人又当了爸爸,把我们这些穷哥们儿给忘了,今天难得一见,找个地方叙叙旧?"另一个叫孙跃群的说。

"不行,不行。"朱彪连连摆手,推辞道,"我要去进货呢,老婆特别关照,让我快些回去,店里的货架空了。"

"想不到你老兄得了'妻管严',没一点男子汉的骨气了,如此说来,我们这些光棍都不敢讨老婆了。"庆华说。

"走吧,时间还早着呢,到我家吃午饭去,吃了午饭保证把你扫地出门让你回去,可以吧。"孙跃群说。

盛情难却,朱彪只好答应。孙跃群的父母见儿子的朋友来了自然高兴,听说他开了爿小店,直夸他有志气,不像孙跃群整天游手好闲,进了几个厂都因表现不好被赶了出来。朱彪听了吹捧有些扬扬得意,心安理得地接受,忘记了这一切是东方玉给的。他们刚吃完饭,又进来一个人,只见他蓄着八字胡须,留着长发,两只眼睛贼亮贼亮,一看就知道是街痞一类的人物。

"豪哥来啦,吃饭了没有?"孙跃群忙打招呼。

"吃过了。"豪哥坐到沙发里跷起二郎腿,说道,"这全世界的人怎么都死光了,想找个人玩玩都不行。庆华,想不到你却躲到这里,让我好找。"他根本不理会朱彪,"玩"指的是打麻将。

庆华把朱彪介绍给豪哥认识,说道:"恰好有四个人,玩两把怎么样?"

"我还有事呢。"朱彪惦记着自己的任务,站起来要走。

孙跃群拦住他,说道:"彪哥,你太不够仗义了,豪哥是自己人,初次见面你不赏他个面子?"

看来是走不脱了,朱彪只好坐下来,孙跃群把麻将摆到了桌子上。

"钱嘛,是生不带来死不带去的东西,别看得太重。记得有位伟人说过,一个人来到这世界上本是一无所有,以后所得皆属盈利。"豪哥一副傲慢无礼的态度,满口的玩世哲学。

朱彪被他的高傲态度激怒了,心想你豪哥算个什么东西,当年我在县城混的时候你还在地上捡鸡屎呢,竟敢在我面前装大。他们很快进入正题,每个人面前筑起了长长的一堵墙。孙跃群、庆华听朱彪说今天来县城进货,知道他必然带了不少钱,岂肯放过这个机会,在桌子底下碰了碰豪哥的腿,豪哥随即明白了。朱彪在这几个人中是大哥,自然丢不下面子,把东方玉的叮嘱抛到了脑后。开始时他手气不错,两圈下来便赢了一百多元,输得最惨的自然是豪哥。见天色尚早,朱彪决定快速将豪哥给解决了,自己也好脱身。谁知牌风大变,他的钱一个劲地往外吐,看看已输掉不少,才想起这是妻子给的进货款呀。朱彪站起身来要走,可是如何能走脱?

孙跃群见他沉不住气了,故意找话激他打乱他的阵脚,说道:"彪哥,输了这么点钱就有失风度啦?以前你是豪气万丈志冲霄汉嘛,想不到讨了个老婆就畏缩不前了。"

"你那老婆的确如天仙一般漂亮,依我看,去参加世界小姐选美准能拿个金奖回来,只可惜一朵鲜花插在牛屎粪上。"庆华说着流出口水。

"你这是什么话呢,难道我还配不上她吗?"朱彪反驳道。

"听说你只会榨她的钱打麻将,还常常骂她虐待她,有这事吗?"庆华问。

"谁说的,你不是说我患有'妻管严'吗,怎么会伤害她?"朱彪满不在乎地说。

"有人说你女儿不是你的,是真的吗?"豪哥突然问了句。

"什么意思,你说会是谁的?"朱彪厉声问。以前有人在他面前提出过这个问题,想不到今天又一次被人提起,看来不是偶然。

"她在温海的时候和一个外地男人谈恋爱,有这事儿吗?"孙跃群问。

"有这事,那个人叫张子坚,我见过。"朱彪不否认。

"这就对了。你仔细想想,全厂一百多人为什么只有他们两个人伤得最重住进医院?"孙跃群打出一张七条慢条斯理地说,把后面要说的话咽了下去。

"当时我也在温海,报纸上和高云他们都不是这么说的。"朱彪的心里一阵绞痛,仍提出疑问。

"这是个人隐私,懂吗?高云她们经过约定才编出这么个故事来骗你,这么容易上当。"孙跃群说。

"老哥,想开点,谁叫她长得这么漂亮呢?"庆华说。

朱彪当然听出他话里的意思,仔细一想觉得有道理,自从结婚以来,妻子对自己一直很冷淡。由于心情不好阵脚大乱,袋里的钱以最快的速度输了出去,很快输了个彻底干净。他不去想货款输掉了如何向妻子交代,只想着妻子对自己的不忠该如何收拾她。东方玉抱着孩子在店门口焦急地等待,按说中午时分就应该回来了,这个不争气的东西肯定是去打麻将了。平静地过了一年,看来他的劣根性还是没有除掉。天快黑了,只见朱彪匆匆地回来了,东方玉忙问:"怎么到现在才回来,货呢?"

"没货!"朱彪气势汹汹地把妻子拉进屋里,厉声问,"说,你最近都干了些什么?"

"你是怎么啦,到底发生了什么事?"东方玉丈二和尚摸不着头脑。

"别问我,先说你自己吧。"朱彪打断她的话。

"我每天都是看店带孩子,你只顾赌博,家中的事从来不问一下,找我发什么脾气?"

"发脾气?我问你,最近都和哪些男人有来往?"

她终于明白了,原来他是怀疑自己作风不正,结婚两年以来,自己坐得端行得正,并无任何越轨的行为。

"朱彪,你在外面输了钱回来找我出气,算什么男人,听信别人挑拨离间对你有什么好处?"东方玉被激怒了,自己的名誉容不得别人玷污。

朱彪只是听别人谣传的,但拿不出确凿的证据,很快想到了孩子。他吼道:"你说丹丹是谁的?为什么出世的时候才七个月!"

丹丹被吓得大哭起来,东方玉只好哄她。东方玉听朱彪问起孩子心里咯噔一下,难道他在外面听说了什么?"孩子当然是你的,这还用说吗?你可以去问卫生室的老太婆。"

"我自然会去问的,但你必须给我交代清楚。"朱彪恶狠狠地说。

"我身正不怕影子歪,有什么可说的?你去了一天没进货把钱还给我!"东方玉不再示弱,以前总是对他谦让,他却不把自己放在眼里。

"钱?输了,一分也没有。"因为把钱输了有些心虚,朱彪吼着往外走,给自己壮胆,说道,"你不承认是吧?让我找到证据后当心我废了你,你知道老子也不是好欺负的。"

"不行,把钱拿来再走。"东方玉放下孩子拦住去路。

"你竟敢拦我！"朱彪猛地把她往旁边推去。两个人不由分说扭打在了一起，可怜东方玉正患感冒，身体虚弱如何是朱彪的对手？她被按倒在地挨了一顿暴打，头撞在货架上，很快出了血。朱彪打够了扬长而去，东方玉挣扎了许久才爬了起来，血水和泪水掺和在一起，她抱起孩子，两个人放声大哭。这一架吵得够狠的，东方玉历尽艰难挽救的家庭再次走向分裂，维系两个人生活的最后一丝情感也灰飞烟灭。东方玉终于明白，自己为这场婚姻这个家庭付出得太多，却得不到任何回报。从一而终的古训让自己陷入痛苦的深渊难以自拔，她厌倦了这种没有爱的生活。她知道，只有脱离婚姻的桎梏才能追求属于自己的生活。脱离朱彪？那可能吗？

　　东方玉不贞的消息很快在村子里传开了，朱彪真的去村卫生室问那老太婆，她如何能承认自己检查有误？一口咬定是早产。婆母范翠花听说丹丹是野种，如何咽得下这口气？看来菩萨没有骗自己，而是自己被那个狐狸精给骗了。你不仁我不义，于是她隔三岔五地到小经销店里将东方玉骂一顿，东方玉哪里是婆母的对手？别人见她理屈词穷，相信了传言的真实性。邻居虽然没见她有不光彩行为，但谁也不敢出来主持公道，怕引火烧身呀。东方玉的日子越发不好过了，朱彪搬回家去住，扬言要离婚，生意日渐冷清下来。晚上倒显得不比寻常，一些不三不四的男人常来店里纠缠。以前有朱彪保护着，尽管有人对她有非分之想，但不敢越雷池一步。如今朱彪抛下了她，每天只有早早地关门歇业，抱着丹丹以泪洗面。她想到了死，却放不下幼小的孩子，丹丹才是她活下去的勇气呀。在世人的唾弃声中，一个人的力量太小，负不起世俗的重荷。再也没有人理她，谁能想象被亲人抛弃，失去朋友的信任，对于一个活泼大方、把名誉看得比生命还重要的女人来说应该是怎样的打击。她恨爸爸，这就是爸爸为自己安排的生活吗？她恨朱彪母子，是他们毁了自己的清誉，把自己推进痛苦的深渊。未来的路该怎么走，她一片茫然。看着清冷的店面，这几天货架上的东西很少动过。朱彪不是说要离婚吗，他为什么不正式提出来？只要能离婚便能重获自由了。

　　东方玉坐在门口想了许多，见别人家屋顶上升起了袅袅炊烟，天色不早了。她随便弄了点吃的，正欲关门，却进来个人，这个人不是别人，便是那个被称为豪哥的人。豪哥用色眯眯的眼睛打量着她,她浑身起了鸡皮疙瘩,一看就知道这人心怀叵测。东方玉心里一紧,问道:"你是谁?来干什么?"

"我是来向你讨债的。"豪哥很快被她的美貌吸引了。

"我不认识你,能欠你什么债?"东方玉反问道。

"你不欠我的,但朱彪欠我。我们在一块赌博他输给我三千块钱,没钱给我便答应用你给我还债。"豪哥说着拿出张纸条给她看,说道,"这字据是朱彪的字迹,该相信了吧。"

"别这样,大哥。我求你了,饶了我吧。"东方玉边躲边乞求着,可店面太小,无处藏身。

"要我饶了你可以,除非你拿出三千块钱来。再说你和别的男人都生了孩子,还在乎老子这一回吗?"豪哥张牙舞爪地扑过来。

"放开我,来人呀。"东方玉大声呼救,却被他铁钳般的大手夹住了。她不知哪里来的勇气和力量,任凭豪哥使出各种手段也不能使她屈服。豪哥的脸上被抓出几道血痕,血流满面,十分可怖。他万万没想到一个孱弱女子会有如此刚毅的个性,有些胆怯了,这样下去必然自己不利。豪哥擦了擦脸上的血迹,朝地上吐了口咸咸的血水,骂道:"如果我讨不回这三千块钱,将不在这地盘上混。"见他走出门去,东方玉砰地把门关上,全身像散了架一样,趴在床上大哭起来。想不到朱彪已经泯灭人性,把妻子当成了赌桌上的筹码,从精神上和肉体上摧残她。这些社会败类,不给弱女子生存喘息的机会。怎么办?她一遍遍地问自己,这些坏人是不会轻易放过自己的,随时随地还会再来。不用说,明天村里又将掀起巨大风浪,能把人淹死。这样苟且偷生地活着还有什么意思?生不如死,死了才干净,只有以死来证明自己的清白。东方玉想了许多,想起和张子坚在一起的幸福时光,想到这两年来的悲惨的生活,只要刻骨铭心地爱过一回已经心满意足了。死吧,死吧,她听到在遥远的地府有个声音在召唤。可孩子怎么办,她毕竟太小了,和自己一块去死吗?她是无辜的呀。东方玉责怪母亲和哥哥,那次在医院里不该救自己,如果能带着女儿一块死去该多好。如今也顾不得许多了,相信女儿自有好心人照顾。

东方玉终于下定了决心,像完成了一项重大的决策。哀莫大于心死,一个人失去了维系生命的最后一丝勇气,再也没有可以牵挂的了。她坐了起来,铺开纸笔,要留下在这个世界上最后的声音,声明自己是个纯洁的女人,没有伤风败俗,没有给父母丢脸,尽管这些话许多人都不肯相信。

亲爱的爸爸、妈妈:
　　女儿对不起你们,当你们读到这封信的时候,我已经不在这个世界上了。我也向往美好的生活,可我实在没有活下去的勇气。爸爸、妈妈,我知道你们为了我好,才让我嫁给了朱彪,今天的结局你们永远都没有想到,也不要过分地自责,都是命中注定。村里人都说我是个坏女人,可我要大声地说"不",这一切都是朱彪母子造谣中伤的结果。这些捕风捉影的事儿被他们当作真理传播着,置人于死地而后快。

东方玉抽泣着,泪水模糊了双眼,刚才碰伤的地方又隐隐作痛。她想了想又提起笔,将自己和朱彪结婚后,婆母范翠花求神拜佛祈求生个男孩而未果,前后截然不同的两种态度;朱彪沉迷于麻将榨取自己许多钱却对妻子和女儿的生活不闻不问,村里人不公平的待遇及今晚发生的一切一字不差地写了出来。她哭了又写,写了又哭,整整四张纸全被泪水打湿。但关于女儿的身世没有说出来,她不愿让她幼小的心灵因此而背上精神的负担,让这个秘密随着自己死亡而消失吧。在信的最后她写道:

　　爸爸妈妈,女儿最后有一事相求,一定要把丹丹抚养成人,并告诉她妈妈是怎么死的。丹丹,我的女儿,妈妈这样做也许太残忍了,对你不公平,可妈妈也是不得已而为之。愿你长大以后有属于自己的生活,别走妈妈的老路了。丹丹,妈妈吻你了。
　　　　　　　　　　　　　　　不孝的女儿　小玉绝笔

写完遗书天快亮了,东方玉把自己梳洗一遍,可腮帮已肿得老高,又找出一套新衣服穿上，打扮得漂漂亮亮、干干净净，像走亲戚一样。她吻了吻熟睡中的女儿，看着那娇憨的小脸满含微笑，她一定是在做着美梦吧。"丹丹，我的宝贝，你可曾知道，当你一觉醒来的时候便永远没有了妈妈。"泪水滴在女儿的脸上，东方玉咬了咬牙，头也不回地向朱彪家附近的水塘走去。这时东方已经泛起了鱼肚白，早起的人们已经出门了。

老刘见表侄如此不争气，只有唉声叹气的份儿，一个和睦的小家庭平平安安地过日子不好，非得天天吵架把老婆踢出去显示自己的能耐。他发誓不再过问朱彪家的事儿，可老伴却在耳边絮絮叨叨，让他再去管教朱彪。当初说媒的时候他的确向老朋友东方田隐瞒了表侄的情况，满以为朱彪娶妻生子以后能正儿八经地过日子，谁知道他却变本加厉，越发不可收，这才觉得对不住老朋友。天刚蒙蒙亮，他就被妻子喊了起来，老刘惺忪着双眼，深一脚浅一脚地赶路，露珠打湿了鞋面也不在乎。到了朱彪家附近时，忽见不远处的池塘上有个白色的影儿跳了下去。他以为是看花了眼，这么早谁会在这儿，难道有人寻短见不成？想到这儿他心里一紧，跑过去看个究竟，到了塘坝上，见水中果然有个人在扑腾。

"有人投水啦，快来人呀。"老刘喊了两声，连衣服也来不及脱便扑通一声跳进水里。此时有三三两两的人起了床，猛听得这尖叫声得了命令似的循着声音跑来，睡梦中的人被惊醒后也胡乱穿了些衣服爬起来。秋后的时节寒气逼人，大家为了救人也顾不得许多，又有几个人跳下去和老刘一起把东方玉拖上了岸，因喝了几口水，她无力地躺倒在岸边。

"是东方玉，快叫朱彪来把她送到医院去。"有人提议。

"有什么事儿想不开的，却要去寻死？"有人很是不屑地说，看来那些流言蜚语与她无关。也有人对她投以同情的目光，一个人若不是走投无路谁会去死呢。东方玉强撑着坐了起来，哭着说："你们为什么要救我，让我死了不好吗？！"

这些天母亲专和父亲怄气，怨他害苦了女儿，村里的小伙子多得数不清，怎么找上朱彪这个缺德鬼。离婚也行，还愁嫁不出去吗？这个经销店也别开了，是白费劲。东方田知道自己错了，那些犟脾气没有了，耷拉着脑袋只有挨批的份儿。母亲天刚亮便起了床来看女儿,劝女儿和朱彪断绝关系,早日从苦海中解脱出来。她到小经销店一看,却发现店门虚掩着,只有孩子在床上哭。

"小玉,小玉。"母亲叫了几遍却不见人影儿,抱起孩子自言自语地说,"上哪里去了,把孩子扔在这里哭。"她忽然看见桌上有几张写满字的纸,觉得不对劲儿,天这么早东方玉是很少出门的,莫非这纸上写了些什么?可她不识字,只好拿出去给邻居看。邻居接过纸一看大叫一声:"不好,小玉出事了。"

"出啥事了?"她的心提到了嗓子眼。

"这是遗书,小玉寻短见了,快去找。"邻居说。

可四野里空旷,没有目标上哪里去找人?忽听村后有人大声呼喊,说有人投水了。他们顾不得多想上气不接下气地跑过去,母亲吓得腿肚子打战差点晕过去。只见池塘边围了不少人,她分开众人扑了过去,老泪纵横,哭道:"小玉,你为什么要这样啊?!你死了谁还你清白……"

东方玉吐了两口水,神志已经恢复,母女俩抱头大哭,那凄惨的场面让围观的人也跟着抹泪。朱彪和母亲奔了来,见投水自杀的不是别人,正是东方玉,知道事情闹大了。他们顾不上别人的指责,灰溜溜地跑了回去,后来听说东方玉没有性命之忧,便安下心来。村里人都知道范翠花这个人的德行,东方玉刚进家门的时候天天夸她贤惠漂亮,可把儿媳妇逼得自杀却见死不救,跑得没了影儿。村民虽然看不惯朱家母子的作为,却没有人站出来主持公道。

第二十章　离婚

公安局两天前在一次治安行动中意外抓获一个赌博团伙,在严厉的审讯下,被抓获的赌徒又供出另外数人,朱彪就是其中之一。于是,一队公安干警迅速向他家奔来。

早晨,朱彪在睡梦里被急切的敲门声惊醒,这才得知是东方玉跳水自杀了,刚跑出门却被母亲拉了回来。他知道这事儿闹大了,抱怨豪哥将她逼上绝路,这可是违反法律的事儿。更让他没有想到的是东方玉如此刚烈,难道传言有假?朱彪刚从东方玉投水寻死的惊吓中镇静下来,却见四名公安人员走了进来。

"这是朱彪家吗?谁是朱彪?"走在前面的一个警察问道。

"我就是,有什么事吗?"朱彪吓得直哆嗦,额头上沁出了汗珠,想不到公安局来得好快。仔细一想,东方玉报案的可能性不大,这会儿她可能还在回家的路上呢。

"你跟我们走一趟。"其中一个警察把拘留证拿给他看,然后把他的双手铐了起来。范翠花吓得魂不附体,她在村子里可称得上是个人见人怕的人物,谁也惹不起她,但她从没见过这阵势,脑筋一转便明白了,这是东方玉报了案。见公安人员要把儿子抓走,她忙跑过来跪在地上求饶,磕头如捣蒜,哭诉道:"求你们了,别抓走我儿子呀,是她自个儿寻短见,和我们没关系,不信你去村里打听,也可以问她自己。"

公安人员一听觉得奇怪,如何又冒一出个寻短见的来了,看来案中有案复杂着呢,立即问道:"寻短见的是谁,叫什么名字?"

"她叫东方玉,刚才被我表弟救过来了。真的和我们没关系,警察同志,求求你们,放了我的儿子吧。"范翠花想也没想,直截了当地说了出来。朱彪见母亲说出东方玉投水的事,气得差点晕了过去,这不是不打自招吗?从县城到这里差不多要一个小时的车程,若东方玉报案速度绝没有这么快,一定是为了别的事而来,是不是庆华他们出事了?

"同志,别听她的,我妈年纪大了,说话前言不搭后语,常常乱说。"朱彪为自己开脱。

出了门范翠花追了出来,跟在车子后面哭天喊地,说道:"彪儿,别丢下我不管呀,我都是为了你好。东方玉,你这个挨千刀的,你不让我活我也不让你过上舒坦的日子。"

"妈,你放心吧,我很快就会回来的。"朱彪扭头喊道。

警车一路呼啸而去,听说朱彪被公安局给抓了,村里的人都拍手称快,他早应该坐班房了。因为事关重大,他被押往当地派出所进行审讯,朱彪对参与赌博的事避重就轻地说了一些,但和豪哥赌博的事没敢说,因为东方玉寻短见和这有直接的关系。

"东方玉是谁?她为什么要自杀,快说。"

"她是我老婆,住在村口的那个小商店里。村里人都知道她作风不正派,和别的男人有来往,我盛怒之下和她分开来住,她为什么寻死我真的不知道。"朱彪来了个恶人先告状,心想,绝不能让她逍遥自在。

"她和别的男人有不正当的关系,你有充分的证据吗?"

人们只是传说而已,谁也没有真正见过,朱彪哑然了。忽然他计上心来,抓到一根救命稻草:"孩子就是证据,是她和别的男人生的。"

"谁的?"

朱彪把心一横,也顾不上尊严了,说道:"张子坚,一个安徽打工仔,他们在温海打工时相识的。东方玉脚踏两只船,和我谈恋爱的同时又和他保持联系,她的道德早已败坏。"

他把东方玉和张子坚之间的事添油加醋地说了一遍,自己成了可怜的受害者,满以为有了这番话,东方玉准会被抓进监狱。可他失算了,公安人员不会因为一个人的眼泪而判另一个人的罪行,随即派了两个人前去取证。

东方玉和母亲抱头哭了一阵子，在别人的搀扶下回到了住处，并找来衣服给女儿换上。母亲劝说道："孩子，有天大的委屈和妈说呀，你怎么能作践自己走上绝路呢？你这样不明不白地死了谁来还你清白？小玉，你想开些，你若真的死了，妈这条老命也不要了。"

"妈，不是我不想活，而是没有我生存的地方。他们是群魔鬼，我斗不过呀。"东方玉抹着眼泪无力地说。

"是朱彪那龟儿子吗？我去和他拼了，把你逼得跳水他们却躲在家里不见人影儿。他们是狼心狗肺，全被狗给吃了。"母亲说着要往外走。

"妈，你别去，去了也没用。"东方玉拉住妈妈的手不让她走，说道，"我不想这样窝窝囊囊地过下去了。"

"是不能这样活下去，可也不能去死呀。上公安局告他，让龟儿子坐班房。"

"不行，没用的，判不了几年刑又会放出来，我的日子更难过。"东方玉担心地说。

"你说得也是，那怎么办呢？"母亲叹了口气，忽见警车呼啸着从门前开过，后面还跟了一群人边走边议论着什么。母亲前去打听，得知朱彪被抓了，忙跑了回来高兴地说道："小玉，这下可好了，朱彪给抓起来了，这真是六月债还得快，报应啊。只有上天最公平了，让他这么快进了班房。"

"真的？太好了。"东方玉抑制不住激动的心情。

过了会儿只见婆母满脸堆笑地走进来，这些日子她是很少来店里的，在朱彪被抓的节骨眼上，不知她今天又要干什么。

范翠花见她身体无恙，凑过来关心地说："娃儿，你怎么这样想不开呢，朱彪对你不薄呀。如果他真有对不住的地方，告诉我让我管教他。"

东方玉鼻子里冷哼一声，看到她这副嘴脸就恶心，心道："黄鼠狼给鸡拜年，没安好心。"

母亲气愤地说道："亲家母，小玉哪点做得不对了，这两年她供你们全家的生活，以前你们有这样过得自在吗？可你们不识好歹要糟蹋她的名声，把她往死路上逼，还说没薄对她，做人别太没良心了。"

婆母受到抢白,脸上白一阵青一阵,讷讷地说:"我没别的意思,小玉和彪儿毕竟是夫妻,你们俩有什么隔阂很快就会过去了。俗话说'公鸡啄架头对头,夫妻吵架睡枕头',你可不能把他往绝路上推呀。"

听了这些话东方玉更来气了不再沉默,说道:"你可要把话说清楚,是他把我往死路上逼,还是我把他往绝路上推?你们做了没良心的事却恶人先告状,倒打一耙来了。"

范翠花可怜兮兮的样子说道:"我不是这个意思,只是说你不该去告他。他刚才被公安局给抓走了你也看见了,只要你去公安局说一声,说不想告他,他就会回来的。"

婆母今天嬉皮笑脸地求自己却是为这个! 东方玉大脑里一阵晕眩,差点把持不住。东方玉义正词严地答道:"他被抓了活该,罪有应得。但我告诉你我没有告他,公安局来抓他我也不知道,更不会去为他求情。"

婆母哭丧着脸乞求着,说道:"一日夫妻百日恩,何况你们做了这么多年的夫妻,也不该落井下石,丢下他不管呀。"

"我说过他坐牢跟我没有一点关系,朱彪触犯了法律只有他自己去承担,别人求不下情我也不会去求情。"

"要是公安局来人问早晨的事儿,你就说和朱彪没有一点关系。"范翠花猥琐着又提出一个要求,说道,"只要彪儿平安回来,我不忘你的大恩大德。"

东方玉打了个冷战,在范翠花的眼里别人的命根本不值钱,只有她儿子的命显得金贵,一个十足的翻手为云覆手为雨的黑白无常。自己用生命去洗刷自己的清白,居然和她没有一点关系,这个村妇太可恶了。东方玉气愤至极,把婆母赶了出来,吼道:"滚,滚出去,别脏了我的地方,不知羞耻的东西,我不想再见到你。"

"求求你了,看在我们母子的分上,他若真的进去了我还怎么活呀。"范翠花挤出两滴老泪,双手不停地作揖,退了出来。

"你们只想着自己,什么时候想过别人? 走,滚得远远的。"经历了生关死劫的东方玉突然明白,死是弱者的表现,只能是亲者痛仇者快,只有摆脱痛苦婚姻的束缚才能追求属于自己的新生活,这次朱彪被抓也许能给自己

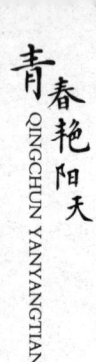

带来一线希望。

"走,我走。"范翠花在门口撞上两个人,见是两名警察威严地站在身后,她惶惶如丧家之犬,落荒而逃。

两名警察走进来问:"你好,你是东方玉吗?"

"我是东方玉,有什么事吗?"朱彪被抓,警察找上门来是意料中的事,只是没想到他们来得这样快。

两个警察打量着货架,发现许多货物布置得很乱,像是刚被整理过。女警察心细嗅出了什么气味,敏锐地问:"你这里昨晚发生了什么事?"

"昨天晚上?没有哇。"东方玉慌了,那种丑事是不能随便说出去的。

"这里有血腥味,你的腮帮为什么肿着,又为什么自杀?"女警察疑惑地问。

"你们只知道恃强凌弱算什么能耐?难道朱彪没把她逼死,你们又来逼死她吗?"母亲对昨晚在这间屋子里发生的事根本不清楚,便悲怆地为女儿鸣不平。

"朱彪逼你?"这下轮到两位警察吃惊了,朱彪可不是这样说的,看来其中大有文章。男警察问道:"朱彪为什么逼你?有话就直说,我们会为你主持公道的。"

"你们能主持公道,还问这里昨晚发生了什么事情?这不是糟蹋小玉的名声吗?"母亲说。

"老人家,话可别这么说,我们办案都是根据现场的实情的。"男警察答道。

"我的小玉是清白的,真正的杀人凶手是朱彪,知道吗?!"母亲不依不饶地说。

"妈,你别说了。"东方玉打断母亲的话,问道,"刚才那个女人你们认识吗?"

"被你骂走的那个人吗?"女警察问。

"是的,她是我婆母,是朱彪的母亲。你们刚抓走了朱彪她便来向我求情,让我去求你们放她儿子回来。"东方玉平静地说。

"向你求情？这么说有什么把柄落在你手里，能详细说说吗？包括他参与赌博的事。"男警察问。

"她说是我报了案你们才抓走了朱彪，只要我不告他他就可以回来。没有他们母子的苦苦相逼，我会不明不白地去死吗？这一切该从哪里说起呢，真是一言难尽哪。"东方玉呆了半晌却理不出个头绪来，便问母亲，"妈，我昨天夜里写的那几张纸呢？来龙去脉全在那上面，给他们看吧。"

四张信纸很快给找了来，两位警察简单地看了一遍却大吃一惊，这是泣血的遗书啊！是她自杀的真正答案，朱彪明显地说了假话，而输给豪哥三千元钱拿妻子抵债一事他根本没说。从这里终于让人看清了朱彪为人奸诈、险恶、嗜赌、游戏人生的恶劣本质。

"你在遗书上提到的那张字条，上面都写了什么？"女警察问。

"那张字条……我早晨出去的时候好像看到它还在地上呢。"东方玉极力回忆着。

"在哪里？能找出来吗？"男警察问道。

"刚才我扫地的时候看见地上有张纸条，以为是没用的就扫出去了。"母亲说着领着他们在路边的垃圾堆里找到了那张纸条。又有一个疑问在脑海里打转，男警察问："朱彪在供词中说你的孩子是和别的男人生的，有这事儿吗？"

问到这儿东方玉沉默了，她不想揭开心中的伤痛。母亲看着她脸上痛苦的神情，便为她打抱不平，说道："这是朱彪母子造的谣言，是因为小玉生了女孩，拂了她的心愿才这么做的，你们千万别轻信他们。"

"不，这是真的。"东方玉经过一番激烈的思想斗争，终于吐露心中的秘密，"这事儿我在遗书中没有提及，是不想让幼小的孩子背上沉重的精神负担，只想让这个秘密随着我的死去而消失。既然你们问起，我就告诉你吧。"她的话一出口三个人都为之震惊，母亲更是张大了嘴巴，想不到女儿真的做过伤风败俗的事儿。东方玉看着怀里的女儿，慢慢地说："那是三四年前的事儿了，我去温海一家皮鞋厂打工，和安徽青年张子坚从相识到相恋……"

东方玉像是说着一个久远的故事，叙说和张子坚的交往。在台风中张子坚抢救了公司的巨额财产,救自己时被砸断双腿,朱彪和爸爸乘人之危将一对恋人拆散的过程一字不差地说出来。

"如果没有张子坚的舍身相救也许没有我东方玉了,他对我有知遇之恩和救命之恩。'黄金万两容易得,终身知己最难寻',失去了他我便失去了一生的幸福。孩子是我们爱情的结晶,是我们爱情的见证,生下她我只想留下一份美好的回忆。这一切都被无情地撕裂,回到家乡我得到了什么?这就是爸爸为我寻觅的幸福吗?你们也许会认为我是个坏女人,但我要告诉你们,我不以有了张子坚的孩子为耻,而要以此为荣,让我可耻的是和朱彪这种人在一起。"

几个人沉浸在东方玉凄惨的故事里,母亲更是暗暗抹泪,当年虽然自己不赞成女儿嫁给朱彪,但自己也是极力要求女儿回来的,想不到自己也沦为朱彪的帮凶。两位警察被她讲述的故事深深打动,拆散别人的婚姻是违法行为,在今天高速发展的社会里,在偏僻的乡下总有一些不协调的音符。东方玉是冤枉的是受害者,和朱彪结婚后仍然将张子坚的孩子生下来,虽然有些不够道德,但每个人都有爱的权利。在张子坚那里得到的东西在朱彪那里根本得不到,拥有一份甜蜜的回忆,给受伤的心灵以慰藉这也无可厚非。

"你为什么不去报案呢?以死来证明自己的清白是最无知的主动,应该选择别的方式以获取自己的自由,比如说离婚。"女警察说。

"报案?有用吗?豪哥他们有钱有势,关不了几天又会放出来,倒霉的还是我。现在我也想通了,好死不如赖活着,我要和朱彪离婚。"东方玉说道。

"这就对了,我们每个人都有活下去的权利,朱彪的行为已经触犯了法律,他必须为此付出代价。你向法庭提出离婚请求吧,好人自有好报,你会如愿的。"女警察说。

接下来的几天里,公安人员进行了更为周密而细致的外围调查。问及朱彪母子时村民都顾左右而言他或缄默不语。经过耐心地做思想工作,才有人告知范翠花母子的卑劣行径。关于东方玉和别的男人有染的事谁也说不出个所以然来,谣言不攻自破。东方玉和张子坚相恋的往事,经好事者加工流传早,变了味儿,人们终于明白,流言也可以杀人。愚昧无知、争斗好胜的范翠花这些天终于耷拉下脑袋,当公安人员再次走进她家时,她更是吓得大气也不敢出。得知朱彪是因为赌博被抓去时,范翠花才相信东方玉没有说假话,自己错怪了她。

这起家庭纠纷案终于呈现在人们面前。法庭上东方玉对朱彪提出几项诉讼请求,坚持离婚。主要几项是:一、朱彪违反社会公德,拆散她和张子坚的恋爱关系,强人所难和自己结婚;二、朱彪游手好闲,嗜赌成性不务正业,用各种手段从她身上获取万余元钱并赌博输掉;三、朱彪只是倾向于自己的美貌,两个人没有感情基础,婚姻名存实亡;四、在赌场上朱彪以自己做筹码,足见其丧尽天良,不具备做丈夫的资格。

朱彪在辩解中说两个人是自由恋爱,根本没有强人所难。当时东方玉远在温海,是由她爸爸写信回来相亲的。在东方玉受伤住院之际,自己曾悉心照料过她,在她的身体基本康复后才提出回家养病并结婚的,有媒人老刘做证。既然第一条被否决,第三条也不成立。对于第四条指控他也深深自责,后来才知道是豪哥他们布置了圈套让自己钻,给妻子造成的伤害仅仅是心灵上的。老刘虽然知道朱彪的行为不为人所齿并触犯了法律,在表嫂范翠花的怂恿下仍出庭为其辩护。对于他们来说,只要判决对朱彪有利,什么公平呀公正呀全抛在脑后。最可悲的是东方玉的爸爸东方田了,知道自己上了当,把柄全落在别人手里。法庭上需要的是证据,不同情眼泪。东方玉的一切证词全被朱彪和老刘轻描淡写地驳了个一干二净,不予采纳。辩解明显地对朱彪有利,法庭上气氛紧张起来,对于第二条的指控更是不堪一击,朱彪说,只要是结婚以后双方的钱都是共同财产,丈夫拿了妻子的钱也违法吗?听众席上有了轻微的骚动,有人小声地议论。人们同情东方玉却提供不出对她有利的证据,这样下去想离婚有些艰难了。东方田瞪着一双牛眼气得说不出话来,他不明白该自己有理的事儿转眼间怎么会无理了呢?小玉落得今天这样一个下场都是自己一手造成的,他坐在那儿无地自容,恨不得以死向女儿谢罪。东方玉气得胸口起伏不平,有些坐不住了。想不到

第二十章 离婚

朱彪如此颠倒黑白指使别人做伪证,可有谁来给自己做证呢?如果再拿不出证据来,离婚就没有希望了,自己将永远不可能脱离苦海。不行,我不能这样失败,她告诫自己。唯一能为自己做证的只有高云和王光水了,可他们远在温海。

"原告,你还能提出新的证据吗?"审判长问。

东方玉猛地站起来,大声说:"可以让高云和王光水前来做证,我和她同时进的嘉茂鞋业公司。高云的丈夫和张子坚是同乡,我们的情况双方都非常了解。"

审判长问:"高云在哪里?"

东方玉高声答道:"她在温海,可以打电话让她回来。"

审判长和审判员商量了一下宣布暂时休庭,待高云回来再次开庭。

这年东南亚爆发了金融危机,许多国家深受其害,中国沿海一带自然也受其影响,嘉茂鞋业公司是外向型企业,自然不在话下。客商纷纷要求暂停合作,业务量锐减,公司已处于半停产状态。劳累了多日终于迎来放松的机会,王光水和高云商量后,决定回安徽度假,临行前突然接到东方玉打来的电话。东方玉在电话中简单地说明了事件的经过,再三要求她和王光水出庭做证,高云不假思索地应承下来。几天后,高云夫妻俩出现在东方玉的小商店里,一年的时光未曾见面,许多话儿不知从何说起。

"妹妹,我今生差点见不到你了,如同隔世呀。"东方玉眼里含着泪花。

"姐姐,你怎么说这种话?我们不是见面了嘛,遇到一点困难便垂头丧气可不是你的性格呀。"高云说道。

"实话告诉你吧,我已经是死过一次的人了。我现在想通了,再也不会不明不白地去死。为了获得幸福,解除那不幸的婚姻,我把你们俩请了回来,只是耽误了你们的行程。"东方玉说道。

"我们是好朋友,你的事就是我们的事,只要能办到的一定照办。我们准备一下等待开庭。"高云说。王光水告诉她有关张子坚的近况,东方玉为张子坚有如此成就感到高兴,又为自己的遭遇暗自神伤。

开庭了。王光水和高云的到来吸引了所有人的目光,成为法庭上的焦点。他们的证词对这场离婚案起到了关键的作用,东方玉对此信心十足。朱彪则相反,低着头再也神气不起来。

　　高云详细介绍了东方玉和张子坚以黄梅戏为媒而相恋的往事,那是一个美丽而纯洁的爱情故事。两个人如胶似漆,爱得真挚又深沉,只差领结婚证了。可突如其来的灾难将他们的美梦打碎,朱彪乘虚而入,将两个人拆散。王光水补充说,他们的恋情被公司认为是最佳结合,在当时的《温海早报》上就有报道。他拿出当时的报纸介绍说:"这幅是温海市市长在医院看望张子坚时的照片,文章中有市长李长仁讲过的一句话:'张子坚是打工者中优秀的代表,我谨代表市委、市政府对你及你的恋人东方玉表示衷心感谢,并祝你们早日康复,走上工作岗位。'另有记者柳枫在采写的纪实通讯中说,张子坚保护了企业近百万元的财产,却没能保护好爱人东方玉和他自己,他把个人的得失与生死置之度外。他对东方玉无奈离去,拆散一对良缘表示同情和惋惜。"

　　"为了占有东方玉,朱彪曾两次对张子坚下毒手。"王光水又举出新的罪证,一言既出四座皆惊,听众大哗。他接着说,"朱彪到温海后遭到东方玉的拒绝,便在公司门口大喊大叫,制造事端。当得知张子坚上夜校时,朱彪一天夜里伙同另外两人在开发区大道上将他打伤住进医院。第二次是在医院里,朱彪趁张子坚睡熟而房内无人之际,拿出刀子要下毒手,在犹豫不决之际,方金蝉从门外进来他才仓皇离去。以上情况可以看出朱彪欲除掉东方玉的恋人张子坚的罪恶念头是蓄谋已久。很难想象,如果东方玉不和他结婚会是什么样的结果?然而,在得到东方玉以后他却没有很好地珍惜,在心灵上和肉体上对她进行残酷的摧残。这是法律所不能容忍的,朱彪必须接受道德和法律的双重审判。在这种情况下,东方玉提出离婚是为了维护其自身权益,属于正当理由。鉴于以上原因,请法庭给予公正判决。"

　　王光水的慷慨陈词和充分证据为东方玉赢得了制胜的筹码和法官的采信。对于他的指控朱彪无可辩驳,供认不讳。经过合议庭合议,法庭判处东方玉和朱彪离婚,但关于的朱彪的罪行仍然需要进行补充侦查,以后再审。

审判长的话音刚落,法庭沸腾了。东方玉和高云热烈拥抱喜极而泣,为了这一天的到来她苦苦挣扎了两年多,终于赢得了最终的胜利。她的父母及哥哥如同卸下一副千斤重担,心里轻松多了,脸上浮起了笑容。最为难堪的要数朱彪的母亲范翠花了,她不知道自己做错了什么,受到那么多人的责骂,落得如此可悲的下场。儿子离了婚还将被判刑,自己也受到了牵连。

噩梦醒来是早晨,早晨有清新的空气和晶莹的露珠,有芳香的花朵和灿烂的阳光。走出法院的大门,东方玉看到天空是那么蓝,卸下心灵的重担脱离了苦海,她像换了个人似的容光焕发。

"小玉姐,你有什么打算或者想干点什么吗?"高云看着她问道。

"我没想好呢。我有了丹丹,是个母亲,我把所有的情感都寄托在她身上,这份感情至少你目前还不能体会到的。"东方玉说道。

"你没有想别的吗?譬如说如何养活自己或者找个男人嫁出去。"高云又问。

"对于爱情我是没指望了,今生也许不会再嫁。我带着孩子出门打工又不方便,做裁缝手也有些生疏了,别想那么多,过一天算一天吧。"

东方玉很快把那商店转让给别人,带了丹丹回了娘家,住进了她以前住的那间房子。这房子没有一点变化,她从小在这里长大。再次回到这里,她感到特别温暖。东方玉过上了清静平淡的日子,每天逗着丹丹打发时光。她也试图想干点什么打发枯燥无味的时光却不能成功。有一个极不平常的情况出现了,来说媒者络绎不绝,他们动用如簧巧舌,介绍对方的种种好处,什么一表人才啦家庭条件优越呀会真心爱你和孩子啦不一而足。任凭媒人说得天花乱坠,那个男人是个人人争抢的香饽饽,她也不予理会。听得多了,她听出了弦外之音,别人还是把她当作坏女人看待,意思是说你有不光彩的过去,现在别人不计较你就应该知足了。对于这些陈词滥调,东方玉有说不出的反感,离婚怎么啦,就应该低人一等吗?经历了一次不成功的婚姻得到的却是心灵的伤害。该爱的也爱了该恨的也恨了,还会有什么样的男人向自己走来呢?张子坚式的还是朱彪式的?都有可能。她感到疲惫,对于爱情不再抱有任何幻想了。这可急坏了母亲,那么多无论人品、相貌、家庭条件比朱彪强得多的男人,都被她不分青红皂白地推辞了。"这小玉是怎么啦,是不是中邪了?要知道你年龄也不小了,何况又带着个孩子?过了这个村没有那个店,别太挑剔,到哪里都是一样过日子。"

"小玉,妈不是赶你走,这是你的家要住多久都没有关系,可你却这样推下去也不是办法。成家立业,成了家才能立业,凭着你的勤劳能干到哪儿都能过上红火的日子,难道他们都缺了眼睛少了耳朵不成?"母亲谆谆教诲道。

"妈,我不急你还急什么?放心吧,我会有自己的家。"东方玉嘴里虽然这么说,可心里却没底。

"你是不急,可皇帝不急急死太监,我是为你好、为你着想,但我不会把你往死路上推。"母亲有些无奈。

东方玉面对母亲的絮絮叨叨听着有些心烦,可又不好反对只得唯唯诺诺。她突然冒出一个念头,出门打工去。她说走就走,全家人都来相送。与以前不同的是这次多了一个丹丹。她抱着女儿到了村口的公路上,使劲地吻了吻孩子。

"丹丹,妈妈到远方去了,你一定要乖,听外公外婆的话,我在外面赚了钱回来买好吃的好玩的东西给你。丹丹,跟妈妈说'再见'好吗?"东方玉哽咽着,眼里噙满了泪花,又嘱咐道,"爸爸、妈妈,丹丹交给你们了,我会回来的,请多保重。"

"你放心,我会像当年疼爱你一样爱丹丹,不会让她受半点委屈,你如果想家了就回来。"母亲说道。

"嗯,我会的。"东方玉答道。

一辆中巴车在她面前停住了,东方玉迈着沉重的步子走了过去。丹丹似乎明白了什么,挣脱了外婆的怀抱,摇摇晃晃地向她奔来。东方玉的心酸了,当自己有了女儿,有了这份难以割舍的母女情,才体会到母亲对自己的牵挂与期盼。母亲为儿女们熬干了心血,得到的却是一次次离别和满头白发。此时她才知道,做女儿的欠父母的多少情和爱,却不曾回报。

"妈妈,女儿不孝了。"东方玉抱起女儿,搂着母亲,晶莹的泪珠洒落在母亲的肩头。

"喂,你走不走?"售票员催她道,车子缓缓发动了。

东方玉放开了母亲,顾不得擦一把泪水,背上行李追上了车子,很快消失在大地的尽头。

第二十一章　故交

村委会的工作和豆皮的生产及销售都步入了正轨,呈现良好的势头。尤其是温海的销售量大增,村委会听吴国风介绍说不仅多家酒店需要豆皮,而且流向市场进入寻常市民的餐桌上,这当然是个好消息。周边市场也在积极拓展,看来成立公司的条件基本成熟,于是,这项工作很快提上了日程。这时张子坚和村委会几个人商量,该成立一家什么样性质的公司呢?以目前来看,只是农民自愿组成的合作社一类组织,张子坚只是个经纪人而已。办公司必须有经营场地、流动资金,可目前的规模尚小,所谓的流动资金也少得可怜,经营场地更是谈不上。几个人你看看我我看看你,陷入沉思。老支书方松说道:"厂房倒很好解决,村里不是有鞭炮厂的房子吗,虽然破败了些,但修理一下可以用。"

张子坚说道:"那厂房荒废了许多年实在可惜,现在是应该把它利用起来。两亩地皮加上房子少说值几十万元,以村委会的集体资产入股,各加工户的生产设备算几万元不成问题。另外,我们发展的大棚蔬菜也是公司资产的一部分,以公司加农户的形式注册一家股份制企业。"

夏明华说:"我看这方法行,厂房是解决了,固定资产也有了。给公司取个什么名字呢?可要响亮点。"

江平想了一下说道:"叫'大别山'吧,这名字许多人都知道,在全国都有名气。"

张子坚摇了下头说道:"这个名字我也想过了,但县城有大别山宾馆、大别山茶叶公司等,用得太多,没有新意。"

他们又想了许多名字,都觉得不妥,方松有些烦了,埋怨道:"随便取个名字就行了,以前孩子取名字取个猫呀狗什么的才好养。企业只兴取个好听的名字有什么用?重要的是把厂子经营好,我们山里的农民讲究诚信。"

夏明华批评他说:"老书记你这话可错了,现在是市场经济,讲究形象。产品要经过包装才能卖出去,电视明星要经过包装才能红火起来,我们当然不能落后于时代。"

张子坚想着老书记刚才说过的一句话,"山里农民",猛地一拍大腿说:"对,取'山农'这名字怎么样?"

江平问:"山农?这名字是不是土了点儿?"

夏明华分析道:"我看行。现在城市的人们都向往返璞归真,回归大自然。我们大山里空气清新、环境优美,我们的产品都是按传统工艺手工生产,迎合城市人的消费心理。'山农'这个名字有特色,能暗示产品的产地。"

张子坚听他说的话后,觉得入情入理,信心大增,当即商定妥了,并很快写了份成立山农公司的申请书,自己设计了商标图案。那些加工户听说要成立公司,感觉非常新鲜,心想只要张子坚让办的事儿准没有错。第二天便组织人员对鞭炮厂进行修整,张子坚、夏明华、江平身先士卒地上了屋顶,方松因年纪大了只得在下面帮忙。

"很多木料都烂掉了,你们要小心,注意安全啊。"方松大声嘱咐屋顶上的人。

"知道了,老书记,您放心吧。"江平答。

为了节约资金,由最先入股的村民捐出所需的桁条、橡子等材料,用工更不用说了,但张子坚都给记了账。而所需的砖和瓦只得花钱去买,自然由他给垫上。沉寂了几年的厂子顿时热闹起来,锯木头的、和泥的叫成一片。经过半个月的修理,室内干净整洁,面貌焕然一新,配备了简单的办公用品,只等工商局的营业执照批下来了。

温海。几个身穿制服的工商局工作人员突然走进"皖西风味馆",吴国风见状吃了一惊。自己处处小心谨慎从不出差错,不知什么地方出问题了。

"你是这里的经理吴国风吗?"其中一个胖子问。

"我是,有什么事吗?"吴国风答。

"你们的仓库在哪里?带我们看看。"胖子说道。

门开了。这间仓库是因为最近一段时间业务量增大而挪出的一间房子,室内东西堆放整齐清洁卫生,没啥可说的。谁知,他们直奔从家乡运来的农产品。

"你们的豆制品没有统一包装,品名、产地、保质期等必备的相关信息却一个字也没有,这是怎么回事?你们违反了食品卫生法,这些产品属于'三无'产品。另外,你的营业执照上标明的是餐饮业,却经营豆制品并使其大量流入市场,属于越权经营,是不允许的。"瘦子严肃地说。

"这是我们家乡的特产,多年来只满足于自给自足的少量生产,从来没想过到大城市闯荡市场。以前我们只限于自己使用,近一段时间因顾客要求才向他们试销了一部分。正是借用我们在特区的窗口作用,为家乡的人们脱贫致富做点贡献。因为是农民自愿组成的合作方式,目前在外地仅我们一家为他们销售,听说商标已在申请中。"周媛媛答道。

"试销?试销可以连品名也不要吗?看你这包装袋卫生能保证?食品关系到他人的身体健康,来不得半分虚假。"胖子说。

"我们是从正当渠道进来的货,对于卫生等方面我们绝对可以保证。"吴国风补充说道。

"你说保证就没事了?全国每年发生那么多起食物中毒事故是怎么来的?根据相关法规规定,我们必须对你进行处罚。一、停止越权经营;二、该豆制品在没有注册商标、没有卫生批号的情况下不得在温海销售;三、必须缴纳一定数额的罚金。"他们还对其他值得怀疑的地方进行了检查,确认没有隐藏才把那为数不多的豆皮没收了去,任凭吴国风夫妇如何保证是自己使用,不再流入市场也无济于事。见工商局的人离去,吴国风一下蒙了,埋怨道:"产品要注册商标,这点最起码的常识张子坚难道不清楚吗?弄得我们如此被动。"

周媛媛说:"这件事我们负有重要的责任,没有及时给他们提供信息。仅仅是我们同行之间销售倒也罢了,流入市场自然有人要怀疑。这也暴露出一个问题,农民在闯荡市场的同时还没有从传统经济小农思想中解脱出来,一个没有品牌的产品在经济大潮中是没有生命力的。我们只忙于经营饭店,也忽略了这些。"

"我马上通知张子坚,让他们以最快的速度把证件办齐,否则将失去刚刚培育起来的市场,这对于家乡渴望致富的人们来说是致命的打击。"吴国风说道,"我们呢?真的如同他们所说不得向外销售吗?我们自己用总可以吧。"

"事已至此,只得暂时停止对外销售了。我们自己使用应该没有问题,如果我们自己都不能用,那不是叫我们关门歇业吗?"周媛媛无奈地说。

"只好这样了。"吴国风拿起电话正欲拨打,一名服务员进来问:"吴老板,豆皮没有了怎么办?"

"一点都没有了?"

"刚用完了,又有客人要那道菜。"服务员答。

吴国风忍不住骂了句粗话,急得团团转。

"这时候骂人有什么用?快点想办法。"妻子催促他说道。

"前门菜市场的老朱昨天拿去了很多,我们向他借一些暂时用用。媛媛,你去跑一趟,要快。"吴国风又对服务员说,"你去和客人解释一下,很快就到。"

方金蝉在家逗着孩子玩,忽听电话声急切地响起来,她马上拿起了话筒。

"喂,是子坚吗?"电话里传来吴国风焦急的声音。

"他到田里去了,我是金蝉,有什么事吗?"方金蝉回答道。

"是嫂子呀,告诉你,这边出事了。"吴国风把刚才发生的一切简要地说了一遍,让张子坚快点想办法,否则将损失惨重。

方金蝉把孩子给了婆母,自己急急地去找张子坚。这几天鞭炮厂的房子修理已接近尾声,他又在农技员的指导下移栽、覆膜,忙得不可开交。忽见妻子跑了来,说了事情发生的经过后,他的心里咯噔一下,自己还是慢了一拍,担心的事儿发生了。张子坚向夏明华等人做了简要交代便往家赶,拨通了吴国风的电话,证实有关情况,然后又让家人分头通知村子里所有的加工户暂时停止生产。听到这个消息,大伙儿将信将疑,以前总是催着快点生产,连觉也睡不安稳,今天是怎么啦?突然间,村子里像炸开了锅,议论纷纷。最沮丧的当然是张子坚了,关于成立"山农公司"的申请书递上去才十来天就发生了这件事儿,让邻居蒙受损失不说,还会挫伤他们的积极性。事业才刚刚起步如何能经受这样的打击?不行,必须以最快的速度让产品重返温海。现在唯一能做的是把相关证件拿到手。这时嘈杂声传来,几十个人挤进他的家里。

"子坚,这到底是怎么回事?我家刚浸了几十斤大豆怎么办?"邻居张二叔问。

"大家安静,听我解释。因为我们的豆皮没有注册商标、没有统一包装,违反了食品卫生法,温海市工商局要求我们暂停销售,经整改达到条件后才可上市。"张子坚解释说。

"你不是说写报告成立公司吗,这还不行?"叔叔张为民问。

"我们是写了申请报告,可工商局还没有批下来。"

"商标?啥叫商标?"一名老妇女问。

张子坚从桌上拿了个牙膏盒指着商标图案说:"这就是商标,它是一个企业的标志产品的名字,就像我们每个人都有自己的名字一样。只要有了这个才能受到法律的保护,否则便是违法。"

"那个小花儿就这么管用?把那花儿印到我们的产品上不就行了。说实在的,我的孙子小凯读书不行,要说画这花儿每天能画几百个哩。"她的话音还没落,人群里响起哄堂大笑。

"大婶,你这话可就差远了。这商标可不是小学生能随便涂涂抹抹的,而是经过专业人员精心设计并含有深刻含义的,使用别人的商标也是违法的行为。现在的市场,任何产品没有品牌便没有立足之地,也得不到法律的保护。这件事我负主要责任,大家暂时不要生产了,等拿了营业执照再通知你们,请各位谅解。"张子坚解释说。

听了他的话,大伙儿还是不愿离去,有人提出疑问:"子坚,可别像几年前那样,投进去的本钱收不回来。"

"大家的心情我理解,你们尽可以放心,我们是民营企业,是按市场规律办事的。请相信困难是暂时的,很快就会过去。我向你们保证,如果这次失败了,借出去的五千多元钱我一分不要,还可以视情况赔偿你们的损失。"张子坚真诚地说。

听了这些话,村民才慢慢离去,但他们悬着的一颗心还是放不下。这时,村委会其他几个人也闯了进来,夏明华焦急地问:"子坚,到底发生了什么事?刚才在路上遇见他们个个垂头丧气没精打采地说着难听的话。"

张子坚遂把温海发生的情况做了简单的介绍,说:"明华,我们俩到县工商局去一趟。"

老支书方松问:"修房子的事怎么办?听到这个消息,许多人的心开始浮动,不想干了。"

"大伯,你去和他们解释一下,房子无论如何不能停工,这执照用不了几天就能拿到的。"张子坚说完,和夏明华骑上自行车向县城奔去。

工商局同志得知他们的特殊情况,联合卫生部门来古枫村实地查看一番,为其创业精神深深打动,决定特事特办。卫生局同志对卫生状况提出具体整改措施并谆谆告诫:"食品关系消费者的生命安全,切不可马虎大意。"

经过一番紧张的准备,"山农股份有限公司"宣告成立。张子坚任董事长兼总经理,夏明华任副总经理。镇长带领一班人前来祝贺,对张子坚大加赞赏,赞扬他创造了几个第一:第一个完成村级公路,并筹资修建了全县最长的村级公路桥;第一个回乡办实业的青年,为家乡的经济走出低谷起到示范作用。

一切又迈上正轨,发往温海的豆皮很快打开市场,人们对这新运到的豆皮不再持怀疑观望的态度,而是放心地购买。张子坚忙于销售,几天见不着面,这下可忙坏了夏明华,一应事务全压在他身上。大棚蔬菜开始施肥壮苗,虽然有农技员把关,但他不能不问,好在有方松、江平、方金蝉前来帮忙。像山农这种五脏不全的小公司,松散的管理本是商业大忌。不过因为事业刚刚开始大伙儿都拧成一股绳,只想把企业办好,谁也没那些不良念头。张子坚出门在外更是省吃俭用,住的是都是低廉的小旅馆,吃的是简单的饭菜。用他的话说是既经济又实惠,他心里知道,大伙的钱来得不容易。

随着业务的发展,愈觉人手不够,他们便商量着向社会招收工人。考虑企业发展的需要,用工条件比较苛刻。信息发出去以后,很快有人前来应聘,可应聘者大多是滥竽充数、假装内行,当然不能留用。也有少数人拿了较高的文凭前来一看,空荡荡的厂房里只有几名女工在包装,办公室是两张老旧的办公桌,两把椅子加一部电话机,设备极其简陋。纯粹一个皮包公司,哪有施展才华的地方?皱皱眉头逃也似的离开了,任凭张子坚如何挽留也没有用。几天过去了,虽然部分职位有人应聘,可财务会计一直空缺着。

张子坚刚放下电话,眼前一亮,一个漂亮的女孩走进来向他甜甜一笑,轻声问:"请问,张子坚张经理在这儿吗?"

"我就是,请坐。"张子坚待她坐定又问,"你是……?"

女孩用奇怪的眼神打量着他,怀疑自己是不是走错了地方了,喏喏地问:"我是来应聘的,你这里还需要人吗?"

"用这种眼光看着我干吗,我不是吃人的老虎。"张子坚心想,嘴上热情地说,"要哇,我正为此事发愁呢,你有工作经验吗?"

"我刚从高校毕业,还没在企业工作过,这是我的证书。"来者叫李琼,她说着把毕业证书递了过去。

张子坚一看专业心里乐了,说:"我这里正缺你这样的人才呢。"

"我听说你们公司是几个人拼凑起来的,一片老房子全是空荡荡的。可你们的招工广告上却写着'欢迎有远大抱负的青年加盟',这是怎么回事?"李琼不解地问。

如今来了位高才生,张子坚如何肯轻易放过,便带着她到包装车间等处看看,介绍说:"我们公司成立时间比较短,许多地方还不够完善。这房子原来是村办鞭炮厂,包装车间、仓库和公司办公室都设在这里。"

李琼心里很是不快,暗想:"这么个破厂房,十来个女工坐在那里没精打采地干活,也算得上公司?我回去租间房子,招来两三个人,不也能当总经理？"

"别人认为我们是皮包公司，自有他们的理由，但他们没有看到我们公司的实质。我们公司与城市里某些空壳公司是有天壤之别的，他们装饰豪华、气派非凡，对顾客花言巧语，诱人上当。而我们房子老旧是寒酸了些，与时代格格不入，却给人以真实的感觉。我们将以过硬的质量周到的服务塑造我们公司的良好形象。我们制定了一系列发展规划，并将申报绿色产品认证。目前正是用人之际，当然希望有识之士前来加盟。"张子坚指着广袤的田间说，"那些大棚蔬菜也是我们公司的一部分。"

听了张子坚的一番介绍，李琼有些心动了，这是艰苦创业的精神，这是一个优秀的集体。李琼又提出一个问题，说道："你相信能成功吗？商场是无情的，它不会同情你的汗水。"

"这就是我求贤若渴的真正原因。在温海嘉茂鞋业公司，我当了几年生产主管，也曾上函授学校学习工商管理，对市场略知一二，前不久曾大意惹出了麻烦，今天怎能重蹈覆辙？"

"那，我干些什么工作，工资是多少？"李琼问。

那年她满腔热情地报考财会专业，觉得该为家乡贫困面貌做些有益的工作。可毕业后为找工作处处碰壁，县城的国营单位生产不景气，职工下岗，私营企业也是人满为患。拿着大专文凭却彷徨无奈，她开始怀疑当初的选择是不是错了。看到山农公司的招工广告也兴奋了一阵子，可应聘的人回来说广告是假的，她经不住那句话的诱惑，决定跑一趟看个究竟。

"你的工作是你的专业，财务会计加上办公室负责人，夏明华就可以专心致志地抓生产、抓质量。马上来上班，可以吗？"

"不，我还要考虑一下，如果觉得行的话就打电话给你。"李琼说完匆匆地走了。

"你一定要来呀，我们等着你。"张子坚追出门去对着她的背影喊道，怕她一去不复返。

第二天上午，他和夏明华刚走进办公室，电话铃便响了起来，夏明华拿起一听是找张子坚的。他接过电话，一个带有磁性的声音传进来。

"张经理吗？我是李琼,昨天来找过你的。"

"你好,李小姐,考虑好了吗？"

"我考虑过了,决定来你们公司工作,只要能让我学有所用,有机会奉献知识和才干就可以了。"

"哟,口气不小嘛。我们需要的就是你的才干,今天来上班吧。"

就这样李琼加入了山农公司,开始了她的全新生活。山农公司虽然不是她想象的那样好,但张子坚既然给了自己一个机会就会奋力一搏,哪怕撞个头破血流也在所不惜,自己毕竟对它寄予了很高的期望。为招贤纳才四处碰壁的张子坚,对李琼姑娘的到来自然有说不尽的感激。他当然知道"用人不疑,疑人不用"的道理,把公司里相应的工作全移交给她,李琼成了山农公司名副其实的大管家。对此,村民对张子坚颇有微词,认为把一个企业的经济命脉匆匆忙忙交到一个刚刚到来的女孩子手里,别闹出乱子来。张子坚少不了一番解释,自己这样做自有道理。而李琼则感激他对自己的知遇之恩,兢兢业业履行着自己的职责。以她的知识水平来说,处理这家小公司的账务,闭上眼睛也游刃有余,但一个人若没有敬业精神,什么也做不成。有了这份责任心,会焕发出无穷的力量和为之奋斗的动力,李琼就是这样的人,她要用实际行动回报张子坚及古枫村的村民。

在不久前县农科委主办的蔬菜种植技术培训班上,张子坚认识了一位叫王栋梁的农业大学教授,两个人谈得很投机,教授答应为他的农副产品打开省城市场提供便利。张子坚和他取得联系后直奔省城,在家出发的时候天气晴朗,接近省城时却下起了雨,淅淅沥沥的雨滴在路面上溅起水花。

"这鬼天气。"走出车站,看着灰蒙蒙的天空挂着硕大的雨帘,"看来一时半刻是不会停了。"张子坚心里道,便招了辆的士钻了进去,按照王教授提供的地址快速奔去。张子坚无心欣赏繁华的街景,只希望早点到达。

"你是省城的常客？这次来有何公干？"司机开着车瞟了一眼问。

"不,我是第一次来,为公司推销产品。"张子坚简单地答道。

"这么说你是推销员,这可是肥差。我看你像个董事长,怎么不带个小蜜什么的？"司机啰唆个不停。

"什么是小蜜？"张子坚不解地问道。

"小蜜都不懂？就是女秘书兼做情人，当今社会最流行这个。谈判桌上遇到困难略施美人计事半功倍，不谈判时是情人让你受益无穷。"司机讲得唾沫横飞。

张子坚无言以对，他看了一眼计价器已跳到十五元了。记得王教授说过从车站打的到他家只需八元钱，怎么……

"喂，还有多少路？你怎么带着我兜圈子，只需八元钱的路却有十五元了。"张子坚喊道。

司机听了这话微微吃了一惊，但很快镇静下来，说道："本来是走中江路的，因为天下雨，那里发生交通事故只好绕道了。放心吧，马上就到。"

张子坚欲分辩几句却找不出理由，毕竟对省城的交通状况根本不了解。只好任的士带着自己钻来钻去，"十七元、十八元"，计价器上的数字还在往上跳着。

"拐弯就到了。"司机的话音刚落猛听得哗啦一声响，由于路面太滑，一辆摩托车被撞倒了。车手从地上爬起来怒气冲冲地朝的士司机扑来："你车是怎么开的？没长眼睛不成，下雨天路滑不知道？"

张子坚从车里走出来，看到车手是一位潇洒大方妙龄女郎，只可惜身上沾满了泥水。令他惊奇的是，自己对她有一种似曾相识的感觉，可又说不出在哪儿见过。"天下这么大，我怎么能和她相识呢，是我多心了吧。"张子坚自我宽慰道。

"我的车怎么啦？我还要问你你的车是怎么骑的呢？"司机违了规却一意狡辩，"既然知道是下雨天，就别占我的路。"

谁知女郎不买他的账，怒道："我本来只想你赔了钱就私了，可你这个人素质太低，只有找交警来处理了。"

"司机同志，把我扔在这里怎么办？"张子坚见他短时间里是走不了了，便问道。

"算了算了，你走吧，拐个弯就到。算我倒霉。"司机不耐烦地挥了挥手。

张子坚只好徒步而去,很快找到了那个门牌号,按了按门铃,一位五十多岁的大娘开了门。

"你找谁?"她问。

"这里是王栋梁王教授的家吗?我是岳泉县来的,姓张。"张子坚自我介绍说。

"是小张呀,快进来,我家老王等你多时了。"她又向室内喊道,"老王,岳泉县的小张来了,快点给客人倒茶,我的菜快炒焦了。"

"速度不慢呀,路上顺利吗?"王教授从书房里走出来笑呵呵地问,见他头发湿了便拿了条毛巾递过来,说道,"快把水擦擦。"

张子坚解嘲地说:"路上挺顺利的,只是省城的司机对我很友好,让我坐了趟高价又免费的的士。"

"高价又免费的的士,怎么回事?"王教授问。

张子坚遂把刚才的士司机带着自己兜圈子,及出事故的经过简单地说了一遍。王教授叹道:"随意宰顾客赚取昧心钱,如此下去行风如何能正?这种人该罚、重罚。小张,你的反季节蔬菜长势怎么样了?"

听了张子坚的介绍,王教授很是高兴,说:"我今天给你介绍的是我侄女婿夫妻俩,他们在省城经营蔬菜时间虽然不长,可规模也不小了。除了他们以外,我还可以给你联系别的菜商。怎么搞的,他们应该到了呀。"他说着看了一下表,话刚说完楼下传来摩托车的鸣笛声。王教授兴奋地说道:"是他们来了。"

门开了,一个女郎走进来,她甜甜地叫了声"伯父伯母"便叫起屈来:"气死我了,在路上出了事故,撞车了。"

"撞车了?没伤着吧,小刘没来?"教授和夫人紧张地问。

"只是尾灯撞坏了,让那司机赔了些钱罢了,刘泉因临时有事,让我一个人来。"她放下头盔坐到沙发上说。

"没伤着就好。"王教授说道。

张子坚定睛一看,这不是刚才被自己坐的出租车撞的那个女车手吗?便惊喜地说:"是你?刚才坐那个出租车的是我呀。"

经过张子坚的提醒,女郎也认出他来了:"果然是你,我们是不打不相识,却在路上见面了。早听伯父说要介绍一位岳泉县的菜商给我,今天终于见到了庐山真面目。"

"刚才在路上认识了?这就好哇。"教授高兴地说。

"多亏了教授对我们蔬菜基地的大力支持,今天又请你帮忙为我们打开省城市场,真不知如何感谢。"张子坚诚恳地说。

"谢什么呀,做生意都是为了赚钱,说不上感激。至于我伯父嘛,他是个热心肠的人,不知帮助过多少人呢,他也不需要你感激的。伯父,你说是吗?"她说道。

"我的宝贝侄女说得对,大恩不言谢嘛。"王教授说。

四目相对时,两个人都惊呆了,半晌说不出话来。他们很快想起四年前在温海嘉茂鞋业公司打工时曾经的往事。与此同时,王珊也看出来了,他就是自己曾暗恋过的张子坚!

"怎么不说话?"王教授问。

"张子坚,怎么会是你!"王珊大声说道。

"王珊,几年没见,你的变化真大,我差点认不出你来了,刚才听大叔介绍说你生意不错嘛。"张子坚说道。说实在的,王珊和过去相比确实有了很大的变化,变得时髦了。

"凑合吧,说不上怎么好。你也不错嘛,当上经理了,东方玉好吗?"王珊关心地问。

"东方玉?别提她了,我们分手了。"张子坚苦笑了一下。

"分手,怎么可能呢?"王珊有些不解地问道,"你们俩在一起是世界上最美好的姻缘,是全厂公认的。"

"两三句话也说不清楚,既然过去了就让它过去吧,面对两个人之间的缘分问题,我们个人的力量太渺小了,只能听天由命。"张子坚心情沉重地说。

"对不起,我不该提起这些,你……成家了?"王珊小心地问。

"现在生活很幸福,妻子是我初中时的同学,儿子张迈有半岁多了。光说我干什么呢,也说说你吧。"张子坚笑道。

教授夫妇忙着端菜,见他俩谈得投机高兴地说:"你们俩几年前就相识?这下可好了,不用我介绍,相信你们合作会成功的。"

王珊没有理会伯父的话,说:"我没有你那传奇般的经历。从温海回来后在伯父的帮助下租了个摊位卖蔬菜,不久认识了刘泉,就是我现在的丈夫。现在规模扩大了不少,只是忙于生意,还没有要孩子,就这么简单。"

王教授指着王珊说:"她刚回来可不是这样呢,整天闷闷不乐的,一蹶不振的样子像掉了魂似的。"

老伴接着说:"她母亲死得早,是我们把她养大的,她的心思我猜不透?看那情形准是恋上某个人了,可爱上了就去争取呗,跑回来干啥?我们天天劝她,直到做上小生意,这才渐渐好转。"

"伯母,还提这些陈词滥调干什么?"王珊端起啤酒对张子坚说,"来,张经理,为我们的友谊干杯,为我们未来的合作干杯。"

一杯酒下肚,触动了张子坚心中的往事。往事悠悠如一抹挥之不去的淡淡云彩,在岁月的记忆中留下永不破灭的记忆。

"世界太小,我们又见面了,但你瘦了,变得成熟多了。"张子坚笑了笑,那笑容极不自然。

"你也一样,随着年龄的增长人总是会变的。你以为我还是那个单纯的女孩子,死皮赖脸地给你洗衣服?想起那时候我多么傻,似乎我是嫁不出去的老姑娘,把爱毫无目的地施舍出去。"王珊用一种解嘲的口气说。

"其实你没有错,每个人都有爱的权利,只是世事难料,就像我们现在也不能预知未来一样。只要用真情面对今天,到老了的时候便不会有缺憾。"张子坚说。

"你又讲起哲学的东西来了,这一点你没有变。我看你呀,应该去做个哲学家而不是商人。"吃完了饭转入正题,因为是旧相识,谈话时少了拘束。王珊带着张子坚来到位于市中心的蔬菜批发市场。市场里一片繁忙景象,搬菜的、讨价还价的喧闹不止。他们两个人在一位忙着称菜的青年面前停住了,王珊指着张子坚介绍说:"刘泉,这位就是伯父介绍来的岳泉县的张经理。"

"你好。"他们两个人伸出手握了握。经初步商定,王珊将作为山农公司驻省城的销售代表,全权负责向周边地区的销售业务。这次出差,张子坚获得了意想不到的收获,走出家乡那片土地,发现外面的世界是那么精彩,一个个商机向他扑面而来。他现在觉得那蔬菜的种植规模小了点,他知道这商机是王教授和王珊给的。祖国蒸蒸日上的经济大发展给了自己机遇,他的生命有了色彩,在芸芸众生的世界里得以潇洒地走上一个来回。

第二十二章　故地

有了强大的销售网络的支持,张子坚乘势而上,又投资引进生产设备,加快了系列产品的开发与研究,并获得绿色产品认证。公司里呈现一片繁忙的生产景象,与刚成立时不可同日而语。

办公室也有了很大改观,不再是那两张桌子一部电话机的简陋景象。如今经理室、生产、销售、财会等部门一应俱全。许多人也因此重新认识了张子坚,这就是那个被人认为是办皮包公司成长起来的民营企业家。事业在腾飞,张子坚更是雄心勃勃地筹划着公司的远景规划。他如同一只展翅翱翔的山鹰,头上顶着灿烂的天空,俯瞰大别山这块古老而神奇的土地。他知道商场如战场,唯有诚信是商人永恒不变的基石。正因为深深懂得这一点,张子坚严格要求自己,要求所有员工,让自己的一言一行成为大家行动的典范。李琼见证了公司的这一巨大变化,感受到张子坚的无穷魅力和人格力量,和这样的人共事真乃三生有幸,只可惜相见恨晚。

方金蝉常常去公司帮忙,俨然一名勤杂工,大伙儿都笑她是不拿工资的编外职工。她是一位好妻子、好母亲,一名现代村妇,典型的贤妻良母,站在张子坚身后体现她人生的价值。张子坚成功了,她分享成功的喜悦;若遇到困难,她帮他分析原因找出症结,给他勇气和力量。方金蝉和李琼已成为好朋友,李琼从方金蝉口中得知了张子坚的打工经历及创业艰难。也正是这样,李琼了解了张子坚的内心世界,更加深了一层敬意。事与愿违,方金蝉总感到身体不适,有头晕、浑身乏力等现象,这种情况在温海时就有过,只是近期越来越频繁了。到镇卫生院检查,医生诊断为贫血,给她开了些处方药及补血用保健药回来服用。

张子坚回到家里抱起儿子亲了亲,见妻子买了药回来,着急地问:"你哪儿不舒服?怎么不告诉我,让我陪你去医院?"

"医生说是贫血,问题不大,这么点路还用你陪吗?"方金蝉满不在乎地说道。

"以后田里的活儿别干了,你只要带着孩子就行了,身体要紧。"张子坚说道。

"不干怎么行?父母的身体也不好,难道让他们干吗?我慢点、注意点就行了。"

"那也不行,有活儿请几个人回来帮忙,或者有了空闲我来干。"

"你干?你把这个家当成了旅馆,哪有空闲的时候?其实这病也没什么,吃了药就会好的。"顿了会儿她又说,"刚才在路上遇见大叔,他说村委要开个什么会议,让你过去。"

"没说什么时间吗?"

"没说,让你回家后马上过去,好像有急事。"

方金蝉的话音刚落,电话即刻响起。张子坚拿起一听,是大伯打来的。"金蝉,大伯他们在等我,我去去就来。"张子坚的话没有说完已经出门了。

"你饭还没吃呢,吃了饭再去不迟。"见丈夫已经离去,方金蝉只好无奈地摇了摇头。张子坚就是这样像个陀螺似的一天到晚旋转着,事业顺利,日子也过得充实。不过,从此以后他出差回来便多了一份心,忘不了给妻子买些阿胶膏之类的补品。方金蝉见丈夫为自己花去不少钱,常常埋怨说:"我没啥大病的,吃些药就好了,放心吧,保证死不了,以后别花钱了。"

"别说不吉利的话,只要你身体健康我就放心了,花多少钱也无所谓。"

方金蝉拗不过他,只得悉听尊便。

话说张子华送走了哥哥,便遵从嘱咐去看望大爷、大娘两位老人。大爷身患癌症,已是晚期,在世时间不多了。子华是位孝子,当然理解老人的心情,他最大的任务是陪两位老人聊天解闷,如果有一天没来,老人便觉心里空荡荡的。

老伴端了杯开水,把药递给他吞下,略带责备地说:"他有他的工作,总不能丢下手中的工作来陪你吧?再说还有居委会的老街坊来照看我们呢,还不行吗?"

"行是行,可我对这孩子有说不出的亲切感。你说他有些像我们的小刚吗?"

"像,是有点像。这山里的孩子就是纯朴可爱,他为我们花了不少时间和精力。"老伴感激地说。

不一会儿张子华推门进来,大爷慈爱地看着他,两个人又拉起了家常,他们之间似乎有说不完的话题。当说起大别山时大爷便来了精神,似乎回到了满是战火硝烟的时代。

"要说我到大别山,说来话长了。"老人陷入了对往事的回忆,"那是内战后不久,我当时在省城读大学。看到蒋介石发动内战抢夺革命果实,非常气愤,便和几个同学逃出学校,奔向革命圣地延安。途中遇到国民党军队阻挡,根本过不去,恰好遇上刘邓大军千里跃进大别山,几个人便参军来到大别山。"

张子华小时候喜欢缠着老人讲红军打仗的故事,常常为战士不怕流血牺牲的精神所感动。如今尽管大爷讲得轻描淡写,他心里依然受到震撼。每每谈起这些,老人便有一种极大的满足感。是呀,老人在敌人的枪林弹雨中闯过来了,多少苦都吃过,如今过着幸福的晚年。该得到的全得到了,在生命的最后时刻还有什么值得遗憾呢?张子华也将自己听说过的故事讲给老人听,若讲错了大爷便给他纠正,讲到动情处两个人抚掌大笑。老伴见他乐得像个老顽童似的,也跟着高兴。没多久老人平静地闭上了眼睛,溘然长逝。失去了一生相依的老伴,大娘的精神受到重大打击,一蹶不振,不久也撒手西去,找老伴相会去了。处理完大娘的丧事,有人让张子华到居委会去一趟。他进门一看,屋里坐着四个人,有两名穿制服的人他从来没见过。

"小张,请坐。"丁主任礼貌地招呼他,等他坐下又说,"钱大爷两位老人已经故去,我们居委会非常感谢你给了老人幸福而快乐的时光。遵从老人的遗嘱,他的遗产由你继承,这两位是公证处的。"丁主任指着另外两位工作

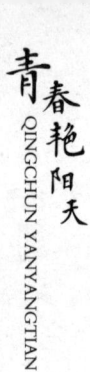

人员说。

突然听到这个消息张子华以为听错了,这怎么可能呢?大爷生前根本没有提起过呀。他推辞道:"不不,这钱我不能要。是大爷帮助了我哥哥,哥哥委托我来照顾他们的,是我应该做的,我不是为他们的财产而来。"

"亲情无价,你给了老人晚年以欢乐,这是金钱买不到的。他生前没有告诉你,其一是考验你有没有诚心,其二是怕你不接受。在公证处的监督下,我们早已办好了相关手续。"丁主任说。

其中一个公证员把存折递过来,说道:"老人在世的时候已经写好了遗嘱,在他们去世后立即生效。我们必须依法办事,这钱你必须收下。这是老人的存款及变卖部分财产所得,一共是十万四千元,已经兑换成存折。"面对突如其来的财富,张子华心里沉甸甸的,怎么也高兴不起来。

"当然,老人也不是把钱白白相送,还有一句话送给你。"丁主任说。

"老人有什么话?请说。"张子华着急地问。

"他希望你拿这些钱做些有益的事业,不要随便花掉。是给你的,也是回报他青年时代战斗过的那片土地。"丁主任说。

"好,我一定做到。"失去了两位可亲可敬的老人,张子华心里很不是滋味,突然间受此巨大恩惠,觉得受之有愧。

张子华喜忧参半地回到公司,在公司门口突然有个女孩出现,由于车速过快,他忙把前后闸给拎起来,差点摔倒在地,吃了一惊。"慧玲,怎么是你?"

"你架子不小嘛,到何处公干去了?我以为你失踪了,要贴寻人启事呢。"她带着嗲音,一副娇小姐的神态,噘着嘴说,"看来不受欢迎,那好,我走。"

"别别,你这不是打我耳光吗?"张子华拦住她说,"有朋自远方来,不亦乐乎。只是你从天而降,打了我个措手不及,你还没回答我什么时候到的呢。"

"昨天到的。我刚拿了毕业证便从家中逃了出来,找了半天才找到这里,谁知又让我等了半天。"于慧玲随着张子华来到集体宿舍。

"从家里逃了出来？那怎么行呢？你爸妈不是给急坏了吗？"张子华责备地说道。

"我和我爸妈商量着要出来打工，磨炼我的意志，可他们不同意，认为在外打工会吃苦受累。我和他们吵翻了，偷偷地逃了出来。"于慧玲解释说。

"你是不应该出来，到你爸的公司上班多好，就不用活受罪。"

"你以为我仅仅是为了打工？全是为了你还不知道？"于慧玲委屈地反问。

"这我知道，可你不知道找工作的艰辛，很快就会想家的。"

于慧玲打量了一眼宿舍问："住集体宿舍呀，总经理对你难道没有一点优惠政策？你毕竟是公司的高级主管呀。"

"我这条件已经是不错的了，还有人睡地铺睡鸟笼子呢。高级主管也是一个打工者嘛，还要什么优惠政策？"

原来于慧玲是张子华晚一届的校友，在一次偶然相遇中相识，因为互相心仪而相恋。经打听得知她家是巨富，开着一家很大的公司，爸爸让她选择商校是期望她将来能继承家业。张子华毕业后和她通了几次信，不再谈感情的事。在他看来，她是百万富翁家的千金小姐，自己则是山沟里出来的穷娃娃，门不当户不对。因此，张子华婉转地拒绝了她的感情，两个人的联系一度中断。可于慧玲见他纯朴诚实可爱，更知道张子华拒绝自己是因为家庭地位的差别太大而产生了自卑感。距离是一种美，分别越久便越觉得离不开他。慧玲毕业后便吵着要出来打工，并找了个冠冕堂皇的理由，说是增加社会阅历磨炼意志。尽管父母百般反对，她还是写了张字条放在家中逃了出来。

张子华皱了皱眉头，东南亚经济危机的阴影还没有散去，温海的许多企业还没有恢复元气，上哪儿寻找工作？张子华带着她在人才市场转了半天，看中一家外资企业，开了介绍信急急地奔了过去。负责人却说："我们需要有三年以上工作经验的。"

"可介绍信上没说呀，介绍所说大专文凭即可。"于慧玲不解地说道。

"但我和他们说了。"那位主管说完在介绍信上唰唰写上几个字："条件不符,退回。"

慧玲欲和他分辩几句,张子华把她拉了出来,说道:"走吧,和他吵有什么用?这是介绍所在骗我们。"

"骗我们?怎么个骗法?"于慧玲有些不解。

"你还没看出来?介绍所知道企业的用工要求,却把达不到条件的人介绍过来,结果都是一样被退了回来。我们今天的损失是一天的时间、车费、伙食费、五元钱的手续费,可打工者有几个人能经得起这样的折腾?"

"劳动局不管吗?虚假信息是侵害打工者的权益的呀。"于慧玲心里有些不平。

"管得过来吗?我说你不该来,现在知道了吧?"

"我们有较高的文凭找工作都是这样难,那些没有文凭的乡下打工者的命运更是可想而知了。"于慧玲叹了口气,继续说道,"想起在学校时的万丈豪情真是有些可笑,原来我们是那么幼稚,幼稚得像个孩子,几天下来我快没信心了。"

"你现在体会到找工作的艰辛了吧?我因为有了哥哥的帮助才免遭奔波之苦。我哥哥第一次来温海时途中被小偷偷了钱,你知道他是怎么回去的吗?"

"猜不出。"于慧玲想了想回答。

"扒客车排气管回去的。"

"扒排气管,这怎么可以呀?"这下轮到于慧玲吃惊了。

"是不行,走了十多里路就受不了。但现在今非昔比,他在家乡成立了山农公司。"张子华问道,"慧玲,你打算怎么办?是回家去吗?"

"我不回去,我相信我能找到工作的。"于慧玲倔强地说。

几天后,于慧玲在某私营公司找到了一份工作,虽然工资低了些,她却十分珍惜这份来之不易的工作。没过多久她却哭丧着脸来找张子华,说:"我被解雇了。"

张子华吃了一惊,问:"你不是干得好好的吗?为什么被解雇了?"

"我自己也莫名其妙,有人告诉我说这家公司人员流动很大,老板以试用工为名招工,试用期满便辞退,因为试用期工资低。"

"你说怎么办?还找工作吗?"

"这次短暂的打工经历让我懂得了许多,我要回去工作了,这温海没有我落脚的地方。"顿了顿,她又吞吞吐吐地说道,"子华,你辞去这儿的工作,和我一起走,行吗?"

"跟你去?可我和陈嘉茂经理签订了用工合同,撕毁合同是要赔偿损失的。你这一去还会回来吗?"张子华真的有些舍不得。

"我还会回来的,你有空去找我,我爸爸妈妈肯定会欢迎你的。记得经常给我写信,可别像以前那种口气。"

"以后写信我肯定会改的,走吧,我送你一程。"张子华和于慧玲并肩走出大门,却见东方玉风尘仆仆地赶来。

东方玉见到他吃了一惊,心道:"这不是张子坚吗?他什么时候来的?他身边的女孩是谁?"当两个人会面时,她惊讶地问:"子坚,你……"

张子华一听,知道她是认错人了。"你是嫂……"刚出口又觉不对,忙改口道,"你是东方玉吧,我是张子华,高云在车间里呢。"

东方玉话刚出口,马上意识到自己认错人了,红着脸逃也似的离开。于慧玲对着她的背影啐了一口,骂道:"神经病。"

嘉茂鞋业公司虽然恢复了生产,但并不繁忙。按照惯例这时候是不招收工人的,因为东方玉是老员工,也就不好推托了。对于她的到来,那些好朋友像迎接久别的亲人似的,有说不出的高兴。东方玉好长时间没用缝纫机了,工作起来没那么顺手,但有高云她们的帮助也出不了差错。可是,她在干活的时候精神总是不能集中,是想孩子了。

素丽走过来,对着她的耳朵冷不防问:"喂,想谁呢?"

东方玉吃了一惊,醒过神来,说:"是你呀,吓了我一跳。"

素丽说道:"我看你一个人坐着出神,像掉了魂似的,准有心事。这次来和上次来可是判若两人,我都快认不出来了。"

东方玉淡淡地说道:"我是死过一次的人了,被婚姻折磨得死去活来。现在唯一能让我想起的就是我的孩子丹丹,我走后她一定哭着要妈妈了。"

素丽劝她说道:"我说你呀,当初就不应该出来,既然出来了又惦记着孩子,整天六神无主的算什么呀?两地相隔数千里,你现在能做的是把这份思念压在心底,留在梦里回忆吧。"

"这么说你是不想孩子了,在外打工这么多年。"

"想呀,怎么不想?可我们那里穷呀,除了能在地里刨点食物就没有别的经济来源。孩子不到一岁我们两口子就出来打工了,一住就是五年,只回过三次家,回到家孩子已经不认识我们了。刚开始出来的时候也想念家中的孩子,时间长了也无所谓。"

旁边的阿玲也凑过来,问:"东方玉,听说你离婚了,是吗?"

东方玉轻轻地点了点头。

"离婚好哇,你就成了没人管的自由人了,这世界男人都不是好东西,有时候我真想离婚,一个人打工养活自己。"阿玲说。

"呸,你的小尹对你咋样啦?别不知足。若真的离开了男人,保证你又哭丧着脸要男人。"素丽骂道。阿玲挨了骂,伸了伸舌头,扮个鬼脸,缩回头去。素丽继续说道:"小玉,别听她胡诌,这世界上的好男人多得是,你只是错过了一次机会,鼓起勇气好好地活下去。什么事都要往好处想,相信好日子总会到来的。不成家也不行,没有家,女人就像水中的浮萍,没有归宿。"

东方玉苦笑着摇了摇头:"成家?我是没有这个念头了,这世上独身女人多着呢,她们都活得很自在。"

"当然了,你有你的理由。"素丽顿了一下又神秘地问,"听说张子坚在家开了家大公司,你知道吗?"

"知道。"

"你说这人生是怎么啦?当初你如果能鼓起勇气逃婚,今天大小也是个经理夫人了,也不用这么愁眉苦脸的。"素丽的话还没说完,背后有人轻轻碰了碰她,回头一看是高云站在身后,那眼神分明是怪她多言。

东方玉想起那天刚来公司时,因为张子坚兄弟俩太相像了,错把弟弟当成了哥哥,现在仍耳热心跳。两年时间过去了,原来自己还是牵挂着他。如今又一次被素丽提起,东方玉心中很是痛苦,脸色很难看。

"我头疼,回去休息会儿。"东方玉说罢,不再理会素丽和高云,独自回宿舍了。东方玉晚上躺在床,辗转反侧,夜不能寐。是啊,这里的一切,楼上楼下到处都留下了她和张子坚的身影。东方玉想起在楼下那件小屋子的温馨时光,想起十七号台风来临那个可怕的夜晚。一阵棒打鸳鸯,分手了留下了两个人爱情的见证——女儿丹丹。如今张子坚远在乡下,有了妻室有了腾飞的事业。可自己呢,是一个刚刚从痛苦婚姻中挣扎出来的女人,一个在异乡的流浪者。

"不,不!"她狠狠地告诫自己忘却从前,使尽全力把张子坚的影子从自己的脑海中赶走。

"小玉,小玉,你做噩梦了。"高云拉亮了电灯推醒她。

东方玉醒了,身上出了冷汗。"我、我……"许久却回答不上来。

"是想丹丹了吧?有你妈带着,没事的,要不明天打个电话回去问问。"高云小心安慰她,那场失败的婚姻给她的打击实在太大了。

"没什么,高云,睡吧。"过了会儿,东方玉平静了下来。高云见她真的没事儿了,便放心地睡去。

"时间会冲淡一切"这句话,不是对每个场合每个人都适用。东方玉想忘却从前,谈何容易?这里的一切都是和张子坚相爱的见证。楼下那间屋子还在。还有张子华,他们兄弟俩太像了,简直就是一个模子里刻出来的。东方玉总是把他当成张子坚,用异样的眼光看着他。她的一举一动很快被工友们觉察了,背后传来好事者的窃窃私语。

"她是不是爱上子华了?哪有这样看人的?"

"我看八成是有神经病,爱不上哥哥却爱上弟弟。只可惜落花有意流水无情,张子华的女朋友慧玲家是百万富翁,他会看上曾是嫂子的二婚头?"

"是呀,子华要钱有钱要才有才,不久就可以去于慧玲家做个上门女婿,再弄个总经理当当,她不是自作多情吗?"

"不是自作多情,是癞蛤蟆想吃天鹅肉。"两个女孩说罢忍不住笑起来。

"你们说谁呢?别损人好不好?"冷不防背后有人说话,回头一看是高云满脸愠色地站在身后。

渐渐地，许多人都和东方玉疏远了，只有高云、素丽等几个人知道她心里承受的苦痛，一如既往地关心她，帮助她驱散心头的阴云，恢复她的信心。

"你们的好意我心领了，能驱散我心头的阴云却抚不平我受伤的心。因为我心中有一道无法弥合的伤痕，尤其在这种情况下。"东方玉伤感地说。

"可你得面对现实呀，那场海枯石烂的爱情已经不复存在。你天天为之神魂颠倒的是另外一个人，一个不可能爱你的人。"素丽劝说道。

"是啊，我曾千百次告诫自己，忘掉他吧。我和他分手的时候就下定决心忘掉他，在家里也许能够，在这里却难以办到。"东方玉痛苦地说。

"你知道别人在背后怎样议论你吗？说你是神经病。可你得争口气，活出个人样来，让那些嚼舌根的人瞧瞧。"高云苦苦相劝。

经过一番痛苦的思索，东方玉似乎解脱出来，一改往日的忧愁形象。高云见自己的努力没有白费，非常高兴。可好景不长，东方玉又犯了一个令她自己也无法饶恕的过错。这天张子华到她们车间去，她恰好有一个小问题问他，想也没想便开口道："子坚……"

话刚出口，全车间的人哄堂大笑，张子华窘得满脸通红。高云见她在大庭广众之下出丑，气得说不出话来，拉着她往外跑，背后的哄笑声更大了。进了宿舍，东方玉趴在床上大哭起来，双肩一颤一颤地抖动着。

高云一个劲儿地埋怨，说道："小玉姐，这可不是你呀，你不是说已经想了个透彻吗？在这么多人面前你却……叫我怎么说你才好呢？"

素丽跟了进来，说："高云，你别怪她，她已经够痛苦的了，谁会希望自己出现差错让人笑话呢？"

"只是这样一来，那些爱嚼舌根的人又找到话柄，公司里非给闹翻了不可。"

"这正应了她说的那句话，在家里能忘记张子坚，在这里办不到。本来也是，他们两个人在这里从相识到相恋，每一个角落都能勾起她的回忆，醒来时却一切都成空。最要命的是那个张子华太像他哥哥了，更加重了她对往事的回忆，以前叫惯了张子坚，直到现在还改不过口来。我担心这样下去，她非被逼出病来不可。"素丽分析说。

"是啊,这样下去她根本受不了,该怎么办呢?"高云焦急地说。

"只有一个办法,离开,离开这里才能让时间淡化一切。"素丽想了一下说道。

东方玉停止了哭泣,坐了起来使劲拍打着自己,说道:"素丽、高云,我对不住你们,辜负了你们的期望,没想到我这么不争气,真的该死。"

"别这样。"两个人连忙制止她,说道,"你为什么和自己过不去呢?"

"看来我是没办法在这里待下去了。"东方玉平静了下来说。

"我们俩合计了一下,只好这样了。你还是回去吧,丹丹在家盼着你呢。"高云说。

"要么换个地方,对你也许好些。"素丽说道。

"出来才这么长时间就灰溜溜地回去,别人会怎么看我?天下之大,不相信没有我容身的地方。"东方玉说。

高云想了想,忽然有了主意,说道:"我有个表妹在上海一家宾馆当服务员,你认识的,我写封信给你带着去找她,怎么样?"

"这主意不错,和老乡在一起有个照应。"素丽立即附和道。

东方玉想了想,实在没有比这更好的办法,只好点头答应了。她到办公室向陈经理辞去工作,可陈经理不在,她只好向张子华提出。

"不干了?是因为刚才的事儿吗?"张子华问道。

东方玉使劲点了点头。

"你的心情我理解,但要想开些,别人怎么说不要往心里去。公司业务将进入旺季,你还是留下来吧。"张子华说。

"不,我已经考虑好了,勉强留下来只会增加我的痛苦,对你也没有好处。我在这里发生的这些事,让你们看笑话了。请别告诉你哥哥,也别告诉他我来过温海。"东方玉淡淡地说道。

"在这时候你选择离去是对的,留下来只会造成更多的伤害。去什么地方想好了吗?"汪海峰走过来关心地问道。

"去上海,高云有个表妹在那儿。"

"既然这样,我们也不好挽留了。"张子华显出无奈。

第二十二章 故地

东方玉出了门,汪海峰说:"其实,她不应该来温海,更不应该来我们公司上班。故地重游当然会勾起对往事的回忆,她和你哥哥曾爱得死去活来,谁知道灾难来临,婚姻不幸遭受许多磨难。换了我也受不了,她一个弱女子,没被逼出精神病来已是万幸了。"他对东方玉的遭遇很是同情。

"可许多人都叫她神经病,依我看她是有些不正常。"张子华说。

"她要离开温海说明她能面对现实,那些所谓的不正常只是一些表象,离开这里一段时间以后便不治而愈。"汪海峰说。

张子华见他说得有道理,点了点头。自此,有人便学着东方玉的口气酸溜溜地喊子华为"子坚"。在别人的嘲笑声中,东方玉一刻也待不下去了,只想早点离开。高云、素丽、王光水把她送到车站,挥手道别。面对挚友的深情,东方玉哽咽着说不出话来,只有使劲地挥手。这一次的旅途是孤独的,前程茫茫,等待她的将是怎样的生活?

第二十三章　旧情

吴国风的皖西风味馆生意异常火爆,已成为温海餐饮业一道亮丽的风景。周媛媛又萌发了开办连锁店的念头,推出以家乡风味为主的小吃。夫妻俩一合计,花巨资收购了附近一家即将停业的饭店,按照自己的要求重新装潢,有了经验,这次自然是得心应手。上次皖西风味馆开业只有张子坚等几个人买了两只花篮送去,可谓冷冷清清。谁知这冷冷清清的场面却在温海餐饮界杀出一匹黑马,获得了极大的成功。企业洽谈生意,政府部门宴请宾朋,都是这里的常客。因此吴国风结识了不少朋友,这为他后来的发展起到了不可估量的作用。

市长李长仁也多次去那里用餐,得知吴国风是自己曾为他颁发"温海市十佳外来务工者"证书的打工者时,连连称赞。吴国风适时向李市长提出请他为皖西小吃馆剪彩,他毫不犹豫地应承下来。剪彩这天热闹非凡,许多餐饮界同行也前来祝贺。一个市长为打工青年的企业剪彩,这恐怕还是头一次,起到了非凡的宣传效果。张子坚带着小孙前往,李市长一眼就认出了他,迫不及待地把他拉到一角,高兴地说:"小张,不错嘛,听说你当上老总了。年轻有为,真是后生可畏呀!"

张子坚谦虚地答道:"我们是几十户农民凑合起来的小公司,推举我为领头人罢了,和你们这里的企业相比太显得小家子气了。李市长,我还真得感谢你们那年对我的照顾和帮助呢。"

"说哪里去了,是你为我们做出了巨大的贡献,我们再回报一点给你也是应该的。看到你和吴国风成就了一番事业,我在思考一个问题,那些被人称为盲流的打工族中原来隐藏着许多人才,是一个巨大的潜在财富啊。若能将这一资源挖掘出来,一定能为我们的经济发展增色不少。事实上,许多打工者已成为我们企业的顶梁柱,但我们还有许多工作要做。"李市长若有所思地说。

"李市长,今天打工者的社会地位及工作环境有了法律的保障,和过去相比有了很大的改观,也激发了打工者的积极性。他们辛勤地劳动,为促进经济的发展起到了很大的作用。"张子坚说道。

"不说这些了,说说你吧,这次到温海来有什么重大举措吗?别忘了,你是温海的荣誉市民,这里就是你的家呀。需要我帮忙的话尽管说,保证不会让你失望的。"

"我这次来温海是有些工作要做,只是目前还不用麻烦您。"张子坚简单地谈了公司的产品结构及扩大在温海的市场占有率方面的一些构想。李市长听了连连点头,不时地提出自己的观点,并结合温海市场的情况提出一些建议。

宴会散场,张子坚迫不及待地去鞋业公司看望老朋友。陈经理、汪海峰等人对于他的到来自然热情欢迎。

"哎呀,张经理到了,什么风把你吹来了?"以前的老朋友问。

"我们分手有三年多了吧,特意来看看大家。"张子坚回答道。

"听说你当上总经理了,是真的吗?"这是明知故问,他们一会儿这一会儿那地问个不停,搞得张子坚无暇回答。

"你们两个张子坚,谁是真的呀?"有人揶揄地问。

"两个张子坚,什么意思?"张子坚有些不解。

"两个就两个呗,没什么意思。"同样是酸溜溜的回答。

张子华向他使了个眼色,意思是有话出去说,兄弟俩尾随而去,在他们的身后传来女孩的惊叹。

"哇,原来张子坚长得这么帅,换了我也会为他神魂颠倒的呢。"一个没见过他的女孩说。

"我看你神魂颠倒都不够,最好是花容惨淡、茶饭不思地说'喂,子坚'才显得多情。"另一个学着东方玉的口气大声嚷着,引得大伙儿哈哈大笑起来。

"你……"刚才那女孩儿气得脸红一阵白一阵,无言可答。

张子坚来到弟弟的宿舍还没坐下来,弟弟便迫不及待地问:"爸爸、妈妈的身体好吗?家中情况怎样?"

"家中一切都好,只是你嫂子生了病,给她吃了些药,估计没大事。子华,刚才她们说两个子坚,是什么意思?"张子坚从她们说话的神态及眼神中看出一定发生了什么事。

"她们是开玩笑,说我们兄弟俩长得很相像,没别的意思。"张子华记着东方玉说过的话,找了个理由岔开去。

这时高云和素丽走进来,高云插话道:"不,是东方玉来过了。"

"东方玉来过?她不是在家乡吗?来这儿干什么?"这下轮到张子坚吃惊了。

张子华瞪了她一眼,怪她多嘴,可高云不予理会,说道:"东方玉离婚了,生活非常艰难,在家里待不下去了便出来打工。在这里待了一个月又待不下去了,现在去了上海。"高云和素丽把东方玉来公司后出现的一些反常现象及当众出丑的经过说了一遍。张子坚听了,脸上现出痛苦的神情,沉浸在不堪回首的往事之中。他心情沉重地说:"她遇到如此不幸也是预料中的事,对她的遭遇我只能表示同情,因为各自有了家庭,我又能为她做些什么呢?'有缘千里来相会,无缘对面不相逢'这句话对缘分这东西做了充分的诠释,在我和东方玉之间得到了很好的印证。如今我只能祝她苦尽甘来,好运当头。"

"我劝她回去把丹丹带好,可她认为没钱回去让人笑话。我不敢想象,她若再遭不测,整个身心将全部垮下去,再也没有生活的勇气了。丹丹是她唯一的牵挂,也是你们爱情的见证啊。"高云悲伤地说。

"我知道,那年她回家的时候便告诉了我这件事。我们分手了多年,难道还要给我一个心灵的枷锁,对过去发生的一切承担责任吗?我们是自由恋爱,谁也没有错,她的不幸是她爸爸一手造成的。"张子坚很是痛苦,对东方玉的遭遇充满了同情。

"当然,你不必为过去的一切而自责。她现在心里还想着你,说明她非常珍惜和你在一起的时光,是你给了她幸福的回忆。如果没有这些,对她来说才是真正的遗憾。如果方便的话你愿意去看她吗,以一个朋友的身份?"高云问道。

"我把温海的事办好以后是要去一趟上海,是否去看她暂时还没想好。"

"你若去看她,也许能给她一丝安慰,让她鼓起生活的勇气。"

"这合适吗?"张子坚犹豫不决的样子。

"当然,我不勉强你,你考虑好了再做决断。"高云说。

"好吧,我会认真考虑的。"他又对弟弟说,"子华,下班后去国风那里,我和你有重要的事商量。"

以前吴国风经营一家餐馆,基本上由妻子周媛媛掌管着,自己做山农公司驻温海的代表勉强过得去。如今第二家店开业了,自己必须两头兼顾,销售必然受到影响。而山农公司要发展必须提高市场占有率,要想赢得市场必须有一支高素质的营销队伍。在某种程度上说,营销人员如同驰骋沙场的将士,吴国风的那种作为副业式的经营格局是应该打破了,这是张子坚这次来温海的主要目的。而弟弟张子华具有较丰富的专业知识和社会实践经验,是最为理想的人选,只是让他开一个办事处有点大材小用了。

因为皖西小吃馆今天才开业,顾客不是太多,傍晚时分,张子坚和小孙找了个不显眼的位置坐下,吴国风瞅着空儿来陪他俩聊几句。这时却见门外停了辆轿车,两男两女簇拥着进来。迎宾小姐礼貌地问候,说道:"您好,欢迎光临。"然后礼貌地引导他们入座。

"服务员,来几杯饮料。"其中一个五十多岁的长者吩咐道。

"好的。"服务员很快端了四杯果汁来。

"玲儿,你说这会儿能把那个姓张的请来?假如他不来呢?"老者问坐在旁边的女孩儿。

"爸,你放心吧,我保证把他'抓'来,让你看了满意。"叫玲儿的姑娘调皮地说。

"依我看他会来的,我们给他的条件够高的了,许多人奋斗一生也不一定得到。再说,我相信慧玲的眼光,不会看错人。"另一位女子说道。

"时候不早了,玲儿,你去吧。"长者对女儿说。

她喝了两口果汁,在爸爸的脸上亲昵地吻了一下,和另一个男子走了出去,很快传来汽车发动的声音。待他们走后,那名女子道:"总经理,刚才我们看了几处房子,只有天城路和江新路两处稍好一点,但租金太高。"

"租金是高了点儿,我们必须再和他们谈谈。听说新洲商城有房子,我们也可以去看看。邓秘书,这儿的工作要尽快完成,我们还要去广州呢。"总经理说道。

"慧玲和姓张的小伙子都具有较高的专业水准,我们只需给他们安个炉灶再放手让他们经营,是不会出问题的。"邓秘书说。

张子坚和小孙听出他们是商人,看来是要在温海开设营销机构。想不到温海真是块风水宝地,今天遇到一个领域的人了。

慧玲的车子停在嘉茂鞋业公司门口,她下了车便急不可待地喊道:"子华,张子华。"

张子华从楼上伸出头来,问道:"谁呀?"

"子华,是我来了。"于慧玲招手喊道。

"慧玲,是你来了?!"张子华是又惊又喜,飞快地奔了下来,用略带责备的口吻说,"这几天我打电话你都不在,出差了?"

"想死我了,是吧? 告诉你吧,我是故意考你呢,看看我在你心中占有多大的分量。表现还可以,考试及格。"于慧玲冷不防在他的脸上吻了一下,咯咯笑起来,"其实我早就想来看你了,因为公务太忙,今天才到。"

"在这儿站着干什么? 进去说话。"

"不进去了。走,我带你去个地方,最近有家什么小吃馆开业,我想尝尝,要你请我吃饭。"于慧玲拉着张子华便往外走。

"说吧,在哪儿?"张子华摸了摸衣袋,发现钱不够,在温海稍高档一点的饭店消费是比较贵的,"你等会儿,我去拿些钱来。"

"不用拿钱了。"于慧玲抱住他的胳膊不让走,说道,"你请客有人付账,另外,我还要带你去见一个人。"

第二十三章 旧情

"见一个人？除了你还有谁？"张子华不解地问道。

"别磨蹭了，车子在外面等着呢。"于慧玲催促道。

张子华见有辆轿车停在门外，说道："哟，这次发达了，居然坐出租车来。"

"这是自家的车子，什么请不请的。"

"你家的车子？"张子华吃了一惊，这才发现车顶上没有出租车标识，"慧玲，我真服了你，那么长时间不给我个电话，我打电话又躲着不接。千呼万唤把你唤出来了却又神神秘秘的。"张子华责备的话语里充满着甜甜的爱意。

于慧玲嘻嘻一笑却不回答，开了车门，意思是："上车吧。"

"对了，我还要去我哥哥那儿呢。"张子华想起了哥哥的相约，说道。

"你哥哥？他不是在乡下吗？是想逃跑吧？"于慧玲有些不快。

"我想你都快想疯了，怎么会逃跑呢？我哥哥今天刚到温海，让我过去有重要的事商量。"张子华解释说。

"等会儿给他回个电话，就说临时有事，明天再见他不就行了？"

"小伙子，上车吧，慧玲说的话没错。"司机说道。

张子华只好坐进车里绝尘而去。小车行了十多分钟，穿过几条街道，在路边停住了。张子华下车一看，说道："咦，这不是吴国风新开的皖西小吃馆吗？以前装修的时候来过几次。"

"请吧。"于慧玲伸手做了个请的动作。进了大厅，他一眼便看到哥哥和小孙坐在角落里，准备向他们走过去。

"子华，你来了，坐。"小孙说道。

这回让张子坚惊讶不已，那位总经理的千金小姐说去接人，想不到接来的却是自己的弟弟。吴国风见他俩亲昵的神态有些不解，从没听说他有女朋友呀。

张子华看着哥哥，动了动嘴唇正要说什么。

"子华，这边呢。"于慧玲把他拉了过去，把爸爸和邓秘书给他做了介绍。

"您好，于伯伯。"张子华彬彬有礼地和他们握了握手。

小孙气得眼珠子都快鼓出来了,小声说道:"这张子华架子也太大了,我们好不容易从乡下赶来,他见了面却不理不睬的,把哥哥也不放在眼里。"

张子坚把他的手碰了碰,示意他别瞎说。子坚知道弟弟不是这样的人,弟弟这样做必然有他的道理,想起刚才总经理和邓秘书的谈话,难道他们在温海开办事处是要交给他女儿和弟弟共同主持?若真是这样,子华可攀上富亲了。

总经理见张子华长相端庄,稳重礼貌,第一眼便感觉良好,便和他拉家常,询问家庭情况,谈经营管理、市场营销等。他一一照答,并拿眼睛远远地瞅着哥哥,觉得这样冷落了他们有些不应该。

"大伯,慧玲总是给人以意外的惊喜,把我打了个措手不及,您可得管管她。"张子华说。

"好哇,你刚见了我爸爸的面就恶人先告状,该罚。"于慧玲噘着嘴说。

"意外的惊喜?可比使坏要好,在家里常常耍小孩子脾气呢,这都是我给惯坏的,谁叫我只有这么一个女儿呢。"总经理哈哈大笑说。

"只是她这次绑架的技术不太高明。"张子华接着说。

"为什么?"于慧玲问。

"若到别的餐厅还行,到这里可进了我家里了。"

"你家里?什么意思?"邓秘书扫了一眼新开张的小吃馆,不相信这和他有啥关系。

"这里的小吃是我们的家乡菜,这馆子是我老乡开的,今天才开业,坐在那里的是我哥哥。"张子华用手指了指。

"哎呀,你怎么不早说?快把他们叫过来。"总经理连忙说道。

"刚才上车的时候听你说要去见哥哥,我还以为是假的呢,想不到在这里相遇。"于慧玲高兴地说道。

张子华走过去和哥哥轻声说了几句,张子坚便和小孙走了过来。没等他介绍,总经理看着张子坚说:"不用你介绍,这位是你哥哥吧,你们俩长得太像了。"

"大伯,您好。您说对了,他是我弟弟。"张子坚指着吴国风介绍说,"这位是这家小吃馆的主人,已是他的第二家店了,这位是我们公司的销售员小孙。"

"今天遇上各位真是有缘,张子华是我女儿的男朋友,没想到在这儿遇见他的兄长,又是这家小吃馆开业的日子。"于总经理高兴地说。

"于大伯过奖了,刚才听说你们要在温海开设办事处?"张子坚问。

"是啊,这是我们此行的目的。按原先计划从公司抽调人来,但慧玲向我推荐了你弟弟,不知他意下如何。"

张子华一听,如堕五里雾中,做销售商?慧玲从来没有和自己提起过呀!心想又是她的鬼主意,便狠狠地瞪了她一眼,意思是说这么大的事也不和我商量。于慧玲却扬扬自得的神态,好像是说这个工作比你在鞋厂打工强多了吧。

于总经理看着他俩,似乎明白了什么,忙打圆场说:"可能是玲儿又没告诉你吧,不过没关系,你可以回去考虑。当然我给你的条件是优厚的,慧玲可以留下来做你的助手。"

"大伯,我梦里想着的都有一番属于自己的事业。可是……"张子华欲言又止,他知道哥哥今天来的目的。

"大伯,是这样,我这次来也是为这事。"张子坚把要在温海开设办事处并交给弟弟负责的事说了一遍,听了这话场面静了下来。空气似乎凝固了。于总经理对这一意外情况显然不悦,心想,我把这么大的市场交给你经营,并让玲儿陪着你,既得江山又得美人的事上哪去找?

在旁边一直未开口的小孙见气氛不对,便提了个主意,说:"于总经理,我们两家是否可以联营?就是一套人马两块牌子。"

对于她的提醒,邓秘书赞道:"这种方法可行,从某种程度上说我们还可以减少成本。总经理,你说呢?"

于总经理想了想,实在没有比这更好的办法了。若拒绝张子华做销售商,女儿肯定要和自己翻脸;若不让他给哥哥做销售,于理不合。于总经理遂开口道:"就依你们说的,具体合作方法我们再做商量。小张,你也不用推辞了吧。"

"于伯伯,您对我恩重如山,我一定干好工作报答您,我敬您一杯。"张子华端起酒杯说。

"你又说错了,不是恩重如山,是恩重如泰山。"司机一语双关地说。"泰山"是对岳父的尊称,于慧玲听了满脸绯红,心里乐开了花。

"来来来,大家都喝,为我们的合作干杯。"于总经理站起来说。大伙儿一扫心头的阴云,喝了个满堂红。随后双方对合作事宜进行了深入的讨论,并取得了一致意见。

面对哥哥的重托和慧玲的深情,张子华别无选择,只有接受挑战。的确,张子华和他哥哥一样,有着执着的敬业精神,有着山里人的纯朴和忠诚。张子华在知识面及其他各方面表现出来的才干比张子坚胜出许多,是难得的人才。他和于慧玲很快投入紧张的筹备之中,不久便挂牌开业。

在一个细雨霏霏的下午,张子华陪着哥哥和小孙来到位于南山的公墓。在两位老人的墓碑前,张子坚献上一束鲜花并磕了三个响头。他感谢两位老人在自己最困难的时候给予的极大帮助和精神鼓励,使自己的伤痛得以很快恢复,他们俩是许许多多关心过自己的温海市民的代表。

张子华说:"大爷在世的时候曾多次问起你,得知你办了公司,比自己办了公司还要高兴。多好的一个人哪,可惜你没能再见到他。"

张子坚看着眼前一个个隆起的坟茔,幽幽地说:"是啊,我和他之间似乎有一种缘分,有一种相见恨晚的感觉,只要想起温海,我自然会想到他。"

张子华说道:"大爷年轻的时候在我们家乡战斗过,这就是他和我们的缘分。"

"大别山是一片神奇的土地,在抗日战争和解放战争中,为民族的解放事业做出了巨大的贡献,成为许多热血男儿向往的热土。而今天,在社会主义的经济建设中却落后了。重重大山曾经让敌人望而却步,而今天却成为经济发展的最大障碍。我们的爷爷们当年浴血奋战艰苦奋斗的优良传统,今天的青年们应该继承和发扬,使之成为改变家乡面貌的不竭动力,这也是我们的责任啊。"过了会儿,张子坚又兴奋地说,"我们山农公司已进入产销旺盛时期,我已在思考公司的下一步发展目标,只有借助资源优势,做农业这块大蛋糕。我们县有大面积猕猴桃基地,辅以板栗、草莓进行深加工生产果汁,具有很好的前景。当然了,还有许多资源等待我们去开发和利用。"

张子华高兴地说:"好的,我可以给你搜集这样方面的信息。另外,大爷不仅留给我们十多万元钱,还有一句话相送。他要求我们用这笔钱做些有益的事,是对他战斗过的那片土地的回报。"

张子坚若有所思地说:"在我看来,他的这句话比钱更沉重,是对我们青年人的期望,是对我们那片土地的期望。"

"子坚,时候不早了,回去吧。"他们的头上已积满了白白的一层水珠,小孙走过来提醒道。

张子坚圆满完成了在温海的各项任务,和小孙又转战上海。抛去了身后的喧嚣,一阵疲惫感袭来,他闭上眼睛想休息会儿却怎么也睡不着,又一个问题萦绕在心头。这次去上海是不是该去看看东方玉呢?他拿出高云给的地址看了一眼,金江路"君又来"宾馆。

金江路?张子坚仔细想了想,和自己这次要去的地方不是仅隔了一条街吗?如高云所说以普通朋友的身份去未尝不可。当然,不去的话于自己也没什么损失,对东方玉来说未尝不是件好事。可自己难得来上海一次,近在咫尺,不去看一眼,是不是显得不近人情了?高云说那话的时候分明有一种期盼。张子坚在这个问题上想得头昏脑涨,却真的睡着了,醒来时车子已经接近上海。在上海住了三天,他和小孙一刻也没有闲着,跑菜市场、超市、宾馆等单位,广泛征求客商的意见,搜集有关信息,为企业发展提供新的参考。另外,他们还仔细考察了饮品市场,买来许多饮料回去研究,为企业的下一步发展做准备。

小孙在收拾行李,明天可以回去了。见张子坚坐在沙发上发呆,他便问道:"张经理,你好像有心事。有什么话就说出来,别闷在心里,让我给你参谋参谋怎么样?"

"好吧。"张子坚将自己和东方玉之间的爱情故事及她的遭遇,还有那天高云说过的话原原本本地说给小孙听。小孙听完陷入了沉思,这可是个棘手的问题,便认真地说:"不去看她于你无损于她无害,但你们的爱情从浪漫开始以悲剧告终,不是你的错也不是她的错,是沿袭千年的陋习酿成的悲剧。近在咫尺不去安慰她受伤的心又显得无情无义了,毕竟你们刻骨铭心地爱过一场,你去看她她会见你吗?"

"正因为如此我才迟疑不决,我去看她的话你说会发生什么意外情况?"张子坚问。

"在温海她把张子华当成了你,说明你在她心中有着何等重要的位置。你这次去会不会揭开她心中的伤痛,再说了,你又能帮她做些什么呢?"

"那年她回去的时候公司赔偿给她三万块钱,她曾给我一万元,说是对我救她性命的报答。这笔钱我一直没敢动,如果可以的话把这笔钱还给她,可以帮她脱离困境。"

"既然这样你还是去看看她吧。"小孙说,"你现在以客人的身份住进她所在的宾馆,明天我在这儿等你。"

这是家中等规模的宾馆,坐落在金江路的繁华地段,黄昏时分街上的路灯次第亮了起来,巨大的霓虹灯箱一闪一闪的,显得非常耀眼。张子坚没有坐车步行了过去,很快找到那家宾馆。

"小姐,有客房吗?"他走到服务台前问。

"有。有单间,有豪华套间,你需要什么样的?"

"好,给我开个单间的,价格便宜点的。"趁着她开票的机会张子坚又问,"小姐,你们这里有位叫东方玉的吗?"

"东方玉?我们都叫她阿玉。她在三楼当服务员,刚好是你住的这一层。"服务员开好了发票,打量了他一眼问,"你认识她?"

"我是她老乡,路过上海顺便来看看她,让她给我送瓶开水可以吗?"张子坚找了个理由说。

"可以,我马上通知她。"服务员答道。

张子坚关上房门踱到床前看夜景,心里像装了只兔子突突地跳着。想到东方玉马上到来,见了面该怎么开口呢?这些年她变了吗?对于自己的唐突到来她会怎么看?

"咚咚!"门外响起了敲门声。

"请进。"张子坚喊了声,仍一动不动地看着窗外的风景,却认真地听着身后的动静。

"先生,您要的开水送来了,带了茶杯吗?"东方玉很有礼貌地问。

"对不起,我没带茶杯。"

东方玉拿起茶几上的茶杯给泡了一杯茶,然后问:"刚才听总台服务员说你是我老乡,请问你是那位?"

"小玉,是我来了。"张子坚猛地转身,然而眼前的东方玉却面容清瘦,无法掩饰一身的疲惫,几乎有些认不出来了。张子坚看在眼里疼在心里,这就是当年的东方玉吗?不由得起了怜悯之心。

东方玉看得目瞪口呆,以为是自己看错了,睁大了眼睛沉声问:"张子坚,你怎么来了?"这声音如同从地底下发出来的。

他走过来说道:"听说你遭遇了不幸,我是特意来看你的。"

东方玉很快镇静下来,打断他的话说:"我很好,没有遭遇不幸。我们之前的一切已成过去,你不必来看我。"

"你不用说了,我刚从温海来,高云把你的一切全告诉了我。明天我就要离开上海了,经过激烈的思想斗争,我才鼓起勇气来看你。过去是我对不起你,请你原谅。"

"对于过去的一切你没有错,也不必过于自责。我是个弱者也是无奈的选择,还应该感谢你的救命之恩呀。你可能都听说了,我是个精神不正常的人,对不起,我还有事。"东方玉说完便往外走。

"你别走,我还有话要和你说呢。"张子坚挡住了去路,"我知道你很痛苦,常常想起我们过去的一切,可你要面对现实勇敢地活下去。记得你给的一万元钱吗?我一直没敢用,目前你和丹丹都需要这些,我回去以后马上给你寄来。"

"别,你别寄来,寄来了我也不会收的,我有能力养活丹丹。"提起丹丹,更是触动了她心中的伤痛,泪水夺眶而出,"就当我死了不好吗?为什么要来看我,你为什么要来看我!"只见东方玉哭喊着拉开房门跑了出去。

高云的表妹朱娟在门口恰好遇上东方玉,见她哭着跑了出来,不知发生了什么事,便走进来问张子坚:"她是怎么啦?"

张子坚见东方玉伤心离去,呆呆地站在那儿不知所措,朱娟的问话根本没听见。这次的意外来访一定打破了她心中的平静,自己还有许多话要说呢,不禁有一种怅然若失的感觉。

朱娟见他站着不说话,用奇怪的眼光审视着,以为他心术不正,对东方玉有过分行为,便没好气地说:"喂,你把她怎样了?告诉你我们这里是正规宾馆,不允许你胡来。"

张子坚这才听出她话里不怀好意,醒悟道:"我能把她怎样?没干对不起她的事儿。"

"没干坏事儿,她为什么会哭,是不是让保安来你才说实话?"

见她动了真格的,张子坚只好解释说:"我是张子坚,是她的老乡高云让我来看她的,只是我的到来揭开了她心中的伤痛。"

朱娟如梦方醒,痴痴地问:"你从我表姐那儿来?这么说你是小玉以前的那个男朋友?"

张子坚心情沉重地点了点头,说道:"也许我不该来看她,反而给她的心里增添了新的伤痕。"

朱娟说:"我表姐也真是,小玉的心情刚恢复过来,这不是捣乱嘛。"

第二十三章 旧情

第二十四章　病重

　　张子坚从上海出差回到家,见孩子睡着了,慈爱地看了会儿孩子。
　　"子坚,你又花了许多钱,我说过我身体很好,没事的。"方金蝉指着桌上的补血良药说。可她心里一直纳闷,这段时间各种药是吃了不少,可身体没有一点好转的迹象,反而越来越差,却说不出问题出在哪儿。
　　"金蝉,你感觉怎样?我看你脸色不对,忙完了这阵子我带你到县医院检查一下。"
　　半夜一觉醒来,张子坚却翻来覆去地睡不着,想着心事。方金蝉也醒来了,揉了揉惺忪的睡眼,摁亮了电灯问道:"这三更半夜的想什么呢,是不是遇上了麻烦了?"
　　"不是。金蝉,有件事我觉得不应该瞒着你。"张子坚心事重重地说。
　　"什么事就说吧,这么鬼鬼祟祟的像做了贼似的。"
　　"我在上海见过东方玉了,她在一家宾馆打工。"
　　"东方玉?"方金蝉的表情僵住了,喃喃地说道,"她不是在家吗?怎么到了上海。"
　　"她离婚了,日子过得很艰难。高云把她的情况都告诉了我,希望我以一个朋友的身份去看看她,给她一些安慰。噢,对了,那次王光水夫妻俩打电话说回来,结果去了高云家,就是帮她打离婚官司的。"
　　"你见到她,她对你怎么说?"方金蝉轻轻地问。
　　"你觉得她会说什么?"他反问道。
　　方金蝉想了想,带着讥讽的口吻说:"你们见了面,她肯定是笑嘻嘻地投入你的怀抱。说,子坚,你终于来了,我们重新开始吧。"

"若真的是这样就好了,可她却哭着说,就当她死了不好吗?为什么要来看她。看来我不该去,打破了她心中的一片宁静。我要把当年她给的一万元钱还给她,帮她渡过难关,也被她拒绝了。金蝉,你相信我说的话吗?"张子坚认真地看着妻子。

"既然你能告诉我,我当然相信,子坚,这么多年了你还在想着她吗?说实话。"方金蝉问。

"那毕竟是我一生中最美好的时光之一,不过,我已把它埋藏在记忆的最深处。因为我已经有了你,有了我们温馨的家。"张子坚说。

"你如果真的能这样想我也就心满意足了,睡吧。"方金蝉猛地吻了他一下,关了灯。

经过公司董事会集体讨论,将下一步发展项目提上议事日程,抓住国家对中西部政策倾斜的机遇进行低成本扩张。首选项目为矿泉水、果汁等饮品,因为山里缺资金、缺技术,就是不缺水,优质的山泉水淙淙流淌是取之不尽用之不竭的资源。张子坚送了几个水样进行科学检测,水样完全符合标准,而且是矿物质非常丰富的优质水源。在市场调研方面有许多好消息陆续传来,得出的结论是潜藏着巨大的市场。有了这些依据,张子坚信心十足,很快向上级主管部门递交了申请书,并开始了艰难的筹资之路。

方金蝉有些不解,自己吃了那么多补血良药,病情不但得不到好转,反而浑身无力,似乎更差了。见张子坚在外劳累奔波,方金蝉不忍心耽误他的时间,于是一个人去县医院做检查。那医生经过望闻问切,怎么看也不像贫血症,经过更进一步的血常规化验,结果令医生大吃一惊。血液中白细胞数量已经远远高出正常值,造血干细胞基本丧失造血功能,完全符合急性白血病的特征。按正常估计,该病人能活上半年便是很乐观的想法了。多么年轻多么漂亮的一位女子呀,对她来说太不公平了。

"你一个人来医院,你丈夫或者其他亲属没有陪你来?"医生看着她认真地问。

"我丈夫挺忙的,再说我家离这儿不远,就没要他们陪了。"方金蝉如实回答道。

医生欲言又止,不知该如何告诉她这个不幸的消息。即使一个体格健壮的人听到这个消息也会被击垮的,更何况她是一个病人。

"医生,我到底得了什么病,请你告诉我,我挺得住的。"方金蝉看着医生那反常的举动,一种不祥的预感袭了上来。

"经过我们初步检查,你患的是白血病,这是血液病中的癌症,很危险的。建议你到省级医院做进一步的确诊。"医生尽量将语气说得轻松些,以免引起病人的心理紧张。

"这么说,我将不久于人世了?"方金蝉着急地问。

"也许吧。"医生摇了摇头说道,"也许有一线希望,就是进行干细胞移植,但你是稀有血型,要想找到相同配型的骨髓比较困难。我建议你还是到省级医院做进一步的检查吧,因为我们县级医院的技术和设备有许多不足的地方。"

方金蝉强忍着心中的伤痛,不敢相信这个事实,可医生是这么说的,诊断书上明白无误地写着还能有假吗?到省城检查那只是医生安慰自己的借口而已。儿子张迈在枫树下玩,见妈妈回来了高兴地扑过来。她把孩子抱起来,想起自己的病情泪水夺眶而出,把孩子抱得紧紧的,怕失去了似的。

"妈妈,你哭了。"张迈用小手给她擦了擦泪水,用稚嫩的童声问,他已经两岁开始懂事了。

"妈没哭,是见到你高兴得才出了泪儿。"看着这美好的一切即将失去,方金蝉的心都碎了。

"妈,我天天陪着你,你别哭了,好吗?"

"好的,妈不哭了。"回到家中方金蝉把病历偷偷藏了起来。

"金蝉,你回来了,医生怎么说?"婆母从门外进来见了她问。

"没事儿,医生给开了些药就回来了。"方金蝉轻描淡写地回答道。

"没事儿就好,你可要按时吃药,生病是拖延不得的,结果还是害了你自己。"婆母嘱咐她。

"妈,我知道。子坚快回来了,快点烧饭吧。"方金蝉说着到厨房忙去了,像什么也没发生一样。

不一会儿张子坚回来了,他还没进门就嚷着,说道:"可饿死我了,那些大酒店里的菜只是排场、阔气,却不如家中饭菜实惠。"

"那好,以后别去酒店吃了,每餐都回来吃吧。"爸爸说道。

"那可不行,生意场上嘛,也是没法的事儿。今天什么节日吗?弄这么多菜。"张子坚看着一桌丰盛的菜问。

"这是金蝉弄的,她今天去了医院看了病,医生说没事。"妈妈答道。

"没事儿?"张子坚看着妻子那苍白的脸有些不敢相信。

张子坚为了筹措新公司的资金可谓费尽了心血,他将山农公司近两年时间的盈利都用于增添设备,却拿不出更多的资金。他想到了抵押贷款,整个山农公司最大的股东是村委会,可要将它抵押出去,其他几位村干部都不同意,认为风险太大。大家普遍认为有了一个山农公司就可以了,何必再冒风险?如果砸了他们将一无所有,心血全白费了。

张子坚深知小富即安思想的危害。农民对新生事物的普遍认识是徘徊观望,当看到别人成功的时候便蠢蠢欲动,殊不知这样却错过了最佳时间。山农公司刚组建时不是也有一些不和谐的声音吗?在现代高速发展的经济大潮中,一个企业若不能占领技术的制高点,没有一两件拳头产品如何在无情的商战中取胜?像山农公司这种劳动密集型初级加工企业必然滞后于市场。张子坚首先在公司内部召开会议,李琼、小孙等人都具有较强的经济意识和市场意识,对事业有着执着的追求,很容易沟通。在他们的影响下,其他几位村领导及古枫村的村民们脑筋也转过弯来,并积极入股,为新公司的成立奠定了基础。他们的行动引起了县领导的高度重视,山农公司是全县发展最快的企业,他的构思为发展山区的经济,促进农业的转型起到了巨大的推动作用和示范作用。县政府决定将他们培育成新的经济增长点,在政策上和资金上给予大力支持。弟弟的十万元已经汇来,吴国风也挤出资金汇来二十万元,嘉茂鞋业公司在资金紧张的情况下也汇来一百万元入股。还有很大的缺口怎么办?对了,东方玉给的一万元钱放在妻子身上,虽然不多但也能凑点。

这些天张子坚的大脑里想的就是一个字:钱。张子坚为了它跑细了双腿,常常忙到半夜才回家。他轻轻地推开门,妻子坐在桌子边发呆呢,连开门的声音都没听到。

"都十点了,还不睡觉干什么呢?"张子坚问。

妻子吃了一惊,擦去眼角的泪水,说:"等你回来呗。"

"你刚才哭过了,发生什么事了吗?"张子坚不解地问。

"没有哇,我能有什么事呢?"

"没事就好。哎,金蝉,东方玉给的那一万元钱呢,放在哪里?"

"你要干什么,是寄给她吗?"

"不是,你想到哪里去了。我们成立饮品公司还缺了许多钱,我想把这一万元钱也拿去入股吧。"

"你的钱全部放进去了,只剩下这点钱,万一有什么要紧的事儿怎么办?"方金蝉不安地问。

"最多半年,只要我们的新公司投产了就有钱。"张子坚很是自信地说道。

"好吧,我拿给你。"方金蝉开了一个抽屉的锁,在一个本子里找出存折来,又带出两页纸掉在地上。

"这是什么?"张子坚问。他捡起来一看是张病历卡,写着医生特有的狂草。

"子坚,别看。"方金蝉脸色惨白,几乎颤抖着声音说。

张子坚不予理会,认真地看起来,到最后脸唰地一下全白了,无力地坐了下去,吃惊地看着妻子,像是不认识她似的。

"金蝉,你不是说没事吗?为什么不告诉我?!"张子坚几乎咆哮起来。这才想起自那次她去了医院以后对自己更加温柔体贴,可眉宇间总有一些不易让人觉察的伤感。他有几次曾在梦中听见她偷偷地哭泣,仔细一听又没有了,原来却是为这个!

"子坚,我已病入膏肓,没有告诉你,只想让自己悄悄离去,可以省却你的许多痛苦。晚一天告诉你,你就少一天的痛苦,可以安安心心地工作。"方金蝉泪流满面,哭着说。

"老天爷,你为什么如此不公啊?"张子坚抱住妻子号啕大哭。

睡在隔壁的爸爸妈妈被他俩的哭声惊醒,不知发生了什么事,披衣起床一看,两个人已经哭成了泪人儿。

"子坚,发生了什么事呀?"爸爸颤抖着嘴唇问。

"爸、妈,你知道金蝉得的是什么病吗?"张子坚问道。

"她不是说是贫血吗?"爸爸说道。

"不,是白血病,这是医生的诊断书。"张子坚抖动着手中的两张纸说。

"什么？血癌?"母亲支持不住,当即晕了过去。

"金蝉,我们明天到省城去,只怪我粗心大意,从来没有关心过你。无论花多大的代价都要把你的病治好,我不能没有你,这个家不能没有你呀!"

"子坚,我也舍不得离开你,可一个人一个筋斗翻下地,八字是定了规的,我们也没办法改变。我的病治不好了,花多少钱也是白搭。"方金蝉伤心极了,她也知道这病的严重性。

"你怎么说这种丧气话？只要有百分之一的希望便要百分之百地争取。听我的话,明天去省城医院,如果不行就去北京和上海的大医院。"张子坚斩钉截铁地说。

这个夜好长呵,两个人都翻来覆去地睡不着,任凭泪水浸湿了枕头。消息一经传出,就像长了翅膀一样传了开去,听者为之哗然,古枫村如同发生了强烈的地震。自从结婚以来,张子坚去过很多地方,却从来没利用职务之便带妻子走一趟远门。今天第一次和她出去却是给她看病,挽救她的生命。张子坚在心里默默地祈祷,希望县医院的诊断有误,假如省城医院的检查与县医院一致,他不敢想象自己将如何面对这种情况。在省立医院的血液科,数名专家运用先进的检测手段对方金蝉的血小板含量进行检测,并结合骨髓做进一步的检查,对病情做出准确的判断。时间一分一秒地过去,机器在平静地运转着,结果很快就出来了,比想象的还要糟糕。

"医生,她怎么样？真的是白血病吗?"张子坚拉着医生的手急切地问。

"我很遗憾地告诉你,你爱人患的的确是白血病。通过检查发现她的造血干细胞完全失去了造血功能,病情和在县医院的检查相比已经有很大程度的加重迹象。血小板大小不一,畸形,有巨型血小板,血小板第三因子及凝血功能异常。人体每天都需要一定的新鲜血液用于新陈代谢,同时又造出许多红细胞加以补充。造血功能一旦消失,这血液便成了无源之水,自然枯竭。依我们乐观的估计,你爱人能活四五个月,最短只能维持三个月左右的生命。"医生说。

"医生,求求您,您一定要救活她,她还年轻,我们离不开她呀。医生,我给您磕头了。"张子坚拉着医生的手要跪下去。

医生把张子坚扶起来,温和地说:"年轻人,你要冷静,这样做只会增加病人的痛苦。我们考虑过了,就是进行骨髓移植也许还有一线希望。但我国有关捐献骨髓的制度尚不健全,要想找到相同的骨髓配型有些困难。目前我们只能对她进行保守疗法——化疗,控制住病情。以病人的情况来看,在短期内找到骨髓便有希望,若在这期间病情恶化,无法控制就难以预料了。"

"医生,求求您,以最快的速度找到相同配型的骨髓,无论花多少钱都行。"张子坚哀求道。

"你放心吧,我们会尽力的。"医生叹了口气说。

张子坚呆呆地回到病房,妻子见了说:"你不告诉我我也知道,我的病治不好了,别花冤枉钱,咱们回去吧。"

"医生说如果能找到相同配型的骨髓你就有救了,我说过只要有百分之一的希望便要百分之百地争取,钱的事你别管。"张子坚态度坚决。

"子坚,这到底是怎么回事?"王珊推门进来急切地问道。

"你来了。"张子坚站了起来,目光呆滞地摇了摇头,向妻子介绍说,"这位是王珊,这位是她的丈夫刘泉,我们公司驻省城的代理商。"

王珊这名字方金蝉很早就听说过,想不到今天在这里相遇了。方金蝉笑了笑说:"你好,坐吧,让你跑这么远的路真的有些对不住。"

"别说这些了,张子坚的事就是我的事,听说嫂子病了,我能不来看看吗?"王珊说这话的时候暗暗地打量了一下方金蝉,发觉她并不比东方玉差。只见她清秀的脸庞,也许是生病的缘故,脸色苍白得没有一点血色,这正是白血病晚期的表现。

"听子坚说,你为我们公司的产品打开省城的市场出了大力,今天又为我的病操心,欠你们的实在太多了。"方金蝉无力地说。

"你说哪里去了,我们销售你们的产品同时我们也赚了钱,生意场上是互惠互利,说不上功劳。"刘泉说道。

"子坚,嫂子得了重病我们也帮不上忙,治病是要花很多钱的,这点钱你收下,希望嫂子早日康复。"王珊说着拿出一沓钱递给张子坚,张子坚推却了几下便收下了。她走过来安慰方金蝉说:"嫂子,你在这里安心养病,相信自己相信医生,你的病一定会好起来的。"

"你放心吧,我会的。"方金蝉答道。

"看得出她是一个贤惠的妻子,是你事业上的得力助手,如果她真的……"张子坚把王珊送出门外,王珊鼻子一酸说不下去了,她找不到合适的话安慰这位昔日的恋人,默默地离开了。

张子坚来省城有些日子了,可公司里有一大堆的事儿等着他去处理,妻子病情严重,自己又怎么能离开呢。此时要有分身术多好,一个去公司上班,另一个守在妻子身边,尽到一个做丈夫的责任。

妻子看出他的心思,说道:"子坚,你回去吧,我一个人能行,公司里都等着你呢。"

"你病得这么重我怎么能离开?想想在温海的时候你侍候我那么长时间都没有怨言,我今天侍候你也是应该的。"张子坚说。

"现在和以前根本不同,那时候是你们公司陈经理花钱请我侍候你的,是我的任务。可现在公司里有那么多事儿等着你,你不回去怎么行呢?"

"我和夏明华已经交代过了,他们会去处理的。"张子坚叹了口气说,"金蝉,在温海的时候,你用你的真情激励着我,使我重新站了起来。今天我也要用我的爱驱走附在你身上的病魔,让你健康地和我们生活在一起。"

"这次可能不会如愿了,我知道自己的病,因为这是'癌',花多少钱都是白搭。"方金蝉把"癌"说得特别重。

过了两天夏明华和岳父方柏从乡下赶了来,看到女儿已然憔悴,老父亲眼眶湿漉漉的，沉声说："孩子，听到你生病的消息全家都惊呆了，你妈吵着非要来看你。她因为受不了这么大的刺激所以心脏病又犯了，这么远的路没让她来。"

夏明华的眼睛也湿湿的，说："听到这个消息，我们都不敢相信这个事实。这一万五千元钱你先拿着，不够用你再说一声。"

张子坚把钱推了回去，说道："你哪里来这么多的钱？公司里的钱无论如何是不能动的。不过王珊已给了我许多钱，暂时够用了。"

"这个我知道，只要嫂子的病没治好，这钱就能派上用场。"夏明华说着把钱塞进他的衣袋里，这笔钱是山农公司的全体员工及古枫村村民无偿捐助的。谁都知道张子坚为古枫村的经济发展掏空了所有的积蓄，根本拿不出钱来为妻子治病。利用在省城的便利，张子坚抽出时间去会见了几位客商，并谈成了一笔不小的生意，自发现妻子患病以来脸上第一次有了笑容。

"谈成了？看你春风得意的样子。"妻子跟着乐了，忽然又想起什么说，"王珊刚才来过，好像找你有什么急事。"

"真的？那一定是为融资的事儿。明华，我们去她那儿。"张子坚说着向妻子挥挥手匆匆离去，只有在事业上他才是一个不知疲惫的跋涉者，未曾停下他的脚步。

"回来啦，很快嘛。"刚进门王珊便高声问道。

"听说你去医院找过我，有什么事吗？"张子坚坐下来问。

"当然有事，不过对你是坏消息。"王珊说道，"上次我帮你联系的豪威公司来电话说，他们因为资金紧张决定取消和你们的合作。"

张子坚和夏明华刚才的高兴劲儿一下子消失得无影无踪，焦急地说："上次不是谈得好好的吗，怎么突然变卦了？"

"上次是谈得好好的，在没有正式签订合同之前，对方都可以反悔，我们也没办法。对方告诉我说资金投进了房地产，短期内收不回来。"王珊解释说，有些无奈的样子。

张子坚对豪威公司是寄予很大厚望的，两百万元对于他们算不上什么，只是牛身上拔根毛而已，对于山农公司来说却是天文数字。

"这些大财主,太小瞧人了。王珊,真的没有回旋的余地了吗?"张子坚的脸色有些难看。

"刚才我打电话问了他们的老总,回答是一致的,所以我才来找你。"王珊说道。

"怎么办?我们谈了五六家公司都被他们推掉了,难道就这样半途而废吗?"夏明华问。

"车到山前必有路,我们不可能在一棵树上吊死,我们再另想办法。"张子坚说着起身告辞。

从王珊家出来,夏明华问:"张子坚,该怎么办?家里可是催得紧呀。"

"明华,我们回去想办法。"张子坚答道。

张子坚回到医院里向妻子和岳父做了一番交代,马不停蹄地赶回去。刚进公司大门很快有许多人围了上来询问方金蝉的病情,他也不便隐瞒只得如实相告,听者都唏嘘不已。

张子坚召集公司主要领导开了个简短的会议,处理相关事务。末了财务科长李琼问:"张经理,上次和豪威公司商谈有关融资的事项要加紧办理,家中可是等米下锅了,建筑公司和几个地方都在要钱。"

张子坚顿了一下,撒了个谎说:"我和豪威公司联系过了,他们的老总出国考察了,过一些时间才能回来。另外,大家也可以想想办法,多一个主意多一条路,总不能把希望寄托在一个豪威公司身上。"

听了这话,生产科的田芳说:"张经理这话说了也是白说,我们天天在家埋头生产,哪里能找到路子?"

李琼阻止道:"田芳你怎么能这样说话呢?张经理的话也有他的道理嘛,是让大伙儿想办法又不是搞摊派,你急什么?"

田芳的话是有一定道理的,他们整天埋头干活儿不可能与商家有联系,让他们帮助融资的想法不太现实,张子坚便阻止了他们的争论。散会后小孙留了下来,轻声问:"张经理,是不是豪威公司毁约了?"

"你听谁说的?"张子坚吃了一惊。

"猜的呗。不过我有一个主意,你找一个人准行。"小孙轻声说。

"谁?"张子坚急切地问。

"你弟弟张子华。他岳父开了家很大的公司,上次我们在温海见到他们时那么气派,两百万对于他们来说肯定不在话下。"小孙认真地说道。

"对呀,你可把我提醒了,怎么不早说呢?"张子坚又担心地说,"我们只是在温海见过面,他们能相信吗?"

"别忘了,于总经理对你们兄弟俩可是有好印象,多次夸奖你们的,你只需和你弟弟联系让于慧玲出面。"

"曲线求助?可以一试。"张子坚和弟弟取得了联系并寄去相关文书,请他无论如何帮这个忙。此后一段时间里他频繁地往返于医院和家中,为妻子悬着一颗心,更为公司的发展绞尽脑汁。眼看着一个月快过去了,寻找骨髓还没有消息,他完全失望了。

医生为方金蝉检查完毕,把张子坚叫到办公室,说:"我们找遍了全国的干细胞库,一直没找到和你妻子同样配型的造血干细胞。再说,她近日病情已经恶化,即使有了相同配型的干细胞也没有移植的必要了,出院吧。"

"你说什么? 你说金蝉她真的……"张子坚急切地问。

"小张同志,你要面对现实。当然了,这个打击对于你来说实在太大了,到了这种地步即使访遍全世界的专家,华佗再世也回天乏术了。回去吧,陪她度过人生最后的时光。"医生拍了拍他的肩膀,重重地叹了口气。

张子坚恍恍惚惚地回到病房,他的心在滴血。

"子坚,医生和你说了些什么,你怎么变成这样?"方金蝉问。

张子坚没有回答。

"到底发生了什么,你说嘛,是不是我?"

"金蝉,我们回去吧。"张子坚心情沉重地说。

"这么说我真的没法治了?"方金蝉当初听到自己患上不治之症时还把死看得很淡,如今听到医生判了自己死刑却无法接受。心里大声喊着:"我美好的人生为什么这么短暂? 上天不公啊。"方金蝉止不住悲伤的泪水,趴在床上痛哭起来。让她哭够了,张子坚过来安慰道:"金蝉,我们回去吧。即使今生我们不能白头到老,来生我去找你再结成夫妻。"

"子坚,我对不住你,是我害苦了你。你对我的真情我不会忘记,只好来生再报答了。"方金蝉从床上爬起来紧紧地抱住丈夫,怕他跑了似的,喃喃地说,"记得那年你曾经说过,谁娶了我会霉星高照,想不到这霉星却照在你的身上。"

"别说那些话了。从今以后,我一定会好好地陪着你,给你欢乐给你温馨。以前我欠你的实在太多了,这次一定要好好地补偿你。"两个人任凭泪水肆意地流淌,浸湿了对方的衣衫,如果时间能停下来多好,两个人可以就这样拥抱着直到永远。

王珊听说他俩要回去,便置办了一桌酒菜为两口子饯行。席间却是"相顾无言,唯有泪千行"的凄清场面,不知拿什么话安慰这对患难夫妻。得知方金蝉是第一次来省城,也将是最后一次来省城,王珊便陪着她游览名胜古迹,看开发区,体会省城的繁华,尽心尽意地玩了一天才送别他们。

第二十四章 病重

第二十五章　生日

于慧玲向两名职员交代任务,说是要出去几天。张子华是丈二和尚摸不着头脑,她从未提起过,突然又发什么神经病,把自己蒙在鼓里。

"要去哪儿?这么猴急猴急的。"张子华瞪着大眼睛问。

"别问,快点收拾一下,上了车就知道了。"她狡黠地眨了下眼睛催道。

话刚说完,只见一辆轿车停在门口,于总经理和邓秘书下了车,进了门便问:"慧玲,准备好了吗?"

"准备好了,咱们走吧。子华,只是车子小点,委屈一下。"于慧玲答道。

张子华狐疑地上了车,挤挤坐了上去,问道:"爸,我们这是去哪儿?"

于总经理坐在副驾驶座上,回过头说:"小张,这次是我不让慧玲告诉你的,与她无关。上次她'绑架'你结果把你绑到你老乡的饭店里去了,这次要说'绑架'的话,可是要把你绑回去,到你家看看。"

"到我家去?为什么不早说?"张子华吃惊地问。

"为什么要告诉你?让你哥哥像宴请总统一样欢迎我们呀,这样去多自在。"于总经理解释说,"上次你给我的那份关于你哥哥成立饮品公司的报告书我们看过了,很不错。我们公司也有意向中西部发展,但是仅看报告书不行,还得实地勘察一番再做决定。"

邓秘书说:"于总经理就是对你们兄弟俩的好印象才相信你,以前有湖北、重庆三四家企业邀请我们合资,去看了都不太理想。"

原来是这样!张子华说:"爸,我哥哥这人办事特别认真,像这种大事儿是经过深思熟虑的,假不了。"

"是啊,商场如战场,只是没有硝烟而已,但谁也不会打无准备之仗。正因为这样,我们这次的旅行才具有特殊意义。"总经理说。

"若合资成功,我一定要多多地谢谢你们。"张子华感激地说。

"张子华,你说吧,该拿什么谢我呢?"于慧玲调皮地问。

"当然,你是我的大恩人、大功臣,首先得谢谢你。今天就给你一个甜甜的吻。"张子坚话没说完就在她脸颊上轻轻地吻了一下。

经过十多个小时的行驶车子驶进山区,速度慢了下来。邓秘书和于慧玲欣赏着车窗外起伏的群山,欢快地笑着。他们时而为脚下深不见底的峡谷心惊肉跳,时而为迎面而来的山崖惊魂不定。

"小张,到了这里你就是主人了,一切悉听尊便。说吧,我们先去哪儿?"于总经理问。

"坐了这么长时间的车,大伙儿都有些累了,先到我家去歇歇吧。"张子华答道。

"行,怎么个走法只好让你带路了。"

小车未入镇子便拐上黄土路,过了长长的水泥桥直往古枫树下驶来。

幼小的张迈整天哭着要妈妈,谁也拿他没办法,奶奶只好带着他在古枫树下玩。自从得知方金蝉患上癌症以后,全家和谐的气氛给打破了。

"迈迈乖,不哭了,妈妈很快回来了。"她嘴上虽然这么说,可眼里满是泪水。这时一辆轿车缓缓地驶来她,便指给孙子看,说道:"迈迈你看,妈妈坐车回来了。"

小张迈果然懂事般地不哭了,车子还未停稳,张子华推开车门跳了出来,喊道:"妈,我回来了。"

"是我的华儿回来了?"她还没反应过来,有些吃惊的样子。

"妈,我是子华。"张子华向母亲迎了上去。于总经理他们下了车,张子华将他们简要地做了介绍,于慧玲甜甜地叫了声"伯母"。

母亲见儿子领着几个人回来自然高兴,忙说:"站在这里干什么,快点回家去吧。"

"张迈,叫叔叔,叫呀。"张子华抱起侄子,侄儿因为很少见到他,显得有些陌生,呆呆地不说话。他进了家门不见一个人影,便问:"妈,我爸爸呢?

哥哥嫂子上哪去了?"

母亲拿出上等茶叶泡茶给于总经理他们喝,这是张子坚用来招待客人用的。她答道:"你爸爸在大棚里摘菜呢。你哥哥就别提了,厂子里忙得不可开交,你嫂子却得了病,是血癌,晚期。去了省城医院,昨天打了电话回来说,治不好出院了,今天回来。"

"上次他告诉我是贫血,怎么会是血癌?"张子华惊诧地问。

"咳,一句话也说不清楚,以后再慢慢告诉你。子华,别只顾和我说话,陪客人吧。"她又满脸堆笑地对客人说,"我们乡下人不识体面,寒碜着哪,让你们见笑了。"

"嫂子说哪里话,真是见外了,瞧你们住在这么美丽的地方,真让人羡慕。再说,你又生了两个聪明能干的儿子真是福气。"于总经理客气地说。

"这位大兄弟真会夸奖,只是子坚命苦,在温海时被砸断了双腿,如今他妻子得了绝症,将不久于人世。人家都说他当了个总经理威风,可我知道他这个总经理当得不够舒坦。"母亲说。

"怎么不舒坦呢?"于慧玲问。

"他呀,公司是办起来了,自己却穷了。从温海带回来的几万块钱花光了不说,为给妻子治病还欠了一屁股债。"

"妈,你说到那里去了?"张子华阻止她,打圆场说,"爸、慧玲,我妈年纪大了,有时说话……"

"没事没事,让你妈说吧,我想听听关于你哥哥的情况呢。"于总经理说。

母亲以为自己听错了,又觉得不对劲,这个"爸"字可不是随便叫的。记得那次张子坚从温海回来说张子华谈了女朋友,难道就是她?仔细一看那位年轻姑娘便明白了几分。她忙把儿子拉到隔壁房间问:"那位五十多岁的老人是你岳丈?"

"是啊,你怎么知道?"张子华问。

"别打岔,那个穿黑色裙子的女孩儿是你对象?"

"是的,她叫于慧玲。"他如实回答。

"哎呀,我的小冤家,你怎么不早说呢,差点误了大事。"母亲话还没说完便把儿子推开,来到客厅十分抱歉地说,"我家子华嘴笨,这么大的事儿也不告诉我一声,原来是亲家公到了,刚才得罪了,喝茶。"说罢拿起水瓶给他们加上开水,轮到慧玲时,仔细地把她看了一遍,心里一百个满意。直看得她如坐针毡,好不自在。

"子华,你在家陪着客人,我叫你爸爸上街买菜去。"母亲说罢已乐呵呵地跑出门去。

歇了会儿,于总经理见天色尚早,便提议说:"我们到公司里转转怎么样?"

这个小山村里很少有轿车来,如今见张子华坐了高级轿车且带了个有钱又漂亮的对象回来,这消息像长了翅膀传遍了村庄。村妇们则在自家屋檐下品头论足,胆大一些的孩子则跟在张子华的身后,傻呵呵地笑着。

"小凯,今天怎么没上学?"张子华摸着一个小孩的头问。

"今天是星期天。"那个叫小凯的孩子答道。

"学习成绩怎么样?"张子华又问。

"不行。"小凯说着把一只手伸到张子华面前,说,"子华哥,给。"

"给什么?"他不解地问。

"喜糖呀,你带了嫂子回来不给糖吃吗? 子坚哥那年回来可是分了糖给我们吃的。"小凯歪着头调皮地说。

"去你的,哪来什么糖? 下次吧。"张子华唬道,几个小孩轰地一下跑散了。

慧玲看着他们跑去的背影,感慨地说:"这山里的孩子挺纯朴,很可爱。"

"可爱谈不上,就是太调皮。"张子华纠正道。

呈现在他们眼前的是一片塑料大棚,延伸到远处的山脚下,煞是壮观。有不少农民在大棚里忙碌着,有人见张子华回来了便远远地打招呼。

"这大棚蔬菜是谁办的? 规模不小嘛。"于总经理问。

"这都是我哥办的,是山农公司的一部分。目前山农公司是公司加农户的生产方式,对调整农业结构,增加农民收入起到了很好的推动作用。成立饮品公司是借自然资源条件之利,提高产品竞争力,优化产品结构而进行的一项新的举措。"张子华解释说。

"前面那幢房子是山农公司吗?"邓秘书问。

"是的,那里十几年前是村办鞭炮厂,经过修理成了如今的山农公司,旁边正在兴建的大概就是新办的饮品公司了。"

沿着这条小路走过去很快到了公司门口,却见大门里围了不少人,原来是山农公司正在招收工人到外地参加培训呢。办公室里几个人正在开会议论着什么,忽见很少回家的张子华领着几个客人来到,便知来头不小,自然不敢怠慢。

"你们的张子坚张经理呢,怎么没看到?"于总经理明知故问。

"他上省城给妻子看病了,刚才打电话来说已经在回家的路上了,估计很快就到家。"夏明华解释说,"请问你们是……?"

"我认识你们张经理,听说你们在上一个新的生产项目,是吗?"于总经理又问。

"是啊,只是部分资金还没到位。"夏明华说着向张子华使了个眼色,两个人便来到门外。

"夏经理,我哥让我联系融资的事你知道吧,为首的是南国公司总经理,也是我岳父,今天专程为此事而来。"张子华抢着说。

"你怎么不早告诉我们,打了个措手不及。公司里只有你哥哥和小孙认识他们,可他们两个人都不在公司里。"

"是在上了车之后他们才告诉我的,于总经理说以客户的身份前来考察自在且不含水分。我便不好通知你们了,我相信你们有足够的实力赢得他们的信任。"

听了张子华的介绍,夏明华心里有了底,公司筹款到了关键的时刻。回到办公室他抱歉地说:"于总经理,我们不知道你们大驾光临,刚才多有得罪,请多包涵。你们能来到我们公司是全体职工的荣幸,我们期待和你们合作,并取得圆满成功。"

"既然夏经理提出正题,我就直说了吧,我们今天来就是专门考察投资事宜。这位张子华你们都认识,他是我们公司驻温海办事处的负责人,也是你们公司驻温海办事处的负责人。这位是我的女儿于慧玲,和张子华是恋人。要说合作,我们已经成功地合作了一次。"于总经理说。

"我们第一次合作是成功的也是愉快的,借着这股春风,我想第二次合作肯定会成功。"夏明华接过话说。他遂把山农公司成立的经过、发展状况及正在筹建中的饮品公司做了一番介绍,并陪同于总经理一行到公司各处参观。于总经理在心里给了一番评价,房子虽然老旧了些但干净整齐。各处装饰说不上豪华,却给人以真实的感觉,与某些公司为招商引资而做的表面文章有天壤之别。公司规模虽说不大,但具有潜力和活力,总之,初步印象还过得去,比想象中的要好得多。这时张子坚快步走了过来,远远地大声问好。

"听说你爱人身患重病,我们深表同情,她回来了吗?"于总经理握着他的手问。

"她回来了,我刚把她送回家便有人告诉我说你们这些贵客到了,就赶了来。于大伯,我们的事业才刚刚起步,许多地方没有做好,希望您多多指教。"张子坚诚恳地说。

"指教谈不上,对你们公司我也做了一些新的了解,刚才我和邓秘书交换了一下意见,可以具体谈合作事宜。"于总经理说。

"好哇,只是现在天色已经不早了,到我家休息吧。无论对我们公司还是我们家庭,你们都是难得的贵客。"

第二天他们深入古枫村的农户家中,见到的都是红火的生产场面。村民们对张子坚都是称赞不已,说是他给山村带来了希望。经过一番考察,于总经理对张子坚更是充满了信心。双方随即将投资合作事宜进行了深入细致的商谈,南国公司同意注入巨资,直到签订合同,张子坚一颗悬着的心才放下来。

几天的紧张忙碌过去了,迎来了片刻的休闲,张子华陪着于总经理等人坐在千年古枫下的石凳上讲着家乡美丽的传说。习习凉风扑面而来,看着西天的那缕彩霞,远离了都市的喧嚣放松疲惫的身心,有一种从未体验过的舒适与安逸。在这个小山村尽可以体会到大自然的博大与深邃,人与自然达到了和谐与统一,人生的境界得以升华。

于慧玲感叹地说:"屋后苍松翠柏四季常青,门前有清澈的河水淙淙流淌。在这里可以与山川交流感情,与古枫对话,让人有一份心止于水的宁静。"

邓秘书说:"想不到我们的于小姐有这份雅兴,沉醉于山水间。以前我只是从作家写的文学作品里体会到田园的深邃与内涵,有时真想摆脱都市的快节奏生活,归隐田园可以省却许多烦恼。"

于总经理说:"你们青年人都向往田园生活,我们这些老头子该怎么办?如此说来我是得找个地方安度晚年呢。"

"那就到我们家来吧,我一定让你在这个天然大氧吧里过好每一天,生活过得充实而有意义。"张子华抢着说。

于慧玲突然发现了什么,问道:"张子华,那河里是鱼儿在游动的吗?我们去摸鱼儿怎么样?"

"这河里的鱼儿多着呢,那好,我回去拿渔网来。"张子华少年时代最大的爱好就是下河捞鱼,且练就了一手好本领。他只要把手伸进石缝里就能知道有没有鱼且能分出大小多少来,因此每次都能满载而归。虽然有几年时间未曾下河捞鱼,可技术没有丢失,很快有了不小的收获,邓秘书和于慧玲在岸边高兴得大呼小叫,溅湿了鞋也不在意。

"你们知道吗?我以前读书的学费有一部分是靠这挣来的。每次把捞上来的鱼儿洗净肚子,烤干了拿到集市上卖。"张子华说。

"挣一个学期的学费需要多长时间?"于慧玲问。

"很难说,主要是夏天容易些,要想挣足一个学期的学费是很困难的。慧玲,你知道我今天最大的收获是什么吗?就是回到了童年时代。"张子华高兴地说。

河里传来阵阵欢笑,织成一幅美丽的山乡图画,直到天色渐渐暗了下来他们才满意而归。

分手的时候最为痛苦的是张子华,看着脸色苍白的嫂子欲哭无泪,这一次的分别将无再见之日了。可这个家需要她,哥哥的事业需要她啊,他不敢想象在失去嫂子以后哥哥将如何承受,山农公司该蒙受多大的损失。本想留下来助哥哥一臂之力,帮其渡过难关,可温海的事儿正等着他呢。

"这几天你太累了,哥,你可要保重身体呀。嫂子她——若真的离你而去,请你一定要挺住。"张子华心情沉重地说。

"子华,你放心地走吧。若真的那样,我、我能挺住的。"张子坚哽咽着。

"回到家乡总让人想起童年那美好的时光,真想多待几天,可人在江湖身不由己,我走了。"张子华话语里吐出些许无奈。

"弟弟,你为我们筹得了巨款,解除了我的后顾之忧,我代表山农公司谢谢你。慧玲是个好姑娘,你一定要好好爱她。"

"哥,你的困难就是我的困难,帮助你是我义不容辞的责任。至于慧玲嘛,我当然会珍惜的。"

"子华,快点走吧。"于慧玲从车里伸出头来喊道。

"哥,说定了,新公司开业的那一天我们再回来。"兄弟俩的手又一次紧紧地握在了一起。小车发动了,张子华依依不舍地离去,开始了他们的都市生活。

筹够了足额资金,张子坚是信心倍增,新厂房更是加快了建设速度。同时,他开始了对企业的生产和管理方法的探索,并形成一套全新的理念,将对提高企业整体效益起到了巨大的推动作用。

招收的首批职工在去参加培训之前,公司召开了一个小型欢送会。首先由副经理夏明华对这次学习的任务做了简要的介绍,然后是总经理张子坚发言。他站起来环视会场说:"兄弟姐妹们,今天我以一个同龄人的身份和大家说几句话。你们也许会说我很幸运,在短短的几年时间里开办了两家公司,风光无限。记得我第一次去温海打工,在途中转车时钱被人偷去了,你们知道我是怎么回来的吗?"

会场里一片寂静,有人在认真地思考着,这些李琼都没有听说过。

"我想是找了份工作,比如说干苦力活,赚足了路费才回来的。"李琼往最坏处想。

张子坚听了摇了摇头。

"讨饭回来的,我听说有人走了一次长征,用了两个多月时间从温海走了回来。"

"扒车回来的,我们家到温海的车子很多,回到家再给钱也行。"又有人说。

还有人提出是老乡帮助的、偷钱等等许多种,但他听了只是摇头。

"到底是怎么回来的,你快说嘛。"李琼着急地问。

"刚才有人说我是扒车回来的,只是说对了一半,我是扒客车的排气管回来的。"张子坚淡淡地说。

"扒排气管怎么行?"会场上有人小声地议论,以为在听天方夜谭。"排气管发热能受得了吗?"

"是受不了,仅走了十多里路双手就烫起了血泡,后来在乘客的帮助下客车才把我带回来。想起那一次的经历叫人终生难忘,后来我去温海打工时在公园、车站、码头都睡过觉。上当受骗干苦力活,也正是那些困苦生活造就了我的坚毅性格,如今成为我的精神财富。任何事业不可能一蹴而就,古诗说'千淘万漉虽辛苦,吹尽狂沙始到金',这是对创业者的真实写照。在温海我经历了那么多不幸,而现在我的家庭仍在遭受不幸。方金蝉,我的妻子,她可能只有短短一个月的生命了。今天你们能看到她,等你们学艺归来的时候再也看不到她了。"张子坚说不下去了,脸上出现了难以名状的痛苦,沉默了会儿恢复了平静,他接着说,"我今天说这些话的目的并不是想获取各位的同情,只是想告诉大家,经历艰难困苦并不可怕,重要的是从困难中走出来,成为前进的动力。现在你们有幸成为新公司的第一批职工,希望你们珍惜这个机会勤奋学习,努力掌握各方面技术成为公司的技术骨干,那些具有世界先进水准的机械设备要靠你们使用。我们已经描绘出公司的宏伟蓝图,这蓝图要用汗水调色,用双手做画笔去涂墨着彩。要靠大家共同的努力为山区的经济发展,为祖国的强盛做出自己的贡献。"

欢送结束后由夏明华带队去金州公司,在众多送行的人群中却发现了方金蝉的身影。大伙儿很受感动,谁也不敢相信这样一位美丽善良的青春少妇走到了生命的尽头。大伙儿静静地注视着她,这一刻成为永恒,在他们心中留下不可磨灭的记忆。

夏明华走过来轻声说:"金蝉嫂子,你身体不好却来送我们。"

"夏经理,你知道,我以后的日子不多了,有生之日再也不能为你们做些什么,只想看你们走的每一步,看着公司的健康发展。这次你们肩负着重大的使命,我来送送也是应该的。"方金蝉回答说。

"多谢了。"夏明华返回车上向送行的人们招手。

客车远去了,人群渐渐散去,李琼牵着方金蝉的手说:"嫂子,现在我没事儿,咱俩去散散步怎么样?"

对于一个行将就木的人来说,无论是公司员工还是邻居都给了她极大的关爱,让她在有限的生命里不留下一丝缺憾。方金蝉当然懂得大家的良苦用心,默默地承受着这份真情。

"散步?去哪儿?"方金蝉问。

"只可惜现在已是深秋,满山的树叶都黄了,给人一种苍凉的感觉,否则可以上山去看看。"李琼说。

"行,就去山上,我是好久没上过山了。"方金蝉立即赞同。

四野里百草衰败水瘦山寒,一片萧瑟的景象。只有习习凉风善解人意,拂去心头的阴云。沿着崎岖的小路两个人慢慢走上山来,走了一程方金蝉已是累得气喘吁吁了。

"嫂子,看把你累成这样,我真不该提出上山来。"李琼内疚地说。

"其实我早就想上山来看看,可以俯瞰我们的小镇,同时可以体会许多在家无法体会的东西。记得毛主席有句诗说'无限风光在险峰',在这里不是绝妙的赞颂吗?"方金蝉深情地说。

放眼望去,不远处那一排排整齐的楼房,有喧闹的商业街,有寂静的住宅区。一条宽阔的国道从中穿过,通向山外的世界。尤其是山农公司这块成为亮丽的风景。方金蝉向她一一介绍,哪些房子是老房子,哪些房子是什么时候建的。照这样的发展速度,小镇的明天会是什么样子?肯定要比今天要胜出许多。只可惜自己是看不到了,她的心里不由得一阵悲凉。

"这个小镇的变化真大,张子坚为它做出了很大的贡献,人们都为他感到自豪呢。"李琼由衷地说。

"你们看到他在外面风风火火,把企业经营得顺顺当当是个文武全才。其实每个人都有他脆弱的一面,有人说'一个成功的男人背后都有一个女人',这话一点不假,我是有了深切的体会的。"方金蝉说。

"是啊,要不是这样,为什么公司里的每个人都夸你呢,说你是幕后经理。子坚哥真的幸福,有了成功的事业,又有了你的相助。"

"你说的是过去,这一切很快就会失去了。"方金蝉的神色暗了下来,继续说道,"真不敢想象我去了以后,张子坚会承受多大的精神负担,他还能找到一个真心爱他支持他的女人吗?"

"嫂子,你放心,子坚哥如今有地位,大小也算得上个人物,找个伴侣是很容易的事。"李琼还有一句话几乎要脱口而出。"到那时候让我代替你的位置吧,我会全力支持子坚哥的。"

方金蝉摇了摇头,淡淡地说:"你错了,越是有地位的人往往难以得到一份真爱,许多女人看中的只是他兜里的钱,其实在物质方面他并不富有。"方金蝉早已看出李琼对张子坚抱有好感但不愿说破,问道,"关于张子坚的另一个爱情故事,你听说过吗?"

"另一个爱情故事?"李琼想了想说,"听说过,据说她的双腿就是在台风中为救那个女孩而被砸断的,可那个女孩却无情无义,治好了病以后把张子坚给抛弃了。"

"这只是传言而已,事实并不是那样。"方金蝉遂把张子坚和东方玉之间的爱情故事及挥泪离别的情景细细地说了一遍。她最后说,"东方玉离婚后去温海打工,错把张子华当成了哥哥,而张子坚也曾坦言心里还爱着东方玉。看来他们的缘分还没有尽,站在张子坚身后的女人非她莫属,我和张子坚的短暂的爱情只是个悲凉的插曲。"

李琼被她说的故事感动得流下泪来,这才明白自己多次向他暗示他却无动于衷,原来是因为东方玉,便问道:"他们两个人还有交往吗?"

"自从那年温海分手以后两个人断了音信,但东方玉到上海以后,张子坚去看过她一次。"方金蝉转了个话题说,"你也老大不小的了,也该找个男朋友成个家了。"

李琼从沉思中醒来,支吾道:"还早呢,玩几年再说吧。"

"听说小孙对你有意思,是真的吗?我看他人挺不错的。"

"他呀,那是他自作多情一厢情愿而已,我可没把他放在心上。"

"一个人想找一个真心相爱的人不容易,该珍惜的时候应该好好珍惜。"方金蝉说罢轻轻抽泣起来,眼里噙满了泪花,"只是我和张子坚的缘分太浅,不可能一辈子厮守了。"

"嫂子,别这样。"李琼惊慌失措,不知如何安慰她。

这天晚上,李琼躺在床上翻来覆去睡不着,只因为心底的那份说不清道不明的情愫。

张子坚回到家,面对自己深爱着且日渐消瘦病入膏肓的妻子暗自流泪,一扫在公司时镇定自若的大将风度。他为了不让妻子看出破绽只得强作笑颜,方金蝉知道丈夫心里非常痛苦,都是因为附在自己身上的可恶病魔。她不敢想象,将来自己无奈离去丈夫的精神大厦轰然倒塌,他的事业会是什么样子。支撑一个人旺盛生命力的不是健康体魄而是坚定信念,这信念是生活的明灯,是前进的方向,是披荆斩棘的精神动力和力量源泉。一个人没有信念,将是一具行尸走肉皮囊饭袋,也就失去了生活的方向。张子坚的未来是什么样子呢?会不会因此萎靡不振而失去方向?如果真的是这样太可怕了。

"子坚,你回来啦?"他刚进门,金蝉放下手中的毛线衣迎了上来,"饿了吧?我烧饭给你吃。"

"你身体不好去歇着,我自己来吧。迈迈呢,上哪去了?"张子坚问。

"妈带他去玩了。"金蝉要过来帮忙,终因体力不支只好作罢。

"金蝉,你身体不行,家中活儿别干了,那毛衣也不用织了。"丈夫略带责备地说,句句都充满着关爱。

"天冷了,你应该加件衣服,这件毛衣过两天就好,我还想给迈迈织一件怕是不行了。"这两天她明显感觉到体力在急剧下降,甚至连说话的力气都没有了。

"金蝉,我对你说过要好好地陪着你,可我总是太忙,把你孤独地扔在家中。"张子坚内疚地说。

第二十五章 生日

"你的事很重要,待在家中怎么能行呢,有公司里的姐妹及邻居们陪着我,我真的很快乐,你只要把公司经营好就是给我最好的安慰。"妻子看着他认真地说。

"真的感谢李琼她们,为我解除了后顾之忧。"

"子坚,你最近去上海出差吗?"方金蝉话锋一转,问。

"去呀,有什么事吗?"

"子坚,我离你而去只是时间的问题,只是苦了你和孩子,我对不住你了。同时,你也该为你的未来着想,去看看东方玉吧。"方金蝉的眼里满是泪水,声音显得很苍凉。

"金蝉,你怎么说出这些话来,我们不是过得好好的吗?"

"不,我是认真的。"方金蝉说道,"无论什么时候你的精神不能垮,山农公司不能垮,那是我们用三年时间苦心经营的果实,是全体村民汗水的结晶,也是山村致富的希望。公司里有那么多的女孩子,她们对你怀有崇高的敬意,要找一个伴侣易如反掌。我看得出李琼对你就怀有一份情感,这情感逾越了下级对上级的界限。但你和东方玉的感情根深蒂固,你们分手是世俗偏见酿成的悲剧。她的婚姻遭受了不幸,一个人在外漂泊也不行,必须有一个家,有一份精神的依靠。现在,你们有了再次相逢的机会,可以重续前缘,我想她会答应你的请求的。"

面对妻子如此宽阔的胸怀和入情入理的分析,张子坚的心灵受到了极大的震撼。古人云"人生得一知己足矣",方金蝉不就是这样的知己吗? 在生命最后的日子里,她心里想着的是别人,想着全村的致富大业,把自己的死看得很淡。

"金蝉,我——"张子坚欲言又止。

"别犹豫了,就说代表我去看看她。"

"好吧。"张子坚轻轻地回答道。

"爸爸。"张迈跑进屋里,扑进他的怀里。

"哟,儿子回来了,奶奶带你去哪里玩了?"张子坚抱起儿子,看着孩子纯真的笑脸问。

"奶奶带我去学校玩了。"孩子答道。

"那好哇。"张子坚又转身说,"爸、妈,饭熟了,吃饭吧。"

"你一天忙到晚就应该好好歇着,让我回来烧饭也不迟。"母亲疼爱地说。

"妈,我不累。"他说罢放下张迈,开始吃饭。

张迈边吃饭边问道:"爸爸,学校里有许多小孩儿在读书,好玩极了,我什么时候去读书呀?"

"你还小呢,到了六岁的时候就可以读书了。"张子坚答道。

"六岁,还要等好多年吧?"儿子又问。

"快了快了。"方金蝉答道。

"妈妈,到那时候你会送我去读书吗?"张迈天真地问。

没想到孩子会提出这样的问题,全家人都蒙了。为了不让他幼小的心灵受到伤害,母亲病重的事儿一直瞒着他,事实上他也不懂这些。

"会的会的。"方金蝉狠狠地点了点头,猛地抱住儿子久久不愿松开。

一件毛衣织好了,方金蝉松了口气,放在自己胸前比了比很是满意。她问:"妈,你说这毛衣好看不好看?"

婆母走过来抚摸着毛衣说:"这毛衣又厚实又暖和,花色也好,子坚一定会喜欢的。他从上海回来就给他穿上,你也累了,歇歇吧。"

这时门外传来许多人的说话声,却是李琼同四五个姐妹拿个大蛋糕走进来。方金蝉因为体质下降已不能站起来,只得坐在椅子里打量着她们不解地问:"你们这是……"

"嫂子,今天是什么日子,你知道吗?"李琼问。

方金蝉漠然地摇了摇头,实在想不起来。

"今天是你的生日,怎么忘了?"

"对,今天是我的生日,你们怎么知道的?又让你们花许多钱。"方金蝉不安地说。

"我们只是奉命行事,这蛋糕是张经理临走前定做的。说他出差在外,不能陪你过生日,特意让我们来的。"

"真的?"丈夫在百忙之中念念不忘自己的生日,真的让她好感动,这将是一生中最后的生日呵。只见蛋糕中间写着"祝爱妻生日快乐"七个红色的字,它像一团火,是丈夫奉献给妻子的赤诚的爱。

"好漂亮的蛋糕,一定很贵吧。"方金蝉称赞道。

"一个人一年才过上一次生日,买个蛋糕庆祝一下也是应该的,花多少钱也值得。"李琼帮着插上蜡烛点燃了,说道,"嫂子,许个心愿吧。"

"好,许个心愿。"她默默念着,"祝山农公司兴旺发达,祝张子坚生活美满幸福。"

吃着蛋糕,大伙儿都找一些轻松的话题笑得前仰后合,尽量不提及金蝉心中的伤痛。张迈的脸上涂满了奶油,像个小花猫似的,他也自得其乐,逗别人开心。

"什么事儿这么高兴?"王光水和高云推门进来问。

"王光水、高云,你们什么时候回来的?快坐。"方金蝉行动不便,早有人倒茶去了。

"我们上午到家的,休息了会儿便过来看看你们。张子坚呢,上班去了?"王光水问。

"他很忙,到上海出差去了。"李琼答。

"去上海了?"王光水和妻子对望一夜,显出一丝不易觉察的忧虑。原来他们夫妻二人回来的时候转道去了上海,此时的东方玉因吸毒而进了戒毒所,这是后话。

方金蝉将他们双方做了介绍,完了又问:"现在是大忙时节,你们怎么回来了?"

"赚钱当然重要,还有比这更重要的呢。"王光水摸了摸张迈的头,满是喜悦地说,"你们的小张迈已经三岁了,我们的儿子也该出生了吧。"

当看到高云那隆起的肚皮方金蝉便明白了。

第二十六章　陷阱

东方玉离开温海,在上海金江路君又来宾馆找到高云的表妹朱娟。此前,她已接到表姐高云打来的电话,让她无论如何得帮东方玉找个工作。恰好和她同楼层的一名服务员几天前辞职回家了,她便把东方玉推荐给经理补上这个空缺。那经理见她身材适中,面容姣好,答应试用一段时间。

对于这份来之不易的工作东方玉当然珍惜,因为她悟性极高,不久便能应付自如了。她努力地工作,让大脑没有一点空白,忘记那些让人烦恼的往事。她是做到了,正暗自庆幸的时候,让她魂牵梦萦又最不想见的人——张子坚,出现在自己面前,这下让她方寸大乱。从张子坚的房间里出来,众姐妹见她挂着泪珠儿很是不解。几个月来她努力工作,待人诚恳从没遇上不顺心的事儿,今天不就是住进了位老乡吗,怎么会变成这样?

"阿玉,你怎么哭了,是不是有谁欺负你了?"领班问。

"没什么,我好好的。"东方玉擦干眼泪摇了摇头说。

"你有心事我还看不出来吗?刚才住进来的你那位老乡到底是什么人,见了他怎么会这样?"领班又问。

"是老乡,过去的一个朋友。"

"朋友?朋友来了应该高兴才是,你肯定藏有猫腻。有什么话就说出来,憋在心里可没有好处。"

这时朱娟走进来,叹了口气说:"你和他是阴魂不散还是情缘未了?在这个时候他又出现了。"

"你说的是什么呀,谁又出现了?"领班听得稀里糊涂的。

"还能有谁呀,阿玉以前的那个男朋友,说是我表姐让他来的。我表姐为什么瞎掺和,出了这么个主意。"朱娟说道。

"以前的男朋友,既然分手了又来缠着她干什么?"领班不解地问。

"具体情况我也不清楚,只是道途听说了一些,你还是问阿玉自己吧。"朱娟答道。

回到宿舍,东方玉终于打开心扉,向室友讲述自己那不幸的往事。姐妹们被她讲述的故事惊呆了,叹息道红颜多薄命,坏事儿都让她给赶上了。

"这么说那个叫张子坚的人挺念旧的,他心里还在想着你呢,否则不会来看你的。"她的下铺一个贵州姑娘说。

"说实在的,我也常常想起和他在一起的日子,那是我生命中最美好的年华。前不久在温海的嘉茂鞋业公司,就因为故地重游,勾起我对往事的回忆,错把弟弟当成了哥哥闹出不少笑话,不得已只好来到这里。如今他是公司的老总,有了美好的家庭,可我却落魄到如此地步真是天壤之别。他这次来看我只会增加我的痛苦,打破了我心中的一片宁静。我没有别的念头,只想带好丹丹平平安安地过一辈子。"东方玉答道。

"他明天就要回去了,你还会去看他吗?"朱娟问。

"不去,那样只会增加我的伤感,不见更好。"

"你还要结婚的,这样单身过下去也不是办法。"贵州姑娘说。

"结婚?我今生是不想了,这世界上独身女人多得是,没有男人真的活不下去吗?"东方玉反问道。

"阿玉,这话你说得过激了点儿,你是因为经历了一次失败的婚姻,心中的伤痛还没有医治好才说这番话的?人啊,是感情动物,有时候明知是个陷阱,却因为一份莫名其妙的感情往里跳。我敢保证将来你好了伤疤忘了痛,又会不顾死活地要结婚。"领班说。

"哀莫大于心死。心死了,留下的只是一具皮囊饭袋,生活的目标都失去了。混吧,混一天算一天。"东方玉冷冷地说。

"有人说婚姻是个囚笼,在外面的人想进去,在里面的人想出来。以前我不敢相信,把婚姻说得这么可怕。现在看来是真的,一次失败的婚姻让你完全变了个人似的,我怎么也想不起你过去的样子了。"朱娟见她这个样子不由得一番感叹。

"你们这么一说倒让我浑身起了鸡皮疙瘩,难道说我和我的钱哥该分手才对吗?"贵州姑娘正和一位老乡热恋着,听了她们的话心里有些紧张。

"我看小钱挺可靠的,这世界上毕竟是美好的姻缘占多数。妹妹,你大胆地往前走吧,我们还等着吃你的喜糖呢。"朱娟说。

"小姐,你说他们跳得多带劲,想学两手吗?我可以教你。当然,是免费的。"一个长得挺英俊的小伙子坐在她对面,真诚地望着她,不失一种优雅的风度。为了解闷,东方玉和朱娟偶尔去舞厅消遣。她不会跳舞,便优哉游哉地看着躁动的人群。东方玉扫了他一眼,只见白净的脸儿,一身的名牌,心道:"准是一个公子哥儿。"记得他不止一次地邀请自己,都被拒绝了。

"我是想跳舞,可我没有艺术细胞。"东方玉礼貌地拒绝道,又卖了个关子,说道,"我在研究一个问题,这音乐是兴奋剂还是什么?你们为什么一听到它就跟着跳起来,有什么奥秘吗?"

"我也说不清楚,'临渊羡鱼,不如退而结网',为何不学上几支曲子,亲自体验一下?"那青年要了两杯果汁,递给东方玉一杯。她是第一次接受不相识人的赠予,自然吃惊不小。他自我介绍说:"我叫白宾,白色的白,宾朋的宾,是武汉某公司驻上海办事处的负责人。"

"原来是公司的老板啊,幸会幸会,收入一定不错吧。"东方玉奉承道。

"老板说不上,手下才那么几个人。收入嘛,一年两三万倒是马马虎虎。"白宾轻描淡写地说,"其实像我们这种具有高等文凭的人,一年赚上个十万元也不为过。"

"看来苦水不少嘛,为何不另立山头,当个老板来得潇洒。"

"我是想成立自己的公司,可为时尚早,积累了一些钱再说吧。"白宾扫视了一下舞池,对喧闹的音乐似乎有些反感,说,"这里太吵了,我们出去走走怎么样?"

东方玉看了一下表说:"时间不早,我也该回去了。"

恰在这时一支曲子完了,舞池的人全回到桌子上。她见朱娟走过来连忙站起来，两个人并肩走出舞厅。

"说了这么多，还不知道你的真姓大名呢，下次你还会来吗？"白宾追上来问。

东方玉没有回答他。朱娟说："看你和他聊得很投机，感觉不错嘛，和这里的人打交道得多个心眼。"

"我知道。你有人搂着跳舞，我让人陪着说说话解闷有什么不可以？注意分寸点到为止就是了。"

东方玉很少去舞厅，偶尔去了白宾总是热情地迎上来，一副望眼欲穿的神态。她对这种假惺惺献殷勤的男人根本不放在眼里，他这种超乎寻常的举动必有所求，而自己刚来上海一无金钱二无地位，有什么可以让他心动的？难道真的如同朱娟所说的那样？可得防着他。东方玉告诉白宾说自己是一家小宾馆的小服务员，尚在试用期工资不高，离了一次婚带着一个孩子，黄脸婆一个。本以为这些话可以吓退他，让他知难而退。可白宾根本不在乎，说："你离了一次婚，对于爱情一定悲观失望，也因此伤透了心。也说明真正爱你的人还没有出现，你我都是天涯沦落人，体会得到异乡漂泊的困惑。你受伤的心需要爱的滋润，小姐，如果需要我帮助的话，我会全力以赴的。"

东方玉鼻孔里冷哼一声，心道："准是一个情场老手，专门诱人上当。"不得不佩服他的分析入情入理，但东方玉不为所动。总觉得他身上有许多说不清道不明的东西，让人无法理解。比方说，他是一家公司驻上海的负责人，而他几乎每个晚上都泡在舞厅里，和几个舞女都有亲密的举动，却又和自己这个根本不会跳舞的人套近乎，他的意图究竟何在？

宾馆总经理见东方玉工作勤恳任劳任怨很是赞赏，当得知了她的遭遇后很是同情，在工作中常常给她一些便利，让她多加些班以增加收入。对于总经理给予的帮助她十分感激，从心里敬重他。

"阿玉，你老家来的电话。"东方玉刚从一个客房里拿了空水瓶出来，忽听领班喊她，她连忙跑了过去抓起电话。

"妈妈，你在哪里呀？他们说你不要我了，你什么时候回来呀？"电话那头传来稚嫩的童音,女儿丹丹的声音。

"丹丹,我的好丹丹。"东方玉把话筒握得紧紧的,似乎握住的是女儿的手臂,"谁说妈妈不要你了?过些日子妈妈就会回来的,带好玩的东西给你,你在家一定要听外婆的话,不要惹她生气啊。"

"那些小孩子说我是坏孩子,骂我是野种。妈,什么是野种呀?"

"丹丹,别听他们胡说,你是好人,是好人知道吗?你在家一定要听外公外婆的话,知道吗?"

"嗯,我不会惹外婆生气的。"丹丹重重地点了点头,说道,"妈,你一定要照顾好自己呀。"

女儿是懂事了,听了丹丹的这句话她的泪水夺眶而出,如同断了线的珠子扑簌簌地落下来。"丹丹,妈会照顾自己的。"放下电话她陷入沉思,母亲在电话里说,丹丹的病还没全好,让她再寄些钱回去。她心里清楚,母亲不是在万不得已的情况下是不会让自己寄钱的,可自己哪里又有钱呢。虽说总经理信任自己,可再三向他借钱如何开口?她闷闷不乐地挨到下班,刚出门却见一辆簇新的摩托车停在她面前。

"白宾,是你?你怎么找到这里来了?"东方玉不解地问道。

"这几天总是见不着你的面,来看看你,吃饭了吗?我请客。"白宾神采飞扬地说,"为了找到你,我找了许多人打听才找到这里的。"

"不用,我在食堂里吃饭。"东方玉拒绝道。

"别磨蹭了,有人请吃饭不是一桩美事吗?"见她站着没动,白宾又说道,"放心吧,我不会把你拐卖了。说实在的,我是无事不登三宝殿,找你有事呢。"

"你找我能有什么事,在这里说不行吗?"东方玉不屑地望着他。

"是友非敌,别拿这种眼光看我好不好。"

经历了许多磨难她遇事冷静多了,极不情愿地跟随白宾来到附近的王子酒家。

"吃什么?你点吧。"白宾把菜单推给她。

"还是你点吧,我不会。"她把菜单推给白宾,白宾不再推辞点了一桌丰盛的菜。

"这么多吃得了吗？会花去很多钱的。"东方玉看着满桌的饭菜有些心疼。

"这你就别管了，吃罢。"白宾一阵得意，说道，"差不多四五百元吧。"

五百元？这是自己将近一个月的工资呀？她想起母亲打电话让寄钱的事儿没了心思吃饭。心想，白宾是个有钱的主儿，有大把的钱花起来不心疼。饱汉不知饿汉饥，怎知自己正为一笔钱发愁呢。

"遇上不顺心的事儿吗？说出来让我帮你解决。"白宾见她闷闷不乐的，问道，"你倒是说话呀，不会是天塌下来了吧？"

东方玉叹了口气说："今天下午我妈打来电话说孩子的病没有好，又让我寄钱……可这个月才过一半，我的工资早寄回去了，我实在拿不出钱来了。"

"这么点事儿？你怎么不早说呢。要多少都可以，说吧，一千还是两千？"白宾说着就要掏钱。

"我们刚认识，怎么能要你的钱呢？"东方玉推辞道。

"没关系的，谁叫我们有缘呢。我是说借给你，没有说送给你。"

东方玉见没有别的地方弄到钱，想了想便答应了，说："好吧，只要你这一桌饭钱就够了，下个月发了工资我一定还你。你找我的事儿呢？"

"吃吧，边吃边说。"白宾夹了只大闸蟹给她，说道，"阿玉，别在那个破宾馆干了，来我们公司吧。"

"去你们公司？可你们是进行产品销售，这是一个专业性很强的行业。我一没文凭二没经验，对营销是一窍不通，不行不行。"东方玉连连摆手，说道。

"我会安排比较轻松的活儿给你干，比方说后勤部门，工资要比在宾馆时高多了。"

东方玉见他很是诚恳，不像是说假话，便说："好吧，让我想想。"

"可以，我等着你的消息。"

回到宿舍几个人都惊愕地望着她，仿佛看一个天外来客。

"阿玉姐红光满面,遇上什么高兴的事儿?"贵州姑娘放下手中的镜子,夸大了表情问。

"没事儿。"因为白宾给她解决了钱的事儿,东方玉心情自然舒畅哼着黄梅调答道。

"没事儿,谁相信啊?你的那位白马王子不是请你去吃了一顿,甜言蜜语地灌了一通嘛。"领班说。

"那白宾长得好帅哟,我的那位真是没法儿比,要是我遇上了跑着去追还来不及呢。"贵州姑娘说。

"那好,把你介绍给他,我正好不想和他有啥瓜葛呢。"东方玉说。

"得了吧,夺人之美的事儿我不做。我们几个人都在舞厅里见过他,可他偏偏看上你这个舞盲,这是缘分。你嘴里说不想和他有瓜葛,可心里却想和他多多瓜葛呢。"贵州姑娘故作忸怩地说。

"这人真是怪东西,前不久还说要过独身生活不再结婚,现在却跟着男人乐颠颠地跑。"朱娟说。

"你们胡诌些什么呀?他找我真的有事儿。"东方玉有些生气了。

"他找你能有什么事儿?坦白从宽,快说!"领班用命令的口气说道。

"白宾让我去他那儿工作,可我对销售方面的知识一点也不懂。"东方玉答道,把借钱一事给隐瞒了。

"去呀,这是好事儿。"贵州姑娘不假思索地说。

"我看可以去,但你得多个心眼儿谨防上当,说不定这是钓你上钩的一个诱饵呢。"领班说。

"我和他交往的时间不长,并不了解他,假如再失败我可输不起了。"东方玉有些忧虑地说。

"对,别急着答应。"朱娟说,"这肯定是他讨你欢心的一步棋,你如果去了便在他的掌握之中,发生什么情况便悔之晚矣。"

东方玉躺在床上辗转反侧,久久难以入睡。难道说白宾这样做真的是因为爱的驱使吗?想到爱情她打了个冷战。这么些年自己在爱的泥潭中苦苦挣扎,让心破碎让爱憔悴,再也没有正视爱情的勇气了。

几天后恰好有一天假,她和朱娟准备出去痛痛快快地玩一天,刚出门却被白宾堵个正着。

"阿玉,你去哪里?"白宾的车子在她们俩的面前停住了,开口问道。

朱娟打量着他,很不乐意地说:"小帅哥,你消息挺灵通的嘛,我们难得一天假你却追了来。"

白宾追了上来,讨好地说:"我今天刚好没事儿,要我陪你去吗?上海我很熟悉,去南浦大桥、东方明珠、外滩都可以。"

东方玉说道:"我们只是在附近转转,去那些地方要花很多钱的。"

朱娟向她使了个眼色,向白宾抛出诱饵说:"我们是想去那些地方,可兜里没钱,只好下次再去了。"

"我请客,怎么样?"白宾爽快地答应了。

见白宾上钩,朱娟拍手笑了起来,说道:"那好哇,有人请客何乐而不为?你的车子怎么办,摩托车带两个人是不行的。"

"我把车放你这儿,打的去好了。"白宾说罢停放了摩托车去路边拦出租车。

见他走开,东方玉狠狠白了朱娟一眼,埋怨道:"吃人嘴软,拿人手短,谁叫你这么瞎掺和?"

"他有的是钱,宰他一次算什么?车来了,走吧。"朱娟说罢拉着她钻进出租车。他们游了大世界、东方明珠等著名景点,东方玉是第一次到上海,对这个国际大都市早就心驰神往,今天置身其中怎么也看不够。一天的游玩紧张而充实,他们到黄昏时分才尽兴而归。回来后,她们俩顺便去了白宾的办事处,看到这儿窗几明亮干净整洁,她们两个人看得呆了,暗暗叫好。

"就你一个人吗?条件不错嘛。"东方玉问。

"一共有四个人,有两个出差去了,一个去了总公司。阿玉,你来吧,来我们这里工作,这里比你在宾馆强多了吧?"白宾边倒开水边说。

"阿玉刚来的时候是我和经理好说歹说才给安排了的,才过半年时间便无缘无故地要走,有些不近人情吧?"朱娟说道。

"是啊,朱娟和经理在我最困难的时候帮了我,现在是宾馆旺季正缺人手,做人不能不讲一点道德。白宾,这事儿以后再谈,行吗?"东方玉推却道。

"既然这样,这事儿以后再说吧。"白宾说道,"但这个位置还是留给你,包括我心中的位置。"

朱娟听了他的话觉得自己不该待下去了,便起身告辞。留下两个人的世界,白宾不再受拘束,定定地看着东方玉,急切地说:"阿玉,看得出你对我存有戒心,但我不怪你,看得出你是一个挺有心计的女人,想听听我的故事吗?"

"你的故事?洗耳恭听。"东方玉轻轻一笑,说道。

"在以前我也深爱过两个女孩,因为我的家境不好两袖空空被人瞧不起,她们都无情地离我而去。如今到了而立之年事业小有所成,我多么希望漂泊的心有一个归宿,有一个可以栖息的港湾。在舞厅里我只是麻醉自己,直到你出现开启了我封冻已久的心灵。你给我的印象是漂亮文静,体现了自然美,这是许多女孩子所缺少的。"白宾娓娓道来。

"像我们这样的女人最大的缺点就是软弱。"东方玉说道,"我经历了两次不同寻常的爱情,把结婚看得很淡。说实话,我根本不想再婚,只想过单身女人的生活。"

"当然,我理解你的心情,只希望你不要急着拒绝。当幸福降临你身边的时候不要轻易放弃,应该牢牢把握。"

东方玉轻轻地摇了摇头,不予回答。

"怎么?你不相信我说的话?"

"不是不相信你的话,而是我对爱情失去了信心。"东方玉茫然地回答。

"你脸色这么难看,身体不舒服吗?"白宾从她脸上看出什么,关切地问。

"没什么,可能是水土不服,前两天感冒了,吃了些药好多了。"

"是工作累的吧,我们出门在外得关心自己,我这儿有一些特效药敢不敢用?"白宾挺神秘地问道。

"既然是药哪有不敢用的道理?拿来我看看。"东方玉说道。

白宾走进室内找了会儿,拿出一支香烟放在她面前,神色有些紧张,说道:"一个朋友给的,我没敢用。"

"我以为是什么呢,原来是支香烟,还这么鬼鬼祟祟的,它能治感冒吗?你说了谁会相信。"东方玉满不在乎地说道。

"这是特殊香烟,里面含有毒品,只怕你吃了难以戒掉,但治感冒有立竿见影的效果。依我看能不能戒毒还得看自己有没有恒心,俗话说世上没有办不成的事,哪有戒不掉的毒呢?"白宾说道。

"你是不是骗我吸毒哇?自己不敢用却来劝我吸,有胆量的话你吸给我看。"东方玉反驳说。

"这有什么不敢的?不信我吸给你看。"白宾为了表现自己,自然不会放下面子,当即找来打火机把那支烟点着吸了两口。东方玉见他悠然自得的样子也心动了,心想治好感冒就不吸了,便接过烟真的吸起来,当即被呛得流出眼泪来,全身有说不出的痛楚,过了会儿有一种飘飘欲仙的感觉,如同堕五里雾之中,刚吸了一半白宾把它灭了,说道:"这烟可贵着呢,这半根烟你拿着,治好了感冒就别抽了。注意,当心让别人看到。"分手的时候白宾千叮咛万嘱咐说,"这东西是违法的,一定不能说出去。"

这东西果然神奇,东方玉吸了几口感冒很快就好了,玩了一天的疲惫感也消失得无影无踪。一夜无话,东方玉很平静,可早晨醒来体内对毒品产生了强烈的依附感,开始时默默地告诉自己一定要忍着。随着时间的推移,这种依附感越来越强烈,东方玉实在忍受不了便披衣起床来到洗手间,很不熟练地点着那半截香烟,狠狠地吸了一口,尽情地品尝着它所带来的快感。忽听门外传来脚步声,东方玉慌乱之中把那半截烟扔进了下水道,在门口和贵州姑娘闯了个满怀。

"阿玉,你刚才在洗手间干什么?那里有一种怪怪的烟味。"贵州姑娘回到宿舍问她。

"我没干什么呀,或许是别人干的吧,这两天我正感冒鼻子不灵没闻到。"东方玉第一次违心地说了谎。中午时分她又哈欠连天毒瘾袭了上来,上班也没了精神。

总经理见了关心地问:"你怎么了,是不是身体不舒服?"

东方玉点了点头,答道:"感冒有三天了。"

经理抬腕看了一下手表,说:"快下班了,去医院看看吧。"

东方玉如逢大赦,换了工作服头也不回地走了,谁知她不是去医院而是找白宾。刚进门她迫不及待地问:"白宾,那种烟还有吗?"

"什么烟,你是说毒品吧?那是一个朋友给的,不知他现在在哪里?"白宾皱着眉头说,"昨天夜里我也是一夜没睡,妈的,这毒品还真的不能沾点儿边,才吸了两口想不到却上瘾了。"

"那怎么办?我可是受不了了。"东方玉乞求地看着他,埋怨道,"白宾,这是你出的好主意,可把我害苦了,这样会毁掉我的。"正说着东方玉的毒瘾又上来,全身扭曲着撕扯着自己的衣服,白宾见了现出贪婪的目光,猛地向东方玉扑过去。为了拿到毒品东方玉无力反抗,轻而易举地被白宾占有了。白宾是个情场老手,当然懂得放长线钓大鱼的道理,他给东方玉的毒品少得可怜,只有这样才能从根本上控制她。东方玉的厄运又一次开始了,无故旷工和迟到早退成了家常便饭,和白宾手挽手出入高档宾馆酒楼,为白宾赚取大把的钞票。

朱娟等人见她最近一段时间精神有些反常,以为她抛弃了"终身不嫁"的誓言,和白宾正热恋着呢。当东方玉又一次在洗手间吸毒的时候,被随后而来的朱娟逮个正着,接着朱娟闻到一股怪怪的味道,便问道:"阿玉,你什么时候学会吸烟了?"

东方玉见已败露,便找了个理由搪塞过去。朱娟疑心大起,知道她一定有不可告人的秘密,便暗暗地注意东方玉。当对东方玉进行了几次跟踪之后,她看到的情景更让人吃惊,只见东方玉和一些男男女女凑在一起吸食毒品,然后成为男人的玩物。朱娟痛苦极了,一个好端端的女人转眼间怎么会被毒品折腾成这样?这个白宾太狠毒了些,竟然用毒品来控制她,以达到他罪恶的目的。难道就这样看着她堕落下去吗?这样会对不起自己的良心,对不起表姐高云的嘱托。不,自己绝不能让她就这样毁了,可又怎么帮她呢?报纸、杂志上常常有关于吸毒分子的报道,这是失去理智、极危险的一群。朱娟和领班等几个人悄悄地商量了一下,决定将这一情况向总经理报告。

总经理听了她们的陈述很是吃惊,经过再三考虑报了警,公安人员迅速赶到。经过一番调查取证,几天后当白宾同那毒贩进行交易时人赃俱获,东方玉也被送进了戒毒所。这白宾的确是武汉某公司驻上海办事处的负责人,但他觉得靠工资来钱太慢,后来见贩卖毒品活儿轻松来钱快,便暗地里成了一名贩毒分子,后面还有一帮马仔。

当东方玉被押上警车的时候朱娟追了上来,歉疚地说:"阿玉姐,我们是多年的好朋友,但我不忍心看着你被毁在毒魔手里才这么做的,你会恨我吗?"

东方玉眼里噙满了泪水,使劲摇了摇头,说道:"朱娟,你是对的,我恨自己恨白宾。在温海待不下去了便来到这里,谁知染上毒瘾,我是如此不争气,把握不住自己。请你答应我一件事好吗?"

"有什么事你就说吧,只要我能做到。"朱娟答道。

"别把我的事儿告诉我妈妈和丹丹,她们会受不了的。"

"阿玉姐,你尽管放心好了,我还会去看你的。"

东方玉痛苦地点了点头,她钻进警车一路呼啸而去。

第二十七章　伤痕

　　车子行到途中东方玉的毒瘾又发作了,她再也控制不住自己,全身扭曲着。"杀了我吧,杀了我吧,我实在受不了了。"她语无伦次地喊着。毒瘾发作的人如同没有理智的猛兽,想控制她是很困难的。有经验的干警很快控制住了她,过了许久她才平静下来。在审讯室里,东方玉意识到自己犯了不可饶恕的过错,抱着头大哭起来,然后将自己简短的吸毒史原原本本地说了出来。案件很快调查清楚,这是一起比较典型的偶然性吸毒案件,幸亏朱娟发现及时采取了有效措施,否则东方玉不知还要在这条路上滑多远哩。朱娟很快写了封长信,将东方玉在上海发生的一切地告诉了高云夫妻俩。高云看信后只得仰天长叹,说道:"小玉姐,你为什么会这样啊?这是为什么?!"

　　在戒毒所里,东方玉静下心来将这几年的生活经历像放电影一样过了一遍。异乡漂泊的艰辛,爱情路上的坎坷曲折,一股脑儿涌上心头,使得她的心情坏到了极点,她又一次想到了死。东方玉想起去年秋天朱彪将自己逼上绝路,跳水寻死时的情景,经历劫难之后以为参透了玄机,表示再也不会去死了。挣脱了婚姻的牢笼,便以为苦尽甘来,谁知还在苦海里挣扎,遥遥无期。这样活着有什么意义?只有死了,无论多少烦恼,才能都抛到九霄云外。但她又想起了孩子——女儿丹丹。

　　"吃饭时间到了。"管教人员站在床边威严地喝道。

　　东方玉蜷缩在被子里,因毒品的折磨和两天水米未进,她的身体非常虚弱,对管教人员的威吓不予理睬。她心想,自己是犯了罪的人,认命了。

　　"东方玉,你这样对得起家人吗?难道你不想早点出去见你的孩子?在我们接收的吸毒分子中,你的情况是比较好的,若治疗得当很快就能出去。你现在能做的就是配合我们的戒毒治疗,才能对得起老乡朱娟的良苦用心。"

她仍然躺着一动不动,像熟睡一样。那名管教人员不急不恼,这是大多数吸毒分子因遭受打击表现出来的特有现象。有人说帮这些瘾君子戒毒比一个启蒙老师向小学生灌输知识难一百倍,因为他们的思想是受到毒害而麻痹的。毒瘾发作时,人性中丑陋的一面暴露无遗。管教是一项枯燥又乏味的工作,同时又是塑造灵魂的工作。东方玉对于管教人员的细致而耐心的工作不为所动,常常变着法儿对着干,吃药的时候趁医务人员不注意把药给藏了起来,有次打针时她猛地一下把针给掰断了,半截留在体内。东方玉的精神已经麻木了,居然连疼痛都没有太大的反应。管教干部见了她就头疼,甚至怀疑她是否患了精神分裂症。

管教们将她的情况做了认真的调查和分析,认为她在以前的生活中遭遇过挫折甚至极大的失败,加上这次白宾以谈恋爱为名让她吸上毒品,旧愁新恨加在一起产生了迷茫,对生活失去了信心,从而导致精神萎靡不振。心病还得心药医,必须从她过去的生活入手,对症下药。他们便派了一位叫苗虹的女干事去君又来宾馆找朱娟了解情况,可朱娟对于东方玉近几年的生活经历并不是十分清楚,无法提供较为详细的资料。

"真正能帮助她的只有一个人,就是我表姐高云,可她在温海打工,但我已经把东方玉在这里发生的一切告诉她了。"朱娟说。

"只要能帮助她戒毒,恢复正常人的生活,花多大代价都值得。你们之间比较熟悉,希望你能多多帮助她,让她从思想上摒弃杂念才能真正戒毒,这是我们共同的责任。"苗虹最后说。

"好吧,我尽快和高云取得联系,让她伸出援手。"朱娟说道。

东方玉坐在床上面对墙壁,头发很凌乱,许多时候她就是这样打发时光的。此时她的脑海里一片空白,什么也不去想。门吱的一声开了,有人走进来,肯定是苗虹她们,又来不厌其烦地上"政治课",东方玉静静地坐着不予理会。

"小玉姐。"有个熟悉的声音叫道。

谁？这不是高云的声音吗？！她怎么会来这儿？不是做梦吧？一个月来自己最想见的人是她，最怕见的人也是她。东方玉缓缓回过头来一看，果然是高云，她身后站着王光水和朱娟。

"小玉姐，我们来看你了。"高云拉着东方玉的胳膊，仔细打量着她，心疼地说道，"你瘦多了。"

"高云，我想死你们了，在这个世界上只有你和朱娟是我的真心朋友。"东方玉说罢垂下了眉头，把高云推开，说道，"你走吧，我吸过毒身子脏，别弄脏了你。你们能来看我我就心满意足了，这儿是戒毒所，不是你们来的地方。"她说完扭过头去不再理会高云。

"小玉姐，你看看我。"高云指着自己隆起的肚皮说道，"我千里迢迢地赶来只是想看看你，和你说说心里话，你却这样。"

王光水解释说："高云即将临产了，我们向公司请了假回去。可朱娟打电话说你的心情不好，要我们一定来看看你。她是担着很大风险来的，医生说坐长途车都会受不了，更何况转道上海加大了行程，我怎么劝都劝不住她，只是为了看看你。"

朱娟在旁边说道："是啊，我表姐那么远赶来，都是看在姐妹情分上，不管什么原因你都不能赶她走。你若不好好珍惜，表姐回去生了小孩儿，近期来上海就不大可能了。"

听了这话东方玉转过身来，流出两行清泪，哭着说道："高云——"

"小玉姐。"

两个人相拥而泣，泪水成了断线的珠子，站在旁边的王光水和朱娟止不住黯然神伤。高云怎么也弄不懂，小玉姐来上海这么短的时间里如何成了瘾君子，走进了满是铁丝网的戒毒所。发泄够了，她们便开始了漫无边际的长谈。高云这次是受戒毒所之托，当然没有忘记自己的任务。从两个人学艺到在温海找工作的艰难，再到进了嘉茂鞋业公司后那段快乐的时光，当说到张子坚时都停住了，空气显得凝重起来。

"过去的一切不用管他了，现在你要做的是面对现实，听管教干部的话好好戒毒，争取早一天出去，知道吗？"高云说。

"出去？我何尝没想过？可天下之大已没有我的安身之所，我再也没有脸见任何人了。"东方玉忧虑地说。

"你怎么能这样悲观丧气呢？有你的父母，还有我们，只要你健康地出去我们都会欢迎的。还有丹丹，你难道不想丹丹？"高云说。

"我唯一的牵挂就是丹丹，如果没有她也许我早就死了，如今我又有什么脸面见她呢？"东方玉喃喃地说。

"别说气话了，谁能保证不犯错误呢？你是中了别人的圈套，责任不在你。"朱娟说道，"好在白宾也得到了报应。"

"小玉姐，别愁眉苦脸了，你应该轻松愉快起来，抛弃心中的烦恼，一切从头再来，再现你往日的风采。人生处处有风景，难道不是这样吗？"高云认真地说。

"是的，人生处处有风景。高云，谢谢你，现在我心里舒服多了，争取早点出去，不辜负你们的期望。"东方玉的脸上现出了一丝笑容，说道。

"谢什么？我们都是好姐妹嘛。"高云顿了一下又想起什么，说道，"还有一件事差点忘了告诉你，张子坚的妻子方金蝉患了血癌，最多只能活一个月的时间，也就是说这个冬天是过不去了。"

"癌症？她身体不是很好嘛，怎么会得这种绝症呢？！"东方玉吃惊地问道。

"血癌，就是白血症。"王光水纠正她说，"张子坚正在筹建饮品公司，忙得焦头烂额，妻子又生了这种病，真是祸不单行。"

"是啊，我们也担心，若方金蝉去世，他的精神将遭受很大打击，对事业必定有很大影响，那才是真正的悲哀。"高云接着说。

"你是说张子坚又开公司了？"东方玉问。

"这是他的第二家公司呢。"王光水答道，"我和高云也商量了，不想在外漂泊了，回家去和他说说，想进他的公司工作。"

张子坚果然是个出类拔萃的人才，在短短的三年时间里开了两家公司。东方玉心中升起一阵自豪感，这毕竟是自己爱过的人哪。可想到自己现在的处境,她有些神伤。

"小玉姐,我有个想法,你看行不行。"高云用征求的口吻说。

"有话就说呗,我们之间还用得着这样?"东方玉答道。

"方金蝉去世后,张子坚无论是家庭还是事业都需要一个知心伴侣,到时候我给你们俩说合说合,你们俩有过一段恋情,比较容易沟通。"高云说道。

"不,别这样。"东方玉断然气绝,说道,"他是公司的总经理,找个女人易如反掌。可我算什么呢? 一个吸毒分子,和他相差太远了,有损张子坚的名声,不行不行。"

"你说的是一个方面,但你能保证自己不在爱着他吗? 如果不爱他,为什么把丹丹生下来? 为什么错把子华当成子坚?"高云反问道。

"别说了。"东方玉捂住耳朵沉默了。是啊,自己常常想起他,想起两个人在一起的温馨时光。一个人遭受挫折越多,对过去的美好生活会更加怀念。高云见她不说话,知道说到了她坎里,她的心灵深处,一定在进行着激烈的思想斗争。

"小玉姐,时候不早,我也该回去了。你要听管教人员的话,好好戒毒,争取早一天出来。"高云拉着她的手语重心长地说。

"你们会不会再来看我?"东方玉依依不舍地相送,刚走两步,脸上一阵痉挛,毒瘾又发作了。高云、王光水、朱娟三个人吓得手足无措,等候在门外的医护人员很快推门进来将她控制住。三个人走了好远的路,想到东方玉毒瘾发作时的情景胸口还在突突地跳着,那场面实在太可怕了。

张子坚和小孙办完了公事直奔君又来宾馆,见东方玉是这次上海之行的最后一项任务,也是妻子多次嘱咐的。其实他最怕见东方玉,上次贸然造访对她造成了极大的伤害,而今天她会怎样看待自己呢? 虽然妻子病入膏肓将不久于世,自己却以情人的身份会见曾经的恋人。

"请问东方玉在上班吗?"在服务台前他问道。

"东方玉? 她……她不在这儿上班了。"服务员打量着他,讳莫如深的样子,心想,他直接找东方玉一定大有原因。

"你找东方玉?"恰好朱娟走过来,很快认出了他,说道,"想起来了,你姓张是吧?和我表姐夫王光水是老乡。"

"是啊,我叫张子坚,你认识王光水?"张子坚惊喜地问。

"他们夫妻俩前天来过这里,昨天坐车回去了。"朱娟答道。

"是吗?说不定我们可以在这里相遇呢。东方玉呢?她去哪儿了?"张子坚焦急地问。

"东方玉嘛,她不在这儿。一两句话也说不清楚,如果你想见她,我可以带你去。"朱娟皱着眉头心事重重地说,"快下班了,我们找个地方再说。"

"好吧,中午我请你吃饭。"张子坚疑惑地看着她,这里的人怎么说话都是吞吞吐吐的?似乎东方玉有什么不可告人的秘密,若换了地方告诉个地址不就行了,有什么说不清楚的?

"说吧,你找她有什么事儿?"他们三个人在一家小饭店里坐下来,朱娟问道。

张子坚点完菜说:"既然你知道了我和她的关系,就不必隐瞒。我和她是在世俗的重压下无奈分手,谁也没有错。她的生活遇到了不幸,我以一个朋友的身份来看看她不过分吧?"张子坚往最轻处说。

"你有聪明贤惠的妻子,她对你这种'红杏出墙'的行为能听之任之吗?"朱娟也不触及更深一层的话题。

"自从我和方金蝉结婚以后,只是半年前在你们宾馆了见过她一次,今天是第二次,'红杏出墙'说不上吧。"张子坚反驳道。

"不是红杏出墙,总得有个原因。"张子坚欲分辩几句,朱娟接着说,"你不说我也知道,昨天高云把一切情况都告诉了我。你是一个事业上的强者,正在经受失去亲人的痛苦,妻子将逝,但事业不能因此垮掉。你和东方玉是曾经的恋人,二人情真意切心心相印,她是你未来生活的最佳伴侣,昨天高云见到她的时候也曾提出这个话题。"

"我这一生中真心爱过两个女人,可她们一个离我而去,一个身患绝症。看着死神把金蝉从我身边夺去,纵有百万家产也无力回天,真是心如刀绞哇。难道我做错了什么,上天对我如此不公?"张子坚掉出了眼泪,有可口的饭菜却咽不下。

"看来你是个情种,对东方玉情有独钟。若你们真的能重续前缘当然是件好事。可是,你能原谅她吗?"朱娟轻轻地问。

"我和她之间谁也没有错,有什么可原谅的?"张子坚有些不解地问。

"因为,她在戒毒所里。"朱娟答道。

"什么,戒毒所?她去那里干什么?"张子坚吃了一惊,以为自己听错了。

"你别激动,听我慢慢说。"朱娟遂将有关东方玉吸毒的情况一五一十地说给他听,"只是她心情不好,也许不想见你。"

"既然是这样,我更应该去看她。"张子坚从沉思中醒来,认真地说。

吃完饭,根据朱娟的指点,他和小孙很快找到戒毒所,到值班室说明情况。东方玉的前男友能来探视的确出乎管教人员的预料,管教干事很快答应了张子坚的请求,并希望他利用自己的特殊身份为吸毒分子的思想转变做些工作。昨天高云来过以后,东方玉积压在心底的情感得以宣泄出来,轻松多了,兴奋之中又哼起了黄梅调来。这时苗干事推门进来说道:"东方玉,有人来看你了。"

会是谁来看自己呢?朱娟昨天已经来过了,今天不会来的,可她在上海再也没有第二个朋友了。东方玉实在猜不出,只好跟着她默默来到会客室。

"小玉,你瘦多了。"张子坚见她进来,忙站立起来关心地说。

"张子坚,是你?"东方玉打量着眼前的两个人,怎么也不敢相信张子坚会来看自己。她自从和朱彪结婚后就再也没有听到这样饱含深情的问候了,此时,仿佛又回到了从前,心里升起一股暖意,连忙问道:"子坚,你什么时候来上海的?"

张子坚答道:"我来上海有三天了,因为忙没时间来看你,今天找到朱娟,她却告诉我你在这里。"

东方玉的脸上现出无奈的表情,说道:"上次你去宾馆看我的时候我就告诉你别来看我,现在我在这种地方你更不应该来。"

张子坚轻轻地说道:"上次来看你是受高云之托,以一个朋友的纯真友谊来的。而今天是以同样遭受困苦、同病相怜的天涯沦落人的身份来的。

第二十七章 伤痕

我知道你心情不好,有自卑的心理,甚至有轻生的念头。"

"我的生命失去了方向,也失去了生活的勇气,活着是行尸走肉,有什么意义?当然,我也有牵挂,那就是丹丹,是我的女儿,也是你的女儿。"

"这些年我愧对你,愧对丹丹,可死亡是最好的解脱方式吗?你可知道,有人在死亡线上苦苦挣扎,阎王爷不肯放过她。这世界真让人捉摸不透,想活的人活不了,活着的人却想去死。"

"我知道你是说方金蝉,难道她真的没药可救了吗?"

"我向国内许多大医院都咨询过,得到的答复如出一辙。现在她已经没法站起来,只能躺在床上或者坐在轮椅上。"张子坚痛苦极了,慢慢地说着,"当然,我今天也是受她之托来看你。她和你一样心地善良,在生命最后时刻想着的是别人而不是自己,想着我们山农公司的未来。你知道吗?今天是她的生日。"

"方金蝉的生日?"东方玉问道,"既然这样,你为什么不在家陪着她,却出差来上海?"

"是的,是方金蝉的生日,她生命里的最后一个生日。因为时间的关系,我却不能陪她。"张子坚痛苦地说道。

"这对于她来说可不公平啊。"东方玉想了想问道,"对于我们的过去她不介意吗?"

"我们之间的事在温海的时候她就很清楚,何况我们分手已经三年了,她怎么会介意呢?小玉,你不要作践自己了,要好好地活着,日子还长着呢。你现在挥霍的是青春是生命,将来老了蓦然回首的时候悔之晚矣。"张子坚语重心长地说道。

"我可不比你,你有辉煌的事业,将来是不会后悔的。可我是什么呢?离婚、吸毒,想平平静静地生活,过上平平安安的日子都不能够。"

"不,你错了。走什么样的路靠自己把握,只要对前程充满信心,一切就都会好起来的。因为我们还年轻,年轻就是资本。"

苗虹见他们谈得差不多了,说道:"时间到了,走吧。"

东方玉站起来看着张子坚,深情地说:"谢谢你来看我。"

"等等。"张子坚叫住了她,从身边的地上拿出个纸袋说,"天冷了,我买了件衣服给你,不知合身不。"

"这……怎么好让你花钱呢?"东方玉踌躇着不肯伸手接。

"我既然买了你就放心地收下,拿着吧。"张子坚把衣服放下。

"谢谢。"东方玉迈着沉重的脚步离去,张子坚有一种怅然若失的感觉。小孙见他痴痴的神态,开玩笑地说:"你真是旧情难忘,缠绵难分哪。"

"你胡诌些什么呀,走吧。"

东方玉回到宿舍,其他几个室友围了上来。

"哇,新衣服,拿出来看看。"那个绰号叫圆墩的胖女人惊叫道,"阿玉,这是你老公送来的吧?"

"我离婚了,哪有老公呀。"她淡淡地回答。

几个人七手八脚地给她换了衣服,浙江妹把她从上到下认真地看了一遍,赞同地说:"这件衣服无论是花色、款式、尺寸都不错,很适合你,看得出送衣服的人挺用心。"

东方玉站在房子中间,任凭她们像欣赏艺术品似的品头论足,心里有说不出的滋味。她把刚才张子坚的话仔细回味了一遍,觉得他的话很有道理。谈吐间,张子坚比几年前成熟多了,显示出一个领导的风采。而他送给自己衣服用意何在?在乡下,青年男子送衣服给女孩是定情,还有昨天高云说过的话,难道真的预示着什么?不,不可能的。他是企业家,而自己是个吸毒者,如此下去不是给他脸上抹黑吗?东方玉努力告诫自己,不敢再往下想。自这以后东方玉心情开朗多了,对生活有了新的认识,也能和大伙儿融洽相处,配合医务人员的戒毒治疗了。管教人员把这一切看在眼里,暗暗高兴。

戒毒所为吸毒人员开办了技能培训班,有理发、裁剪、烹饪、电脑等许多项。只要处于巩固治疗的吸毒人员均可报名参加学习一项技能,为的是他们有一技之长,回到社会后可以上岗就业,从根本上杜绝再次吸毒的现象。而东方玉所在的宿舍几个人均已度过毒瘾高发期,只需进行巩固治疗,观察一段时间就可以回到社会了。

东方玉本来就聪颖灵慧,她有服装裁剪的技术,经过一段时间的练习她的才能被激发出来,成为裁剪能手。只要有一套服装图样,她便能很快做出相同款式的衣服,和服装厂的工艺比并不逊色。因而她成为技术指导老师,人人敬重的对象。时光飞逝,又一个春节临近。浪迹天涯海角的游子,如同一只只候鸟,纷纷踏上返乡的旅程,享受阖家团圆的美好时光。东方玉看着那一页页翻过的日历,想起了千里之外的家,睡梦中竟然蒙着被子啜泣起来。

"你刚才叫着丹丹,是不是想家了?"浙江佬说。

东方玉醒了,披衣坐起来,说道:"我是想家了,这时候打工的都在往家跑,而我们却在这里。我的家人一直蒙在鼓里,以为我在宾馆上班呢,不知道爸爸、妈妈的身体怎样,丹丹的病好了没有。"

"我们像坐牢似的关在这里,你想回家过年能行吗?谁都是父生母养的,说不想家那是假话,但我的感觉是要拿得起放得下,人生在世不学一点超然洒脱不行。"圆墩说。

"我和你不一样,刚离婚不久女儿让母亲给带着,她小小年纪便失去了爸爸,又得不到母爱。本来想赚些钱养活她,没想到我却进了戒毒所。"东方玉伤感地说。

"身在江湖不由己,沉浮只在一念间。说到底还是毒品,我们是受害者,不信你去问问,她们都是受到别人的蛊惑上当吸毒的。"浙江佬说。

东方玉想起自己被毒魔控制的那些日子,浑身不由得战栗起来,将白宾祖宗十八代骂了个遍,她们谈到半夜才沉沉睡去。

第二天朱娟来访,盯着她问道:"小玉姐,这些时间你过得不错吧?我看你精神好多了。"

"好什么呀,多亏了你们的帮助,让我解开了心中的疙瘩,我真的想早点回去见我的丹丹呢。我本来学的是缝纫,现在教姐妹们学这门技术,意外地发现自己是一个对社会有益的人。也算是做了一点贡献吧,精神状态自然好多了。"顿了一下她又急切地问,"我家里来电话了吗?昨天夜里我还梦见了他们呢。"

"我就是为这事儿来的。你妈妈昨天上午打来电话问你什么时候回家,说丹丹的病好了。"

"你是怎么说的？没告诉她我在这里吧？"东方玉急切地问。

"没有，我敢吗？老人在家也真的不容易，能瞒一天是一天。"朱娟说。

"也好。进了这里想回去是不可能的了，我写封信回去搪塞一下。"

晚上，东方玉借来纸笔伏案写着长长的家书。"亲爱的父母双亲、女儿丹丹"，刚开了个头她就抑制不住情感的闸门，泪水夺眶而出。"……新的一年很快就要到了，我很想回家跟你们过新年。可宾馆里春节期间比较忙不给放假，我不能回家了，请你们原谅。丹丹我的好女儿，妈妈生下你的时候希望你得到幸福和快乐，可妈妈无能，给你的是痛苦的创伤……"

信封上写的是君又来宾馆的地址，东方玉又拿出几十元钱让朱娟买套衣服寄给女儿，表达一点心意，做完了这一切心中才觉得轻松了许多。两天后，她收到了来自岳泉县的一封信。信是高云寄来的，其中有一页是方金蝉写的，东方玉匆匆看了一遍却惊呆了，半晌说不出话来。

第二十七章 伤痕

第二十八章　死别

　　张子坚将妻子几天前织好的毛衣穿在身上,前后看了看,挺合适的,很是感激地说:"金蝉,你身体这么差还给我织毛衣,一定累坏了吧。"
　　"前些日子还行,这几天大不如前,连说话的力气都没有了。还有,我还想给儿子织件毛衣是没有希望了。子坚,这次你去上海顺利吗?"方金蝉身体已经极度虚弱,说话的声调低了许多。
　　"比较顺利,只等新项目投产,产品就可以很快地推向市场。"张子坚答道。
　　"那,你看到东方玉了吗?"方金蝉又问。
　　"看到了,唉,一言难尽,她变了。"张子坚欲言又止。
　　"到底是怎么啦？像上次一样不见你,还是……"
　　"她吸毒了,在戒毒所呢。我真的有些不敢相信,高云和王光水比我早一天去见过她。"
　　"原来如此,那天他们夫妻俩来我家的时候,听说你去了上海,脸色不是那么好看。那事儿你说了没有?"
　　"没有,但我对她有过暗示,她曾想轻生,我只能鼓励她好好活下去。社会真是个大染缸,想学好不容易,学坏是眨眼间的事儿。"张子坚穿好了衣服说道,"金蝉,我要去公司里,你去吗？"
　　"我去干什么？还是留在家里吧。"
　　"去玩玩吧,我推着你。"张子坚把她扶上轮椅,锁上门推了出去。
　　"想不到哇,子坚,三年前我推着你走,今天是你推着我,这张轮椅为我们家做出了不小的贡献呢。"方金蝉感慨地说。而这次与上次有很大的不同,张子坚坐着它身体很快恢复了健康,今天金蝉坐它的日子不可能太多了。他要推着妻子多走走看看,所到之处受到人们的热情接待,这浓浓的深情,是村民给他们的最赤忱的回报。方金蝉一次次沉浸在这温暖的亲情乡情中,享受着无边的幸福。

几天后,方金蝉的病情加重,轮椅都坐不上去了,只好躺在床上。每天有很多的亲戚朋友前来探视,来得最多的是山农公司的员工。张子坚是公司的顶梁柱,大忙人,每天都有很多事等着他去处理,大伙儿希望用这种方式减少总经理的后顾之忧。

"高云,我问你个事儿。"高云来访,方金蝉见没有其他人,悄悄地问。

"什么事?你说吧。"高云答道。

"听说你去过上海,见过东方玉了?"

"见过,不过她……"

"她吸毒了,进了戒毒所是吧?子坚已经告诉我了。你最了解她,一定知道是怎么回事。在我的印象里她是温文尔雅的,一定有什么原因。"

"当然,开始我也不敢相信,去了上海才知道,她是因为晚上闲着没事便去舞厅听歌,认识了一个叫白宾的人,她是因为上当吸毒的。幸亏我表妹发现得早,就这样她进了戒毒所。"高云解释说。

"现在怎样?戒毒了吗?"

"我们去的时候情况很糟,不配合治疗,有抵触情绪。现在有了很大的改变,认识到自己的错误,争取早点出来呢。"

"这就好,她的命也够苦的了。想起来我有些愧对她,本来她和子坚是很好的一对,却无情地分手了。记得她曾经和我说过,如果有缘就能再相会,现在看来我是无缘和她相见了。高云,我有个想法,不知该不该说。"

"嫂子,有话你就直说吧。"

"我和子坚缘分太浅,不能帮他完成一番事业了。我走了以后,他的事业不能垮,山农公司也不能因此受到影响,子坚的身后不能没有一个女人。当然,以他现在的身份和地位找个女人并不难,难的是找一个生活上的知己,能为他奉献青春和情感的女人。东方玉在外漂泊也不是办法,总得有个家。他们俩曾经相爱过,心心相印,如果有可能,希望他们重续前缘。"方金蝉说着有些累了。

"嫂子,现在说这话是不是早了点儿?以后再说吧。"高云劝道。

"我的日子不多了,能活十天半个月算是万幸了。当然,这件事我提出来比较合适。你和东方玉是好姐妹,在这儿你是大别山的媳妇,张子坚的嫂子,只有你是最理想的牵线搭桥的人。我写封信给她,你给保管好,等我去了以后你再寄给她,可以吗?"

"好吧,我尽力就是了。你也累了,歇会儿吧。"高云扶着她躺下了。

张迈趴在床边呆呆地看着妈妈,看着她苍白的脸庞,预感到不幸的事要发生。高云见他如此专注的样子,怜悯地摸着他的头,心中一阵酸楚。

"嫂子,她睡着了?"

高云回头一看是李琼站在身后,答道:"嗯,我们出去坐吧,让她休息会儿。"

她们两个人来到客厅里坐下,张子坚的父母亲忙着倒茶,埋怨道:"金蝉都这样了,子坚也不知上哪里去了,无论怎么忙,在这时候也不能丢下老婆不管呀!"

"张经理去县里了,很快就会回来。"李琼答道。

"他回来后你们可得劝劝,在这节骨眼上他应该陪在金蝉的身边。"

"嗯。"李琼点了点头。

很快地,方金蝉的病情恶化,床前围满了人,谁都害怕那痛苦的时刻来临。刚才她的病情减轻了不少,有人轻轻地松了口气。有经验的老人都知道这是回光返照,是走上末路的人在用尽全身的力量看这大千世界最后一眼。

张子坚紧紧拉住妻子的手:"金蝉,金蝉!"轻轻而急切地呼唤着。

"子坚,我对不起你,我不行了。我们的缘分到此为止,不要为我悲哀,要以你的事业为重。你要找个伴儿好好过日子。张迈就托付给你了,你一定要把他抚养好。还有,我写了封信让高云寄给东方玉,如果你们有缘,一定要好好珍惜。"方金蝉喘着粗气断断续续地说。

"金蝉,你放心,我会把企业经营好,把迈迈抚养成人的。"张子坚痛苦地说道。

"张迈,迈迈。"方金蝉的手在空中摇着,像是在寻找什么,张子坚把儿子抱到床上让妈妈抚摸着。"迈迈在这儿。"他答。

"张迈,妈不在了,你要听爷爷奶奶的话,将来有了新妈妈,要听新妈妈的话。"方金蝉嘱咐道。

孩子还小,对于母亲的话根本不懂,只是痴痴地看着妈妈。她说完了这些慢慢地闭上了眼睛,像一个累极了的人睡熟了一样,双手无力地瘫软了下去。

"金蝉,金蝉!"任凭怎么呼唤,她的眼睛再也睁不开了。丈夫轻轻地给她的脸上盖上了香纸,一个美丽而善良的女人就这样走完了她短暂的一生,留下了不能帮助丈夫完成事业和抚养孩子成长的遗憾,留给人们的只是美好的回忆。霎时间,屋里屋外都被恸哭声笼罩。苍山悠悠,白云低垂,长河呜咽,古枫呼号,整个山村都沉浸在悲痛之中。张子坚和父母亲更是悲痛欲绝。

高云得到这个消息的时候,已躺在医院的妇产科的病房里,顺利地产下一个漂亮的女婴。她为方金蝉的早逝流下了伤心的泪水,拿出一个封好的信封交给王光水,说道:"把这封信寄出去吧,这是我能为金蝉做的最后一件事了。"

遗体火化后,村子里的人们以古老的祭奠方式,请来道士为她超度亡灵,祝她升入天国。按照民俗,亲戚、族人们,凡是年龄比死者小、辈分低的都要戴白布做的帽子,称为戴孝。张迈则头披用三尺三寸白布做的披拖子,腰系白麻。因为他还小,只好由爸爸抱着,捧着母亲的骨灰盒,在道士的灵幡招引下,绕着灵柩缓缓而行。出殡的时辰到了,灵柩由四个身强力壮的小伙子抬着,出了村庄后,排起了长龙,全是挥泪送别的人们。

随后是"七七",直到七七四十九天为"满七"。村民为她扎制了精美的灵屋,这灵屋是用竹篾扎的,用各种颜色的纸贴成。双龙抱柱、亭台楼榭、纸马纸轿应有尽有,宛如天上宫阙。人们希望亡者的灵魂得到安息,在这美丽的房子里过上安定幸福的生活,到了"七七"这天和灵位一起焚化。妻子故去后,张子坚的悲伤情感难以言表,常常坐在方金蝉的墓前发呆。她在另一个世界里是孤单而寂寞的,连个说话的人都没有,不知她的病好了没有,有没有人为她端茶送药。张子坚和妻子进行心灵的对话,在心中一千次地问,妻子这样美丽而善良的人怎么会死呢?可苍天无眼,这是无法回避的事实。

"子坚,回去吧,人死不能复生,张迈在家吵着要你呢,公司里也有一大摊子事等着你去处理。"不知什么时候叔叔已站在身旁,拉着他的手说,"孩子,你应该节哀顺变,失去的东西永远失去,不可能回来了。"

新厂房已经封顶了,工程队在加班加点地装修。大棚蔬菜是季节性很强的商品,春节期间是销售的旺季,公司里呈现一片繁忙的景象,村民忙得陀螺似的转。夏明华、李琼等几位负责人知道张子坚心情不好,尽量不去打扰他,给他一些排解忧思的空间。张子坚来到附近的小山上,远远望去,山寒水瘦,草枯木凋,一片衰败景象。天空中忽然飘起了片片雪花,落在他的头上衣服上,打在脸上,钻进衣领里,冷飕飕的。他远远地看着公司,那里正在紧张地装货呢,公司要在大雪封山前将一批产品运出去。过了会儿一股凉气从脚下升了上来,他打了个冷战。妻子在世的时候一定会关照自己把衣服多穿些,可现在……张子坚正要往回走,忽见一个人拿了件衣服沿着崎岖的山路走了上来,认真一看却是李琼。

"张经理,天冷了,加件衣服吧。"李琼在他面前站定,把大衣递了过来。

"李琼,你怎么知道我在这儿?"张子坚不推辞,接过衣服披在身上,问道。

"刚才我见你往这边走来,知道你上山来了。下雪了,便送件衣服来。"李琼解释说。

看到李琼他想起一个人——远在上海戒毒所里的东方玉,想起和她相爱,而后又和方金蝉相爱的美好时光。如今都成了过眼云烟一去不复返了,张子坚颓唐地坐在一块石头上伤感不已。

"我一生曾真正爱过两个女人,她们为什么都要离我而去呢?这是为什么呀!"张子坚对着苍天发问。

"张经理,人死不能复生,你必须面对现实节哀顺变。"李琼想了想说道,"张经理,你应该重新组建家庭了。"

"这一点我当然知道,但要想找回真正的爱可就困难了。况且金蝉尸骨未寒,我怎能做对不起她的事呢?"张子坚抹干了眼泪说。

"子坚。"李琼换了个称呼,似乎下了很大的决心,说道,"刚进山农公司的时候,我是被你的真诚打动了。随着时间的推移,你在我心中有了很重的分量。当你的妻子方金蝉患上绝症以后,我有一个希望。那天我和她也是在这个地方倾心长谈,她总是关心你的事业和未来,把死看得很淡。我对她因而有了更深一层的了解和由衷的敬佩,那天晚上我没有睡着觉,希望能成为她的替代者走进你的生活。"

张子坚有些不敢相信自己的耳朵,审视地看了她一眼。四目相对,只见她眼里闪着泪花,充满着殷切的希望。他忙把头别过去,不敢再看。张子坚记起来了,妻子也曾和自己说过这件事儿。他又想起她在自己身边的时候,总是用奇异的眼神看着自己,也显得活泼亲切,原来姑娘是用这种方式传递信息给自己,因忙于工作自己完全忽略了。

"在我们公司最困难的时候,你给予了极大的帮助,我当然得谢谢你。在我眼里你是公司里一名普通的员工,一个妹妹而已,没有掺杂任何感情。最近一段时间小孙对你紧追不舍,全公司都知道的。如果我插一杠,这算什么?我们同事之间,这种事万万不可。"张子坚拒绝道。

"小孙的追求我并没有放在心上,事实上我也没对他承诺什么。子坚,难道你还不明白我的意思吗?金蝉给你的一切我都可以给你,甚至放弃工作。"

"你是一名职业女性,怎么能放弃工作呢?这样更不行。你是公司未来的会计师,其中的许多道理我不说你也明白。如果我和你一样是名普通的员工尚且可以,可我是公司的总经理,许多人都看着我。如果我接受了你的感情,必然在公司里引起轩然大波,以一个不光彩的角色毁掉多年经营起来的形象,必然和小孙之间产生不必要的矛盾。"

"难道说一个女人追求属于自己的感情有错吗?难道说一个成功的企

业家不应该得到属于自己的感情？名誉和地位真的那么重要？"李琼连连发问，显得有些迷茫。

"名誉和地位是人人所追求的东西，一旦得到了便会发现高处不胜寒，它们可以扼杀你的性格，可以改变你的生活甚至人生的轨迹。李琼，我可能让你失望了，请你多珍重。"张子坚说完自个儿走了，刚走了两丈远又想起什么，见她还站在那儿已然成了雪人，关心地说，"雪太大，回去吧，别冻着。"

东方玉接到高云的信先是吃了一惊，仔细一想这也是意料中的事。方金蝉的信不长，字也写得歪歪斜斜毫不工整，可见她写字的时候虚弱得没有一点力气。信的内容是：

东方玉：

　　我的妹妹，听说你遭遇了不幸，姐姐为你难过，我们都是苦命的女人，同病相怜。当你收到这封信的时候，我已经不在这个世界上了。

　　命运如此地捉弄我们，让我们爱上了同一个男人，这个玩笑开大了。从高云那里我知道了一些你的近况，知道你深深地爱着张子坚。如今我已命入黄泉，张子坚有他崇高的事业，同时也需要一位呵护他的女人，这个女人非你莫属。

　　你来吧，你们重续前缘，只要能把我的儿子张迈抚养好，我就千恩万谢了。在我的祭日，你如果能在我的坟前烧几张纸，我就心满意足了。

金蝉绝笔
×月×日

高云的信则告诉她山农公司的最新状况及自己在大别山的所见所闻，当然，与家乡的传说完全不同，因为那是老掉牙的故事。在这群山之中迅猛地崛起一个小镇，其中就有张子坚的功劳。高云希望东方玉能把握机遇不可大意，许多双眼睛都在盼望着能成为总经理夫人呢。方金蝉能给自己写这样的一封信确实出乎东方玉的预料,而高云的"把握机遇"说得倒轻松,自己在戒毒所里不知什么时候能出去呢,那不是很渺茫的事吗?这个高云真会办事,按你的口气只要自己答应了,一切都可以成为现实,也太性急了些。东方玉把信装好放到被子底下不去想它。

李琼没有想到,她所崇拜的偶像,心中的大哥会这么无情地拒绝自己,心里乱糟糟的。她终于想出一个解脱的方法,瞅准机会向张子坚提出来,她不想让这件事闹得满城风雨。

"辞职?"张子坚以为自己听错了,根本不敢相信,"是因为那件事吗?还有没有别的理由?"

"我在这里干了两年多时间,想换个环境。"李琼极力找理由为自己开脱。

"这不是理由,你是因为那件事耿耿于怀,想回避现实对吗?一个人如果遇到一件不顺心的事就逃避的话,这个人将一事无成,很难获得成功。当然,我能理解你的心情,但这不是解决问题的办法。你是公司的高级管理员,对公司的发展蓝图是清楚的。我们要发展壮大,要成立集团公司,扩大国内市场,还要去国外抢滩夺地。据可靠消息,明年中国将加入世贸组织,面临难得的发展机遇。这正是用人之际,难道说我没有给你施展才华的机会?"张子坚说得有些激动。

"张经理,我……"李琼欲言又止。

"你别说了,这真是多事之秋,亲人离开了我,没想到朋友也要离我而去。"张子坚痛苦地说道,"难道山农公司走到尽头了吗?那么良好的业绩也有你的一份功劳呀,李琼。那次我无情地拒绝了你,辜负了你的一片心意,当然,这不是我理由的全部。你想听听另外一个故事吗?东方玉这个名字你应该听说过。那是五六年前我在温海打工时认识的一个女孩儿,她漂亮文静、美丽大方、聪明贤惠……"

方金蝉以前将这个故事告诉了她,那是一个凄美的爱情童话,撼人心魄。李琼的心开始动摇了。

"说实在的,公司成立之初,那么多的人应聘,只有你敢于留下来,你的胆识和学识让我敬佩,我也从心里喜欢你,但我很有分寸,从不溢于言表,更不会掺杂男女之情。当东方玉再次在我的视野里出现的时候,我想起了和她曾经有过的从前,那是我生命中永远抹不掉的缤纷岁月。金蝉临终时曾希望我和东方玉重续前缘,我那次去上海也是受妻子之托去看望她的。"

李琼因为初涉爱河,不能完全理解张子坚的情感历程,但她看过许多世界名著,常常为书中忠贞不渝的爱情感动不已。也许他对东方玉的感情就是忠贞不渝一类吧,她觉得没必要再待下去了,起身离开。

"李琼。"张子坚叫住了她,说道,"你是一个优秀的女孩儿,会有美好的归宿。同时我也告诉你,感情是不可勉强的,请你自爱。为了山农公司的明天,再也不要提出辞职这件事,好吗?"张子坚说道。

"好吧,我回去会考虑的。"李琼不敢正视他。

"小孙是位出色的青年,你好好珍惜吧。回去吧,也许他在等你呢。"

李琼低着头逃也似的离开了,进了公司,果然见小孙在她的房门前徘徊。

"李琼,你上哪儿去了?也不说一声,让我好等。"小孙迎上来关心地问道,"你脸色这么难看,好像哭过。"

李琼不回答他的问话,开了房门,小孙跟了进来又问:"你是不是去找张子坚了?"

"是,那又怎样?"李琼冷冷地答。

"你劳而无获,空手而归是吧?我早劝你死了这份心,可你就是不信,现在撞着南墙可以回头了。当然,每个人都有属于自己的感情生活,但现实和梦想之间有很大的距离。我曾想过如果得不到你的感情,便离开这儿去沿海城市打工。"小孙伤感地说道。

"什么,你想辞去工作?你疯了。"李琼几乎跳了起来,叫道。

"其实我也不想离开这儿,这是一片充满生机充满希望的土地。山农公司是具有无限生命力和战斗力的集体,张子坚是这个集体的核心,他赢得女孩儿的青睐是情理之中的事,你可知道他心中的恋人是谁吗?"

"知道,她叫东方玉,他从前的恋人。我也向他提出辞职,听了他的故事后我想了许多。缘,一切随缘,顺其自然吧。"李琼说。

"这么说你不辞职了,能从那份感情中解脱出来?"小孙惊喜地问。

"感情这东西很怪,拿得起却放不下,给我些时间让我考虑一下,行吗?"

"好的。"小孙高兴地说道,"李琼,请你相信我,我对你的感情是真诚的,直到海枯石烂、地老天……"

"别,别发誓。"李琼堵住了小孙的嘴,不让他说下去。

"其实我不想失去你,更不想失去这份工作,即使到沿海城市打工也不一定比这儿好。国家正在实施西部大开发,而我们位于东西部连接地带,一定会大有作为的。"

"你也这么认为？看来我们是没有理由走了。"李琼说。

"当然,我们也有很多不足,交通、信息、人才、科研是制约我们的瓶颈。听说国家正在规划东香高速公路,这对我们来说是一个利好。"

春节刚过,忽然传来李琼和小孙订婚的消息,张子坚吃了一惊。看来自己是真的伤害了她,她要用这种方式从感情的泥淖中解脱出来。张子坚的心里空荡荡的,像失去了什么,有一种无名的惆怅。正沉思间,儿子张迈走进来呆呆地问:"妈妈呢？我要妈妈。"

自从妈妈去世后,张迈的性格有了很大的变化,话儿少了,不再像以前那样活泼调皮。缺少母爱的孩子,他的生活是孤寂的。爷爷奶奶只得变着法儿哄他,说妈妈到远方去了,过些日子才能回来。孩子还小容易上当,就这样骗了一次又一次。其实大人们也不愿意让孩子在蒙骗中成长,但又想不出更好的办法。

张子坚抱起儿子亲了亲,说:"迈迈乖,爸爸明天带你去外婆家,可以吗？"

"我妈妈呢？她不去吗?"儿子不依不饶地说。

"妈妈暂时不去了,因为她去了很远很远的地方,要翻越高山蹚过大海,需要很长时间才能回来。明天不等妈妈了,我带你去外婆家。"张子坚轻轻地说着,像是叙说一个久远的故事。

张迈似乎听懂了,依旧呆呆地说:"妈妈回来了再带我去玩。"

"张迈长大了,懂事了。到时候你和妈妈在古枫树下藏猫猫,到河里捞鱼儿,到山上摘山楂。"张子坚的泪水在眼里打转,他强忍着没有哭出来。

第二天,张子坚连哄带劝地带上儿子去岳父家拜年,拜年的礼品是一斤冰糖和一瓶白酒,冰糖用红纸包成三角形,像金字塔一样,向上的那一个角给押上红纸签,可能是预祝对方根基扎实,生活蒸蒸日上吧。外婆得知今天外孙要来,迎了很远的路,自然客气一番,到了门口鞭炮噼噼啪啪地响起来,在欢迎他们呢。因为没有了金蝉这一主角儿,空气显得沉闷得多,全家人还沉浸在失去亲人的伤痛之中,可张迈不懂这些,缠着外婆说个不停。

"外婆,我妈妈去了很远很远的地方,为什么还不回来呀?"他睁大了期盼的眼睛看着外婆。

"到远方去了,谁说的?"外婆有些不解地问道。

"爸爸说的,爷爷奶奶还有村子里的大人们都是这么说的,她不要我了?"

"爸爸说得对,妈妈过些日子就会回来,她怎么能不要宝贝儿子呢?"外婆无奈,只得按照他的思路去骗他。

"爸爸说将来我读书了,还要妈妈送我去上学呢。"

孩子的心总是充满着天真的幻想充满着好奇:"我长大了也要像爸爸一样办公司。"

对于爱女的早逝,做父母的怎么不痛心呢?听到这里外婆的眼眶里溢出了泪水,说:"迈迈是个小大人了,将来好好念书,要像爸爸一样。"

"外婆,你怎么哭了?"张迈用稚嫩的小手帮她擦去泪水,不解地问。

"迈迈出息了,我怎么会哭呢?是高兴得。迈迈,去和表哥玩。"她向门外喊了声,说道,"方雄,带张迈一块去玩。"

随着她的喊声,两个稍大一点的孩子走进来,拉着张迈欢天喜地地去做游戏了。

"没想到金蝉这伢子命贱,才活了二十几岁,可害苦你了。"岳母怀着歉疚的心对张子坚说。可怜天下父母心,谁不疼爱自己的孩子?自从女儿去世后,岳父岳母面容憔悴,突然间苍老了许多。

"妈,别这样说,是我没把金蝉照顾好。死生有命富贵在天,也许我们的缘分太浅,不能白头到老。"张子坚沉声说道。

吃饭的时候,他的大岳父,古枫村的老支书前来作陪。他们先是杂七杂八地聊了些陈谷子烂芝麻的事,很快将话题转移到村委会工作上。老书记说,自从换届选举产生新一届领导班子以来,古枫村的工作取得了很大的进步。说起这些他眉飞色舞抑制不住兴奋,全村二十五个居民组在短短的两年时间里全部修通了村级公路,电话占有率大幅上升。更重要的是山农公司,它因地制宜地发展经济,已将二百多贫困户引上了致富的道路。做到了全村一盘棋,而张子坚是最为高明的执子者。山里有板栗、茶叶、茯苓、天麻、香菇、猕猴桃等名优特产,是取之不尽用之不竭的财源,是他泼墨涂彩书写人生理想的画笔。当谈起成立集团公司时,张子坚认真分析说,大别山有丰富的物质资源和独特的地理环境。它东望长江三角洲经济发达地区,西连川渝广袤大地,傍依大京九、沪蓉高速公路,扼长江黄金水道,随着一条新的高速公路即将贯通,重重关山不再是经济发展的障碍。两位岳父听了他入情入理的分析暗暗叫好,再一次领略了他的宏伟气魄和人格魅力,相信他的话准没错,到了那一天古枫村将成为大别山中一颗璀璨的明珠。现在村民的风气大为改观,不再拘泥于邻里之间的磕磕碰碰,一家有难八方支援,其乐融融地过日子。而农业税征收、计划生育这些老大难的问题也迎刃而解。老书记说这是沾了侄女婿的光,谁都知道这一切都是国家的好政策带来的,更重要的是有一个好的领导、具有战斗力的集体。古枫村的巨大变化因此受到县委、县政府的高度重视,他们从张子坚身上看到了青年一代的精神面貌,更看到了山村脱贫致富的希望。

第二十九章　开业

　　节日的气氛还没有完全退去，人们的脸上仍然挂着喜悦的笑容。山农公司又开始了紧张的忙碌，这是一个好兆头，新的一年里必将取得辉煌的业绩。

　　山农公司的新厂房已经装修完毕，进入设备安装阶段。张子坚总经理和夏明华副总经理去了京海公司，押着数车设备经过两个昼夜的行程，回到家来不及休息便组织人员卸货，随后配合工程师进行安装调试，一天从早忙到晚都不觉得累。恰在这时父亲的心脏病又犯了，母亲独当一面揽下了家中的活儿，挺不容易的。他从公司回到家便是烧饭或者给父亲喂药，尽可能地减轻母亲的负担，如果再把她累出病来就什么都完了。夏明华看着这一切心里很不是滋味，对他说："子坚，公司里很忙，你又不能照顾家中的活儿，我看是应该找个对象成个家了。"

　　"找对象？"他不置可否地摇了摇头。

　　"我知道你会说方金蝉尸骨未寒守孝未满，可现在是什么年代，还信奉那些守孝三年的陈词滥调？我听说李琼对你有那个意思，你为什么让她飞了？"

　　"我和她不合适，她是事业型的女人，有才华有学识。我的家庭你都看到了，现在需要的是一个贤妻良母，一个站在我身后默默无闻的妻子。"

　　"有中意的吗？如果没有我给你找找看。"

　　"实不相瞒，我心里确实装了一个人，是我以前的女友，叫东方玉。她和高云同乡，可她现在在上海的戒毒所里，不知何时能出来。"张子坚说着神色有些黯然。

"东方玉"这名字多次听人说起过,据说她长得很漂亮。夏明华副经理很快找到高云,求她给予帮助。

为了丰富吸毒者的文化生活,每逢过春节戒毒所都要举行一次别开生面的联欢晚会,内容有唱歌、跳舞、讲故事等。这些吸毒者来自四面八方且多才多艺,东方玉唱歌跳舞都不会,但黄梅戏能唱几段。她没打算演,架不住别人好说歹说,便报了个节目。轮到她上台了,唱了《女驸马》中精彩的选段《中状元》,这段戏词曾火爆了一阵子,家喻户晓。东方玉音色优美唱腔纯正,赢得了观众的热烈掌声。一曲唱完正要下台,有人拦住她非让再唱一段不可。

看来今天不再唱一段是不可能了,她便回到台子中间,想了一下说道:"既然大家要我唱,我只好献丑了。就唱《黄山情》中《猴子观太平》一段吧,这是女主人带着孩子流落他乡,在黄山上乞讨时,孩子看着'猴子观太平'著名景点时思念父亲时唱的。"接着她用凄婉的声音唱了起来:"黄山上的小石猴,天天望太平,等到太平日,爸爸就来临……"她唱得哀切动人如泣如诉,唱到情深处想到了自己的遭遇,和戏中的主人公不是有惊人的相似吗?不觉中留下了两行泪水。这里的观众是极为特殊的一群,生活在被人遗忘的角落,他们由于不慎或利益的驱使而走上了歧途。在这亲人团聚的时刻却承受着抛家别子的痛苦,许多人的情绪得到感染,想起了不堪回首的往事。东方玉唱完并没马上离去,而是做了一番深情的表白,说道:"兄弟姐妹们,我们来自全国各地,是可恶的毒品把我们联系在一起。在那被毒品折磨的日子里,我迷茫过绝望过,憎恨那些把我们引上绝路的人,是他们给我们带来了灾难。在管教干部的帮助下,我获得了新生,有了生活的勇气。我们回到社会将自觉地抵制毒品、远离毒品,帮助过我的所有工作人员,你们辛苦了。"东方玉说完深深地鞠了一躬,台下立即响起了热烈的掌声,把联欢会推向了高潮。而白宾在人群中如坐针毡不敢看她一眼,恨不得找个地缝钻进去。

经过综合观察,部分人员完全摆脱了毒品的依赖,恢复了健康。戒毒所的门前热闹非凡,朱娟夹在人群中接东方玉,只见东方玉一个劲儿地拉着苗虹的手表达着感激之情。这情景对于管教人员来说见得多了,这些人进来的时候是魔鬼,出去的时候是信使,她们会把在这里受到的关怀和帮助告诉身边的人,为抵制毒品起到很好的宣传作用。只要能这样,许多天来的心血便没有白费,这一声声的感谢是对管教干部的肯定和最好报答。

"对了,几天前我表姐打来电话询问你的情况,我把你出来的大概时间告诉她了。她说要带孩子回娘家一趟,高云说让你出来以后便回去找她,我估计是为了你和那个叫张子坚之间的事儿。"朱娟说。

"张子坚?"东方玉猛地想起来高云曾寄了一封信来,可自己仅看了一遍便丢了,"我想也是为这件事,你说该怎么办?"

"我认为这个机遇你要好好把握,既然他恋着你你也爱着他,两相情愿为何不走到一块?你应该知道女人毕竟是女人,现在你养活自己都很困难,别说带着丹丹。再找个男人如果遇上朱彪、白宾这样的,有你苦头吃了。而张子坚是公司的总经理。金钱和地位都具备,是可遇不可求的。已经四年了,他还能做到矢志不渝真是个情种。"朱娟说道。

"可我不是个好女人了,和他的地位相差太大,对他的声誉有百害而无一利。"东方玉忧虑地说。

"别想那么多,既然张子坚都不计较,你还顾虑什么呢?高云准是给你做媒来了。"

从戒毒所里出来,和朱娟分手后东方玉便迫不及待地往家赶,经过一路颠簸黄昏时分她进了家门,母亲揉了揉昏花的眼睛问:"小玉,真的是你回来了?为什么不打个电话让我去接你。"

"妈,是我,是你的小玉回来了。"她放下行李让母亲看了看,调皮地说,"你看看小玉会不会是冒充的。"

"不是冒充的,但瘦了许多。刚才我还和你爸爸说起呢,想不到你这么快就回来了。"母亲看着她怜爱地说。

东方玉向爸爸、哥哥、嫂子问好,丹丹也从房间里出来了,怯生生地看着妈妈。她伸出手去抱,谁知女儿却跑到外婆的怀里躲起来。

"丹丹,我是妈妈呀,难道不认识了?"东方玉走过去问。任凭她怎么劝说,丹丹就是不理不睬。

爸爸说道:"你出去一年多时间,孩子对你肯定生疏了些。"

东方玉想起这次在外漂泊的许多日子真的无法回首,如同一场噩梦,今天身心疲惫地归来女儿都不认识自己了,一阵酸楚涌上心头。她歉疚地说:"妈,我这次是空着手回来的,没什么孝敬您……"

"小玉,妈不会怪你。我虽然没出过门,但也知道出门在外挺不容易的,只要你身体好,平平安安地回来我就放心了。至于钱嘛,是身外之物,有就多花点没有便少花点,没什么的。"

听了母亲的话东方玉的心里升起一股暖意,还是家中好哇。她感激地说:"妈,这么长时间把丹丹丢给您,让您受累了。以后我不再出门了,带着丹丹过日子。"

"这样也好,你走后丹丹常常在半夜里哭醒说要你呢。再说,你长期在外漂泊也不是办法,得为自己的前途想一想。"母亲顿了一下压低声音问,"小玉,你在外面可曾找到个如意的?"

东方玉的脸微微一红,摇了摇头说道:"还没呢。"

"那也没关系,这是大事儿急不得,要慢慢来。对了,高云和她的丈夫带着孩子回来了。"

"我已经听说了,明天去看看她。"

第二天,吃了早饭东方玉正欲带着女儿去高云家,刚出门却见高云抱着孩子,王光水拎了些水果走了来。

"小玉姐,我可把你给盼回来了。"两个人见了面有说不出的高兴。东方玉抱过孩子认真地看了看,说:"鼻子脸蛋像妈妈,眼睛像爸爸,长得挺好看的,不错,出生几个月了?"

"三个多月了。"王光水答道。

"看我高兴得,光顾了说话,快到屋里坐。"东方玉说着连忙让进屋里,妈妈见是高云夫妻来了自然高兴,端凳倒茶忙得不亦乐乎。

两个人说了一些分手后的情况,末了,高云关切地问:"小玉姐,那事儿你想好了没有。"

"什么事啊?"东方玉故作不知,满脸的迷茫。

"你倒装起糊涂来了,还能有什么事?去年我去上海看你的时候本是说着玩的,回到岳泉县以后方金蝉却和我说了那事儿,才有了她写给你的那封信。我知道你出来以后还会回家,便和丈夫带着孩子探亲来了。临走的时候,张子坚和夏明华副总经理都托付我办成这件事儿。确切地说,我这次探亲是假,为了你的事儿才是真。"高云认真地说道。

王光水也说道:"自从方金蝉去世后,张子坚要找一个妻子并不难。公司里有那么多的女孩子,可他一个也看不上眼,别人给说媒也不同意,因此把公司会计,一个叫李琼的姑娘给得罪了。他心里总是惦记着你,只等你的消息。"

东方玉吞吞吐吐地说:"张子坚的身份变了,已今非昔比,可我是什么呢?是吸毒分子,对他的名声不好,正因为我爱着他,才不愿以身败名裂的自己去玷污他的声誉,给他带来不必要的麻烦。"

高云着急地说道:"你怎么有这些稀奇古怪的想法呢?张子坚他堂堂的总经理都不计较,你还怕什么?我告诉你,过了这个村没了那个店,将来后悔的日子你哭都来不及。"

王光水接过妻子的话说:"你不是爱着他吗?既然双方都互相爱慕,又有过难忘的从前,还有什么理由不能走到一起呢?张子坚自从妻子去世后,心灵受到重大创伤,可山农公司的发展到了关键的时候。你如果回到她身边,必将给他很大鼓舞,对我们古枫村的全体村民都有利。他需要一个能解后顾之忧,并给他信念和力量的妻子,这非你莫属。"

东方玉听着他们夫妻俩的话,心中翻起了一阵涟漪,有些心动了。"可是……"她欲言又止。

"实话告诉你吧,我在这里也住不了多长时间,要回到岳泉县去了。王光水不再去温海打工了,只等公司设备安装完毕便去山农公司上班。我知道你有些不相信,那好,借你家电话用一下,让张子坚和你自己说可以吧。"高云说着站起来找电话。

此时张子坚正忙着安装机械设备,手上满是油渍,听说来了电话来不及洗手,便脏兮兮地跑进办公室拿起话筒,那边传来高云的声音。她说道:"张经理,我是高云呀。东方玉昨天回来了,现在在家里呢。你不是有话要和她说吗?"

"那好,请你把电话给她,让她接电话行吗?"张子坚说道。

东方玉有些紧张不敢接,架不住高云和王光水的劝说,很快接过话筒。

"东方玉吗?听说你回来了,我真的为你高兴,身体好吗?"张子坚关心地问。

"哎,还好。"东方玉机械地回答。

"小玉,我知道你是不幸的,可我……也和你一样,其中的艰难困苦不知从何说起,高云可能把我现在的处境全告诉了你。因此,我真心希望我们能像几年前在温海的时候那样相爱,了却那份未了的情缘。"张子坚真诚地说。

"张子坚,对于嫂子的不幸去世我深表同情,可我觉得我配不上你,会给你带来不必要的麻烦。"东方玉说出自己的忧虑。

"小玉,只要我们能真心厮守,别的什么也不用去管。我和几年前一样,是个普通的农民,不要看重名誉和地位,那是精神的枷锁。当然,你现在可以不答应,等我忙过了这阵子会到你家去登门拜访。另外我告诉你一个好消息,我们公司的设备已经安装完毕,即将进行调试,过不了多久就可以正式生产了。"张子坚兴奋地说。

"我真为你感到高兴,有如此辉煌的成就。张子坚,让我考虑一下,过两天给你回话可以吗?"

"好的,我静候佳音。小玉,你多保重。"张子坚说完挂了电话。

"小玉姐,现在该相信我没有骗你了吧?说真的,像张子坚这样的痴情男子世界上真的太少了。"高云在她背后说道。

东方玉点了点头,可她还有一个担心。

"我和你爸爸妈妈说说,这次他们大概不会说我拐骗你了吧?"高云想起那年为逃避朱彪,两个人偷偷逃出去时的情景仍心有余悸。

"不,还是我来说吧,也许他们容易接受些。"东方玉说。她知道首先要取得母亲的同意,只有母亲最能理解女儿。在女儿最困难的时候,只有她像老牛护犊一样呵护着爱女,找了个机会小玉说出了自己的心事。"妈,过些日子我还想出去。"

"你不是说不出去吗?这次是去哪儿打工?"母亲诧异地望着她。

"妈,这次不是打工,而是……"东方玉吞吞吐吐的,脸不觉红了。

"是有了心上人吧?他家在哪儿,昨天你还说没有呢。你也老大不小的了,只要你觉着合适我也不反对。"母亲看出她的心事,问道。

"他叫张子坚,您以前听说过的,和王光水的家在一块,现在他开了两家公司,是总经理了。"东方玉解释说。

"又是那个姓张的,他不是结婚了吗?怎么又和你扯上了。"母亲吃了一惊,张大的嘴巴半天也合不拢。

"他是结婚了,可他的妻子患白血病去年冬天死了,于是高云又撮合我们。"东方玉低着头,以为母亲会刮来一阵狂风暴雨,谁知她异常平静,说道:"高云回来后三天两头地问起你,原来是为这事儿。看来你和他之间的缘分没有尽哪!我们倒没什么,可那姓张的已今非昔比,还会要你吗?他为什么不来我们家?"

"他打来电话说公司很忙暂时没时间,过了这阵子会来的。"

"那好,让他来了再说,小心上当。"母亲谆谆告诫她。

"妈,过些日子高云要回去,她丈夫在张子坚的公司上班了,我想和她们一块儿去,丹丹也带去。"东方玉拉着母亲的胳膊乞求着。

"既然你下定了决心我也不拦你,我再和你父亲说说,在你的婚姻大事上犯了一次错,他有了悔恨之心,估计这次不会为难你了。"

晚上睡觉的时候,老两口在枕头上说起女儿小玉的事来。老头子开始有些想不通,老伴说天意不可违,你还是认了吧。两个人分手已经四年了,一个离婚一个死了老婆,相距遥远却又粘在一起,真叫人不可思议。老头子想想也有道理,那年自己使尽各种手段拆散他们,让女儿嫁给朱彪,满以为嫁了个如意郎君,可结果呢,差点要了女儿的性命。随后,哥哥嫂子也支持妹妹的选择,现在都21世纪了,还讲什么父母之命、媒妁之言?东方玉想不到这次是如此顺利,如果四年前爸爸也像今天一样多好。她想,也许是上天特意安排的让两个人之间要经历这么多的磨难。经历了风雨的洗礼,她更加坚信和张子坚的缘分。想到即将要和张子坚相会,东方玉充满着无限的憧憬和向往,向往大别山那片神奇的土地。东方玉忍不住去高云家打听什么时候动身,高云笑着说:"那天问你的时候你咬紧牙关说不行,现在等不及了吧?不过没关系,新公司在三天后开业,你回去收拾一下明天就走,也许能赶上开业典礼呢,保证让你见到朝思暮想的情人。"两个人开开心心地闹了一阵子,弄得东方玉心里痒痒的,恨不得马上飞到张子坚身边。

第二天一大早,高云和王光水早早来到东方玉家,催她快点儿,别误了车子。

"丹丹,阿姨带你去很远很远的地方,那里很漂亮,有青的山绿的水美丽的花儿,高兴吗?"高云蹲下来哄着孩子。

"姨,我们为什么要去那里,你也去吗?"丹丹睁大了眼睛问。

"阿姨也去,因为那里才是我们的家,知道吗?"

丹丹迷茫地摇了摇头。东方玉找出最好的衣服给女儿穿上,自己则穿上去年张子坚送的那套新衣。高云在旁边左看右看,笑着说:"小玉姐,想不到你稍加打扮还像几年前一样漂亮,真的让人看了魂不守舍。"

"你嚼个啥,难听死了。准备好了,我们走吧。"

母亲哑着嗓子说:"小玉,妈没什么给你,这些点心在路上吃。记住,到了那地方就打个电话回来。"

东方玉哽咽道:"妈,我会的。我走了,请你多保重身体。"

大哥走过来说道:"人家妹子出嫁有很多嫁妆,坐小汽车挺风光的。可今天我们没什么给你,刚才和你二哥三哥商量了一下,凑了些钱给你买几件衣服什么的。"

大哥说着递过来一个用红纸包得胀鼓鼓的包儿,估计钱不少,她推辞了会儿便收下了。才回来几天又要出门了,可今天出去的意义非凡,看着兄长为自己送行她又一次感动得流泪,但这次是喜悦的泪水。母亲拿出手帕给她擦了擦,说:"孩子,出这趟门儿不能哭。"

按理说，出嫁的日子是不能哭的，应该笑才对，她忍住了。今天去了张子坚的家，也算得上是自己的出嫁之日吧。东方玉正要出门却见朱彪走了过来，只见他穿着黑色的西服，皮鞋擦得锃亮锃亮，头发梳得油光水滑，脸上堆着媚笑，却给人一种不实在的感觉。东方玉浑身打了个冷战，他不是在监狱服刑吗，怎么回来了？"小玉，我昨天刚回来，听说你回来了便来看你，通过这么长时间的教育，我知道自己错了，请你原谅。"朱彪一个劲儿地赔小心。

东方玉不予理会。

"现在好了，我因为生了场病被批准保外就医，再也不用去服刑了。"朱彪扬扬自得，为能从监狱里出来自命不凡，"我请求你能给我一个改过自新的机会，我保证再也不会伤害你了。"

东方玉走了几步在朱彪的身边停了下来，头也不回地说："朱彪，你来得正好，有件事儿我正要告诉你。"

"什么事？你说吧。"朱彪见东方玉开了口，以为是好事儿，满心欢喜地追了上来问。

"你不是怀疑丹丹不是你的女儿吗？实话告诉你吧，她的爸爸是张子坚，今天我是带她去见她爸爸的。"她一言既出，全家人都吃了一惊，没想到传言果然属实。最难以接受的只有朱彪了，当着这么多人的面，让他的自尊心受到了很大的打击。当他从纷乱的思绪中冷静下来的时候，东方玉抱着丹丹已经走出几丈远，他只好目送她们离去。

公司成立这天古枫村沸腾了，像过节一样热闹。朱县长和于总经理、嘉茂鞋业公司的陈经理作为特邀嘉宾为"山农饮品股份有限公司"挂牌。当金色的牌匾挂上大门的时候，人群中响起了热烈的掌声，数万响礼炮齐鸣，庆祝这一辉煌的时刻。对于这样的庆祝活动张子坚经历了许多次，记得七年前吴国风的皖西饭店在无声中开业，而皖西风味馆开业时只有他和王光水等几个人凑了点钱买了两只花篮送去，才有一丝喜庆气氛。那时大伙儿都为吴国风捏了一把汗，如果营运不当砸了可赔不起。随后的连锁店皖西小吃馆开业时,温海市的李市长都到场祝贺,引起不小的轰动。三年前山农公司成立时,说公司真是勉为其难,只是两百多家农户组成的类似合作社一类的组织。经过全体员工及村民的奋力拼搏,公司业务获得飞速发展,资产由最初拼凑起来的数十万元猛增到今天的近千万元。

创业是艰难的,张子坚喜欢面对挑战,他如同一个斗士,假如有一天失去挑战他,精神的大厦将会因此而崩塌。当看到自己在大地上留下一串深深的脚印,他由衷地喜悦。明天的路还很长,他要组建属于自己的企业航母,在五大洋中纵情游弋。轮到朱县长讲话了,他盛赞张子坚是大别山的精英,是岳泉县的骄傲,是山区人民致富的希望,同时他对山农公司提出了更高要求和殷切希望。

东方玉和高云一行日夜兼程踏上大别山的土地,她没有心情欣赏车窗外的美丽风光,焦急地问还有多少路,高云说:"快了,看把你急的。"

车子在镇子中停住,几个人急急地下了车,高云说:"快点儿,新公司开业庆祝会开始了,张子坚在那里呢。"

东方玉抱着丹丹走进人群,见张子坚站在众人之间,恰好朱县长的话讲完了,她和大伙儿一起使劲鼓掌,下面举行的是开机仪式,各位来宾向大门里走去。张子坚正欲离去,突然看见站在不远处的东方玉、高云等几个人。四目相对有多少话儿涌上心头,却又不知从何说起。两个人慢慢地走近,泪水模糊了双眼,紧紧地拥抱在一起。

"小玉,你终于来了。"张子坚哽咽着说道,"我们重新开始吧。"

"子坚,从今以后我们再也不分开了。"

"嗯,再也不分开。"

东方玉松了手,把丹丹拉过来,说道:"子坚,这是我们的女儿,是我们爱情的结晶,现在将她还给你了。"她又弯下腰来对女儿说,"丹丹,这是你爸爸,快叫。"

"爸爸……"丹丹怯怯地叫了声。

"小玉,你辛苦了,站在这里干什么,到我们的新公司里看看。"张子坚兴奋地说道。

经过培训的工人各守岗位,只等领导按下电钮后正式生产。按照原先的安排由朱县长按下电钮,一切准备就绪后朱县长却改变了主意。他说道:"我提个意见大家看看怎么样?公司挂牌成立让我沾了光,但企业发展壮大得依靠张子坚,让企业这台大机器转起来还得依靠张子坚。我们没给他多大的帮助,说白了只是看客而已,再也不能喧宾夺主了。"

夏明华副经理说:"朱县长太客气了,既然是安排好了的,还是按原计划办吧。"

可朱县长执意推辞,吴国风只好出来打圆场,说道:"既然朱县长这样谦逊,我们尊重他的意见,让张总经理来按电钮吧。"

可人群里根本见不到张子坚的影子,正要派人去找,却见他和东方玉牵着丹丹的手缓缓走过来,大家都投以惊异的目光,但很快明白了。来到众人面前他一一介绍说:"这是朱县长、南国公司于总经理,吴国风你是认识的,我的弟弟子华和他的女友于慧玲。"东方玉一一点头问好,当看到于慧玲时,猛然想起这不是在嘉茂鞋业公司门口,自己将子华误作子坚时,骂自己神经病的那个女人吗?"还有,王珊和她的丈夫刘泉,她现在是山农公司驻省城的商务代表。"

王珊走过来很大方地同她握了握手,笑着说:"你好,东方玉,我们又见面了。"

"你好,王珊。"见到这么多的老朋友,她有了一种亲切的感觉。

夏明华在张子坚耳边轻轻说了几句,他惊问道:"朱县长,这怎么可以?"

"有什么不可以的?我看哪,现在不是一个人按下电钮,而是你们两个人了,大家说对不对?"朱县长话音刚落,人群里立即有人附和:"对,这个主意不错。"

张子坚见众口一词看来是无法推却了,便牵着东方玉的手来到总按钮前,两只手握在一起轻轻按了一下,机器很快运转起来。接着她又参观了两个厂区,感叹地说:"子坚,在这么短的时间里你有如此辉煌的成就,真叫我不敢想象。"

"是呵,十年前我有一份创业的激情与冲动,至于今天会是什么样子也难以预测。我相信,这只是一个开始,我们未来的路会更加宽广。"

午宴过后,古枫树下的黄梅戏要开始了。因为新公司成立,村民一合计去请了黄梅戏剧团来,在千年古枫下搭了个简易的台子。许久没看过戏了,老戏迷们心里都是痒痒的。吴国风的奶奶青年时代是县剧团的台柱演员,加上她人缘好,这次她自然忙前忙后乐颠颠的。

张子坚送走了客人便和东方玉回到家中,可"张子坚的老婆来了"这个消息像长了翅膀一样传遍了村子。经过古枫树下时,许多人都忘了看戏,睁大眼睛瞧瞧东方玉是个啥样的人物。吴奶奶听说张子坚和东方玉是以黄梅戏为媒相爱的,她灵机一动乐颠颠地跑到张子坚家。

"这位是吴国风的奶奶,我唱黄梅戏都是跟她学的。"张子坚介绍说。

"吴奶奶。"东方玉礼貌地叫了声。

吴奶奶答应着,把东方玉打量了一眼,见她眉清目秀模样儿俊俏是个美人儿,心里乐开了花。她把张子坚拉到一边,悄悄说了几句,只听张子坚说道:"这怎么行?我们没上台唱过。"

"没事的,你去说说。"吴奶奶道。

张子坚来到东方玉面前难以启齿。

"什么事?你说吧。"东方玉嫣然一笑,问道。

"吴奶奶说让我们演一段黄梅戏,可我没把握。"张子坚说道。

吴奶奶赶紧解释说:"听说你们俩会唱黄梅戏,我也想过过戏瘾,只是我们自己乐乐而已,唱得好唱得坏都没有关系。"

东方玉的兴致特别高,被这淳朴的乡风感化了,问道:"不知吴奶奶要唱哪一段?"

"演《天仙配》中董永和七仙女在槐荫树下拜夫妻那一段,行吗?"

"我看行,只怕演不好。"东方玉爽快地答应了。

"吴奶奶,你今天是让我出丑吧?"张子坚拉住她的衣袖说。

"你老婆都答应了你还说什么?好,我去准备一下。"吴奶奶话没说完便出了门儿。

按照唱黄梅戏的惯例,每场演完以后要演一场小戏,叫"散插戏",小戏是白送不收钱的,例如《打猪草》《夫妻观灯》等。吴奶奶和剧团团长说:"今天的小戏我来演,搭档都找好了,但要借你的行头一用。"

团长一听自然高兴,说道:"谁不知您当年红极一时,有'三县头牌花旦'之美誉,我们在这里演戏不是班门弄斧吗?正想一睹你的风采呢。"

"那些都是过时的了,还提它做什么?"吴奶奶将东方玉和张子坚简单地化了装,换了服装。一场戏演完了,戏迷们等着看插戏。谁知出来的是董永和七仙女,这下有人看不懂了,《天仙配》是大戏怎么能在小戏中演呢?是不是弄错了。却见台上的人一板一眼地唱起来,字正腔圆声调优美,但表演有些不够水准,内行人一看便知是冒充的。再仔细一看男的竟然是张子坚,女的却不认识。早有知情者悄悄传了开去,说那女的是他老婆东方玉,今天刚到的。

台下的人正聚精会神地看着,只见七仙女拉着董永的手说:"董郎,我们就以这槐荫树为媒拜堂成亲如何?"

董永伤心地说:"这槐荫树不会走路不会说话,如何为媒?"

这时吴奶奶拄着龙头拐杖,穿着老汉的服装上得台来,他是由槐树精所变为促成人间的美好姻缘而来。吴奶奶放开嗓子唱起来的,声音又尖又细,根本没有老汉的气魄,惹得台下的人哄堂大笑。当唱到那句"来来来来来,你俩拜天地,槐荫树下好夫妻,槐荫树下好夫妻"时,台下的人都听出她将"槐荫树"改成了"古枫树",结合此情此景最为恰当。

张子坚和东方玉自然也听出来了,非常感动,果然对着千年古枫拜了三拜,流下了幸福的泪水。戏演完了,台下引起了不小的骚动,人们祝愿这对患难夫妻能白头偕老,祝愿他们能给古枫村的村民带来好运气,以昂扬的斗志迎接灿烂的明天。连绵的大别山可以做证,千年古枫可以做证,让这段惊世奇恋有了新的开端,必将有圆满的结局。

尾　声

张子坚举行了一次小型招待会,到会的是当年在温海生活过的兄弟们,他们是吴国风夫妻、张子华夫妻、王光水夫妇妻、王珊夫妻加上自己和东方玉整整五对儿,紧紧围了一张桌子。吃的菜也很具特色,全是山农公司的产品,几位女人自然去厨房忙活,由周媛媛亲自掌勺,做出正宗的家乡风味。菜很快端上来了,气味芬芳风味独特,让人垂涎欲滴。

吴国风说:"各位尝尝我内人的手艺如何,如果吃得不够下次去温海的时候我再补偿,保证让你们满意。"

张子华说:"国风哥,你什么时候学会斯文了,搬出'内人'这一陈调儿。"

吴国风解释道:"你们都知道,我虽然是两家饭店的总经理,可媛媛才是内当家幕后经理。应该说没有她就没有我的今天,'内人'乃幕后经理是也。"

张子坚赞道:"吴国风说得没错,周媛媛是巾帼女杰,打工者的优秀代表。回到家乡应该歇会儿,可她又忙着为我们做菜。"

周媛媛端了最后一盘菜上来在丈夫的身边坐下,说:"到了古枫村我就是主人了,理所当然地要让大家吃饱喝足。"

于慧玲用她的樱桃小口慢慢品尝着美味,说道:"以前我在媛媛的饭店里吃过许多次,可今天的感觉还是有所不同,让我终生难忘。"

吴国风说道:"慧玲,张子华最喜欢家乡菜了,你也要学一手给他进补进补。"

于慧玲答道:"你说得有道理,只是我们太忙了,吃饭时大多是凑合着吃一顿,哪有时间去品尝菜的咸淡?"

张子坚感慨地说："是呀，因为忙我们失去了很多东西。在山上摘野果，在河里摸鱼儿的那份清静是不会有了，真想回到童年那无忧无虑的时光。"

"要说成就感只属于你们，要么是总经理或者是董事长，可我没这个能耐，几年时间过去了一事无成。我认为这也没什么不好，少了商场间的争斗，多了份闲情逸致。"王光水开口说道，话语里有几分悲观情绪。

张子坚说："你这一说倒让我想起了黄林，当年我们四个人一起去温海，可他偏偏走上歧途，如果活着也许能成就一番事业，今天也会坐在这里。"

吴国风开口道："说到他我心里就犯痛，我们没少帮助过他，可他非要咎由自取，怨不得别人。今天我们在这里相聚，别扯那些沉重的话题了。"

刘泉接过话说："我知道张总经理的目标不仅仅是目前的两家公司，说说你的长远规划吧。"

"当然，面对中国即将加入世贸组织的大好机遇，我们要借这股东风趁势而上，来一个大的飞跃。"张子坚认真地说，"许多人都说加入世贸组织是机遇也是挑战，可我认为机遇大于挑战，来自国家之间的实力竞争，企业间的市场争夺，等等。狭路相逢勇者胜，一个没有真才实学的企业家很快会败下阵来。今天我们面对的是国家大环境的挑战，'学如逆水行舟，不进则退。'这句话在商场中也适用。想保住今天的成绩不行，只有在挑战中生存，在挑战中发展。我们还将进行农业结构调整，优化资源配置，迅速发展成为一个企业集团。"

"我就依靠山农公司这棵大树了。"王珊说道，"张总经理，我敬你一杯。"

"我们今天别经理经理地叫，叫名字反而显得亲近。王珊，你为我们公司打开省城及周边市场，为我们公司的发展立了头功，应该是我敬你才对。"张子坚说着和她碰了下杯把酒喝了。

张子华问道："吴国风，你的两家饭馆可谓日进斗金，非常顺利，也应该有大的举动吧。"

"我们？"吴国风看了看身边的周媛媛，把要说的话收了回去。

还是周媛媛开了口，她说道："既然张经理有如此宏伟的目标，我只是一些小的想法。虽然我们不能和肯德基、麦当劳相比，但也想把分店开到其他城市去,壮大自己的实业。"她说得很轻松,似乎一切都在计划之中。

"你呢?我们的一对新人?"王光水看着张子华和于慧玲问。

"我们一切才开始,根基浅说什么都为时尚早,以后再说吧。"于慧玲抢着回答。

谁都知道,他们小两口在温海只是个过渡,不久的将来就会回到总公司去担任要职。

"明天你们就要各奔东西了,不知何时才能再相聚。来,大家共同干一杯。"张子坚端起酒杯站起来说道。

"是啊,今天的相聚将成为美好的回忆,我建议当山农集团公司成立的时候我们再相聚,那时还会有更多的人加入我们中间来。"吴国风高声说道。

"好,为了明天干杯,为21世纪干杯。"张子华说得激情飞扬,十只酒杯碰在一起喝了个满堂红。

"我们唱首歌如何?唱时下最流行的《二十年后再相会》。"刘泉提议道。

虽然没有音乐伴奏,他们还是动情地唱了起来,歌声穿过小屋,在千年古枫上空飘荡。"再过二十年,我们来相会,那时的山,那时的水,那时的风光一定很美……"

在方金蝉的厝基前,东方玉和张子坚并肩而跪,她慢慢地焚着香纸,心绪沉重地哑着嗓子说:"金蝉姐,我来了,这烧给你的纸钱你是否收到?我知道你爱子坚胜过爱自己,把一生的光和热、情和爱都给了他,给了古枫村人民的脱贫致富事业,而你却走过短暂而光辉的一生。子坚的事业——山农公司的发展是你最后的牵挂,金蝉姐,你放心吧,我会真心地爱他,像你一样帮助他,直到永远。"

"金蝉,我记住你的话迎来了东方玉,续上那份未了的情缘,请你相信,我会像爱你一样爱她。金蝉,你安息吧。"张子坚说完两个人磕了三个响头。

"小玉,走吧,几年前我就说过,要带你游览大别山的风景名胜,看千年古塔白云寺塔。"

他们俩带着一双儿女来到古塔下,张子坚指着雄伟的古塔介绍说:"这

尾声

座古塔已有一千七百多年的历史,相传为曹操所建,是中国最古老的佛塔之一。高七层,每层外壁砌有四十个砖雕神龛,每龛有一大二小三尊佛像,加上内壁外檐共计一千余尊,又名千佛塔。你看它们做工非常精致,足见匠人的技艺高超。"

东方玉仰视古塔良久,赞叹祖先的智慧给大别山留下一页厚重的史诗,然后过天然石桥——仙人桥,看鲤鱼石,在塔前的人工湖中划船。这是张子坚担任山农公司经理以来,玩得最痛快过得最轻松的一天,忘情于山水间让人抛却心中的烦恼,返璞归真如一个纯真的少年。

春日的黄昏,太阳慵懒地落进西边的山谷,它用尽最后的余晖照亮了一片彩霞,映红了半个天空。微风吹来,千年古枫沙沙作响,像是在诉说着一个古老的童话。门前的河水依然哗哗地流淌,山中的村庄静谧而安宁,破败的墙壁如同一张发黄的照片,记录着昨天的历史。

他们两口子坐在古枫下的石凳上紧紧地偎依在一起,享受着温馨的时光。丹丹已改名为张丹,比张迈大,他俩成了形影不离的好姐弟。迈迈似乎懂事了许多,他的妈妈从很远很远的地方回来了,但她的脸变了,变得根本不认识。爸爸告诉他说,这就是妈妈,他点了点头接受了,而妈妈还给他带来个漂亮的姐姐来。

看着一双儿女在玩着游戏,两个人幸福地笑了,笑得很甜很甜。东方玉抬起头透过密密的枝叶,看到了遥远的天空,看到了那一幕幕并不遥远的故事。想起了自己那天真的少女时代,想起了和张子坚相爱的往事,可一场暴风雨来临,和那扭曲的心灵将这爱情撕得粉碎。方金蝉的不幸早逝让张子坚心灵破碎,也给了自己一份爱情的空间。在他心灵的呼唤下,自己终于走进神往多年的土地,修补了两颗伤痛的心。

张子坚紧紧地搂着她,泪水模糊了双眼。那一幕幕又演绎出动人的乐章,在村民中间流传着爱情的传奇。东方玉轻轻读起了张子坚送给的,读了许多次的美丽的小诗《永恒的春天》。

我们用青春的热情

送走了冬日的严寒

灿烂的鲜花把万山染遍

每一朵都是你绽开的笑脸

你是我不变的永远

你是我永恒的春天

因为你如花的笑颜

春天才会生意盎然

你是我不变的永远

你是我永恒的诗篇

送给你的每一首诗行里

都蕴藏着一千个祝愿

你是我不变的永远

你是我生命的艳阳天

有了你深情的双眼

才有我执着的信念

你是我不变的永远

你是我永恒的春天

你用青春的风采

照亮我生命的每一天

尾声

读到最后是两个人齐声朗诵了,直读得大家心潮澎湃,热泪盈眶。

跋

时间飞快地流逝，如今已是2020年，屈指算来这部作品定稿已经度过了十个春秋，直到今天才得以出版，想起来的确有一些悲怆。曾经青春激情的我，岁月偷不走年少的初心，但时光苍老了曾经的容颜，让皱纹爬上了青春的额头，也熬白了青春乌黑的华发。多少青春的流逝，多少时光的蹉跎，只有泪水在心底肆意地流淌。然而，我的前途在哪里？那些峥嵘岁月已走进了岁月的长河，如今已不堪回首。当再次回忆这些往事的时候，一幕幕历历在目，我的心情非常沉重，甚至不愿面对。曾几何时，那是我心中的伤疤，无言的痛。当这次提笔的时候，我想倾诉一下心中的块垒，却发觉这支笔太沉重。

还是在读小学的时候，也许是老师的无意之举，激发了我对文学的爱好，从此与文学结下缘分，没想到却影响了我的一生。我为此奉献了青春和热血，也消耗了我三十年的美好时光。我也曾想假如从事别的事业是不是比现在过得更好一些？对那位老师该是爱还是恨？"文奴三生暖，风雅一世香"，是我为自己做的一副对联，也是自我写照。文奴是我的网名，亦作笔名，也自比是文学的奴隶，文学已经融进了我的血液里，今生怕是改变不了了。家庭的艰难困苦，磨炼了我坚毅的性格，我决定闯出属于自己的一番天地来。换句话来说是不是钻进了牛角尖出不来呢？我真的不知道。有人说机遇属于那些永远朝着目标奋斗的人，现在四部长篇作品创作完成了，我是不是成功了？我不知道。

因为家庭条件的限制，父亲的反对，在20世纪90年代的十年时间里，我毫无建树。我为此曾迷茫过，也曾丢下手中的笔发誓不再写作品。事实上我也做到了,曾经有两年的时间里根本没有写一个字。2000年的冬天,父亲不幸去世,对于他,在这里我不想作任何评价。因为要种庄稼,我不能出去打工,这下我有了一个相对宁静的空间。该干些什么呢?埋藏在心里的文学情缘又爬上了心头。在这些年里,我写过诗歌和散文,但始终觉得不对路,也没有创作出自己满意的作品。这次我决定把目标瞄上小说,这就是《青春艳阳天》这部作品的创作初衷,原名《今生有梦》。我刚写这部作品的时候根本没有规划,正如在《序》里说的一样,只是写一个中篇练练笔。在写作的过程中,字数一再增加,在写到一半的时候,整篇的构思才真正成形,有了清晰的脉络和故事架构。用了近一年的时间完成了初稿,因为这次的创作,我才找到了感觉,觉得长篇小说比较适合我的创作风格。那时候我还没有电脑,第二稿是用稿纸写的,字数一再增加,一度达到了三十多万字。为了寻找出路,我曾背着书稿去合肥,那一次也曾去了鲁彦周老师的家。后来想起来,那一次的闯荡带有一定的盲目性,因为这部作品还显得十分幼稚。

如今已经进入信息时代,电脑在工作中有不可替代的作用。从别人的口中得知,电脑的一些便利之处,于是我咬了咬牙,买了一台电脑自学打字。要把一部厚厚的书稿打上电脑,这对我来说是一个很大的挑战。在这期间,我也曾为了生计出去打工,可这部作品一直是我的牵挂。直到2011年我用了四五个月的时间才把这部作品录入电脑里。后来又经历数次增删,直到出版之前还进行了大幅度的修改,这样前后经历不下于十稿的修改。因为是初次创作,我在这个过程中的确走了许多弯路,现在成熟多了。

有人说作家的第一部作品都有自己的影子,这话一点不假。《青春艳阳天》里有许多我自己的亲身经历,1994年和1999年我两度去温州务工,后来又去了许多别的地方。在打工过程中我尝够了在异乡漂泊的艰辛,也极大地开阔了我的视野,丰富了我的人生阅历。有的场景在作品中真实地再现,譬如说吴国风在机械厂住的阁楼是一个老乡工作的机械厂的真实原型,我曾叨扰过。阿勇高空飞人,是我亲眼所见的一幕,地点是在温州市的黄龙住宅区,类似事情还有许多。也许是因为有我自己的影子的缘故,在创作的过程中我记不清多少次落泪,为主人公的悲惨遭遇而不平。确切地说,这部作品融进我的许多感情,现在你仍然可以从作品中读出我的思想,走进我的情感世界。

路漫漫其修远兮,吾今上下而求索。为了文学我耗尽了青春光华,我也曾问自己,得到的和付出的是不是一样多,但我知道前方还有很长的路要走。我也曾制订了庞大的创作计划,不管前程是多么艰难和坎坷,我会说:不放弃,一定会走下去的,直到永远。

适逢安庆市文联"安庆市长篇作品精品工程"征稿,这部作品有幸得以入选,使得这部作品有了出版的机会。我在这里对市文联为文学事业做出的努力表示衷心感谢。我不会辜负读者的期待,将以更多的优秀作品奉献给广大的读者。